Nécropsie

Du même auteur
Aux Éditions Albin Michel

WEEK-END SAUVAGE

Hubert Corbin

Nécropsie

ROMAN

Albin Michel

COLLECTION « SPÉCIAL SUSPENSE »

22, rue Huyghens, 75014 Paris

ISBN 2-226-08193-3
ISSN 0290-3326

Kitty

1

La salle baignait dans une lumière glauque à cause des grands luminaires fluorescents qui pendaient par deux du plafond et de la peinture d'un vert délavé qui couvrait la partie basse des murs. Avec son sol carrelé à damier noir et blanc, le lieu ressemblait étrangement à ces salles d'hôpitaux qu'il avait connues durant ses études de médecine, il y avait bientôt quarante ans. Et pourtant, celle-ci, avec ses équipements modernes, aurait pu faire illusion. Mais elle était trop grande, et puis ces hautes fenêtres à carreaux dépolis d'où parvenait une maigre lumière n'étaient pas de notre époque.

Il ne se rappelait pas être entré dans la salle, mais il s'y trouvait bel et bien, et c'est en apercevant la forme allongée sur la table de travail qu'il comprit enfin la raison de sa présence. Des paroles lui revinrent en mémoire, par bribes, comme ces messages imprécis que l'on captait autrefois sur les ondes courtes de la TSF : « ... Sexe masculin... environ quarante ans... non identifié... Jamais vu ça, docteur... Pas beau du tout... J'espère que vous pourrez en tirer quelque chose... Prenez votre temps... »

Il s'approcha de la table d'autopsie et considéra un instant la forme immobile couverte d'un drap. À l'endroit de la tête, le tissu était presque entièrement rougi de sang, mais une chose curieuse attira son attention.

Il s'abaissa, ajusta ses lunettes et observa. Au niveau de la bouche, il distingua sur le coton une tache d'un blanc plus sombre pratiquement circulaire. Du doigt, il effleura la tache et décela avec surprise la présence d'une légère humidité. Ce n'était pas possible. L'individu était mort depuis plusieurs heures et son décès avait été dûment constaté par la police.

Intrigué, il souleva le drap rendu lourd par les matières qui y adhéraient et ce qu'il vit apparaître dépassait en ravage ce à quoi il s'attendait.

La tête n'était plus une tête dans la mesure où rien de ce qui pouvait la rattacher à l'anatomie humaine ne s'y reconnaissait à première vue. Du hachis informe des tissus cutanés, de matière cérébrale et de fragments d'os mélangés qui s'étalaient au hasard de leur propre poids sur la table, ce qu'il identifia tout d'abord fut un débris de maxillaire où l'ivoire de quatre dents scintillait dans une bouillie rougeâtre. Il ne distingua ni les yeux, ni le nez, ni la bouche, mais une oreille, bizarrement rapprochée du sphénoïde, lui-même égaré dans le magma visqueux.

Il ressentit au creux de l'estomac une fugace contraction de dégoût, bien qu'il eût appris depuis longtemps à surmonter ce genre de réaction. Il suffisait d'admettre que tout cela n'était plus, ne serait plus jamais humain, même si cet assemblage inerte s'efforçait encore de le paraître.

Calibre trente-trente. Coup probablement à bout touchant sur la partie supérieure de l'occiput. Sous la pression des gaz, la tête a littéralement explosé. Il pouvait voir la longue douille de laiton qu'un hasard invraisemblable avait fait atterrir là, objet incongru flottant dans l'encéphale déchiqueté. Et puis les choses se brouillèrent.

Il lui sembla reconnaître la voix de son professeur de pathologie clinique. « ... Si le crâne est ouvert avant d'avoir été vidé de son sang, le sang refluera presque systématiquement dans l'espace subdural ou subarachnoïdal et une observation de ce type risque d'être interprétée comme la preuve d'une hémorragie ante-mortem... »

C'était idiot. Il ne cherchait pas à ouvrir ce crâne. Non seulement il était déjà ouvert, mais le moins qu'on puisse dire c'est qu'il était même *répandu !* Et puis de toute façon, ce bon vieux professeur Berman était mort depuis longtemps. Pourquoi s'obstinait-il subitement à lui répéter des choses qu'il savait parfaitement ?

Il enfila des gants de caoutchouc et entreprit d'examiner le crâne fracassé afin de déterminer les chances d'une reconstitution. C'est alors que l'impossible se produisit.

À peine avait-il commencé à rassembler les matières informes que le corps se convulsa et émit une éructation brève et violente, expectorant en fragments épars et sanguinolents une mucosité glaireuse et coagulée.

Il se jeta en arrière, considéra sa blouse maculée et vit avec horreur les matières répandues devant lui sur la table vibrer sous l'effet de spasmes, et ce qui pouvait passer pour l'orifice buccal palpiter soudainement comme pour happer l'air.

Au même moment, le téléphone sonna. C'était un appel impératif, dont la stridence éclatait avec une intensité presque insoutenable dans l'immense salle.

Le corps tout entier se mit à trembler de façon désordonnée, mû par un incompréhensible mécanisme de résurrection.

La sonnerie du téléphone reprit, lui vrillant les tympans.

Affolé, il s'écarta de la table d'autopsie, sans pouvoir détacher son regard de la scène inconcevable qui se déroulait sous ses yeux, puis s'élança vers l'appareil scellé sur le mur du fond.

Mais il s'aperçut aussitôt avec horreur que ses jambes étaient de plomb et qu'il se déplaçait dans l'air avec la plus grande difficulté, comme si tous ses gestes étaient réprimés par une force invisible.

Le téléphone sonnait toujours. C'était sûrement le professeur Berman. Il avait dû faire une erreur d'observation. Il fallait à tout prix qu'il décroche. Mais, à chaque enjambée qu'il gagnait si péniblement sur les puissances mystérieuses qui le retenaient, le mur du fond semblait s'éloigner et le téléphone restait hors de portée.

Derrière lui, sur la table, la dépouille animée de convulsions avait basculé sur le flanc et menaçait de s'effondrer sur le sol.

Il se sentit envahi d'une bouffée de terreur et redoubla d'énergie pour atteindre le téléphone. Jamais je n'y arriverai, se dit-il avec un sentiment de panique totale en fixant l'appareil qui s'éloignait toujours. Le téléphone sonnait de plus en plus fort et il se mit à hurler, submergé par une épouvante absolue.

Il s'éveilla dans un violent sursaut, baigné de sueur, les cheveux collés sur les tempes.

Le téléphone sonnait.

Il lui fallut quelques secondes pour comprendre ce qui se passait et parvenir à s'asseoir sur le bord du lit. Puis il se leva péniblement, tituba jusqu'au poste qui se trouvait dans l'entrée et décrocha avec un soupir de soulagement.

— Marcus ? entendit-il.

Reprenant haleine bruyamment, il essaya d'identifier la voix.

— Marcus ? Je suis bien chez le Dr Mawbray ?

— Oui...

— C'est Frank. Je te sors du lit ?

— Oui. Merci... Attends...

Il tira une chaise à lui et s'assit pesamment en essuyant d'un revers de main les gouttes de sueur sur ses sourcils.

— Salut, reprit-il. Excuse-moi, mais je sors d'un cauchemar. Depuis quelque temps, j'ai des soucis avec les rêves du matin...

Il respira à nouveau profondément.

— C'est moi qui m'excuse, Marcus. Mais je voulais te coincer chez toi.

— Il est quelle heure ?

— Sept heures moins le quart. Je sais que ce n'est pas une heure pour téléphoner à un retraité, mais je ne voulais pas te rater.

Le Dr Mawbray voyait plus clair maintenant. Les derniers lambeaux du cauchemar s'évanouissaient avec leur arrière-goût de mort, gommés par les rais de soleil matinal filtrant par les volets.

— Qu'est-ce qu'il y a ? demanda-t-il. Quelque chose de cassé ?

— On a un problème. J'aimerais avoir ton avis.

— Un problème comment ?

— Dans ta spécialité.

C'était une fatalité. Sa spécialité, elle le poursuivait de jour comme de nuit. Elle lui collait à la peau, il ne s'en déferait jamais.

— Frank... Je voudrais juste m'occuper d'autre chose de temps en temps. Vous n'avez personne pour faire ça ?

— Pour ce boulot, c'est toi que je veux.

— Mais je ne travaille plus, Frank ! Je suis rayé du livre de paie. C'est le troisième âge et les allocations pour moi maintenant...

— C'est pour ça que tu fais des cauchemars...

Le Dr Mawbray soupira. Frank avait peut-être raison.

— Qu'est-ce que je dois faire ?

— On a une réunion ce matin. À dix heures et demie. Ça serait bien si tu pouvais y être.

— Bon.

Il y eut un silence. À l'autre bout, la voix de Frank reprit :

— Merci, Marcus. Vraiment, j'ai besoin de toi.

— De rien, de rien. À tout à l'heure.

Il raccrocha avec lassitude et resta quelques instants le regard vide sur sa chaise. Il contempla le hall d'entrée où, comme dans toute la maison, le désordre gagnait chaque jour un peu plus, jusqu'au vendredi. Ce jour-là, il voyait débarquer Marcia, la bonne mexicaine, qui, armée de courage et de divers produits ménagers, s'acharnait à remettre un semblant d'ordre pour une nouvelle semaine.

Marcus Mawbray se dit qu'il n'aimait pas les matins où sa solitude se réveillait avec lui, ni les journées qui, depuis huit mois qu'il était à la retraite, lui semblaient deux fois plus longues qu'auparavant, lorsqu'il travaillait, ni les soirées qu'il avait honte de passer devant la télé. Il se dit enfin qu'il détestait par-dessus tout les nuits comme celle-ci, qui lui rappelaient sans ménagement qu'il s'était trop occupé de la mort toute sa vie durant.

Il se leva et se dirigea vers la cuisine pour se faire un café. Qu'est-ce qui me prend de rêver de Berman ? se demanda-t-il. C'est ça le début de la sénilité et la lente régression vers l'enfance ?

2

Frank Folkerson, quarante-neuf ans, un mètre quatre-vingt-deux, le faciès carré et régulier hérité de ses ancêtres germaniques, la chevelure châtain clair et toujours dense qui poussait naturellement en brosse depuis qu'il était gamin, était lieutenant de la Police d'État et responsable de la Division des enquêtes criminelles. À ce titre, il était payé, plutôt mal à son avis, pour faire montre d'une égale sérénité et d'une égale compétence face à la surprenante diversité de la violence humaine qu'il avait à rencontrer. Après vingt-quatre ans de service dans la police, il se berçait parfois de l'illusion qu'il avait pratiquement tout vu, mais au fond de lui-même il savait qu'il se trompait. Et la réunion de ce matin semblait vouloir une nouvelle fois le lui prouver.

On frappa à la porte et la tête du sergent Atkins apparut.

— Le Dr Mawbray est là, lieutenant.

— Fais-le entrer, Kev.

Les deux hommes assis avec Folkerson à la table de réunion virent apparaître un personnage de piètre allure, corpulent, d'une taille encore imposante bien que déjà affaissée, avec un visage lourd aux paupières gonflées.

Folkerson remarqua le coup d'œil surpris et vaguement déçu de ses deux hôtes, visiblement peu habitués à se trouver dans leurs réunions de travail en présence d'un individu négligeant de se raser et de surcroît affublé d'un chapeau graisseux et usé au point que la trame apparaissait sur les bords.

Folkerson se leva néanmoins pour saluer l'arrivant avec un large sourire.

— Bonjour, Marcus. Merci d'être venu.

— Le plaisir est pour moi, se contenta de dire le docteur, sans chaleur excessive.

Ils se serrèrent la main et Folkerson le présenta aux deux autres qui s'étaient levés.

— Messieurs, le Dr Marcus Mawbray. Ancien chef du Service de médecine légale et ancien directeur du Laboratoire régional de criminalistique.

Il y eut de nouvelles poignées de main et les deux hommes furent surpris de constater la fermeté du geste chez ce retraité d'aspect si fatigué.

— Jake Hobson, se présenta le plus jeune en chemisette blanche impeccablement repassée et cravate bleue.

— Stuart Brace, enchaîna le second, à peu près l'exacte réplique vestimentaire et physique du premier, au point que le Dr Mawbray se dit qu'ils auraient pu passer tous deux pour des prédicateurs mormons.

— Assieds-toi, Marcus, invita Folkerson en désignant une chaise. MM. Hobson et Brace sont du Bureau, ils nous arrivent tout droit de Virginie. Ils font partie de l'équipe du Programme d'analyses criminelles. Ils sont là à ma demande.

Il ouvrit un dossier et en sortit des agrandissements photographiques en couleurs.

— Voilà notre problème.

Marcus Mawbray jeta un coup d'œil rapide sur chacune des photos.

Sous divers angles, accompagnée d'un numéro d'identification et d'une règle pour donner l'échelle, on voyait une sorte de grossière ébauche de sculpteur en terre glaise, plus ou moins oblongue, à la pâte lacérée d'innombrables coups de spatule de l'artiste, avec quelques contours anguleux cherchant à évoquer le futur portrait d'un modèle inconnu.

À cela près qu'il ne s'agissait pas d'une œuvre en devenir mais d'une tête humaine détériorée au point d'être à peine reconnaissable, sans aucun cheveu, dont les chairs arrachées, déchirées et séchées ne pouvaient donner ne serait-ce que la plus vague idée de ce qu'elle avait été de son vivant.

Le Dr Mawbray releva les yeux.
— Où est le reste ?
Folkerson fit un geste évasif.
— On n'en sait rien.
— Vous savez quoi, au juste ?
— Franchement, peu de chose. Je ne veux pas faire de l'humour déplacé, mais cette histoire est un casse-tête. À tous mes inspecteurs, je conseille sans cesse de ne pas chercher midi à quatorze heures mais de s'en tenir à la bonne vieille règle qui consiste à remplir les blancs derrière : qui ? quoi ? quand ? où ? avec qui ? pourquoi ? comment ? À toutes ces questions, pour l'instant, c'est zéro réponse.
— Vous savez quand même où vous l'avez trouvée ?
— Ça, on sait.
— Elle était enfermée dans quelque chose, non ?
— Un sac-poubelle. Scellé avec du ruban adhésif. Pourquoi ?
— Pas de larves apparentes, répondit le Dr Mawbray en jetant un nouveau coup d'œil sur les photos.
— Exact.
Le lieutenant Folkerson se carra sur sa chaise.
— Il y a huit jours, expliqua-t-il, nous avons reçu un appel téléphonique des gens de l'usine de traitement des déchets urbains de Bayshore. Avant incinération, le tri est vérifié et ils sont tombés sur ce paquet. À tout hasard, le type qui surveillait l'a ouvert, et il a dû faire une drôle de bobine...
— C'est arrivé là par le ramassage quotidien ?
— Je ne crois pas. A priori, si le paquet avait été enlevé par un camion, il aurait dû être compacté dans la benne et peut-être écrasé. Ce n'est pas le cas. Le crâne ne paraît pas avoir souffert du ramassage ni du transport. Il semble plus probable qu'il ait été déposé directement au centre de traitement.
— N'importe qui peut apporter des squelettes sans se faire remarquer ?
— Apparemment oui. Mais il est préférable de ne pas l'ébruiter.
— À Bayshore, intervint Stuart Brace, comme dans toutes

les usines de ce type, les citoyens qui apportent eux-mêmes des déchets encombrants ou spéciaux sont priés de faire un premier tri et de les déposer dans des collecteurs appropriés. Bien sûr, le paquet était déposé dans un collecteur destiné à l'incinération.

— Et personne ne surveille le dépôt ?

— Il y a des pancartes, répliqua Folkerson. Ça coûte moins cher que des employés. On arrive en voiture, on se débarrasse de ses détritus et on s'en va. Pas plus compliqué.

Il y eut un bref silence, les agents du FBI fixant toujours le Dr Mawbray, dans l'attente de ses réactions.

— Frank, dit finalement le docteur, ce n'est pas mon boulot de me mêler de ton enquête, mais c'est quand même bizarre qu'un type prenne le risque de venir déposer un colis de ce genre au vu et au su de tout le monde, non ?

— Ça dépend du type, observa Hobson. Si c'est un malin, on peut penser que sa démarche est le résultat d'une réflexion pas forcément idiote. L'idée de base étant, je suppose, qu'il espère qu'on ne trouve *jamais* la tête.

— Ce que suggère un cas comme celui-ci, enchaîna Brace, c'est que le dépositaire d'une telle pièce anatomique la conserve d'abord chez lui assez longtemps. Il ne sait pas quoi en faire. Pour s'en débarrasser, il imagine toutes sortes de scénarios, tous aussi insatisfaisants les uns que les autres. C'est encombrant, une tête. Enfin, il se décide pour ce qui lui paraît le plus évident. Les déchets iront tout naturellement retrouver les déchets... Vous seriez surpris de ce qu'on découvre dans les décharges !

— Bien sûr, s'il la dépose dans une poubelle, reprit Hobson, il se rend compte qu'il y a des chances pour qu'on finisse par la découvrir. Par exemple, il n'est pas certain qu'elle soit traitée rapidement. Abandonnée dans un amas d'ordures en attente de traitement, elle peut attirer les rongeurs, les oiseaux... Le type a dû penser que c'était plus sûr de procéder comme il l'a fait. Pré-triée, prête à l'incinération.

— Quelle est la fréquence de traitement du contenu des collecteurs ? demanda Mawbray.

— Ça dépend de la charge de travail de l'usine et du remplissage, répondit Folkerson. Au plus tard tous les deux jours, mais généralement dans la journée même.

— Et le sac, les traces ? poursuivit Mawbray.

— À première vue, rien. Sac-poubelle classique, marque Safety-Clean, distribué dans tout le pays. On peut s'en procurer n'importe où.

— Le ruban adhésif ?

— 3M large, pour emballage. Fabriqué à Minneapolis, disponible dans tout le pays. Pas de traces non plus, sauf indications contraires. L'expertise n'est pas terminée.

Marcus Mawbray resta pensif. Au bout de quelques secondes, Folkerson changea de position et s'accouda sur la table.

— Le problème n'est pas seulement là, Marcus. L'enquête a démarré et on verra bien ce qu'elle donnera. Mais il y a autre chose. Hobson va t'expliquer.

Il se tourna vers celui-ci pour lui donner la parole.

— C'est un peu long, commença Hobson, mais je vais essayer de rester clair. Comme vous le savez, nous avons créé il y a plusieurs années un système informatique nous permettant de traiter les données de tous les homicides dont on veut bien nous rendre compte sur le territoire.

— Le VICAP, dit Mawbray.

— Vous connaissez. Nous fournissons des formulaires types à tous les services de police de tous les États, de manière à recueillir des données très précises et à établir des rapprochements statistiques. Nous avons en mémoire actuellement près de sept mille dossiers d'homicides, qu'ils soient élucidés ou non. Les recoupements nous aident beaucoup. Par exemple, nous estimons avoir identifié près de deux cents cas d'homicides où un même individu serait responsable de plusieurs meurtres. Nous intervenons donc à titre de conseil auprès des polices locales ou d'État.

— Et là, vous avez trouvé quelque chose ? demanda Mawbray.

— J'y arrive. Pour cette affaire, le lieutenant Folkerson a eu l'excellente idée de nous contacter très rapidement après la découverte de l'objet...

— J'ai toujours eu un faible pour l'efficacité du FBI, interrompit le lieutenant avec un sourire.

— C'est très aimable, remercia Stuart Brace assez froidement, visiblement indifférent à tout ce qui pouvait détendre l'atmosphère.

— Nous avons donc entré les données, poursuivit Hobson. Dans le cas qui nous occupe, il s'agissait d'un descriptif détaillé du débris humain, du lieu et des circonstances de la découverte. Puis nous avons interrogé la machine.

— Et qu'a-t-elle répondu ? s'enquit poliment le Dr Mawbray.

— Elle a fait un rapprochement avec deux meurtres commis en 1987 à Tampa, en Floride.

Jake Hobson marqua une pause, sûr de son effet.

— Le miracle de l'informatique, observa Folkerson à l'adresse de Mawbray. Une tête dans une décharge à ciel ouvert, en avril 1987 ; une autre dans le compacteur d'une entreprise industrielle, quatre mois plus tard.

Le Dr Mawbray accueillit ces révélations sans un mot, ne sachant si l'on attendait de lui qu'il manifeste des talents d'enquêteur qu'il n'était pas censé avoir, ou ceux de médecin légiste qu'il n'était plus supposé manifester.

— À votre avis, finit-il par dire, il pourrait s'agir du même meurtrier ?

— Ce serait en effet une hypothèse alléchante, docteur, répondit Hobson, sauf qu'il y a une impossibilité majeure.

Mawbray l'interrogea du regard, intrigué.

— L'impossibilité, c'est que le meurtrier de Tampa a été arrêté et condamné, et qu'il est actuellement résident à vie dans la prison de Starke, en Floride.

Folkerson saisit une nouvelle chemise dans son dossier, l'ouvrit et la tendit au docteur.

— Lyman Kovell, dit-il. Il a échappé à la condamnation à mort parce que les experts ont conclu à la démence.

Marcus Mawbray examina les feuillets concernant le détenu Kovell, photos et rapport de conduite.

— Un hasard ? suggéra-t-il.

— Marcus, la vie est pleine de hasards, et c'est parfois ce

qui la rend agréable. Mais pour l'instant on essaie de travailler sur un scénario dont il est exclu.

— Tu veux dire qu'ils se connaissent ?

Folkerson hésita.

— Au sens propre, nous n'avons aucun élément pour le prouver. Mais indirectement, ce n'est pas impossible.

— Comment ça ?

— Les tueurs comme Kovell sont très appréciés des médias, dit Hobson. Ils exercent une certaine fascination sur le public mais aussi sur les journalistes spécialisés. Depuis sa condamnation en 1990, Kovell a fait une petite sensation dans la presse. Sans parler de ce qui a été dit avant et pendant le procès dans les quotidiens et à la télévision.

— On peut imaginer, dit Brace, que le meurtrier a eu connaissance des articles et que cela lui a donné des idées.

— Qu'est-ce qui vous fait dire que vous avez affaire à un tueur du type Kovell ? demanda Mawbray.

— Nous ne savons pas encore face à quoi nous nous trouvons, rectifia Folkerson. Peut-être un crime classique, bien qu'assez atroce. On a déjà vu des meurtres stupidement passionnels déclencher des comportements mutilatoires, par exemple. Et c'est peut-être le cas ici. Mais il y a une autre idée qui nous tracasse, Marcus.

— Laquelle ?

— Un psychopathe qui sort de l'œuf. Ou du nid, comme tu veux.

Marcus Mawbray resta silencieux, attendant la suite des explications. Ce fut Hobson qui les donna :

— Le programme VICAP est entré dans une nouvelle phase depuis le début de cette année. Il a d'abord été conçu comme une base d'assistance. Dans ce sens, il est non seulement parfaitement opérationnel, mais assez efficace. Nous essayons maintenant de lui attribuer un rôle d'avertisseur, d'outil de prévention. C'est pourquoi l'affaire du lieutenant Folkerson nous intéresse. VICAP a peut-être décelé un tueur en série potentiel. Il y a des éléments ténus mais concordants qui suggèrent une telle hypothèse. Hormis le fait que nous sommes heureux de contribuer à l'enquête du service du lieutenant, quel que soit son aboutissement, nous souhaitons vérifier.

Le silence se fit dans la pièce. Tout avait été dit, pensa Mawbray, et il n'y avait apparemment rien à ajouter puisque tout le monde s'était tu. Excepté un détail.

— C'est très intéressant, mais qu'est-ce que je viens faire là-dedans ?

Folkerson se pencha vers lui.

— Marcus, je voudrais qu'on identifie ça.

Il désignait les photos toujours étalées devant le docteur.

— Il y a déjà eu un examen, je suppose ? Avec un rapport, non ?

— Effectué par Dunwell. Il a tourné autour et n'a rien trouvé. Il ne peut même pas dire avec certitude s'il s'agit d'un homme ou d'une femme. Encore qu'il penche pour une femme.

Marcus connaissait bien le Dr Jeffrey Dunwell. Celui-ci avait intégré le service médico-légal deux ans avant qu'il ne prenne sa retraite. Il l'avait vite classé dans la catégorie des « besogneux-scrupuleux-peu-inventifs ». Il voyait très bien le Dr Dunwell planté devant les restes céphaliques à peu près comme une poule devant un couteau.

Il sortit un compte-fils de sa poche, reprit les photos et recommença à les examiner avec minutie.

— Tu te promènes toujours avec ça ? s'enquit Folkerson.

— Plus maintenant. Mais je me suis douté que ça serait utile, répondit Mawbray, l'œil collé à la petite loupe.

Ils le regardèrent scruter les documents avec une extrême attention, en ayant l'impression que le vieux docteur se livrait à une étrange consultation médicale sur du papier. Finalement, Mawbray reposa le tout devant lui.

— Franchement, je ne suis pas sûr de pouvoir faire mieux que Dunwell. En plus, je crois bien qu'il n'y a pas de dents.

— Il n'y en a pas, confirma Folkerson.

— Elles ont été brisées ?

— Extraites. Il n'y a pas de racines dans les gencives.

Mawbray soupira :

— Pauvre Dunwell !

À première vue, la tâche était quasiment impossible pour qui que ce soit. Il eut un haussement d'épaules résigné.

— Je veux bien essayer, mais je ne garantis rien. Où est la tête ?

— À la morgue de l'Hôpital général.

— Et à quel titre puis-je me mettre à travailler dessus ?

— Atkins t'a préparé un contrat d'expertise. L'État est pauvre, mais j'ai réussi à relever un peu les honoraires forfaitaires prévus pour ce genre de mission. Tu pourrais commencer quand ?

Mawbray fit un geste d'indifférence.

— Quand tu veux. Mais je te préviens, ça risque de me demander un peu de temps. Et je ne promets pas un résultat exceptionnel.

— Ne t'en fais pas, rétorqua Folkerson. Dans un cas comme celui-ci, même l'ombre d'un début de résultat nous comblera d'aise.

Il se leva.

— Je propose qu'on aille déjeuner. Jake et Stuart reprennent l'avion à seize heures.

Marcus Mawbray quitta sa chaise à son tour et coiffa son chapeau informe d'un geste machinal. Dans le fond, il n'était pas fâché de reprendre de l'activité.

3

Moins d'une quinzaine de jours auparavant, Greg Maitland était étendu, complètement nu, sur son lit en bataille, et écoutait distraitement le crépitement de la douche qui ruisselait à plein jet dans la salle de bains.

Son appartement se composait d'une pièce immense lui servant à la fois de chambre à coucher, de séjour et même de salle à manger. De son lit, il pouvait voir sa kitchenette et les hauts tabourets placés devant le comptoir où il prenait chaque jour ses repas de célibataire, ses étagères où les livres s'entassaient en désordre au hasard de ses lectures et de ses travaux ; enfin son bureau couvert d'un fouillis inextricable et permanent. Bref, il contrôlait son univers, et son univers avait diablement changé depuis qu'il avait rencontré Kitty.

Cela s'était passé il y avait bientôt quatre mois, lors d'une party trépidante organisée par quelques collègues de l'université où il enseignait. La fête avait pour alibi la soutenance de thèse de l'un d'eux, et pour objectif moins avoué le brassage douteux de professeurs, d'étudiants et d'une foule de gens qui n'avaient aucune raison de se connaître. Il l'avait trouvée là, dérivant parmi les invités, et un peu plus tard, lorsqu'il lui en avait fait la proposition, il avait été étonné de sa docilité à le suivre chez lui. Il n'avait compris que vers le petit matin, tandis qu'elle remettait ses vêtements, quand elle lui avait demandé d'une voix égale de régler ses services, comme si la chose allait de soi. Il avait été plus étonné encore de se voir obtempérer. Et depuis, l'idée de ne pas la recevoir régulièrement comme il en avait pris l'habitude lui était insupportable.

Le bruit de la douche s'était tu. Bientôt, il vit apparaître Kitty dans sa nudité absolue, si étrange, si inhabituelle qu'il avait toujours l'impression de la découvrir pour la première fois. Elle avait un corps de fillette, sans hanches, sans poitrine, le système pileux presque inexistant, la silhouette anguleuse d'un garçon à peine pubère, et pourtant elle avait la taille, la nonchalance, la langueur et surtout le regard qui convenaient à la femme qu'elle prétendait être.

Le soir de leur rencontre, il lui avait demandé son âge et elle lui avait répondu : « Comme tu veux. » Pour sa tranquillité d'esprit comme pour donner quelque crédit à l'assurance qu'elle affichait, il s'était dit qu'elle devait avoir dix-huit ans, certainement pas plus.

Elle vint s'affaler sur le lit, à plat ventre, sa position favorite, calant ses fesses de garçon contre lui et l'observant de côté. Il s'obstina à ne pas la regarder, feignant l'indifférence.

— Kitty, commença-t-il après un moment, pourquoi n'es-tu pas venue vendredi dernier ? Je t'ai attendue.

Il faillit ajouter « toute la nuit ».

La jeune fille soupira sans se dissimuler.

— Je viens quand je peux, Greg.

— On avait dit tous les vendredis, s'entêta-t-il.

— Oui, mais vendredi dernier, ce n'était pas possible. C'est comme ça.

Elle se tourna vers lui avec un sourire désarmant.

— Je suis venue aujourd'hui, non ?... Si tu veux, je reste plus longtemps. Sans supplément, ajouta-t-elle avec son rire moqueur de gamine.

Il hocha la tête, exaspéré. Il avait envie de lui dire que ce n'était pas plus longtemps qu'il la voulait, mais tout le temps.

— Tu fais exprès de ne pas comprendre, se contenta-t-il de dire.

— Comprendre quoi ?

Il sentait la mauvaise humeur le gagner et en même temps il craignait de provoquer l'irréparable.

— J'aimerais te voir changer de vie.

— Tu veux dire changer ma vie avec toi ?

C'était ridicule et pourtant oui, c'était ce qu'il voulait. Elle ne lui laissa pas le loisir de répondre.

— Ça t'ennuie de savoir que tout le temps que je ne passe pas avec toi je le passe avec d'autres, c'est ça ?

Elle n'avait jamais eu l'art de tourner autour du pot. Il essayait de se convaincre que cela faisait partie de son charme.

— Kitty... Toute la semaine je pense à toi. Et je ne supporte pas l'idée que je suis là, à attendre...

Il laissa la phrase mourir dans sa bouche, incapable de prononcer les mots qu'il pensait.

— Une petite pute ? C'est ça ? finit-elle à sa place.

Il préféra rester silencieux.

Piquée, Kitty se renversa sur le dos. Elle était d'accord pour vendre ses services, mais pas pour laisser bafouer son amour-propre.

— Greg..., reprit-elle froidement.

— Quoi ?

— Ça ne t'est pas venu à l'esprit que c'est parce que je suis une petite pute qu'on se connaît et que je suis chez toi ?

C'était trop de provocation. Il la sentait lui échapper, si lointaine, si insensible. Il savait, s'il la laissait parler, qu'elle le clouerait de son dédain, qu'elle le ferait se vautrer dans sa lâcheté. Alors il roula subitement sur elle pour la posséder de toute la vigueur de son dépit.

— Kitty, je te veux pour moi, lui dit-il, le souffle court, l'empoignant sans ménagement.

Elle se crispa instinctivement sous la brutalité de son élan. Elle comprit qu'il voulait lui faire mal, avec toute la bassesse dont il était capable. Elle n'était tout de même pas obligée de supporter une chose pareille ! Lassée de la situation, elle tenta de le repousser fermement.

— Greg, lâche-moi !

Mais il la maintint contre lui de toute sa force.

— Je te paie, Kitty, lui souffla-t-il à l'oreille comme une confidence amoureuse. C'est ça que tu veux, hein ? On est d'accord ?

— Lâche-moi, je te dis, lâche-moi !

Il s'arc-bouta violemment contre son corps frêle et elle cria de douleur en se débattant.

— Arrête, Greg !

Il s'aperçut qu'il ne se contrôlait pas, qu'il faisait tout le contraire de ce qu'il fallait faire.

— Je te dis que je te paie, s'entendit-il l'implorer, dans l'espoir de la calmer.

Mais Kitty était hors d'elle.

— Lâche-moi ! hurla-t-elle encore une fois en se démenant à grands gestes.

Elle parvint à se défaire de lui et d'un bond fut debout, pantelante, à côté du lit, reprenant sa respiration.

— Je me fous de ton fric, Greg, lui asséna-t-elle avec le plus de calme qu'elle put trouver. Je me fous de ta queue, je me fous de toi. Tu comprends ?

Elle alla récupérer ses vêtements éparpillés sur un fauteuil et entreprit de se rhabiller.

— Kitty, je t'en prie..., fit Maitland en s'asseyant au bord du lit.

— Il faut que les choses restent claires et simples entre nous, l'interrompit-elle. Si tu veux me voir, je viens. Si tu ne veux pas, je ne viens pas. C'est pas compliqué.

Elle chaussa prestement ses escarpins, ajusta sa jupe et passa la lanière de son sac à main sur l'épaule.

— Je te téléphonerai jeudi prochain. Tu me diras si c'est d'accord.

Et sur ces paroles, elle se dirigea vers la porte de l'appartement.

— Kitty, attends...

Greg Maitland se tenait au milieu de la pièce, misérable et nu. Kitty ouvrit et se tourna vers lui.

— Salut, Greg. Passe une bonne semaine.

— Kitty !...

Mais Kitty refermait déjà la porte, se surprenant elle-même de ne pas la claquer à toute volée.

Maitland, hébété et décontenancé, resta pensif un instant, puis passa un caleçon et s'avança jusqu'à la fenêtre qui donnait sur la rue. Du bas de l'immeuble, il vit surgir Kitty qui s'éloigna sans hésiter dans la nuit calme, sous les halos ternes des réverbères. Secrètement, il espéra qu'elle se retournerait et lèverait la tête vers lui. Mais bien sûr il n'en fut rien. Il n'eut pas le cœur de la regarder ainsi s'évanouir dans le noir, happée par son étrange destinée et convoitée par ces autres, tant d'autres, pensait-il, qu'au fond de lui-même il sentait sourdre une nausée. Il s'arracha à la fenêtre et tira les rideaux d'un geste sec. Il n'avait pas sommeil et ne voyait pas comment finir la soirée.

4

Dès qu'elle se trouva dans la rue, Kitty respira un grand coup. Il n'était pas si tard que cela et l'air moite qui montait de la baie parfumait légèrement la nuit. Elle en éprouva une sensation de liberté proche de la volupté et, en cet instant, elle sut que la soirée était à elle, la ville était à elle, ainsi que le monde entier et les longues années qui s'étendaient sans fin, loin, au-delà de ses dix-sept ans qu'elle dissimulait à grand-peine. À belles enjambées souples, elle se mit à descendre l'avenue parcourue de rares voitures.

Au fil des pas, elle accorda une dernière pensée à Maitland, une pensée plus amusée que fâchée. Il était gentil, ce type, dans le fond. Mais c'était bien le seul de ses clients qui confonde à ce point plaisir et sentiments. Pour qui se prenait-il ? Elle lui offrait, moyennant finances, certes, ce que peu d'hommes pouvaient un jour attendre de leur femme, ou d'une femme en général, n'importe laquelle. Elle lui offrait ses désirs inavoués, ses caprices irréalisables, elle était pour lui un rêve vivant. Que voulait-il de plus ? À nouveau agacée à l'idée des exigences de Maitland, elle haussa légèrement les épaules et marcha plus nerveusement.

De l'autre côté de l'avenue, une grosse voiture grise qui la croisait ralentit en passant à sa hauteur et le type au volant la regarda avec insistance. Finalement, la voiture s'éloigna. Kitty en conçut une satisfaction un peu blasée. Les hommes se retournaient sur son passage, c'était comme ça. Cette lueur qu'il y avait dans leurs yeux, elle la connaissait depuis qu'elle avait douze ans et que le régulier de sa mère s'arrangeait, toujours par le plus grand des hasards, bien sûr, pour faire irruption dans sa chambre ou dans la salle de bains lorsqu'elle était en train de se déshabiller ou qu'elle était complètement nue. Pour elle, c'était peu à peu devenu une sorte de jeu auquel elle se prêtait avec une froide impassibilité de gamine effrontée. Et pour lui, elle l'avait vite compris, c'était devenu un enfer.

Un jour, il n'avait pas résisté et l'avait touchée, du bout des doigts. Elle avait ignoré le geste et avait fini de se glisser dans son lit étroit avec une indifférence calculée, sous le regard fiévreux de l'homme hésitant à rester comme à sortir. Et puis une nuit elle s'était éveillée et, bien que l'obscurité fût totale et silencieuse, elle avait senti avec certitude qu'il était là, quelque part dans la pièce. Avec un mouvement lourd de dormeur, elle s'était retournée sur le ventre en repoussant les draps et s'était tenue immobile, les jambes écartées et sa chemise de nuit retroussée au-dessus des reins.

C'est dans cette posture et dans une sorte de demi-sommeil qui aurait pu être un rêve qu'elle avait senti, un peu plus tard, ce que les mains de l'homme s'étaient mises à faire sur son corps. Puis elle avait laissé cette masse pesante venir s'écraser sur son dos, envahir sa mollesse et son abandon, et s'agiter sur elle durant quelques minutes.

Quand l'homme s'était retiré, elle n'avait toujours pas esquissé le moindre mouvement. Le silence de la nuit était resté le même et, hormis les picotements qu'elle ressentait en haut des cuisses et l'odeur acide et ténue qu'exhalait son corps, elle aurait pu croire qu'il ne s'était rien passé. C'est d'ailleurs ce qu'elle avait décidé, depuis le début, du fond de sa torpeur. Et, tirant les draps sur elle, elle s'était rendormie pour de bon.

Kitty sursauta lorsque la voiture vint glisser sans bruit à côté d'elle le long du trottoir. Elle vit tout de suite que c'était la même que tout à l'heure qui avait dû faire demi-tour un peu plus haut. Une Mercedes splendide, dont la peinture gris métallisé miroitait dans la nuit. Elle continua de marcher en l'ignorant mais elle entendait derrière elle le ronronnement sourd du moteur qui ne la quittait pas. Alors elle s'arrêta.

Par la vitre baissée de la portière, elle ne voyait rien. Sans hésiter, elle se pencha pour distinguer le conducteur.

— Vous cherchez quelque chose ? demanda-t-elle, légèrement agressive.

L'homme ne répondit pas. Dans la pénombre du véhicule, elle le vit fouiller dans la poche de son pantalon et en sortir des dollars qu'il agita dans sa direction.

Elle prit le temps de l'examiner mieux. Il pouvait avoir la quarantaine bien sonnée car il arborait une calvitie luisante sur le dessus du crâne, et tout autour ses cheveux dégarnis poussaient en mèches longues et filasse attachées en catogan dans la nuque. Mais c'est à son visage qu'elle se rendit compte qu'il était plus jeune. Il avait un faciès rond, presque poupin, de petits yeux perçants et directs, un nez minuscule et une bouche aux lèvres pincées de gosse capricieux. Et bien qu'il fût tassé sur son siège, la tête enfoncée dans des épaules légèrement voûtées, elle pensa qu'il devait être de grande taille et d'une certaine force.

Les doigts qui tenaient les billets étaient délicats et effilés, fragiles et pâles comme ceux d'une demoiselle, prolongés d'ongles fins et bien trop longs pour un homme, même par les standards fluctuants de la mode et des mœurs en vigueur.

— Combien ?

Kitty fut plus frappée encore par le timbre de la voix qui venait de lui poser cette question. Elle était étrangement douce, voilée, haut perchée comme celle d'un adolescent dont la mue aurait mal tourné, un son totalement incongru dans la bouche d'un homme de cette stature.

— Combien quoi ? rétorqua Kitty avec son aplomb habituel.

— La nuit, répondit la voix.

Kitty le fixa droit dans les yeux. Cela devenait sérieux. Avec sa tenue de jogging vert fluorescent bariolée de bandes roses, ce type était le brillant exemple de ce que les temps pouvaient produire d'insolite dans une ville où les extravagances les plus débridées n'étonnaient plus. Un clown à peine plus grotesque que ceux qui peuplaient n'importe quelle rue, un triste bonhomme à la sexualité indécise qui comptait sur ses dollars pour retrouver la part de lui-même qu'il avait dû égarer depuis longtemps. Bref, pour Kitty, un pigeon. Mais un pigeon fortuné, si elle en croyait la voiture. Elle décida de tenter le coup, rien que pour voir.

— J'ai l'habitude d'avoir des nuits bien remplies, avança-t-elle.

Le type ne réagit pas tout de suite.

— Vous êtes une fille ? laissa-t-il tomber finalement.

Elle fut interloquée. Malgré son allure de garçonne, on ne lui avait jamais posé une telle question.

— Je dois le prouver ?

L'homme ne répondit pas mais continua à détailler du regard sa silhouette ambiguë.

La situation commençant à s'éterniser, d'un geste rapide, Kitty souleva le devant de sa mini-jupe. Et comme elle n'avait pas pris la peine d'enfiler sa culotte en se rhabillant chez Maitland, elle savait que l'argument avait de fortes chances d'être décisif.

Malgré la furtivité de son mouvement, elle perçut en effet aussitôt l'éclair qui scintilla dans les yeux de l'étrange individu. Elle se dit qu'il avait vu, et bien vu, qu'il avait affaire à une fille, et pas n'importe laquelle.

Lorsqu'il la regarda à nouveau, son expression avait curieusement changé. Si Kitty avait eu moins tendance à prendre les gens comme lui pour de simples gogos, elle se serait peut-être rendu compte qu'il n'avait plus la mine de quelqu'un qui tente sa chance au hasard des rues, mais celle de quelqu'un qui vient de trouver le gros lot.

— Alors combien ? insista-t-il.

— Cinq cents, jeta-t-elle d'un ton qui ne voulait laisser place à aucune discussion.

L'homme fit mine d'hésiter, se passant la langue sur les lèvres plusieurs fois.

— C'est bon, finit-il par dire. Montez.

Et il ouvrit la portière côté passager.

Soudain, Kitty se sentit moins sûre d'elle. Elle n'avait jamais demandé une somme pareille à un client. Maitland lui avait certes rapporté beaucoup plus, mais en le pratiquant plusieurs mois, à raison de cinquante dollars par rendez-vous. Là, brusquement, elle eut la sensation que les choses allaient trop vite. Elle s'aperçut qu'elle n'avait pas pensé que l'homme accepterait.

— Alors, on est d'accord, oui ou non ? s'impatienta le type.

Il sortit de sa poche encore quelques billets, les compta et les jeta sur la banquette à côté de lui.

— Cent vingt, c'est tout ce que j'ai. Le reste à la maison. Ça va ?

Bien sûr, elle pouvait refuser, lui dire d'aller se faire applaudir par les Grecs avec sa face d'eunuque et filer d'un pas goguenard. Mais, d'un autre côté, elle sentait que c'était pour elle une victoire. Elle se voyait subitement valoir cinq cents dollars pour une nuit, et si elle en valait cinq cents ce soir, pourquoi pas mille demain ? Elle était en train d'entrer dans la cour des grandes. Pas de doute, elle devenait une vraie pro. Et une pro ne refuse pas le boulot. Elle jaugea une dernière fois le client et prit sa décision.

Avec détermination, elle grimpa dans la Mercedes et prit place sur le cuir moelleux de la banquette, ramassant au passage la poignée de billets.

— Ça marche, dit-elle en claquant la portière. Mais je veux voir le reste de l'argent avant.

L'homme la regarda droit dans les yeux, comme s'il la découvrait pour la première fois. Son visage aux joues trop pleines était impassible, et comme il ne démarrait pas elle ajouta :

— On va s'arrêter à un guichet automatique et vous retirerez ce qui manque. D'accord ?

Le type la fixait toujours. Maintenant à côté de lui, elle comprenait qu'elle ne s'était pas trompée. Malgré son dos voûté, son embonpoint visible et les chairs un peu flasques de son cou, elle voyait bien qu'il pouvait faire un mètre quatre-vingts, sinon plus, et elle se dit avec une soudaine appréhension que cela risquait de ne pas être une partie de plaisir.

— C'est d'accord, finit par dire l'homme, toujours sans la moindre expression.

Et il fit démarrer la voiture. Deux blocs plus loin, il s'arrêta près d'une banque et Kitty le regarda retirer de l'argent au distributeur. Elle fut surprise de penser que c'était peut-être là pour elle la dernière occasion de tout laisser tomber et de rentrer tranquillement dormir dans son studio. Lorsque l'homme regagna la voiture, une légère inquiétude la tenaillait toujours.

À nouveau installé à côté d'elle, l'homme compta quelques billets et les lui tendit.

— Le reste demain matin.

Tandis que la voiture repartait, Kitty rangea dans son sac les deux cent vingt dollars qu'il lui avait donnés et essaya de se détendre.

— Je m'appelle Kitty, lança-t-elle d'un ton qu'elle voulait détaché. Et vous ?

Il ne répondit pas tout de suite.

— Bob. Moi, c'est Bob.

Elle avait perçu l'hésitation et elle comprit qu'il lui mentait. Après tout, pourquoi pas ? C'était son problème.

— O.K., Bob, la nuit est à nous !

Comme il n'y eut pas de réponse, elle resta silencieuse quelques minutes et le malaise qu'elle essayait d'ignorer la saisit à nouveau.

Une intuition lui traversa l'esprit. Cette voiture n'était pas celle du type. C'était une voiture de femme. Elle décelait clairement le parfum de grande marque qui imprégnait l'intérieur et n'avait rien à voir avec l'odeur un peu grasse et lourde émanant de l'individu. Le parfum de sa femme ? se demanda-t-elle. Non. Ce type n'était pas marié. C'était autre chose. Un parfum de femme mûre, de rombière... Kitty esquissa subitement un sourire pour elle-même. Elle venait de trouver ! C'était la voiture de maman ! Ce type s'encanaillait avec la voiture de sa mère... Elle se trémoussa sur son siège.

Cherchant quelque chose à faire, elle porta par hasard son regard sur un objet étrange dans le vide-poches de la portière. C'était une sorte de bloc de plastique transparent. Elle le saisit et s'aperçut qu'il s'agissait d'un lingot de plexiglas. À l'intérieur, il y avait l'éclaté d'un animal qui avait tout l'air d'être un poisson. Un petit poisson éventré, fendu par le milieu, momifié dans le plastique, exhibant son squelette et ses viscères peinturlurés comme pour une leçon d'anatomie.

— Qu'est-ce que c'est ? ne put-elle s'empêcher de demander.

— Un *Tetraodon nigropunctus.* Il vit dans les coraux du Pacifique. Ça vous intéresse ?

Pour la première fois depuis le début de leur rencontre, elle sentit le type sincèrement concerné par la tournure que prenait la discussion. Elle ne voulut pas le contrarier.

— Oui, plus ou moins. Ça s'achète où ?

Il ne répondit pas tout de suite.

— C'est moi qui les fais, déclara-t-il au bout d'un moment.

Et Kitty perçut une pointe de fierté dans cette révélation.

— Vous verrez, continua-t-il, il y en a d'autres à la maison.

Elle n'était pas sûre d'avoir envie de découvrir d'autres petites momies de ce genre. Elle reposa le bloc de plexiglas là où elle l'avait pris et rien ne lui vint à l'esprit pour relancer la conversation. Elle se cala donc sur le siège avec le sentiment de plus en plus envahissant que la soirée était mal emmanchée. À la fois exaspérée et impatiente d'en avoir fini, elle jeta un bref coup d'œil aux chiffres émeraude de l'horloge numérique du tableau de bord. Celle-ci indiquait 23 h 52.

5

La dernière fois qu'il avait franchi l'entrée de l'Hôpital général, c'était plusieurs mois auparavant, pour y recevoir les ultimes distinctions que lui avait values sa carrière, à l'occasion d'une cérémonie spécialement organisée à son intention. Marcus y avait fait excellente figure, du moins le pensait-il, car avec l'aide de Marcia il était parvenu à se vêtir de façon présentable et avait pu apparaître sur l'estrade pour son discours de remerciement sans trop détonner dans l'assemblée. C'est dans cette tenue qu'on devait se le rappeler, car le préposé à la barrière automatique ne le reconnut pas.

— Où allez-vous ? demanda-t-il en se penchant vers la voiture.

Marcus abaissa la vitre.

— On ne se connaît plus, Andy ?

L'homme n'était plus tout jeune, mais l'uniforme et l'autorité naturelle qui se lisait sur son visage lui conféraient encore une fière allure.

— Docteur Mawbray ! s'exclama-t-il. Excusez-moi, je ne vous avais pas reconnu.

— Vous m'avez complètement rayé du paysage, c'est ça ? plaisanta Mawbray.

— Pas du tout. C'est que vous avez changé de voiture.

— On se sent plus jeune dans une voiture flambant neuve. Il faut pardonner les caprices des retraités, Andy.

— Je pardonne, je pardonne. Vous venez pour quelque chose de spécial ou vous voulez juste faire la conversation ?

— J'ai rendez-vous au service médico-légal.

— Comme c'est original. Tourisme ou travail ?

— Travail en touriste, si vous voulez.

— Je vois, fit Andy en actionnant l'ouverture de la barrière. Quoi qu'on fasse, on a toujours besoin de l'avis des anciens. C'est ça ?

— Ça y ressemble.

— Alors, amusez-vous bien, conclut Andy.

Et Marcus alla se garer à proximité du bâtiment ouest de l'hôpital. Il rangea sagement sa voiture sur l'emplacement réservé aux visiteurs tout en remarquant au passage que la place qui avait été la sienne durant des années était maintenant marquée « Dr Dunwell ». C'est aller un peu vite en besogne, songea-t-il avec une pointe d'irritation. Car depuis qu'il avait quitté le service, son remplaçant n'avait toujours pas été nommé et Jeffrey Dunwell n'était directeur que par intérim. Marcus soupira avec découragement à l'idée qu'en renouant avec ses anciennes activités il lui fallait aussi renouer avec les dérisoires mesquineries qui occupaient habituellement les services médicaux.

Il pénétra dans le hall vitré du bâtiment comme il l'avait fait si souvent autrefois et éprouva aussitôt la sensation de ne plus être chez lui. Les décorations florales qu'il avait fait installer avaient disparu et l'on avait également remplacé le petit mobilier d'accueil qu'il avait choisi lui-même. Il allait se diriger d'un pas machinal vers les bureaux lorsqu'il entendit une voix l'interpeller :

— Monsieur ! Où allez-vous ?

Il se retourna. Dans l'encadrement d'une porte, une femme à grosses lunettes et vêtue d'une blouse blanche le toisait avec une certaine sévérité. Il interrogea rapidement sa mémoire mais la femme lui était parfaitement inconnue. Une nouvelle, se dit-il.

— Je cherche le Dr Dunwell, fit Marcus.

— Vous avez rendez-vous ?

Il n'y avait pas la moindre trace d'amabilité dans la voix. Il fit un effort pour ne pas s'en formaliser.

— Oui. Je suis le Dr Marcus Mawbray.

— Ah !

La femme avait adopté un ton indifférent qui lui donna l'impression très nette d'avoir été enterré vivant.

— Je suis la secrétaire du Dr Dunwell. Il a dû s'absenter. Voulez-vous l'attendre ?

La secrétaire de Dunwell ! Il l'avait bien choisie, celle-là. Cette bonne vieille madame Gillis qui avait été sa fidèle assistante jusqu'à son départ avait dû être mutée quelque part dans l'enfer administratif de l'hôpital ou remisée comme lui au cimetière des éléphants. Il décida qu'il n'était plus indispensable d'exprimer le moindre égard :

— Non, je ne veux pas attendre. Vous direz au Dr Dunwell lorsqu'il arrivera que je suis en train de travailler dans la salle 3. Auriez-vous la gentillesse de prévenir M. Harman, le chef de la morgue ?

— Mais..., commença la secrétaire, interloquée.

— Le Dr Dunwell est au courant, l'interrompit-il avec un sourire, et M. Harman aussi. Ne vous inquiétez pas.

Sur quoi il l'abandonna sans plus d'explications et s'engouffra d'un pas énergique dans le couloir qu'il connaissait bien.

Il n'était pas trop surpris de l'absence de Dunwell. Après tout, il venait marcher sur ses brisées et comprenait que son confrère se soit arrangé pour avoir autre chose à faire. En fait, se dit Marcus, je ne suis plus qu'un type de l'extérieur. Une sorte d'amateur, pour ainsi dire.

Après quelques détours, il parvint à la salle d'autopsie n° 3, poussa la porte à battants et fit la lumière à l'intérieur. D'un coup d'œil, il examina les lieux et s'aperçut avec satisfaction qu'ici rien n'avait changé et qu'il se retrouvait enfin un peu chez lui. Il se dirigea automatiquement vers la table du milieu où il avait tant de fois opéré.

Après avoir posé sa sacoche sur l'émail d'une paillasse, il actionna l'interrupteur de l'éclairage scialytique situé sur le côté de la table. Puis il se dirigea vers un placard et choisit une blouse blanche. Tandis qu'il ôtait son veston pour le pendre à un portemanteau, il entendit la porte s'ouvrir et vit entrer dans la salle Ben Harman, le responsable de la morgue. Il poussait un chariot sur lequel reposait une grosse boîte à compresses stériles et il s'approcha de Mawbray avec un sourire.

— Bonjour, docteur, lui dit-il. C'est un plaisir de vous revoir ici.

— Ben ! l'accueillit Marcus avec chaleur. Enfin un visage sympathique en ces lieux !

Ils se serrèrent la main avec une effusion sincère. Marcus avait toujours connu Ben dans les murs de son service et les deux hommes avaient eu tout le temps de s'apprécier.

— Alors, vous renouez avec les vieilles habitudes ?

— En quelque sorte. C'est bien simple, il paraît qu'on ne peut pas se passer de moi...

Tous deux échangèrent un léger rire puis, sans attendre, Ben Harman déposa le récipient sur la table de dissection.

— C'est ça ? demanda Marcus.

— C'est ça. Au moins, en voilà un qui n'est pas trop pénible à transporter, ajouta Ben toujours avec bonne humeur. C'est assez étonnant, vous allez voir.

Après quoi, il rangea le chariot contre un mur.

— Vous avez besoin de quelque chose ? demanda-t-il.

— Je n'ai pas trouvé le jeu de loupes. Elles étaient rangées là habituellement.

Il désignait un meuble sous la paillasse.

— C'est juste. Je vais vous les chercher, fit Ben aussitôt. Il y a eu des petits changements depuis votre départ.

— J'ai pu voir, j'ai pu voir.

Le chef de la morgue réapparut bientôt avec les loupes qu'il vint déposer sur la table, tandis que Mawbray finissait d'enfiler des gants de caoutchouc.

— Bon. Voyons ça, fit-il en ajustant ses lunettes.

Il ouvrit la grosse boîte métallique et contempla l'étrange échantillon anatomique qui s'y trouvait.

Le crâne reposait sur des champs l'empêchant d'être en contact avec les parois cylindriques qui se couvraient peu à peu d'une fine pellicule de condensation due à la différence des températures. Il avait beau avoir étudié avec la plus grande attention les photos remises par Folkerson, Marcus fut cependant surpris par ce fragment humain qui ne ressemblait à rien de ce qu'il avait pu examiner jusqu'à ce jour.

Saisissant le crâne avec précaution, il l'extirpa de la boîte et l'installa sur la table. Il rapprocha le scialytique circulaire et se mit à étudier attentivement la pièce à l'œil nu. Puis, à l'aide d'un verre à fort grossissement, il entama une première investigation méticuleuse.

— C'est extraordinaire, fit-il. Le crâne a été rasé.

Sur les lambeaux de scalp déchiqueté, il pouvait déceler les minuscules racines dépassant à peine du follicule pileux.

— Cheveux bruns, constata-t-il. À vérifier.

Il préleva un fragment à l'aide d'une lame pour analyse ultérieure au microscope. Après quoi, il entreprit d'examiner la face en commentant à voix haute à l'intention du magnétophone de poche qu'il avait posé près de lui :

— Lésions traumatiques cutanées généralisées. Dilacérations de toutes les parties molles, des muscles et des éléments vasculo-nerveux, toutes régions confondues... Globes oculaires absents...

Retournant la tête de manière à inspecter toutes les surfaces, il poursuivit sa description détaillée comme une litanie :

— Dans les régions frontale, temporales, pariétales et occipitale, des lésions érosives et des excoriations accompagnées de lacérations plus profondes... Pavillons auriculaires absents... Parois latérales des joues déchirées... Maxillaires apparents sous les déchirures... Régions labiales déchiquetées... Tissus nasaux et sous-orbitaires dilacérés... Sinus apparents par endroits...

Il finit par se taire, totalement absorbé par l'exploration de cet invraisemblable paysage dévasté.

— L'impression générale est celle d'une détérioration systématique à l'aide d'un outil pointu et tranchant, reprit-il à un moment.

Il s'interrompit à nouveau pour examiner certains aspects qu'il n'avait pu déceler sur les photographies et qui maintenant l'intriguaient.

— Sur l'ensemble externe de l'objet examiné, ajouta-t-il,

il y a une profusion impressionnante de plaies punctiformes combinées à des arrachements...

Il observa encore quelques secondes.

— Elles font penser à des morsures animales, hasarda-t-il comme pour lui-même, oubliant le magnétophone.

Ben Harman, qui était resté silencieux jusque-là, se pencha à son tour sur l'objet de l'examen.

— Le Dr Dunwell pense qu'il pourrait s'agir d'un rongeur.

— Ah oui ? fit Mawbray. C'est plausible. Mais je n'ai rien lu dans son rapport concernant cette hypothèse.

— Le Dr Dunwell voulait d'abord vérifier.

— Et comment compte-t-il procéder ?

— Il a demandé le rapport descriptif d'un cas typique pour établir une comparaison. Un sans-abri décédé sur les quais et dont une partie du crâne a été dévorée par des rats. Une observation très complète faite l'hiver dernier.

Mawbray hocha la tête et reprit son examen. À l'aide d'une sonde, il se mit en devoir de soulever chaque parcelle de chair séchée pour inspecter la nature exacte du dommage qu'elle avait subi et les éventuelles lésions du substrat osseux. Cela lui prit plus d'une demi-heure, dans le silence total de la salle. C'est alors que, soudainement, dans la partie supérieure du sphénoïde gauche, il décela, fichée dans l'os, une infime particule étrangère.

Sa curiosité fut immédiatement alertée mais, avant d'aller plus loin dans son investigation, il jeta un regard à Ben Harman.

— L'observation de Dunwell est bien close et définitive, n'est-ce pas ? lui demanda-t-il.

— À ce que je sais, oui. Autant qu'on peut être définitif dans ce genre de travail. Pourquoi ? Il y a un problème ?

Marcus hésita.

— Non, non, finit-il par marmonner. C'est juste pour savoir.

Mais sous son visage impassible, Marcus s'indignait intérieurement. Cherchez l'erreur, se disait-il. Eh bien, elle était là, l'erreur ! Dunwell avait laissé passer ça. Il fallait qu'il fasse l'inspection derrière le travail des autres comme un vieux maître d'école pour s'apercevoir que le boulot avait été exécuté à la va-vite. Guidé par une sorte de fureur, il sut tout de suite ce qui lui restait à faire.

Ben Harman était toujours planté à ses côtés et Marcus voyait maintenant en lui un vigile qui aurait à rendre compte du travail minutieux qu'il était en train d'opérer. Malgré la sympathie qui subsistait entre les deux hommes, le chef de la morgue restait le subordonné de Dunwell. Et pour le moment, Marcus ne voulait rien laisser transparaître des résultats de sa contre-expertise. À chacun ses responsabilités. On verrait à la fin.

Il décida donc momentanément de passer outre sa découverte et de poursuivre comme si de rien n'était son interminable progression dans la matière ravagée.

Cela dura encore vingt bonnes minutes et il était plongé dans son travail lorsque le Dr Dunwell fit irruption dans la salle.

— Bonjour, messieurs, lança-t-il.

Il était en costume de ville et Marcus nota qu'il s'était laissé pousser un collier de barbe depuis la dernière fois qu'il l'avait vu, probablement dans le but de renforcer l'image qu'il se faisait de sa propre autorité.

Il s'approcha et salua Marcus d'un geste de la main.

— Excusez-moi, Mawbray, mais j'étais retenu à la faculté.

— Il n'y a pas de mal, fit Marcus.

Le visage de Jeffrey Dunwell était sans expression et il se tourna vers le chef de la morgue.

— Je crois que ça ira, Ben. Je vais rester avec le Dr Mawbray.

Ben Harman comprit que c'était un ordre.

— Comme vous voulez. Si vous avez besoin de moi, je suis au 216.

Et il quitta la salle d'autopsie.

Les deux médecins restèrent silencieux quelques instants.

— Où en êtes-vous ? s'enquit finalement Dunwell.

Marcus était en train de reposer ses instruments et d'ôter ses gants.

— Ça avance, répondit-il évasivement. Il me reste encore à faire quelques photos.

Et il entreprit de réaliser lui-même plusieurs clichés avec le petit appareil automatique qu'il avait apporté. Enfin, il se tourna vers le Dr Dunwell avec un air satisfait.

— Voilà pour un premier tour d'horizon. Je crois que je vais maintenant pouvoir me mettre au travail.

Dunwell lui jeta un regard surpris.

— Que comptez-vous faire ? lui demanda-t-il d'un ton plutôt cassant.

— Nettoyer proprement le crâne, répondit Mawbray sans détour.

Dunwell parvint assez bien à dissimuler sa stupeur.

— Vous voulez dire mettre la structure osseuse à nu ?

— Exactement.

Il fallut à Jeffrey Dunwell quelques secondes pour trouver la meilleure attitude à adopter. Il opta pour le rapport de forces diplomatique.

— Je ne sais pas si c'est vraiment nécessaire, Marcus. L'enquête est encore en cours et le traitement que vous suggérez est irréversible. On risque de se priver de pièces à conviction. Vous en êtes conscient ?

— Tout à fait. Mais j'ai cru comprendre que vos observations étaient achevées. On doit donc pouvoir passer à un stade d'expertise plus poussé, non ?

Les deux hommes se mesuraient du regard, chacun sachant à quoi s'en tenir sur l'autre.

— Franchement, je n'en vois pas l'utilité. Mon rapport fait, je crois, assez bien le tour du problème. Si vous voulez, nous allons passer dans mon bureau pour en parler tous les deux, proposa-t-il, suggérant ainsi à Mawbray de mettre fin à sa visite.

Ce dernier considéra d'un œil froid le directeur par intérim.

— J'ai lu attentivement votre rapport. Il est très détaillé, j'en conviens, mais il subsiste des incertitudes sur l'âge et le sexe, n'est-ce pas ?

— Vu les mensurations, rétorqua Dunwell, vous savez très

bien qu'il doit s'agir d'un individu de sexe féminin. Je suis d'accord qu'il subsiste un doute sur l'âge.

— Est-il établi qu'il ne s'agit pas d'un enfant ou d'un adolescent ?

— Non, dut reconnaître Jeffrey Dunwell.

— Tout ce que l'on peut gagner en précision est essentiel, vous le savez. Je ne tiens pas à revenir sur le travail déjà fait, ni à porter un quelconque jugement dessus, je tiens à aller un peu plus loin. C'est tout.

Visiblement, le Dr Dunwell n'appréciait pas la tournure de la discussion.

— Écoutez, Mawbray, j'attends encore quelques résultats d'analyses. Peut-être serait-il plus prudent de prendre connaissance de ces nouvelles conclusions avant de poursuivre votre intervention sur l'objet lui-même ?

Mawbray sentit la mauvaise humeur le gagner.

— Docteur, commença-t-il avec une pointe de lassitude dans la voix, vous savez que je suis mandaté non pas pour valider des conclusions, mais pour expertiser la pièce anatomique mentionnée.

— Je sais.

— Alors, si vous n'y voyez pas d'inconvénient, je vais expertiser. Je pense d'ailleurs procéder sans l'assistance de qui que ce soit.

Le Dr Dunwell n'eut aucune peine à saisir l'allusion.

— Très bien. Faites comme vous voulez. Je n'avais pas pensé que vous souhaiteriez approfondir à ce point.

Il s'apprêtait à quitter la salle.

— Mais je dois vous dire que le service ferme à dix-sept heures, ajouta-t-il. Je ne pourrai en aucun cas vous laisser les clés et je devrai fermer.

— Ne vous inquiétez pas, docteur, j'arrangerai cela.

Dunwell le fixa un instant comme pour essayer de comprendre ce qu'il entendait par là.

— Bien, finit-il par dire, sans avoir résolu la question. Je vous laisse.

Il tourna les talons et quitta la salle sous le regard affligé de Mawbray.

Je suis à la retraite et je dois encore supporter ce genre de mesquinerie comme à l'époque de mes débuts ! songeait-il. Au fond, il savait bien qu'il n'y avait aucune raison pour qu'il en soit autrement, mais cela n'en restait pas moins consternant.

Il se dirigea vers le bureau métallique trônant non loin de la porte, ouvrit l'un des tiroirs et en retira l'annuaire interne de l'hôpital. Du doigt, il parcourut les feuillets puis composa un numéro de téléphone.

— Allô, la Surveillance ? demanda-t-il. Passez-moi Andrew au poste d'entrée, s'il vous plaît.

Il attendit un instant puis entendit une voix à l'autre bout de la ligne.

— Andy ? C'est le Dr Mawbray. Dites-moi, j'aurai besoin de travailler tard ce soir dans la salle 3 de l'Institut. Le Dr Dunwell ne m'a pas laissé les clés. Vous pourrez m'arranger ça avec les gens de la Surveillance ?... Oui... La nostalgie des heures supplémentaires, s'efforça-t-il de plaisanter avec un léger rire. Merci, Andy...

Il faut se bagarrer même pour les clés, se dit-il en raccrochant, écœuré. D'un geste rapide, il consulta sa montre. Il était déjà seize heures passées. Parfait. Maintenant, il était grand temps d'entrer dans le vif du sujet. Avant toute chose, il lui fallait récupérer le petit corps étranger qu'il avait repéré tout à l'heure sous le regard indiscret de Ben Harman. Son flair lui disait qu'il devait y avoir quelque chose d'intéressant là-dedans.

6

Dans le verre d'eau qu'il avait posé sur la table de formica, l'homme au jogging bariolé jeta trois comprimés effervescents qui commencèrent aussitôt à se dissoudre en pétillant. À la faveur de la demi-obscurité, il put voir les colonnes de bulles se précipiter vers la surface pour s'y dissiper en déposant des traces de médicament, mais il eut la plus grande peine à y concentrer son regard. La violence de son mal de tête était telle qu'il lui semblait que ses yeux allaient éclater sous l'effet d'une insupportable pression et il ne cessait de les fermer en y appuyant la paume des mains, comme pour aveugler la douleur.

Incapable de tenir sur ses jambes, la tête bourdonnant de façon intolérable, il s'assit pesamment sur le divan poussiéreux, la névralgie s'élançant par spasmes jusque dans sa nuque et crispant douloureusement ses épaules.

Ça recommence, se dit-il avec une sorte de désespoir infantile. Ça recommence comme avant, comme à chaque fois, comme une punition.

Il s'aperçut qu'il respirait difficilement et sentit une vague de peur monter en lui comme une nausée au milieu des images brouillées qui se bousculaient dans son cerveau. Il étendit les jambes sur la carpette rugueuse et tenta de contrôler sa respiration ainsi que la soudaine envie de pleurer qui pesait sur sa poitrine.

De la pièce voisine parvenait une lumière crue dispensée par une seule ampoule qui pendait du plafond. Clignant des paupières, il fixa quelques secondes l'encadrement de la porte d'où fusait la clarté et, dans l'image floue que lui renvoyaient ses yeux embués, il crut revoir les débris épars d'un cauchemar qui ne lui appartenait pas.

Il y avait là-bas, à quelques mètres à peine, quelque chose d'innommable. Les vestiges d'une violence qui s'était abattue avec une force implacable et dont le souvenir se mêlait à d'autres images plus lointaines, partiellement occultées, provenant de profondeurs plus épaisses qui lui semblaient plus étrangères encore.

De ce brouillard, il se rappelait un nom, Izul, auquel il avait le plus grand mal à associer un visage. C'était une femme, presque une gamine en fait. Une brune. Terriblement brune. Il voyait bien maintenant sa chevelure, d'un noir si profond qu'elle reflétait des éclats d'un bleu acier. Une parure dense, lourde et chaude, comme le pelage soyeux d'un animal. Il en sentit subitement la douceur dans le creux de sa main et agita mollement les doigts, comme s'il froissait une étoffe précieuse.

Cela se passait dans les contours indistincts d'un logement minuscule dont l'aménagement terne et sommaire témoignait d'un provisoire qui n'en finissait pas. Seule tache de couleur et de gaieté dans ce morne appartement, une affichette des Turkish Airlines où s'étalait une vue superbe d'Istanbul, noyée dans les vapeurs du petit matin montant du Bosphore.

La seule fois où il s'était rendu chez elle, il avait erré plus d'une heure dans les rues vides de ces banlieues qui repoussent jusqu'aux premiers champs des campagnes les interminables ensembles d'immeubles où s'entasse l'humanité ne pouvant trouver place ailleurs. Sachant son incapacité à se faire comprendre dans la langue des habitants, quels qu'ils fussent, il s'était abstenu de demander son chemin. C'était presque par hasard qu'il avait fini par trouver le bâtiment 36 et, dans la façade lépreuse et décrépie, l'entrée de l'escalier 6.

Le hall sentait l'urine. Sur les boîtes aux lettres délabrées, il n'avait rencontré qu'un seul nom allemand. Et au milieu de tous les noms étrangers écrits des manières les plus diverses et sur les supports les plus invraisemblables, il avait enfin décelé celui d'Izul.

En frappant à sa porte, il l'avait réveillée, bien que l'après-midi de ce dimanche de juin fût déjà assez avancé. C'est malgré tout avec un sourire de bienvenue qu'elle l'avait accueilli. Elle semblait étonnée de sa présence, et plutôt heureuse. Elle le reconnaissait vaguement et se souvenait lui avoir donné son adresse, sans jamais penser une seconde qu'il prendrait la peine de venir la trouver en ce bout du monde.

— Will ! Quelle surprise ! s'était-elle exclamée d'une voix que le sommeil rendait encore cotonneuse.

— Je m'appelle Wade, avait-il répondu.

Elle l'avait toisé un instant, incertaine. Puis elle lui avait souri à nouveau.

— Wade, c'est ça, avait-elle repris en portant la main à son front comme si elle retrouvait la mémoire. Excuse-moi. Je savais qu'il y avait un W. Entre.

Et elle avait ouvert la porte en grand.

L'anglais qu'elle parlait, il se doutait bien qu'elle l'avait appris auprès de gars comme lui qui couraient les maisons du quartier de la Hauptbahnhof leurs jours de permission. Et à en juger par la façon dont elle le maniait, elle avait dû en rencontrer plus d'un depuis pas mal de temps déjà.

— C'est gentil d'être venu jusqu'ici, Wade, avait-elle continué en nouant sur sa taille la ceinture de sa robe de chambre. Je te sers quelque chose ?

— Si tu veux.

Il se tenait au milieu de la pièce, confus, incertain de ce qui l'avait réellement poussé chez elle.

— Bière et schnaps, lui avait-elle lancé de la petite cuisine. C'est tout ce que j'ai.

Tandis qu'Izul s'occupait à une vaisselle rapide dans le coin cuisine, il pouvait l'observer tout à loisir dans son intimité dérisoire, une intimité qui n'avait rien d'alléchant, qui n'avait même rien à voir avec la fille qu'il avait suivie une semaine auparavant jusqu'à l'hôtel où elle pratiquait habituellement.

— Tu en as encore pour combien de temps ?

— Quatre mois.

— Ça ne doit pas être drôle pour vous, si loin de votre pays.

— On s'y fait, avait-il répondu, indifférent. On voit des trucs nouveaux. On rencontre des gens.

Elle avait rapporté un plateau avec des verres, deux boîtes de bière et une bouteille d'alcool.

— Finalement, on est des émigrés tous les deux, avait-elle conclu en s'asseyant à la petite table dans un angle de son studio.

Elle avait servi les boissons et levé son verre.

— On boit au retour au pays. D'accord ?

Wade l'avait accompagnée, machinalement, et ils avaient bu en silence, chacun occupé à ses pensées. Pendant un certain temps, ils avaient fait alterner, selon la tradition des comptoirs, une gorgée de bière et une gorgée de schnaps. Bientôt, par la simple présence de l'homme, Izul avait senti peu à peu resurgir en elle un sentiment d'affection qu'elle avait si rarement l'occasion de diriger sur quelqu'un. Ayant vidé son verre, elle avait posé sa main sur celle de Wade.

— Qu'est-ce qui t'amène chez moi, Wade ? Qu'est-ce que je peux faire pour toi ?

Elle avait une voix tendre et presque maternelle qui lui avait fait courir un frisson sur l'échine. Il ne savait que lui dire. Elle recommençait à lui faire peur, comme l'autre jour.

— Tes copains, quand ils demandent à me voir en dehors de mes heures, c'est pour poser leur tête contre moi et me parler de leur femme ou de leur copine qu'ils ont laissée là-bas. C'est ça que tu veux ?

Et elle avait caressé son cou d'un geste chaleureux. Il s'était raidi, refusant toujours de répondre.

— Écoute, Wade. Je ne suis pas censée travailler chez moi, mais c'est la première fois qu'un militaire fait tout ce chemin pour venir me voir. Alors, je ne vais pas te laisser rentrer comme ça. D'accord ?

Elle était sincèrement touchée de recevoir de la visite et voulait lui offrir ce qu'elle pensait avoir de meilleur. Écartant légèrement les pans de sa robe de chambre, elle avait laissé apparaître la peau fine de ses cuisses.

— Je crois me souvenir qu'il y avait un petit problème de ce côté-là, la dernière fois, avait-elle dit avec son sourire gentil et compréhensif, avançant doucement sa main vers le pantalon de Wade.

Au moment où elle allait atteindre sa braguette, il lui avait violemment saisi le poignet, pris d'une soudaine panique.

Izul, qui avait dû en voir d'autres, ne s'était pas départie pour autant de son sourire.

— Tu ne veux pas ? avait-elle demandé avec une extrême douceur.

Il serrait toujours la main au point que celle-ci blanchissait et que le réseau bleuté des veines gonflait sous l'épiderme.

— Laisse-moi faire. Tu vas voir, ça va aller tout seul.

Peu à peu, il avait desserré son étreinte et fini par la libérer.

Les yeux fermés, il avait senti les doigts chauds de la jeune femme s'efforcer lentement et patiemment de faire naître son plaisir. Mais avec une terreur grandissante, il s'était rendu compte qu'encore une fois cela resterait sans effet.

Une bouffée de chaleur qu'alimentaient la honte et le dépit avait commencé à l'inonder et il avait senti sous les aisselles et dans la nuque les picotements d'une vague de sueur. Les mâchoires serrées, la respiration courte, il s'était contraint de tous ses muscles à ne pas repousser cette femme qui pétrissait stupidement son impuissance. Et tout à coup il avait compris qu'il n'y avait pas d'autre issue. La raison de sa présence chez Izul lui était apparue violente et crue, et les visions terribles auxquelles il voulait échapper s'étaient mises à se déverser sans retenue dans son esprit. Il fallait qu'elle souffre. Il fallait qu'elle souffre de toute sa chair. Alors elle verrait. Elle verrait vraiment qui elle avait chez elle et ce qu'elle tenait entre ses mains.

Ce qui s'était passé cet après-midi-là dans cette banlieue égarée, dans ce logement pitoyable, ne remontait plus à sa mémoire que par fragments imprécis. Son cerveau avait opéré un long travail d'enfouissement et seuls de brefs instants épouvantables resurgissaient à l'occasion d'une nuit, au gré de ses cauchemars, comme des épaves dérivant à la surface de l'oubli.

Si les images manquaient, sa conscience ne s'était pas tue. Elle lui rappelait avec insistance, si longtemps après, qu'avec l'effacement des souvenirs s'était anéantie cette douce et chaude sollicitude maternelle qu'il avait décelée chez cette petite jeune femme, dans ce pays lointain. Et il éprouvait alors un terrible sentiment de détresse et d'abandon.

Dans la pénombre de la pièce, repoussant les assauts répétés de ces réminiscences insoutenables, l'homme au jogging bariolé fut saisi d'une brusque exaspération. Il se mit à gémir à petits cris plaintifs et aigus tout en s'affalant sur le divan. Il resta pendant plusieurs minutes dans cette position, le regard fixé nulle part, dans une sorte de coma éveillé et dans le silence du lieu.

Puis, tout à coup, se rejetant violemment sur le dos, arqué dans une irrépressible convulsion, il poussa un cri, de toute la force de ses poumons, un hurlement interminable, d'impuissance et de douleur, qui résonna longuement dans la pièce quasiment vide.

Un peu plus tard, le silence revint. Sur la table, le verre contenait une eau étale que plus aucun frémissement ne venait troubler. Le divan délabré proféra quelques grincements sous le poids de l'homme qui reprenait mouvement et sa position assise.

Les doigts qui vinrent saisir le verre étaient zébrés de coulures sombres, sèches et craquelées. L'homme but le médicament avidement et d'un trait. Lorsqu'il s'essuya la bouche d'un revers de la main, il y laissa une traînée rougeâtre comme un barbouillage compromettant de rouge à lèvres. Il ne s'en aperçut pas et de toute façon pensait à autre chose. Dans l'insupportable douleur qui lui fendait le crâne, sa raison recommençait à s'ordonner.

Demain ce serait dimanche, il n'aurait pas à se soucier de quoi que ce soit. Cela lui laisserait tout le temps dont il avait besoin.

Il jeta à nouveau un coup d'œil vers la pièce éclairée. Là-bas l'attendait le long et fastidieux travail auquel il songeait et qui nécessiterait toute son attention. Mais pour l'instant il était tard. La nuit était bien avancée et il décida qu'il préférait dormir.

Il reposa le verre sur la table, alla éteindre la lumière de la pièce voisine et, d'un pas lourd et incertain, se dirigea dans l'obscurité totale vers une autre porte par laquelle il sortit.

7

Le jeudi soir, Kitty n'avait pas appelé. Greg Maitland avait attendu toute la soirée près du téléphone qui n'avait sonné que deux fois. La première, il s'agissait d'un des étudiants dont il dirigeait les recherches, qui l'avait questionné sur un point de bibliographie, et la seconde, d'un collègue l'invitant à une conférence la semaine suivante. Dans les deux cas, il avait écourté la discussion au minimum de ce que la politesse exigeait et ses interlocuteurs avaient dû s'en apercevoir. Mais il n'en avait cure. Il ne voulait pas risquer d'occuper la ligne au moment précis où Kitty l'aurait appelé. Il la voyait très bien haussant les épaules et raccrochant avec indifférence pour ne plus penser à lui dans la minute même qui suivait.

Le lendemain, à l'université, les heures s'étaient traînées, interminables, jusqu'au soir où il avait espéré qu'elle appellerait enfin. Mais le téléphone était resté cette fois-ci obstinément silencieux. Et Maitland avait veillé une partie de la nuit, rongé par l'absence de Kitty et torturé par sa désinvolture.

Il avait laissé s'écouler toute la journée du samedi sans qu'une seule fois la jeune femme quitte ses pensées, tout en essayant d'occuper les heures, sans grand succès. Le soir venu, il avait commencé à boire, et vers une heure du matin il s'était effondré sur son lit, abattu par l'alcool, la fatigue et la triste opinion qu'il avait de lui-même. Kitty n'avait toujours pas appelé.

Dans la matinée qui suivit, n'y tenant plus, il se décida à téléphoner à son collègue Garry Wyndham. Celui-ci parut moyennement heureux de l'entendre.

— Je ne sais pas si tu es au courant, Greg, mais c'est dimanche aujourd'hui.

— Tu flemmardais au lit ou quoi ?

— Je n'ai pas l'intention de te dire ce que je fais au lit, mon ami, d'autant que je n'y suis pas. Les gosses nous ont réveillés à sept heures pour partir en virée avec la tribu des voisins.

Il s'interrompit et Maitland l'entendit parler avec sa femme :

— C'est Greg... J'en ai pour une minute...

Il y eut encore un bref échange indistinct chez les Wyndham, puis la voix de Garry lui parvint à nouveau :

— C'est ma douce qui te donne le bonjour et me suggère aimablement de débrancher dorénavant le téléphone tous les dimanches. Tu as cinq secondes pour me dire ce qui t'amène...

Maitland n'avait pas réfléchi à la façon de présenter les choses et sentait le ridicule de sa situation.

— Garry, est-ce que tu te rappelles la fille que j'ai rencontrée à la party des Griffin, l'automne dernier ?

— La fille que tu as rencontrée à la party des Griffin l'automne dernier, répéta Garry. Comment veux-tu que je m'en souvienne ? Il y avait au moins une centaine d'invités.

— Une brune. Cheveux courts à la garçonne, une vingtaine d'années. On a discuté ensemble sur la véranda avec l'étudiante que tu avais en maîtrise l'an passé. Tu avais l'air de les connaître.

Il y eut un silence.

— Oui, je crois me souvenir, dit finalement Wyndham. Elle s'appelait Kate ou Katy, quelque chose comme ça.

— Kitty.

— C'est ça, Kitty.

— Kitty comment ? insista Maitland.

— Je n'en sais rien, mon vieux... Je ne la connais pas vraiment, tu sais, fit Wyndham après une nouvelle pause. La petite qui étudiait avec moi, oui, bien sûr. Mais l'autre, rien de spécial. Qu'est-ce que tu lui veux, d'ailleurs, à cette fille ?

Maitland ne sut que répondre et Wyndham se rendit compte de son embarras.

— D'accord. Je formule autrement ma question. Intérêt professionnel ou personnel ?

— Personnel, répondit Maitland après une hésitation.

— O.K., Greg. En tant que père de famille plus que doublement majeur, responsable et vacciné de longue date, je ne suis pas censé tremper dans les affaires sentimentales de mes collègues. Mais en tant qu'ami, je veux bien te suggérer de contacter Melanie Stubbs. Il me semble que c'est elle qui l'avait amenée. Je n'en suis pas certain.

— Melanie qui ?

— Stubbs. La fille qui préparait sa maîtrise. Elle est de San Rafael. Père dans les affaires, aucun problème de fin de mois, études médiocres. Ceci expliquant peut-être cela, ajouta-t-il en pédagogue désabusé.

Par Garry, Maitland avait espéré apprendre l'adresse personnelle de Kitty, ainsi que son nom de famille, et subitement le chemin pour y parvenir semblait plus tortueux que prévu.

— Tu es toujours là ? s'enquit Wyndham.

— Oui. Je réfléchissais.

— Tu réfléchis trop, Greg. Tu veux un avis ?

— Non, pas vraiment.

— Tant pis, je te le donne quand même. Évite de rester célibataire trop longtemps. Ça porte sur les glandes et on finit par faire n'importe quoi.

Maitland hocha la tête.

— Intéressant. Ça mérite réflexion.

— Et essaie de sortir avec une mignonne de ton âge. Il doit bien rester des femmes de quarante ans encore présentables.

Les mignonnes de mon âge, pensa aussitôt Maitland, si elles sont célibataires, non seulement elles ne sont plus mignonnes, mais de surcroît elles sont végétariennes et bourrées d'antidépresseurs.

— Merci pour la consultation, Garry. Transmets mes amitiés à Alison. Je vous laisse profiter de votre dimanche.

— Bien aimable. Et si tu trouves ta Lolita, tiens-moi au courant. Je suis curieux de savoir ce que ça donnera.

Maitland raccrocha, perplexe. Il avait du mal à se décider. Kitty allait peut-être resurgir dans les jours qui venaient. Tout serait oublié et il se mépriserait un peu plus pour s'être inquiété à ce point à son sujet. Mais l'angoisse qui le tenaillait depuis la veille restait la plus forte. Elle lui disait que Kitty ne serait plus jamais là. Que son corps nu ne serait plus jamais dans son appartement, ni sous la douche de la salle de bains, ni sur les draps épars de son lit. Qu'elle serait dans les bras d'un autre.

Il serra les mâchoires. Il fallait qu'il la trouve. Il fallait qu'il la voie et qu'elle lui revienne. Il décrocha à nouveau le téléphone et composa le zéro de l'opératrice.

— Je voudrais le numéro et l'adresse de M. Stubbs à San Rafael, demanda-t-il.

La réponse fut presque instantanée et il l'écrivit d'une main nerveuse sur un morceau de papier qui traînait sur son bureau.

Par la route 101, il lui fallut trente-cinq minutes à peine pour commencer à arpenter les rues chics de San Rafael. La maison des Stubbs se trouvait du côté de Marin County, sur l'une des collines boisées qui prêtaient au soleil de l'après-midi leur échine souple et arrondie.

Le 1348 Harlin Drive était une superbe bâtisse aux murs blancs séparée de la route par une vaste pelouse plantée d'arbres et de massifs fleuris. Maitland rangea sa voiture contre le trottoir d'en face et, ainsi rendu à pied d'œuvre, se demanda comment procéder pour la suite des événements. Il n'était pas du genre à sonner à la porte des gens sans être invité et sentait sa détermination faiblir. Il demeura un long moment assis au volant, se répétant à chaque minute qui s'écoulait qu'il lui fallait soit agir, soit rentrer. Sa voiture étant la seule garée dans la rue, son manège risquait de paraître suspect. Finalement, il se décida, s'extirpa de son siège et gravit l'allée en ciment qui menait au porche de la maison.

Il avait du mal à croire qu'il était en train de faire ce qu'il faisait et préféra fermer les yeux lorsque son doigt appuya sur la sonnette de l'entrée. Il entendit à l'intérieur le son étouffé d'un carillon discret et patienta de longues secondes. Il songeait à battre en retraite quand la porte s'ouvrit.

Une femme d'une cinquantaine d'années, bronzée et habillée avec goût, le toisa du regard.

— Qu'est-ce que c'est ? demanda-t-elle sans aucune amabilité.

Maitland prit sa respiration.

— Je m'appelle Maitland, fit-il. Greg Maitland. Je suis professeur à l'université de Berkeley. J'aurais souhaité parler à Mlle Melanie Stubbs.

— Je suis Mme Stubbs. C'est à quel sujet ?

Maitland tenta de montrer une certaine assurance. Il savait qu'il présentait plutôt bien et que sa profession avait peut-être de quoi lui donner quelque crédit.

— C'est à propos d'une de ses amies. Nous recherchons son adresse. Elle accompagnait Melanie lors d'un séminaire en octobre dernier. Nous allons publier un compte rendu dans le journal de l'université et nous voulions la citer et lui envoyer un exemplaire.

Mme Stubbs prit le temps de le dévisager avec insistance.

— Melanie est en Europe. Elle ne sera pas ici avant la fin août. Je suis désolée.

— En Europe ? répéta Maitland bêtement.

Elle ne jugea pas utile de confirmer sa réponse.

— C'est vraiment dommage, dit-il, sincèrement contrarié.

Comme il ne semblait pas vouloir clore la discussion, Mme Stubbs se donna la peine de lui venir en aide :

— De quelle amie s'agit-il ? Vous avez son nom ?

Maitland essaya d'afficher une expression candide.

— Malheureusement, non. C'est justement ça le problème. La liste des inscrits a été égarée et nous n'en avons pas trace. Je sais qu'elle s'appelle Kitty, hasarda-t-il en faisant mine de se concentrer, mais c'est tout.

La froideur de Mme Stubbs s'accentua très perceptiblement.

— Je ne connais pas de Kitty dans l'entourage de ma fille. Je suis navrée. Je ne peux rien de plus pour vous.

Au ton qu'elle avait employé, Maitland éprouva l'impression exactement contraire à celle qu'elle cherchait à donner

— Vous êtes certaine ?

— Tout à fait.

Il resta silencieux quelques secondes et sentit que seules ses bonnes manières empêchaient Mme Stubbs de lui claquer la porte au nez. Pourtant, il ne pouvait se résoudre à quitter les lieux.

— C'est très important pour nous, madame Stubbs, murmura-t-il, l'implorant presque.

La réponse ne se fit pas attendre, toujours aussi glaciale.

— Je ne doute pas un instant de votre intérêt pour cette étudiante, dit-elle, le fixant toujours droit dans les yeux.

Il ressentit un réel malaise devant le sous-entendu à peine voilé et comprit qu'il n'obtiendrait rien de plus.

— Tant pis. Excusez-moi pour le dérangement.

— De rien.

— Au revoir, madame Stubbs.

La porte se referma sans autre cérémonie sur Maitland qui resta un moment figé et indécis. Puis il rebroussa chemin, pensif et dépité.

Il arrivait en bas de l'allée lorsqu'il entendit une voix l'interpeller :

— Hé !

Faisant volte-face, il aperçut un jeune homme qui dévalait le perron vers lui, arborant un sourire d'adolescent vaguement impertinent.

— Vous cherchez Kitty ? demanda celui-ci en s'approchant. Je vous ai entendu avec ma mère.

— Vous la connaissez ? s'étonna Maitland.

Le sourire insolent chercha à se faire énigmatique.

— Comme ça... Je ne savais pas qu'elle était étudiante. Remarquez, maintenant on voit de tout à l'université.

Maitland s'efforça d'ignorer le ton railleur.

— Vous savez où elle habite ? s'entendit-il demander sans détour.

Le sourire du jeune homme s'élargit.

— Vous la cherchez vraiment, hein ? fit-il, visiblement réjoui par la situation.

Maitland était prêt à laisser piétiner son amour-propre et voyait bien que le gamin en avait conscience. Il fut presque surpris de recevoir une réponse :

— Franchement, au jour d'aujourd'hui je n'en sais rien. Une fille comme Kitty n'habite jamais longtemps au même endroit, vous savez. L'année dernière, elle avait un studio quelque part dans le centre-ville.

Les deux hommes continuaient à se mesurer du regard et Maitland décelait sans peine une pitié mêlée de mépris dans les yeux de son interlocuteur.

— Comment s'appelle-t-elle ? se résolut-il à demander, presque dans un souffle.

L'autre prit tout le temps nécessaire pour goûter la question, puis se décida enfin à répondre :

— Kimble. Catherine Kimble. Faites comme mon père, cherchez dans l'annuaire. Vous la trouverez sûrement.

Cette révélation fut suivie d'un silence encore plus long et plus pesant que les précédents. Enfin, Maitland fit un léger mouvement de la tête.

— Merci, dit-il.

— Je vous en prie, dit le jeune homme, feignant une extrême politesse.

Tandis que Maitland se dirigeait vers sa voiture, il entendit encore une fois la voix derrière lui :

— Quand vous la verrez, donnez-lui mon bonjour. De la part de Pete, le frère de Melanie.

Mais Maitland y prêta à peine attention. Il démarrait déjà, accablé par le ridicule dont il se couvrait et les tourments insidieux d'une jalousie qui ne voulait pas dire son nom.

Kimble. Catherine Kimble, se répétait-il sans fin. C'était comme s'il évoquait une inconnue, comme s'il faisait sa connaissance pour la première fois.

8

Dans la salle de réunion, outre Folkerson et le sergent Atkins qui venaient d'entrer, on pouvait compter l'inspecteur Allen Ganton, Gail Quinn, du service de documentation et de recherche des personnes disparues, Marcus Mawbray et le Dr Dunwell.

C'était une de ces journées rendues blafardes par le brouillard épais apporté durant la nuit par le Pacifique et dont la grisaille semblait avoir déteint sur tous les visages qui hantaient les étages du commissariat central.

Folkerson s'assit, sortit un stylo de sa poche et se mit en devoir de le manipuler avec une certaine impatience tandis qu'il s'adressait à la petite assemblée.

— La réunion de ce matin, commença-t-il, a pour but de faire le point sur les données que chacun de nous a pu rassembler. Rassurez-vous, ça ne devrait pas durer trop longtemps car j'ai l'impression qu'on n'a pas beaucoup plus à se mettre sous la dent que la semaine dernière. Qui veut commencer ? Ganton ?

Allen Ganton était un grand gars d'une trentaine d'années, élancé et toujours bien mis ; affecté récemment au service du lieutenant, et qui montrait pas mal de bonne volonté dans son travail. Peut-être parce qu'il est encore jeune, se disait Folkerson.

L'inspecteur Ganton consulta rapidement quelques feuillets d'un petit calepin qu'il avait placé devant lui, comme pour y trouver l'inspiration. Ce faisant, il prit la parole sans même se donner la peine de lever les yeux vers l'assistance :

— À la lecture du premier rapport d'autopsie, nous avons

tenté de dégager quelques pistes. La première est le fait mentionné que la tête a été décollée avec un instrument très tranchant et lourd.

— Une vertèbre cervicale sectionnée net, intervint le Dr Dunwell. D'un seul coup.

— Exactement, continua Ganton. Votre rapport souligne qu'il est assez difficile, avec des instruments conventionnels, de parvenir à ce type de résultat. On a donc imaginé que le meurtrier avait utilisé un outil spécialisé, comme par exemple un couperet de boucherie de trois ou quatre livres...

— Ou une hache ? interrompit Folkerson.

— Ou une hache, confirma Ganton. Mais pas une hachette. Cela n'aurait pas suffi. Il aurait fallu s'y reprendre à plusieurs fois.

— Et alors ?

— Alors, si c'est un couperet de boucher, il peut provenir de l'une des quelque trois cents boucheries de la ville. Sans parler des communes environnantes.

— Voilà ce que j'appelle une piste sérieuse, fit Folkerson.

— Il ne faut rien négliger, rétorqua Ganton sans se démonter. Et s'il s'agit d'un particulier qui dispose d'un tel instrument chez lui, il n'y a que deux grossistes spécialisés où il a pu se le fournir.

— Et qu'est-ce que ça donne de ce côté-là ?

— Rien, admit l'inspecteur avec flegme. Nous avons vérifié dans ces entreprises sur une période de douze mois les listes de la clientèle qui a laissé des traces. Factures, paiements par chèques, par cartes... Résultat : que des professionnels de la boucherie, hôtellerie, collectivités, etc.

— Selon vous, le type serait lié à l'une de ces professions ou encore un citoyen lambda équipé d'une hache, si je résume bien, fit Folkerson.

— On peut se dire ça. Mais d'une hache très lourde. Du genre qu'on garde contre un mur dans une remise. Dans ce cas, ce serait donc un citoyen vivant dans une villa, disposant d'un garage servant de fourre-tout, avec un lopin de terrain où couper du bois. Disons plus un type de la banlieue qu'un citadin d'appartement...

— Voilà qui réduit considérablement le champ d'investigations, marmonna Folkerson.

En face de lui, le Dr Dunwell prit la parole :

— Si je peux ajouter quelque chose sur le citoyen en question, je pense qu'il s'agit d'un homme assez grand et assez fort. Qu'il ait utilisé l'un ou l'autre des instruments que vous décrivez, la section de la vertèbre est si nette que cela ne laisse guère de doute sur la force de celui qui en est la cause.

— Bien, conclut Folkerson. Hormis les bouchers, quoi d'autre comme piste ?

— Les dents, fit Ganton.

— Je croyais que c'était le néant total de ce côté, remarqua Folkerson.

— Le docteur va vous expliquer, dit Ganton.

Avec une gravité un peu trop appuyée, Jeffrey Dunwell sortit d'une enveloppe une série de radiographies et les lui tendit.

— Heureusement, ce n'est jamais vraiment le néant total, lieutenant, dit-il.

Et, du bout de son crayon, il entreprit de décrire les radios :

— L'auteur de ce crime a agi avec un sang-froid caractéristique des psychopathes. Il a desserti chacune des dents, comme nous vous l'avions indiqué dans notre rapport. Très méticuleusement, même. Regardez.

Folkerson se pencha sur les documents, imité par Atkins.

— Au premier examen bucco-dentaire, nous avions cru que la denture de la victime ne comportait aucune prothèse. En fait, une radio a révélé ceci.

Sur l'image sombre et pratiquement inintelligible du maxillaire dépourvu de dents, il indiqua une infime tache plus claire.

— Qu'est-ce que c'est ? s'enquit Folkerson.

— Les traces d'un ciment.

Folkerson leva la tête.

— Vous êtes sûr ?

— Parfaitement sûr. Nous avons fait le prélèvement. En fait, la victime comptait au moins une prothèse : une dent à pivot sur la prémolaire n° 25. Le meurtrier s'en est aperçu lors de son intervention sur le cadavre. Il a dû consciencieusement ôter la prothèse et son pivot métallique, ainsi qu'une grande partie du ciment qui se trouvait dans la cavité du maxillaire. Il en a quand même laissé une trace infime. Infime, mais suffisante pour nous.

Folkerson était pensif. Cette révélation lui ouvrait des perspectives moins pessimistes sur la suite de l'enquête.

— Intéressant, intéressant, dit-il. Ça ne met pas encore un nom dessus, mais on se rapproche peut-être un peu.

Ganton compulsa à nouveau son calepin.

— Si le dentiste traitant habite ici ou autour de la baie, reprit-il, je pense qu'on finira par avoir des nouvelles. J'ai lancé deux gars là-dessus. Ils ont envoyé une note à l'ensemble des praticiens concernés. On a une petite chance, mais ça va prendre du temps.

— O.K., dit Folkerson. Et du côté du groupe sanguin, est-ce qu'on a du neuf ? Ce serait trop beau...

Le Dr Dunwell fit une moue peu engageante.

— Nous vous l'avons déjà dit, lieutenant, le matériel est très pauvre. Le groupage nécessite un cadavre relativement bien conservé. Dans les plus mauvais cas, on peut à la rigueur arriver à quelque chose à partir du tissu dentaire. Avec de la poudre de dent séchée et pulvérisée. Mais là, nous n'avons rien, tout simplement rien à analyser !

— Je sais, fit Folkerson. Je sais.

— Nous avons quand même décidé de tenter une empreinte génétique avec les cheveux. À tout hasard.

— Vous avez fini par en trouver ? s'étonna le lieutenant. La victime a été complètement rasée, non ?

— Nous avons pu nous procurer par arrachage une vingtaine d'échantillons avec leur bulbe. À peine deux millimètres de long. Normalement, ce n'est pas suffisant, mais on ne sait jamais. On va essayer.

— Il vous faudra combien de temps ?

— Six à huit semaines au moins, je pense.

Folkerson soupira. Il savait qu'au bout du compte le temps jouait toujours en faveur des enquêtes. Mais au début, il était difficile de se défaire de l'impression qu'il jouait contre.

— Bien. Et de ton côté, Marcus, quoi de neuf ?

Marcus avait lui aussi apporté son dossier.

— Peut-être quelques petites choses, dit-il en défaisant la sangle de la chemise. Je me suis efforcé de corroborer ou de préciser certaines conclusions du premier rapport. Tout d'abord, le sexe de la victime.

Il étala devant lui un agrandissement photographique du crâne ravagé qui préoccupait tout le service de Folkerson depuis bientôt trois semaines.

— L'avis généralement partagé est qu'il s'agit d'un cadavre de sexe féminin. En effet, en observant le massif maxillo-facial, on note un contour général régulier et arrondi, un contour frontal franchement bombé, des apophyses mastoïdes très petites, nettement au-dessus du plan des condyles occipitaux. La mesure de la mandibule donne quatre-vingt-onze millimètres. Nous sommes donc bien là en présence des indices caractéristiques d'un sujet féminin.

Tous les yeux étaient fixés sur lui, et ceux du Dr Dunwell avec une insistance particulière.

— Par contre, poursuivit Marcus en retrouvant le ton de son ancienne autorité professorale, il est impossible avec les seules dimensions du crâne d'avancer la moindre hypothèse concernant la taille de la victime. Pour cela, il nous aurait fallu disposer de certains os longs comme le fémur ou l'humérus pour lesquels les tables anthropométriques donnent des correspondances. Donc, comme l'a déjà signalé le Dr Dunwell, nous sommes sans réponse sur ce point.

Jeffrey Dunwell approuva doctement d'un hochement de tête.

— Ce qui nous amène maintenant à la détermination de l'âge probable, reprit aussitôt Mawbray.

— Nous avons donné une fourchette de vingt à trente ans, ne put s'empêcher d'intervenir Dunwell, tandis que Marcus fourrageait dans les pièces de son dossier.

— Je sais, je sais, répliqua celui-ci en levant les yeux vers son confrère. Mais c'est un peu large comme estimation et j'ai pensé qu'on pouvait peut-être faire mieux.

Il y avait un rien de provocation dans son regard et le Dr Dunwell s'abstint de répondre.

— J'ai essayé de me rapprocher de quelque chose de plus précis, reprit-il. Mais pour cela, il m'a d'abord fallu apporter quelques transformations à notre pièce anatomique.

Il fit circuler de nouveaux agrandissements.

— Il me fallait un crâne nu, et j'ai dû débarrasser le squelette de toutes ses attaches tendineuses.

Folkerson contempla avec étonnement la photographie. Il y voyait une de ces têtes de mort blanchies, lisses comme du plastique, qui ornent les salles d'étude des écoles de médecine.

— C'est notre victime ? demanda-t-il, stupéfait.

— Un autre aspect de notre victime, répondit Marcus. Un aspect plus caché, disons.

Folkerson resta hébété encore une seconde et jeta un nouveau coup d'œil sur l'étrange image.

— Comment avez-vous obtenu ça ?

— C'est assez simple. Il suffit de traiter l'échantillon par bains successifs d'eau bouillante, puis d'eau de Javel, et de le laisser sécher.

— Et dans quel but ?

— Nous y arrivons. La seule méthode fiable pour déterminer l'âge de notre sujet avec cette tête pour seul indice est d'analyser le degré de synostose des sutures crâniennes. Regardez.

Il montra une autre photo à l'assistance. Il s'agissait de la face interne de la calotte crânienne qui avait été parfaitement découpée. Il commença à la décrire :

— Voici ce que l'on appelle l'endocrâne. Sur chacune des sutures lambdoïde, saggitale et coronale, qu'observe-t-on ? Partout un début de synostose sans trace apparente d'ossification. On peut donc avancer avec quasi-certitude que nous sommes en présence d'un sujet de quinze à dix-neuf ans.

Un bref silence accompagna cette déclaration.

— Qu'est-ce que vous entendez par synostose ? finit par demander Ganton.

— Il s'agit de l'union complète de deux os par ossification

de la pièce intermédiaire fibreuse ou cartilagineuse qui les réunit. À différents âges et en différents endroits du corps humain, correspondent différents degrés de synostose. Ce n'est jamais d'une observation très aisée, mais enfin on peut y parvenir et c'est une indication généralement déterminante.

Sur cette explication, le silence se prolongea encore quelques secondes. Folkerson était plongé dans ses réflexions.

— Votre avis, docteur ? fit ce dernier à l'adresse de Dunwell.

Celui-ci pesa sa réponse avec le moins de mauvaise grâce possible :

— C'est plausible. Je ne m'étais pas livré à des observations aussi détaillées dans le seul but de conserver la pièce anatomique en son état pour la suite de l'enquête.

— Je comprends tout à fait, fit Folkerson, soucieux de ménager les susceptibilités.

Il notait avec satisfaction que les travaux des deux médecins se complétaient et il se félicitait de les avoir mis pour ainsi dire en concurrence. Leurs nouvelles indications, si minimes fussent-elles, éclairaient peu à peu son enquête sous un jour nouveau.

— Finalement, dit-il, cette réunion s'avère plus fructueuse que je ne le pensais au début. Notre victime commence peut-être à ressembler à quelque chose. Peut-on définitivement établir son appartenance raciale ? ajouta-t-il à l'attention de Marcus.

Ce dernier eut un geste vague.

— Pour la race, je crois qu'on peut s'en remettre aux méthodes anthropologiques et anthropométriques classiques. Les références métriques pures à partir des dimensions nasales, orbitaires et crânienne nous laissent supposer pratiquement sans marge d'erreur que nous sommes en présence d'un individu de race blanche.

Cette réponse sembla satisfaire Dunwell, qui approuva d'un mouvement de tête.

— Bien, conclut Folkerson.

Il se tourna vers la femme assise à côté du sergent Atkins, et qui était restée muette jusque-là.

— Gail, que pouvez-vous faire à partir de tout cela ?

Gail Quinn, une femme d'une quarantaine d'années un peu boulotte, lui adressa un regard de feinte exaspération.

— Tout ce que vous voudrez, Frank... Je veux bien m'amuser à reprendre la liste des personnes portées disparues avec avis de recherche depuis ces trois dernières semaines. Il peut y avoir deux ou trois signalements correspondant à votre victime de quinze-vingt ans. Mais enfin, je crois que Atkins a déjà fait des recherches par là et que ça n'a conduit nulle part.

Folkerson tourna un regard interrogateur vers le sergent.

— Dans le créneau donné par les conclusions du rapport de Dunwell, précisa aussitôt Atkins, les deux femmes concernées étaient noires. La seule gamine dans la tranche d'âge nouvellement définie a été retrouvée il y a deux jours. Une fugue. Maintenant, si vous voulez, on peut élargir en remontant sur plusieurs mois. Ça supposerait que le meurtrier aurait séquestré sa victime pendant un certain temps. Mais si on s'en tient au profil classique, on travaillerait plutôt sur un impulsif. Alors...

Il laissa sa phrase en suspens et à Folkerson le soin de conclure :

— Il n'y a aucun moyen de plancher sur un portrait-robot ?

C'était plus une réflexion à voix haute qu'une question. Gail Quinn tenta d'en plaisanter :

— Ce n'était déjà pas facile à envisager dans l'état où était cette tête, mais maintenant, franchement, je ne vois pas ce qu'on pourrait en faire.

Elle désignait l'agrandissement étalé devant Folkerson où brillait le crâne déshabillé de toute chair tel un trophée paléontologique au sortir d'une excavation.

— Ce n'est pas tout à fait sûr, intervint Marcus.

Les yeux se tournèrent vers lui.

— Connaissez-vous un certain Mikhael Guerasimov ? poursuivit-il.

Les membres de la réunion se consultèrent du regard.

— Non, fit Folkerson.

— C'est un savant russe, reprit Marcus. Un anthropologue. Il a essayé de mettre au point une technique consistant à refaire à la pâte à modeler les muscles et la peau d'un visage.

— Et ça marche ? demanda Atkins.

— D'après les écrits qu'on connaît de lui, ça pourrait marcher. Une équipe française a fait récemment une tentative suivie d'un succès. J'ai lu un article à ce sujet il y a quelques mois...

— Je suis au courant, coupa Jeffrey Dunwell qui ne voulait pas rester en reste. Ça m'a paru plutôt artisanal. J'ai l'impression qu'ils ont eu pas mal de chance.

Folkerson fixait Marcus.

— C'est vraiment possible ?

— C'est difficile, mais ça ne me paraît pas impossible.

Marcus prit pour exemple l'un des clichés.

— Vois-tu, Frank, si on nettoie parfaitement le crâne et si on procède à un examen macroscopique avec un système de loupe, on aperçoit sur les surfaces osseuses les sillons laissés par les insertions musculo-tendineuses. Et l'orientation de ces sillons, leur profondeur et leur largeur donnent une idée de la puissance et du sens de traction du muscle à reconstituer. C'est donc à la fois un long travail d'observation et d'extrapolation, mais ça peut être payant.

— Et pour les yeux ? objecta Dunwell. Pour leur couleur ?

— Ça fait partie des problèmes, admit Marcus. De même que l'implantation des cheveux et la forme des oreilles. Quand on est rendu là, il s'agit essentiellement, je pense, d'interprétation artistique.

— Et comment voudrais-tu procéder ? s'enquit Folkerson.

— Je pense que je pourrais travailler sur le crâne et donner les indications permettant une reconstitution. Il faudrait que le modelage lui-même sur le squelette soit effectué par quelqu'un d'autre, car je crains que dans ce domaine mes compétences ne soient limitées.

— Tu es vraiment sérieux ?

— Tout ce qu'il y a de plus sérieux.

Le lieutenant soupira. Finalement, il s'adressa à Gail Quinn :

— Vous pourriez donner un coup de main au docteur, Gail ?

Elle hocha négativement la tête.

— Ce serait bien volontiers, mais je ne suis pas du tout plasticienne. Mon domaine, dans les portraits-robots, c'est l'usage d'un répertoire d'échantillons graphiques sur bandes de papier ou sur ordinateur. Pour ce que propose le Dr Mawbray, il faudrait le talent d'un sculpteur. Ni plus ni moins.

— Et on a ça dans la maison ?

— Si vous voulez, je fais passer une annonce dans les services...

Folkerson se tourna vers Marcus.

— Tu as une proposition pour te faire seconder ?

Marcus fit non de la tête. Folkerson replia ses notes et replaça son stylo dans la poche intérieure de son veston.

— Bon. Je propose qu'on réfléchisse un peu là-dessus. De mon côté, je vais voir ce que je peux faire pour te trouver quelqu'un. Y a-t-il autre chose ?

— Un point encore, si vous permettez, intervint le Dr Dunwell.

— Oui ?

— Nous avions relevé des traces de lacération et d'arrachement des chairs qui semblaient d'origine animale. Le Dr Mawbray les a notées lui aussi d'ailleurs.

Marcus opina.

— Maintenant que le squelette est apparent, confirma-t-il, on peut même déceler leur présence par endroits. Regardez.

Il montra deux photos où il avait entouré au feutre rouge des points d'impact en forme de petites stries sur la surface de l'os.

— Eh bien, reprit Dunwell, nous avons conclu qu'il s'agit bien d'un rongeur. Le cadavre a peut-être séjourné sans protection dans un endroit où il a pu être la proie d'un rat, par exemple.

À ces mots, Marcus eut un moment d'hésitation, comme s'il souhaitait ajouter quelque chose, mais il se ravisa.

— À votre avis, cette tête a donc été dévorée, c'est cela ? demanda Folkerson.

— Du moins partiellement, précisa Dunwell.

Avec cette dernière remarque, la sinistre réalité du meurtre sauvage reprit une place très concrète dans les esprits.

— Bien, conclut Folkerson. Je vous remercie. Pour l'instant, cela n'ajoute pas grand-chose à nos recherches, mais le détail est utile. Je propose qu'on en reste là pour aujourd'hui.

Il se leva, aussitôt imité par les autres.

— En cas de besoin, le sergent Atkins et moi-même sommes à votre disposition à tout moment.

Tandis que tout le monde s'agitait dans un léger brouhaha, Folkerson interpella le Dr Dunwell :

— Tout à l'heure, au sujet des mâchoires, vous avez parlé de cadavre. Qu'est-ce qui vous fait dire que la victime était morte lorsque le meurtrier a opéré les extractions dentaires ?

— Rien. Il n'y a rien qui le prouve, lieutenant. Simplement, pour la tranquillité des esprits, il m'a paru préférable depuis le début de supposer que la victime était morte lorsqu'il a pratiqué l'extraction des dents...

Les autres membres de la réunion, en entendant cet échange, s'étaient figés et se considéraient silencieusement.

— Je crois que vous avez raison, dit finalement Folkerson. Il est préférable de voir les choses comme ça.

Sur ces paroles, le brouhaha reprit peu à peu et Folkerson fut le dernier à sortir, accompagné de Mawbray.

— Je vais m'arranger pour que tu puisses travailler dans la direction que tu as proposée, dit-il. On va te trouver quelqu'un. Je t'appellerai.

— Merci, Frank.

Ils se séparèrent dans le hall d'accueil de l'étage où Dunwell attendait l'ascenseur. Celui-ci se tourna vers Marcus.

— Vous y croyez vraiment, à cette méthode de Guerasimov ?

— Disons que c'est peut-être une autre façon de procéder à une identification assez rapide.

— Plus rapide que l'enquête odontologique ?

— Si la prothèse n'a pas été faite dans la zone de recherche de l'inspecteur Ganton, il n'y a pratiquement aucune chance d'arriver à un résultat.

— Bien sûr, bien sûr.

— Dunwell fit mine de réfléchir.

— Dites-moi, reprit-il si vous arrivez à quelque chose, seriez-vous d'accord pour écrire une communication parrainée par votre ancien service ?

— Vous voulez dire le vôtre ?

Dunwell haussa les épaules, comme s'il s'agissait d'un détail.

— Vous savez bien qu'il n'y a pas encore de titulaire.

La démarche de Dunwell n'étonnait guère Marcus qui s'en amusait par-devers lui. C'était de bonne guerre, et puis de toute façon ça ne le concernait plus.

— Si c'est suffisamment concluant, pourquoi pas ?

Un sourire presque amical se dessina sur les lèvres de Dunwell. Ils venaient de trouver un moyen d'enterrer la hache de guerre.

— Vous montez ? lui enjoignit Dunwell.

Marcus s'aperçut qu'il était planté devant la porte ouverte de l'ascenseur.

— Oh ! Excusez-moi.

Ils s'engouffrèrent à l'intérieur de la cabine et les battants métalliques coulissèrent aussitôt sur eux.

9

La pièce où il se trouvait n'était pas totalement obscure. La lumière de la rue filtrait par les stores vénitiens et l'enseigne clignotante d'une laverie automatique éclairait le plafond de sa pulsation régulière et rassurante.

Wade avait refermé la porte derrière lui avec précaution et donné un tour de clé silencieux. Il se tenait maintenant depuis de longues minutes immobile dans ce lieu qu'il découvrait. Des appartements voisins lui parvenaient la musique voilée d'une radio et les tintements d'une vaisselle manipulée avec énergie dans un évier.

Sa respiration était courte et oppressée. Dans tout son corps, il ressentait les effets d'une excitation grandissante qu'il s'efforçait de contrôler. Il ne voulait toujours pas bouger. Pas maintenant, pas encore.

Il s'imprégnait. Il reconnaissait l'odeur qu'avaient exhalée les vêtements qu'il avait recueillis quelques jours auparavant, avec toute la dévotion due à un rituel. C'était, considérablement amplifié, le même parfum doux et sucré, mélangé ici aux innombrables traces d'effluves corporels à la fois capiteux et acides. Il avait l'impression grisante et presque insupportable d'être au cœur de sa vie, au milieu d'elle, en elle.

Il se souvenait avec quelle lente méticulosité il avait répertorié le contenu de son sac. Sur la vieille table de formica, il avait aligné un petit nécessaire à maquillage tout gras de cosmétiques, une mini-boîte de tampons périodiques qu'il avait ouverte pour en dénombrer le contenu, une pochette de mouchoirs en papier, un carnet à spirales où se trouvaient notés quelques noms accompagnés de numéros de téléphone, une poignée de préservatifs de couleurs et de modèles variés, ainsi qu'une plaquette de pilules contraceptives.

Il s'était longtemps attardé sur cet objet. La dernière capsule évidée était celle du vendredi. Quelque part avant ou pendant leur rencontre, elle avait eu le temps d'avaler le petit comprimé qui était allé se perdre et se diffuser dans l'alchimie mystérieuse de son corps de femme.

Enfin, il avait extirpé un portefeuille râpé de cuir blanc couvert de décalcomanies de personnages de Walt Disney et un trousseau de clés.

Catherine Laurence Kimble. Née le 23 mars 1973 à Fresno. Adresse : 1382 Curtner Avenue, Fresno, Californie. Chez papa et maman, avait-il pensé. Sur la carte de fidélité d'un salon de coiffure, il avait découvert une adresse plus plausible. Kimble C., 97 Folk Street, San Francisco. Et, lorsque ses mains s'étaient mises à trembler tandis qu'il tenait cette carte, il avait compris que ce qui s'était passé ne suffisait pas. Il lui fallait la posséder, jusqu'aux derniers retranchements de son intimité, la respirer dans l'air confiné de son appartement, l'absorber totalement dans le décor inerte qui l'avait vue vivre.

Il décida bientôt d'ébrouer tout à la fois son corps et son esprit qu'il sentait s'engourdir dans le calme étrange du petit meublé. Il s'approcha du lit fait à la hâte et l'ouvrit d'un geste brusque. Le drap du dessous conservait en son milieu la trace du corps qu'il avait accueilli. Wade en caressa sur toute la longueur les froissements et les plis, heureux de s'approprier jusqu'à cette empreinte froide de la jeune femme. Puis son regard se tourna vers une commode d'aspect bancal et il alla en ouvrir le premier tiroir en évitant de le faire grincer.

Il fourragea rapidement un bric-à-brac sans intérêt de boîtes de médicaments, d'ustensiles de toilette et de vieux courrier. Dans le second tiroir, il découvrit de petits empilements de lingerie. Il s'attarda à examiner le contenu, pièce après pièce, avec une attention grave, laissant de côté les serviettes et gants de toilette pour explorer méthodiquement la profusion du linge de corps. Il palpa longuement plusieurs sous-vêtements et en appliqua quelques-uns sur son visage afin d'en ressentir toute la texture et de s'imprégner de l'odeur. Au fur et à mesure de son investigation, il rejetait les effets en désordre sur le dessus de la commode.

Le troisième tiroir ne recelait qu'un oreiller, une paire de draps et une couverture. Il se rendit jusqu'au placard mural dont il fit coulisser l'un des battants. Il trouva là un petit univers d'habits, de robes, de jupes, de jeans et de chaussures qu'il entreprit également d'inspecter un à un. Mais le véritable trésor, il le débusqua dans la salle de bains exiguë qui jouxtait la pièce.

Entre la douche et le lavabo se tenait un grand sac en plastique plein à craquer de vêtements sales attendant une lessive qu'ils ne connaîtraient jamais. Il en retira aussitôt un chemisier froissé dont l'odeur âcre le heurta si violemment qu'il ne put réprimer un mouvement de recul.

Ivre de sa découverte, il ne résista pas au désir de faire la lumière dans la pièce. Sous l'éclairage cru du néon, il alla s'agenouiller précipitamment devant le sac et se mit à examiner plus en détail son contenu. Il découvrit des soutiens-gorge aux bretelles auréolées par la sueur des aisselles et des culottes douteuses maculées de petites souillures. La respiration de plus en plus saccadée, Wade rassembla frénétiquement ses trouvailles, saisit le sac et s'en retourna dans la pièce principale.

Là, il déversa tout le contenu du sac sur le lit grand ouvert puis éteignit la lumière de la salle de bains. Noyé dans la demi-obscurité du studio, il entreprit de se déshabiller. Lorsqu'il fut totalement nu, il se jeta sur le lit et commença à s'ébrouer sur le monceau de linge sale, en courtes reptations convulsives accompagnées de gémissements sourds.

Il la voyait maintenant. Il la sentait. Il l'écrasait. Elle était à nouveau là, sous lui. Il la broyait.

Dans cet état de transe, il se mit à mordre les draps et le linge sale que ses gestes violents éparpillaient autour de lui. Il s'agita ainsi quelques instants, puis, vidé de son énergie, il s'affala, immobile, la respiration rauque, se laissant envahir par une torpeur lourde et irrésistible. Il tira sur lui le drap du dessus et pelotonna toute son épaisse carrure dans ce nid féminin qu'il venait de réchauffer de son corps et dont la tiédeur maintenant l'apaisait.

Vautré dans l'inextricable désordre du lit, il laissa le temps s'écouler, le regard perdu dans les interstices du store vénitien. Sa vue était brouillée par l'humidité qui avait envahi ses yeux, et la salive qui coulait en minces filets de sa bouche entrouverte collait l'oreiller contre sa joue. Il ne dormait pas. Il flottait dans un état second, dans ce monde figé et connu de lui seul qui était son refuge.

Et puis, subitement, tout son univers d'apathie morbide s'effondra. La sonnette de la porte du studio venait de vibrer avec insistance.

Hagard, les cheveux en bataille, il s'arracha de sa couche et se tint immobile, aux aguets.

C'était stupide. C'était trop dangereux. Il n'aurait pas dû venir ici. Il le savait. Une lueur de panique traversa son regard et il sembla chercher une issue. Puis son sang-froid lui revint. Celui qui sonnait à la porte n'avait pas la clé. Et dans le studio, il n'y avait personne. C'est cela. Il n'y avait personne.

Au bout de quelques secondes, la sonnette tinta à nouveau et Wade sentit son cœur manquer un battement. Il ne devait pas s'inquiéter. Il n'était pas là. Il laissa encore un peu de temps s'écouler, se demandant si le visiteur avait battu en retraite. Mais il n'avait rien entendu. Il ne savait que faire. Et puis la curiosité l'emporta. Il voulait savoir.

Avec d'infinies précautions, il s'extirpa du lit, se mit debout et avança pieds nus vers la porte. Il se trouva bientôt devant, toute son attention occupée à déceler le moindre bruit de l'autre côté. Mais il n'y en avait aucun. Alors, insensiblement, il approcha son visage de la porte pour coller un œil sur le mouchard.

À l'extérieur, il ne vit rien. Un trou noir absolu. Ensuite, il y eut un frôlement suivi de pas et la lumière revint subitement sur le palier. Le bruit de pas se fit à nouveau entendre, c'est alors qu'il vit apparaître le type.

Celui-ci semblait hésiter. Il jeta un regard en direction de la porte et s'en rapprocha. Déformé par le grand angulaire, difficilement identifiable, le visage de l'individu vint se poster à quelques centimètres à peine du mouchard qu'il observa longuement.

Baigné de sueur, retenant sa respiration, Wade eut l'impression que le type le regardait droit dans l'œil. Mais c'était impossible. Il ne pouvait rien voir. Il en était sûr.

Pourtant, le visage déformé s'attardait là, indéfiniment.

Wade restait figé comme une statue à contempler le visiteur, se retenant de ciller ne serait-ce qu'une seule fois. Qui était-ce ? Un client ? Son père ? Un voisin de l'immeuble ? Il sentait en lui peu à peu la panique décroître pour faire place à une colère sourde. Qu'il parte, bon sang, qu'il parte !

Je pourrais l'écrabouiller, se dit Wade avec un pincement de narines. Il tentait de réprimer les mouvements de sa poitrine qui s'agitait à nouveau.

De l'autre côté, face à la porte, se tenait Greg Maitland. Muni des renseignements du jeune Stubbs, il n'avait pas eu la moindre peine à trouver l'adresse de Kitty. Il était déjà venu une fois dans l'après-midi, mais elle n'était pas là. En redescendant l'escalier, il avait constaté que le courrier n'avait pas été relevé dans sa boîte aux lettres. Peut-être s'était-elle absentée tous ces derniers jours ? Il avait décidé de repasser dans la soirée. Ce n'était pas la meilleure heure pour la trouver chez elle, mais enfin, au point où il en était, il était prêt à revenir dix fois dans la nuit s'il le fallait.

Après son deuxième coup de sonnette, Maitland faillit partir, mais quelque chose le retint. L'impression confuse que quelqu'un se trouvait à l'intérieur de l'appartement. Il n'avait rien entendu de précis mais néanmoins il s'était mis à fixer intensément le mouchard au milieu du panneau supérieur de la porte. Il savait Kitty assez rouée pour prétendre être absente tout en l'observant d'un œil narquois à travers la porte. Et puis, avec un certain malaise, il eut peu à peu le sentiment que c'était le gros oculaire noir qui le regardait en fouillant au fond de lui, vaguement menaçant, et non le contraire.

Déconcerté, il ne savait quel parti prendre.

— Kitty ?

Sa voix avait devancé toute décision rationnelle. Encore une fois, il sentit tout le ridicule de la situation. Et si ce n'était pas Kitty qui était à l'intérieur ?

Il préféra ignorer cette éventualité.

— Kitty, tu es là ?

Il avait haussé le ton et il entendit une porte s'ouvrir à l'étage supérieur. Sur le mur de l'escalier se profila l'ombre de quelqu'un cherchant à voir par-dessus la rampe ce qui se passait en contrebas. Aussitôt, il décida de battre en retraite.

Comme un voleur, il dévala l'escalier en s'efforçant de ne pas faire craquer les marches. Il s'enfuyait comme un collégien. Et puis subitement il s'arrêta. Il voulait en avoir le cœur net.

En passant à l'inter-étage, il venait de découvrir un placard dont la porte entrebâillée laissait voir des compteurs électriques. Embusqué là, il pourrait surveiller sans difficulté la porte de Kitty.

Lorsque la minuterie plongea à nouveau l'escalier dans l'obscurité, il remonta silencieusement les quelques marches qui le séparaient de la cachette improvisée et sans hésiter se glissa à l'intérieur. Il tira la porte sur lui, suffisamment pour se dissimuler tout en gardant un œil sur le palier qui l'intéressait.

Il n'eut pas longtemps à attendre. À peine un quart d'heure plus tard, alors que pas un habitant de l'immeuble n'était venu troubler le silence de l'escalier, il sursauta au bruit qu'il entendit. Quelques marches plus haut, la porte de Kitty était en train de s'ouvrir.

De son appartement, il vit surgir une ombre qui referma la porte derrière elle et donna un tour de clé. Maitland se renfonça instinctivement dans le réduit tandis que l'ombre passait à moins d'un mètre de lui. C'était un homme. Celui-ci n'avait pas fait la lumière et il lui fut impossible de discerner ses traits.

Encore une fois, Maitland hésita sur la marche à suivre. Mais le sentiment de jalousie qui le submergeait l'emporta sur toute forme de crainte. Ce type avait la clé de Kitty. Il vivait chez elle, avec elle ! Et il n'en avait jamais rien su. Elle ne lui avait rien dit !

Il serra les mâchoires. Lorsqu'il entendit les pas de l'homme résonner plus bas dans le hall, il sortit de son placard et s'élança derrière lui.

En quelques secondes, il atteignit la porte d'entrée et déboucha précautionneusement dans la rue. Le type s'engouffrait déjà dans une sorte de fourgonnette isotherme garée un peu plus loin contre le trottoir. Alors que l'inconnu démarrait, Maitland courut jusqu'à sa voiture. Avant même qu'il s'en rendît compte, il s'était mis à suivre le véhicule disgracieux qui tanguait lourdement dans la circulation, une centaine de mètres devant lui.

10

Le poste de télévision émettait en refroidissant de légers craquements dans le silence du salon. Du sofa où il se tenait immobile, Marcus, le boîtier de télécommande toujours à la main, gardait son regard fixé en direction de l'appareil comme pour y contempler quelque programme visible de lui seul. Il était onze heures passées et ce soir-là, comme presque tous les soirs, il ne pouvait se résoudre à regagner sa chambre et son lit. Il craignait les images qui venaient peupler ses nuits, qu'il soit éveillé ou endormi.

En fait, comme à l'accoutumée, ses yeux n'étaient pas dirigés vers la surface sombre et miroitante de l'écran inanimé mais vers le sous-verre qui reposait au-dessus de l'appareil. De cet encadrement, et depuis des années, sa fille tournait vers lui son visage heureux et souriant, et son regard malicieux s'accrochait indéfiniment au sien. Parfois avec une intensité tellement insupportable qu'il lui était arrivé de retourner le cadre face au mur pendant plusieurs jours.

Susan.

Autrefois, quelque part dans un temps qui n'appartenait plus qu'au souvenir, elle avait empli de sa présence, de sa vitalité et de ses espoirs les pièces de cette maison. Puis elle s'était lancée dans la vie avec toute l'ardeur et toute la confiance de sa jeunesse, ignorante des destins tronqués où survient l'inconcevable.

Marcus se frotta vigoureusement les paupières pour échapper à la torpeur hypnotique de ses obsessions. Il lui fallait encore une fois chasser les réminiscences douloureuses qui le harcelaient à la moindre occasion. Il ne voulait pas se rappeler l'appel téléphonique de ce soir de novembre. Il ne voulait pas se souvenir de ce voyage à Detroit, de ce qu'il avait été contraint de voir là-bas, de ce que lui avait dit la police et ce qu'avaient raconté les journaux.

Il se leva, gagné par l'exaspération. Sur la table du salon était posé le dossier de la tête inconnue. Sans intention précise, il l'ouvrit et parcourut du regard les feuillets qu'il avait rédigés et les photos qu'il avait prises. Le crâne lisse et blanchâtre l'observait de ses orbites vides. Marcus le fixa avec insistance un long moment, comme pour faire apparaître les chairs qui composaient ce visage oublié, sans nom, définitivement disparu dans le bouillon chimique qui l'avait étuvé deux jours auparavant.

Cette matière avait été une gamine. Une vie stoppée net, là aussi. Alors il ressentit, plus aigu encore que les jours précédents, le désir de savoir qui elle était, d'où elle venait et quels avaient été les espoirs et les illusions qui l'avaient animée jusqu'à sa rencontre avec le meurtrier. Cela doit être possible, se dit-il en hochant machinalement la tête. Oui, je dois pouvoir y arriver.

À cet instant, la sonnerie de la porte d'entrée retentit et le sortit brutalement de ses réflexions. Depuis longtemps il était rare qu'il reçoive des visiteurs, et en tout cas jamais à une heure aussi tardive. Vaguement intrigué, il alla ouvrir d'un pas traînant. C'était Folkerson.

— Salut, Marcus. J'ai eu envie de faire un détour par chez toi avant de rentrer à la maison.

— Tu sors du boulot ?

— Une urgence.

Tandis qu'ils entraient dans le salon, Folkerson soupira.

— Une histoire de viol. Imagine qu'un type a coincé une fille dans un ascenseur. Une jeune mère. Il a menacé de mutiler le bébé qu'elle tenait dans ses bras si elle ne se laissait pas violer...

Il s'affala dans un fauteuil.

— Il s'est d'abord fait tailler une pipe par la fille, après il l'a violée en cinq sec et il s'est barré.

Il se tut un moment.

— Vous l'avez attrapé ? s'enquit Marcus.
— Tu parles ! J'ai passé mon temps à m'occuper de la fille. J'ai appelé ses parents, parce que bien sûr c'est une fille-mère, et puis un médecin pour constatation du viol et prélèvements pour un test HIV. Avec un peu de chance, le type avait le sida... Où on vit, Marcus ? Dans quel monde on vit ?
Comme il n'y avait pas vraiment de réponse à apporter à cette question, les deux hommes restèrent silencieux un instant.
— Tu veux boire quelque chose ? proposa finalement Marcus.
— Volontiers.
Ils trinquèrent sans un mot. Après quelques gorgées, Folkerson reprit la parole :
— J'ai reçu aujourd'hui le rapport de la Commission fédérale sur la criminalité. Tu veux les chiffres ?
Marcus l'encouragea d'un hochement de tête.
— Depuis la Deuxième Guerre mondiale, l'élucidation des affaires d'homicides a baissé de quatre-vingt-dix pour cent à soixante-seize pour cent. Des quelque vingt mille meurtres non résolus à ce jour, la Commission estime que trois mille cinq cents environ sont commis par des meurtriers en série...
— Ça en fait combien qui courent dans le pays à cette heure-ci ? demanda Marcus d'une voix froide.
— Cinq cents, ils disent.
Ils burent en silence.
— C'est comme si on était une usine à fabriquer des détraqués, résuma Folkerson. Une usine en surproduction.
Marcus posa son verre.
— Moi aussi, j'ai eu des nouvelles aujourd'hui, annonça-t-il. Un coup de fil de mon avocat. Figure-toi que Meadows a été autorisé à déposer une demande de libération anticipée. Si ça marche, il sera aussi libre que toi et moi.
Folkerson le regarda avec une expression de stupeur à la fois sincère et effarée.
— Ils veulent mettre Meadows dehors ?
— Dans quatre ans, si tout va bien pour lui. Il a tué ma

fille et mon gendre, et il pourra retrouver sa liberté après seize ans de prison. C'est ça le monde où on vit, Frank.

Le silence de la nuit et de la grande maison vide se fit encore plus pesant.

— Tu crois que ça vaut vraiment la peine de l'attraper, le gars qui a découpé la tête de cette fille ? reprit Marcus. Lui aussi, il finira par être relâché. Il lui suffira d'attendre suffisamment longtemps une législation suffisamment complaisante pondue par des politiciens suffisamment bien intentionnés.

Folkerson ne savait que répondre. Quand il se posait ce genre de question, c'était mauvais signe. Généralement, cela voulait dire qu'il avait un peu forcé sur les heures supplémentaires et qu'il avait besoin d'une bonne cure de fer et de magnésium.

— Ça vaut la peine parce que c'est mon boulot, Marcus. Ça vaut la peine parce que je suis flic et parce que tu peux me donner un coup de main décisif. Le reste, c'est nos problèmes personnels. Il faut s'asseoir dessus.

Il s'interrompit un instant.

— Mais je suis navré, sincèrement. Tu le sais. Il y a un moyen d'empêcher ça ?

Marcus haussa les épaules.

— Possible. C'est le travail de mon avocat. Mais si ce n'est pas dans quatre ans qu'il sort, ce sera dans six ou dans dix. De toute façon il finira dehors. C'est comme ça. Elle ne doit pas être assez morte, fit-il d'une voix étouffée en regardant la photo de sa fille sur le poste de télévision. Il n'a pas dû assez la tuer.

Les deux hommes restèrent longtemps plongés dans leurs pensées. Folkerson connaissait Marcus depuis qu'il avait commencé sa carrière dans la police. Une génération à peine les séparait, mais il avait toujours eu une certaine admiration pour Mawbray. Un homme lucide, consciencieux, formé à une époque où l'on enseignait à discerner le nécessaire du superflu et la constance dans la qualité du travail accompli de la gloire fugitive d'un rapide succès surestimé. Leurs familles à tous deux étaient assez liées pour qu'il ait pu voir grandir Susan, la fille unique de Marcus. Une ou deux fois par an, les Mawbray venaient passer un dimanche chez eux autour d'un barbecue ou à l'occasion de l'anniversaire de l'un des gosses. Puis tout avait basculé après le mariage de Susan. Il avait suivi l'épouvantable affaire du double meurtre de la jeune femme et de son mari. Plus rien n'avait été pareil par la suite. Folkerson éprouvait une sorte de culpabilité à cause de ses deux filles qui resplendissaient d'une santé insolente et qui aujourd'hui avaient à peu près l'âge de Susan au moment de sa mort. La femme de Marcus, Violet, ne s'était jamais remise du drame et s'était éteinte prématurément à cinquante-huit ans. Et malgré tout cela, l'indifférence du temps avait enfoui ce triste épisode sous d'autres tout aussi sordides, souvent même plus, qu'il avait à traiter, mais avec plus de distance, dans sa vie professionnelle. Il fit un effort sur lui-même pour chasser ces rêveries qui ne menaient nulle part.

— Je vais y aller, Marcus, dit-il en s'extirpant du fauteuil.

Il endossa son pardessus.

— Joyce s'inquiète à chaque fois que je suis en service la nuit. Il faut dire qu'un gars de chez nous s'est fait tirer dessus hier soir. Pronostic réservé, mais il devrait s'en tirer.

Marcus l'accompagna jusqu'à la porte.

— J'ai oublié de te dire, fit soudain Folkerson. J'étais venu pour ça. On t'a trouvé quelqu'un.

— Quelqu'un ?

— Pour modéliser ton crâne.

— Un sculpteur ?

— Une fille du Bureau des enquêtes criminelles de Californie. Une petite jeune. Quelqu'un de bien, d'après Gail. C'est elle qui l'a dégotée.

— C'est bien. Vous avez fait vite.

— On est pressés, Marcus.

Folkerson sortit un stylo de sa poche et gribouilla quelque chose sur un papier qu'il lui tendit.

— Appelle-la demain et commencez dès que possible. Elle s'appelle Amy Burns.

Marcus prit le papier et Folkerson ouvrit la porte d'entrée.

— Bonne nuit, Marcus.

Dans un geste d'amitié sincère, il serra durant quelques secondes l'épaule de Marcus.

— Et essaie d'éviter les cauchemars.

— J'essaierai, Frank. Salue Joyce et les enfants.

— C'est promis.

En traversant la pelouse qui le séparait du trottoir, Folkerson entendit Marcus refermer la porte derrière lui. Il ne put s'empêcher de penser qu'il n'aimerait pas être aussi seul et aussi vieux que son ami et qu'à tout prendre la vie n'était pas si moche que cela.

Il s'engouffra dans sa voiture et fila à l'autre bout de la ville où sa femme devait l'attendre comme à l'accoutumée dans la chambre à coucher, devant la télé, les yeux tirés par l'inquiétude et par le sommeil.

11

Marcus trouva la jeune femme dans le grand hall vide de l'Institut médico-légal. Il lui avait téléphoné dès son réveil et ils s'étaient donné rendez-vous le matin même. Histoire de tromper l'attente, elle était en train de consulter distraitement les diverses notes de service affichées au mur. Marcus observa la silhouette menue et de petite taille qui lui tournait le dos.

— Mademoiselle Burns ? hasarda-t-il.

La silhouette fit volte-face.

— Vous êtes le docteur Mawbray ?

— Oui.

Elle vint vers lui la main tendue, un sourirc franc et direct égayant subitement son visage.

— Je suis enchantée.

Marcus serra machinalement la main qu'elle lui présentait tout en la dévisageant d'une façon plutôt insistante. Elle avait vingt-cinq ou vingt-six ans et il était tout simplement subjugué par l'extraordinaire harmonie qui rayonnait de la jeune femme.

À sa grande surprise, Amy Burns était une Asiatique, ou plutôt une métisse de la deuxième génération et de la plus belle eau. Ses traits fins et lisses et la justesse de leurs proportions semblaient un exemple parfait de ce que la nature pouvait faire de mieux quand elle s'en donnait la peine. Ses yeux foncés contrastaient magnifiquement avec la pâleur naturelle de son teint et ses cheveux coupés court, d'un noir absolu et dense, ajoutaient une touche d'ambivalence à sa personne. Ses vêtements même accentuaient cette curieuse impression.

Car, bien qu'ayant opté pour le jean défraîchi, elle n'en portait pas moins un chemisier de soie certainement coûteux et une veste sombre d'excellente qualité. Toute son allure, comme son expression à la fois avenante et réservée, contribuait à faire d'elle un étrange personnage dont la féminité semblait se trouver encore dans l'espace confus séparant l'adolescence de l'âge adulte.

— Ainsi, vous êtes du FBI local ? s'enquit Marcus en marquant un léger étonnement.

— C'est beaucoup dire, répliqua la jeune femme avec un sourire. N'allez pas croire que je suis un flic. Pour l'instant, ça fait deux ans que je travaille dans les bureaux vétustes de leur service de prospective graphique. C'est un service rattaché aux enquêtes criminelles mais je n'ai rien à voir avec leur boulot sur le terrain. On ne m'a même pas appris à tenir une arme !

— Et vous faites quoi ?

— On m'a spécialisée dans les portraits et les photos-robots. J'ai été recrutée en fonction de mes études à l'Institut des Beaux-Arts de Californie et de mes expériences professionnelles.

Marcus hocha la tête. Il était séduit par la jeune femme, mais il avait du mal à se convaincre qu'elle disposait des compétences qu'il attendait.

— Vous êtes sculpteur, m'a-t-on dit ?

— C'est ma formation principale. Avant le FBI, j'ai travaillé pendant près d'un an dans une entreprise funéraire. Nous étions six à réaliser des masques et des sculptures mortuaires. Ensuite, j'ai été embauchée par le département d'anthropologie du Muséum. J'ai fait partie de l'équipe qui a réalisé les moulages de leur collection de crânes d'hominiens et modélisé les faciès correspondants qui sont maintenant exposés au public.

Mawbray était au courant de cette opération. Cela remontait à trois ans. Il connaissait bien le directeur du département d'anthropologie de Berkeley et il avait assisté à l'inauguration de la nouvelle salle des moulages. Il considéra Amy Burns avec plus d'intérêt.

— Vous avez fait beaucoup de choses pour quelqu'un d'aussi jeune, remarqua-t-il.

La jeune femme le fixa droit dans les yeux.

— J'aurai vingt-sept ans dans quatre mois, si c'est ce que vous voulez savoir.

Elle fouilla dans le sac qu'elle portait en bandoulière et en sortit une enveloppe administrative.

— Tenez. C'est mon dossier. Mes supérieurs m'ont priée de vous le communiquer. Il y a là tout ce que vous désirez savoir.

Devant l'assurance de la jeune femme, Marcus se sentit bizarrement mal à l'aise. Il prit soudain conscience, ce qui ne lui arrivait guère ces derniers temps, qu'il ne s'était pas rasé depuis une semaine et qu'à l'inverse de son interlocutrice il devait offrir un aspect peu engageant.

— Merci, dit-il.

Il extirpa les quelques feuillets que contenait l'enveloppe et fit mine de les parcourir.

— Vous savez ce que nous allons faire ici ? demanda-t-il un peu abruptement.

— Un portrait-robot en trois dimensions, c'est ça ?

— Une reconstitution, corrigea Mawbray. Une reconstitution logique d'après les indices fournis par le squelette. Vous vous sentez d'attaque ?

Amy Burns le considérait toujours de son air sérieux et presque intimidant.

— Le FBI m'a fait suivre plusieurs stages d'anatomie faciale très poussés.

— Très bien, fit Mawbray en refermant l'enveloppe. On se met au travail ?

— Je suis là pour ça.

Marcus lui renvoya enfin un sourire le plus encourageant possible.

— Parfait. Allons-y.

Et il s'engouffra dans le couloir menant à la salle 3, Amy Burns marchant d'un pas tout aussi décidé derrière lui.

Il fallut une semaine de travail acharné pour que Mawbray, précieusement assisté de sa jeune recrue, parvienne enfin à quelque chose de présentable.

Le premier jour, tous deux s'étaient efforcés d'établir une sorte de topographie détaillée de la structure osseuse, répertoriant les points morphologiques les plus caractéristiques afin de les comparer avec des tables graphiques de référence. Ils rapprochèrent ainsi l'arcade sourcilière légèrement saillante, l'os jugal délicatement arrondi et la mandibule exceptionnellement fine et étroite de correspondances connues. Munis de ces éléments, ils déterminèrent les grands traits probables de la tête dans son état original.

Puis, réquisitionné par Mawbray, le photographe du laboratoire réalisa une série de clichés macrophotographiques du crâne avec un éclairage permettant de faire ressortir le relief complexe des points d'insertion des muscles et des tendons. Comme le modelage allait se faire directement sur l'original, Marcus voulait conserver disponible à tout instant l'image exacte du substrat qui allait disparaître sous l'habillage de pâte à modeler.

À la fin de cette journée, Marcus avait ressoudé la calotte crânienne à l'aide d'un ciment et la denture complète avait été réimplantée avec le concours d'un professeur de la faculté d'odontologie appelé en renfort. Celui-ci avait apporté avec lui tous les échantillons dont il disposait pour ses cours. Ils avaient choisi chacune des dents en fonction de leurs dimensions et étaient parvenus à reconstituer un appareil dentaire moyen et plausible. Après quoi, le crâne avait été installé sur une table surélevée servant habituellement de support à un appareil de projection, enfin prêt à subir sa métamorphose.

Ils laissèrent s'écouler le week-end et, dès le lundi, après une dernière réunion avec Marcus pour arrêter la stratégie de la reconstitution, Amy Burns se plaça devant la tête, entreprit de pétrir un bloc de pâte à modeler et se lança dans une première tentative de rendu.

Toutes les données anthropométriques suggéraient un individu fin et délicat et la jeune femme travailla dans cette direction. Vers onze heures, la tête inconnue était revêtue d'une première pellicule de pâte brute maculée d'innombrables traces digitales.

— Qu'en pensez-vous ? demanda Amy Burns en s'écartant d'un pas.

Marcus avait suivi la lente rematérialisation des chairs en faisant quelques recommandations de temps à autre.

— Ce n'est pas encore très parlant, mais ça vient. Je crois qu'on pourrait se concentrer sur le nez.

Ils consultèrent un des répertoires typologiques qu'Amy utilisait pour la réalisation de ses portraits-robots.

— J'ai le sentiment qu'elle devait avoir un nez droit, aux ailes légèrement épatées, comme ici, suggéra la jeune femme. Son squelette correspond assez bien à cette charte.

Marcus étudia les documents qu'elle lui présentait.

— On peut essayer, acquiesça-t-il.

Et Amy Burns se remit aussitôt à l'ouvrage.

En fin de matinée, la tête commençait à avoir l'allure de quelqu'un. Une créature incertaine sortait peu à peu du néant, comme si la mort s'était décidée à rendre son bien. C'est à ce moment-là que se présenta Dunwell, accompagné de trois collaborateurs.

— Alors, Marcus ? s'enquit-il, jovial, main tendue pour le saluer. Comment ça avance ? Tout le service en parle !

— C'est une expérience assez étonnante, répondit Marcus. Mlle Burns semble avoir des dispositions innées pour cela.

Tous les regards convergèrent sur les mains de la jeune artiste qui finissaient de lisser la pâte reconstituant le front et les tempes. L'étrange sculpture de matière cireuse avait quelque chose d'incongru dans l'immense salle d'autopsie, et pourtant elle semblait interpeller l'assistance de ses globes oculaires jaunâtres et du rictus imparfait de ses lèvres provisoires.

— Peut-être va-t-elle finir par vous parler, ne put s'empêcher de dire l'un des collaborateurs de Dunwell, tout à fait impressionné.

— Elle parlera, croyez-moi, répondit Marcus. Mais je ne sais pas encore quand.

Dunwell inclina la tête d'un air concerné.

— Prenez le temps qu'il faut. Vous êtes ici chez vous, Marcus.

— Merci.

Le reste de l'après-midi fut employé à pousser jusqu'à son extrême limite la logique de progression qu'ils avaient adoptée. Marcus et Amy étaient convenus de tenter plusieurs approches différentes. Et l'esquisse n° 1 arrivant à son terme, Marcus avait appelé Folkerson pour avoir son impression. Celui-ci était arrivé avec Gail Quinn, et c'est en leur compagnie qu'ils firent une première évaluation du travail.

— C'est encore un peu primitif, prévint Marcus. Nous avons de réelles difficultés avec le rendu de la bouche. L'orbiculaire des lèvres n'est pas facile à interpréter. Il y a aussi l'implantation dentaire qui reste hypothétique. Nous avons opté pour une orthodontie moyenne.

— Par contre, nous avons suivi d'assez près ce que devait être la réalité des autres muscles faciaux, précisa Amy Burns. Au niveau des masséters, des zygomatiques et des temporaux, on ne doit pas être loin de la vérité.

Gail Quinn et Folkerson considéraient le travail dans un silence recueilli et expectatif.

— Tout à fait surprenant, fit-il. Mais j'ai l'impression qu'on n'ira pas bien loin si on lance une recherche à partir de ça. Il faudrait obtenir quelque chose de... comment dire ? De plus fini...

— Je pense que nous pourrons y arriver, intervint Marcus. Disons que jusque-là le squelette nous a permis de reconstituer une sorte de caricature. En dernière phase, il faudra adoucir cette caricature pour tenter de recréer une réalité à peu près photogénique.

Le lieutenant fixait toujours l'étrange ouvrage.

— Que comptez-vous faire pour les cheveux, par exemple ? s'enquit-il.

Marcus eut un léger soupir.

— C'est un de nos problèmes. On sait qu'elle était brune. Maintenant, il faudrait tester un certain nombre de coupes pour se faire une idée. On a essayé tout à l'heure, avant votre arrivée, mais la pâte à modeler ne s'y prête pas du tout. C'est trop irréaliste. Au lieu d'ouvrir des pistes, ça aurait plutôt tendance à freiner l'imagination.

— On devrait peut-être faire une tentative avec des postiches, suggéra Amy Burns. Vous ne seriez pas en relation avec des perruquiers ou des fabricants de mannequins, par hasard ? demanda-t-elle à Gail Quinn.

— Je pense que je peux vous procurer ça. Mais il y a peut-être autre chose qui pourrait nous aider, ajouta-t-elle.

Les regards se tournèrent vers elle.

— Nos services ont été contactés il y a deux mois par une société de stylique industrielle, poursuivit-elle. Visiographics, à San José. Ils utilisent un logiciel spécialisé dans la création ou la transformation d'objets et ils pensaient que ça pouvait nous intéresser.

— Vous êtes déjà équipée avec ça, non ? s'enquit Folkerson.

— Pas en trois dimensions. On fait des masques en copier-coller, mais pas de modélisation numérique. C'est dans cette direction qu'il faudrait travailler.

— Vous pouvez les contacter rapidement ?

— À l'instant, si vous voulez.

Folkerson lui adressant un coup d'œil affirmatif, Gail Quinn se dirigea aussitôt vers le téléphone de la salle d'autopsie et appela son service.

12

Il était désemparé et conduisait comme dans un état second. Pour la première fois de sa vie, Maitland prenait conscience de ce qu'était la jalousie. Une douleur insupportable dans la poitrine que chaque respiration augmentait, et le ressassement intolérable d'une trahison, jusqu'à la nausée. Il avait beau tenter de se raisonner, rien ne venait endiguer l'émotion qui le submergeait. Il sentait même ses yeux s'embuer et contractait à s'en faire mal tous les muscles de son visage afin de s'empêcher de pleurer. Comment peut-on en arriver là ? se répétait-il inlassablement, écœuré par la honte. Comment peut-on en arriver là ?

Il brûla un feu rouge. C'était sans trop de risques à cette heure de la nuit. Plus loin devant lui, la voiture du type venait de virer sur la droite et il ne voulait pas perdre sa trace. Ils avaient traversé Downtown et étaient entrés dans les quartiers sud-est après avoir longé l'Hôpital général. Maitland connaissait mal cet endroit qu'il n'avait aucune raison de fréquenter et ce qu'il en découvrait ne lui donnait pas le sentiment d'avoir manqué quelque chose. Plus il se rapprochait de la zone portuaire, plus il lui semblait pénétrer une contrée étrangère. Cette partie de la ville était composée d'immeubles dégradés, de rares petits commerces assez misérables au milieu de boutiques abandonnées et d'une population disparate qui ne connaîtrait vraisemblablement jamais les bienfaits de la civilisation américaine autrement qu'à la télévision.

La petite camionnette vira à nouveau et ses feux de position disparurent dans une de ces rues. Lorsque Maitland s'y engagea à son tour, il fut surpris de trouver celle-ci totalement déserte. Il ralentit et essaya de comprendre où avait pu passer la voiture qu'il avait suivie sans trop de peine jusque-là. Il scruta de son mieux l'endroit en roulant au pas. Mais il déboucha sur l'enclos qui fermait le port sur plusieurs kilomètres et comprit qu'il avait dû rater ce qu'il cherchait. Il décida alors de faire demi-tour et d'inspecter une seconde fois la rue faiblement éclairée qu'il avait empruntée.

Il remonta lentement en sens inverse et brusquement appuya sur la pédale de frein. Il venait d'apercevoir la fourgonnette. Elle était garée à quelques mètres à peine, au fond d'une courte impasse en terre battue pratiquement plongée dans l'obscurité. De sa voiture, Maitland distinguait le compartiment isotherme du véhicule. Il n'y avait pas de doute possible. Il examina alors les bâtiments environnants.

À l'un des angles de l'impasse se dressait un petit immeuble aux portes et aux fenêtres murées, apparemment abandonné de longue date, inaccessible même aux squatters. Aucune chance d'y trouver qui que ce soit. En face s'élevait une autre bâtisse de petites dimensions présentant en façade sur la rue une vitrine obscure et poussiéreuse, parsemée d'affichettes défraîchies et de graffitis. Sur l'enseigne en plastique aux couleurs d'un bleu passé, il put lire : *Aquarius.* Quant à l'étage, avec ses quatre fenêtres aux carreaux intacts et ses stores tirés, il pouvait peut-être abriter quelqu'un de pas trop regardant sur le standing. C'était étrange, mais le type avait l'air d'habiter là.

Maitland soupira. L'exaltation de la découverte avait fait place à un sentiment aigu d'humiliation et il était plus effondré que jamais sur son siège. Qu'est-ce que tout cela voulait dire ? Depuis longtemps il avait essayé de s'habituer à l'idée que Kitty accompagnait sa vie d'hommes qui n'étaient pas lui. Ou plutôt, depuis qu'il la connaissait, il essayait de faire comme si ce n'était pas le cas. Mais à chaque fois que cette pensée l'effleurait, avant de la chasser, il se consolait vaguement en imaginant que les autres étaient des gens comme lui, qu'elle devait pêcher dans les mêmes eaux. Mais là, dans ce quartier, c'était à peine croyable. Que pouvait-elle faire avec un type qui habitait là ? La prostitution à peu près propre, ça existe, bon sang ! Qu'est-ce qu'elle venait chercher ici ? Du fric, vraiment ?

Son regard errait au hasard de la rue sombre et il n'aperçut pas le mouvement agitant l'un des stores de l'étage qu'une main venait d'écarter avec précaution. Une sensation de haine lourde et impuissante l'envahissait peu à peu et il se dit qu'il voulait comprendre. Tout savoir. Dans une brusque impulsion, il coupa le moteur, ouvrit la portière et sortit de la voiture.

De la fenêtre de l'étage, masqué par l'obscurité totale qui régnait dans les pièces, Wade n'avait pas quitté des yeux un seul instant le manège de Maitland. Il était terrorisé. Ce type stupide l'avait suivi. C'était impensable. Et dire qu'il ne s'en était même pas douté une seconde ! Il était allé à la fenêtre, simplement alerté par le ronflement persistant du moteur qui tournait au ralenti dans la rue. Ce type connaissait la fille ! Et il était venu jusqu'ici ! La menace qu'il avait toujours redoutée, la pire chose qui pouvait lui arriver, la découverte de son refuge par un étranger, par un être hostile, était en train de se réaliser !

Plus que de la terreur, c'était maintenant une sorte de panique qui se mettait à l'agiter sourdement. Il fallait faire quelque chose. Quelque chose rapidement, sinon le monde entier allait basculer. Il perdrait tout. Il pinça les lèvres si fort qu'elles devinrent deux traces blafardes à peine perceptibles sur son visage figé. Le type était en bas ! Le type était en bas !

Et puis soudain, comme cela s'était déjà produit, il sentit en lui un brusque changement. La peur avait changé de nature. Elle était devenue une terreur constructive. L'affolement s'était mis à commander. La main de Wade relâcha le store et il ordonna à son corps de bouger.

Dehors, Maitland s'était approché de l'étrange boutique. Elle avait l'air d'avoir cessé toute activité depuis des années. Maintenant qu'il était plus près, il pouvait voir, dessinés tout au long de l'enseigne, une rangée de poissons exotiques aux couleurs fanées, délavées par les intempéries. Lorsqu'il se trouva face à la vitrine, il tenta, entre deux affiches déchirées, de percer l'obscurité de l'intérieur. Ne parvenant pas à distinguer quoi que ce soit, il colla son front contre la vitre, les mains de chaque côté de la tête, à hauteur des yeux, afin d'éliminer les reflets.

La boutique paraissait inoccupée. Il crut reconnaître les contours d'une table renversée et, sur la gauche, contre le mur, une sorte de placard bas aux portes coulissantes disjointes et aux rayonnages vides. Absorbé par son investigation, il ne prit pas garde au léger bruit qui lui parvint de l'impasse, de l'autre côté de la boutique. Il préféra s'attarder encore un instant sur l'espace sombre et mystérieux que semblait receler la triste habitation.

Quand il perçut enfin le crissement de pas précipités, il releva la tête, mais il était trop tard. La lourde silhouette de l'homme était déjà tout contre lui et il ne cria que lorsqu'un bras puissant se referma sur son cou et enserra sa gorge.

En fait de cri, ce ne fut qu'une éructation et une succession de hoquets incontrôlés. La soudaineté de l'agression avait été telle que Maitland avait avalé de travers et s'étranglait tout seul. Une main s'abattit aussitôt sur sa bouche pour le réduire au silence et, dans l'impossibilité de tousser, il se mit à suffoquer, les yeux exorbités.

Il tenta de résister mais sa riposte se résuma à une gesticulation ridicule et désordonnée totalement sans effet. Déséquilibré, les talons raclant le sol, il se sentit traîné sur plusieurs mètres jusque dans l'impasse.

Lorsqu'il comprit que l'homme s'efforçait de lui faire franchir le seuil d'une porte pour l'entraîner à l'intérieur de la maison, son affolement redoubla et il se démena de plus belle. Tout en s'agrippant à l'encadrement de la porte, il mordit de toutes ses forces la main qui le bâillonnait.

L'homme lâcha prise aussitôt en jurant entre ses dents et lui asséna un premier coup sur la tête. Maitland parvint à pousser un hurlement strident. Ce fut sa seule chance d'appeler un hypothétique secours. Car un deuxième coup, d'une extrême violence, l'interrompit. Il ne savait pas avec quoi l'homme l'avait frappé, mais une douleur lancinante se mit à engourdir tout son crâne.

En même temps qu'il sombrait dans une demi-conscience, il vit qu'il s'enfonçait dans l'obscurité de la maison. Quelque chose de chaud coulait derrière son oreille et dans son cou. Et l'homme le traînait toujours précipitamment, comme un vulgaire fardeau avachi, dans des ténèbres qui se refermaient sur leur passage.

Soudain, l'étau qui le serrait se relâcha et le sol se précipita vers lui pour le heurter en plein visage. Affalé de tout son long, il allait tenter de se relever quand l'homme le frappa à toute volée une dernière fois derrière la tête. Maitland eut un gémissement de bête qu'on assomme et s'effondra dans la nuit totale.

13

Arpad Tomassian était chef du service de modélisation de la société Visiographics. Une entreprise en pleine expansion, occupant dans la zone d'activité des technologies de pointe de San José un long bâtiment de plain-pied flambant neuf et ceinturé d'une pelouse opiniâtrement manucurée. Il se trouvait assis à son bureau en ce début de matinée lorsqu'il vit la grosse voiture de police pénétrer sans la moindre discrétion sur le parking. Il se rendit aussitôt à la rencontre des arrivants.

Il fut quelque peu surpris par la petite délégation qui s'extirpa du véhicule. Il faut dire que Marcus Mawbray, aussi négligé qu'à son habitude, Amy Burns et Gail Quinn représentaient un échantillon discutable de ce que pouvait être la noble institution de la police d'État. Mais enfin, Arpad Tomassian était prêt à convenir qu'il fallait de tout pour faire un monde — et principalement l'Amérique —, y compris des émigrés arméniens comme son père qui avait débarqué au Canada au lendemain de la guerre pour venir ensuite aux États-Unis chercher fortune.

C'est avec le plus large sourire qu'il s'avança vers eux.

— Je suis Arpad Tomassian. Heureux de vous rencontrer. Je vous attendais. Nous avons tout préparé.

Par habitude, Gail Quinn lui montra son insigne de la police et fit les présentations.

— Le Dr Mawbray, Mlle Burns. Ce sont eux qui procèdent à cette reconstitution.

— Enchanté. J'espère que nous saurons vous être utiles.

Arpad Tomassian jeta un regard à Mawbray qui tenait à bout de bras un encombrant coffret.

— C'est l'objet ? s'enquit-il.
— Oui. Nous pouvons entrer ?
— Mais bien sûr.
Il les précéda aussitôt vers la porte principale et les conduisit jusqu'à une salle de travail occupée par plusieurs consoles d'ordinateur. À l'une d'elles était assis un homme d'une trentaine d'années.
— Voici M. Polow, présenta le chef de département. Il sera à notre disposition pour toute la durée de cette expérience. Venez, je vais vous montrer comment nous allons procéder.
Ils pénétrèrent dans une salle mitoyenne qui ne comportait aucune ouverture sur l'extérieur. Au centre de la pièce, fixé sur un portique complexe permettant un débattement sur plusieurs axes, se trouvait un étrange dispositif évoquant autant une caméra qu'une tête d'appareil radiographique.
Arpad Tomassian se rapprocha des panneaux explicatifs fixés à l'un des murs.
— Jusqu'à une période récente, commença-t-il, la modélisation d'objets s'obtenait à l'aide de maquettes comme celle-ci sur lesquelles on traçait une grille permettant ensuite une reconstitution par fragments. La numérisation s'effectuait de façon classique sur trois axes, plan, profil et face.
Il se pencha vers un ordinateur et commanda l'ouverture d'un fichier.
— Après quoi la grille était restituée dans ses trois dimensions et pouvait être déformée à loisir.
Sur l'écran apparut la structure d'un vase que Tomassian transforma et déplaça à volonté sur plusieurs angles de vue.
— On finalisait ensuite l'objet en l'habillant de matière, puis on appliquait un programme de lissage des facettes pour obtenir le réalisme voulu.
Il démontra à l'écran la progression de toutes ces étapes puis se tourna vers son auditoire, abandonnant l'ordinateur.
— Le principe était assez efficace et il est encore couramment utilisé. Cela dit, le but de la modélisation reste actuellement le gain en précision et en temps d'exécution. C'est pourquoi certaines entreprises se sont attachées à mettre au

point des procédés de numérisation directe des objets. Je vais vous montrer.

Il poussa un tabouret sous l'imposant appareil au centre de la pièce et s'adressa au Dr Mawbray :

— Voulez-vous tenter l'expérience, docteur ?

— De quoi s'agit-il ?

— De vous asseoir ici, tout simplement.

Du geste, il invitait Marcus à prendre place. Après un instant d'hésitation, celui-ci posa son chapeau sur une table et alla s'installer sur le tabouret. Arpad Tomassian se tourna vers l'informaticien qui les accompagnait.

— Allez-y, Polow.

Le jeune homme fit jouer le portique sur une crémaillère de manière à placer l'appareil à hauteur de la tête de Marcus. Quand il jugea la préparation adéquate, il se rendit devant un pupitre de commande qu'il mit en marche.

— Essayez de rester parfaitement immobile quelques instants, dit-il à Mawbray.

Ce dernier se figea du mieux qu'il put. Polow déclencha alors la procédure de numérisation. Avec un léger ronronnement, la caméra commença à analyser la tête de Marcus tout en décrivant un lent et parfait arc de cercle autour de celle-ci, de son profil droit jusqu'à son profil gauche en passant devant son visage. Lorsque la prise de vue fut achevée, Polow éloigna l'appareil à une certaine distance.

— C'est terminé, fit-il.

Et, tandis que Marcus quittait le tabouret, il alla s'asseoir devant la console d'ordinateur.

— Vous allez voir, dit le chef de département.

Polow entra plusieurs chaînes de paramètres sur les écrans qui s'affichaient successivement, puis attendit.

— L'ordinateur central calcule, précisa Arpad Tomassian.

Et soudain, en déroulement vertical, apparut en quelques secondes, ligne par ligne, le masque froid et sublimé de Marcus Mawbray. L'informaticien fit pivoter l'image de manière à offrir une perspective de trois quarts et à opérer des transformations pour le moins irrespectueuses de l'objet original. Il l'élongea, l'aplatit et l'inscrivit même dans les limites d'un cône géométrique.

— Vous voyez ? demanda Arpad Tomassian.

Ils voyaient, en effet. Les trois visiteurs fixaient l'écran avec une extrême attention mêlée d'étonnement.

— Cela ouvre pas mal d'horizons, n'est-ce pas ? remarqua Arpad Tomassian. Et encore, ce que vous voyez là est très sommaire par rapport à ce qu'on peut obtenir avec notre programme. Visiographics est très en pointe dans ce domaine.

Il y eut un silence prolongé.

— C'est assez extraordinaire, dit enfin Mawbray. Je suppose qu'à la fin on obtient des photos ?

— Support papier, diapos, film, vidéo, tout ce que vous voulez, confirma Tomassian.

Gail Quinn et le médecin légiste s'entre-regardèrent.

— Je pense qu'on peut se mettre à l'ouvrage, conclut Gail Quinn.

— Installez-vous, fit Arpad Tomassian en prenant congé. Et voyez avec Polow. En cas de besoin, vous pouvez m'appeler au 312. Je vais vous faire apporter du café. À tout à l'heure.

Ce qui restait de la matinée fut aussitôt mis à profit. Sous le regard quelque peu déconcerté de Polow, Amy Burns et Marcus retirèrent du coffret la sinistre sculpture mortuaire qu'ils avaient réalisée. Celle-ci fut juchée sur un pupitre réglable d'ordinateur que Polow avait réquisitionnée pour la circonstance. Les tests de numérisation purent commencer à onze heures, et vers midi tous quatre furent en mesure d'examiner les premiers résultats.

Les choses se révélèrent plus compliquées qu'il n'y était paru au départ. Il fallut à la petite équipe tout le reste de l'après-midi pour obtenir une image tridimensionnelle enfin acceptable sur laquelle affecter des séries de transformations répondant à des critères logiques ou des hypothèses purement artistiques.

Le lendemain après-midi, après une succession de rendus particulièrement satisfaisants, Marcus fut frappé par une de ces images. Si certaines attestaient l'arbitraire des choix qui avait conduit à leur conception, celle-ci reflétait une singulière harmonie, comme si les pièces du puzzle s'étaient mises en place d'elles-mêmes, guidées par la propre force de leur adéquation.

— Amy, regardez, appela-t-il. Celle-ci est vraiment saisissante, vous ne trouvez pas ?

Amy Burns et Gail Quinn, qui comparaient à l'écart les qualités des impressions couleurs de différentes esquisses, s'approchèrent de l'écran devant lequel étaient assis Marcus et Polow.

Le modèle qui s'y affichait était numéroté 18. Et de toute évidence il était plus qu'une image. Sur les dernières indications de Mawbray, Polow avait réussi à insuffler quelque chose qui pouvait passer pour une expression, une trace de vie, dans un ensemble concordant de traits qui représentaient enfin une personne.

Le proto-visage de Catherine Kimble était en train de naître de la nuit profonde des calculs informatiques.

Toute l'équipe resta silencieuse un long moment.

— Vous avez raison, souffla finalement Amy Burns. Je crois qu'on la tient.

Le soir même, Marcus appela Folkerson chez lui.

— On est sur le point d'y arriver, Frank. Je pense qu'on va pouvoir te donner ce que tu veux.

— Quand ?

— Dès demain, si tout va bien. On veut faire encore quelques sorties dans la matinée.

— L'idéal serait que je puisse en disposer au plus tard à dix-huit heures. Avant le bouclage du *Chronicle*. Ça pourrait passer dans l'édition du week-end. Je les ai déjà prévenus.

Ils consacrèrent toute la matinée du vendredi à l'établissement de huit fichiers numérotés de 18,1 à 18,8. Vers quinze heures, les machines de Visiographics leur fournissaient deux jeux de huit diapositives et Gail Quinn filait au quartier général de la police. Là, Folkerson, Ganton et Gail Quinn s'accordèrent pour transmettre au *Chronicle* la sélection de quatre clichés recommandée par Marcus.

Le samedi matin, dans des centaines de points de vente tout autour de la baie, le résultat des travaux de Mawbray se trouvait imprimé en avant-dernière page du principal quotidien, à près d'un million d'exemplaires, dans un encadré « Appel à témoins ».

Comme beaucoup d'abonnés, Marcus, levé tôt, trouva le *Chronicle* devant sa porte. Il le feuilleta rapidement jusqu'à ce qu'il tombe sur son fichier n° 18. L'encrage et l'impression des rotatives n'étaient pas excellents et la plupart des détails qu'il s'était évertué à faire apparaître étaient pratiquement gommés. Il restait néanmoins quatre clichés qui ressemblaient à s'y tromper à des photos d'identité de moyenne qualité. Quatre clichés de ce qu'avait peut-être été la victime.

Espérons que cela sera suffisant pour susciter la réaction de quelqu'un, se dit Marcus.

14

Tout d'abord, il y eut ce bourdonnement doux et continu de moteur électrique, tout juste perceptible, un peu comme celui d'un réfrigérateur dans le silence nocturne d'une maison. Mais c'était un bruit accompagné d'un autre, plus irrégulier, évoquant l'éclosion de bulles dans un liquide. Maitland pensa quelques secondes à un enfant qui soufflerait avec une paille dans un bol d'eau savonneuse. Puis il ouvrit les yeux.

Il ressentit instantanément derrière la tête une douleur aiguë qui semblait se réveiller en même temps que lui. C'est en essayant de bouger qu'il reprit totalement connaissance et comprit avec terreur dans quelle situation il se trouvait.

Il avait les mains liées dans le dos et quelque chose d'impossible à identifier était enfoncé dans sa bouche, lui écartant à se rompre les mâchoires et l'empêchant de proférer le moindre cri.

Avec des contorsions de la face, il tenta de cracher ce corps étranger mais il ne fit qu'augmenter la douleur provenant de ses muscles distendus. Alors il cessa de s'agiter et s'efforça de retrouver son calme.

C'était le jour. Il était allongé sur un tapis élimé et poussiéreux, à proximité d'un vieux canapé défoncé. Le bruit qui l'avait peu à peu réveillé venait d'une pièce voisine qu'il pouvait entrevoir par une porte ouverte.

Lorsqu'il fit un geste dans l'espoir de se mettre debout, il s'aperçut que ses chevilles étaient également liées. La panique le gagna à nouveau. Malgré cela, à force de contractions, il parvint à se mettre en position assise et, adossé au canapé, il reprit sa respiration.

De la rue lui parvenaient les bruits de la circulation. À l'extérieur, à quelques mètres à peine, la vie poursuivait son cours, indifférente. Il ferma les yeux pour tenter de se reprendre.

Ce n'est pas vrai, ce n'est pas vrai ! se répétait-il. Qu'est-ce que je fais ici ? Qu'est-ce que c'est que cette histoire ?

Il sentait un péril immense le menacer, sans toutefois oser en définir la nature. Une seule certitude lui occupait l'esprit. Il devait sortir d'ici. Il devait s'enfuir, sinon des choses terribles allaient se produire. Il était au bord des larmes.

À l'étage, Wade était calé dans un fauteuil. Il n'avait pas dormi de la nuit. Ce n'était pas grave. Depuis longtemps, il ne savait plus ce qu'était un sommeil normal. Il était resté dans l'obscurité toutes ces heures, l'esprit absorbé par des bribes de réflexions pas toujours cohérentes, qui toutes tournaient autour de cet événement intolérable : un type stupide avait fait irruption dans son territoire et le menaçait par le seul fait de son existence. C'était tant pis pour lui.

Wade savait ce qu'il avait à faire. Il y avait bien réfléchi. Pourtant, l'idée lui répugnait vaguement car jamais les choses ne s'étaient présentées ainsi. Les autres, c'était différent, c'était pour ainsi dire sa façon de vivre. Là, il s'agissait d'une mesure de sauvegarde pure et simple à exécuter de sang-froid. Et, sans oser se l'avouer, il craignait de ne pas y parvenir, de manquer de courage en quelque sorte. Mais enfin il pensait tenir la solution. Il était neuf heures du matin et il fallait agir. Le type en bas devait être réveillé.

Wade se leva. Il se dirigea vers un placard, en sortit un flacon dont il examina l'étiquette et se rendit dans la cuisine. Il y régnait un désordre absolu. Des monceaux de vaisselle sale, d'emballages de produits alimentaires et de déchets de toute sorte étaient éparpillés dans l'évier, sur la table, sur un buffet et à même le sol. Sans s'en émouvoir, Wade rinça un verre, décapsula le flacon et versa une partie du produit qu'il étendit avec de l'eau du robinet. Après quoi il s'engouffra dans l'escalier qui menait au rez-de-chaussée.

Maitland entendit le bruit des pas quelque part dans la maison et sa terreur s'amplifia de façon incontrôlable. Une terreur irraisonnée d'enfant. Il voulut crier mais n'émit qu'un marmonnement rauque du fond de la gorge.

Les pas se firent plus distincts. L'homme était maintenant dans le couloir menant à la pièce où il se trouvait. Puis la porte s'ouvrit.

L'homme apparut, immobile dans l'encadrement, face à Maitland qui le fixait avec une expression affolée, le visage déformé et ridicule à cause de l'objet coincé dans sa bouche.

Maitland n'en croyait pas ses yeux. Il avait devant lui une espèce de géant adipeux, demi-chauve, légèrement voûté, vêtu d'un ensemble de jogging bariolé et chaussé de Jordans coûteuses et immaculées. Mais le plus surprenant, ce n'était pas l'allure invraisemblable du type. C'était son visage. Un faciès lunaire et poupin à la pâleur crayeuse, piqué de petits yeux immobiles d'oiseau. Un masque sans âge et sans expression qui faisait froid dans le dos. Une seule pensée lui vint à l'esprit : ce type est malade !

L'homme approcha, un verre à la main, et se pencha sur lui.

— Je vais vous enlever la balle. Si vous criez je vous écrase la tête.

Maitland eut un mouvement de recul lorsqu'il vit le type avancer sa main. Puis il sentit avec répulsion les doigts se glisser entre ses lèvres pour extraire l'objet qui obstruait sa bouche. L'homme tira d'un coup sec et Maitland grogna de douleur. Devant lui, le type tenait maintenant une balle jaune de tennis, tel un illusionniste venant de réussir un tour de passe-passe.

La mâchoire tombante, complètement endolorie, Maitland essaya d'articuler un son mais n'y parvint pas. Il n'arrivait même pas à commander à ses muscles de refermer la bouche.

L'homme lui mit le verre sous le nez.

— Buvez.

Maitland fut surpris par l'étrange voix de fausset, haut placée et asexuée. Presque une voix de femme. Il en resta sans réaction.

Wade lui plaça d'autorité le verre entre les dents pour le forcer à boire, comme on le ferait à un gosse récalcitrant. Maitland ne put s'empêcher d'avaler une petite quantité du liquide mais, dès qu'il en perçut le goût infect aux relents d'acétone, il se jeta en arrière en éructant.

— Qu'est-ce que c'est ? parvint-il à bredouiller d'une voix étranglée et indignée.

— Buvez ! se contenta de répéter Wade en haussant le ton.

Comme Maitland s'obstinait dans son refus, Wade lui plaqua sans ménagement une main sur le nez de manière à le contraindre à ouvrir la bouche et replaça le verre entre ses lèvres.

— Arrêtez ! essaya de hurler Maitland

Grognant et gargouillant, il dut déglutir tout le breuvage qui ne dégoulinait pas sur son menton et dans son cou.

Lorsque Wade le relâcha, Maitland cracha plusieurs fois pour se débarrasser du goût et retrouver sa respiration. Pantelant, il observa de longues secondes le type au jogging.

— Qui êtes-vous ? murmura-t-il dans un souffle. Qu'est-ce que vous me voulez ?

Au lieu de répondre, Wade posa le verre vide à côté de lui et entreprit de fouiller les poches de Maitland.

— Où est Kitty ? demanda-t-il. Qu'est-ce que vous faites avec elle, hein ?

Indifférent aux questions, Wade retira de la veste de Maitland son portefeuille et ses clés de voiture. Puis il se remit debout tout en examinant ses trouvailles.

— Si c'est ma voiture que vous voulez, fit Maitland, prenez-la, je m'en moque.

Pareil si c'est Kitty, se dit-il avec lassitude. Qu'il la prenne aussi.

— Si c'est de l'argent, on peut s'arranger. J'ai des économies. Mais lâchez-moi. Le reste je m'en fous. Je vous jure.

Le type le fixait toujours avec la même impassibilité. Maitland sentait que les choses tournaient mal. Très mal.

— Relâchez-moi ! lança-t-il encore sans conviction.

Le gros type s'abaissa pour reprendre la balle de tennis.

— Non ! hurla-t-il.

Avant même que Wade lui saisisse la tête par les cheveux, Maitland s'était mis à se tordre désespérément pour échapper à l'étreinte.

D'un mouvement brusque, Wade cala sa tête entre ses genoux et lui enfonça violemment la balle dans la bouche.

Gesticulant comme un possédé, Maitland résista tant qu'il put en poussant des gémissements plaintifs. Puis ses cris se réduisirent peu à peu à des borborygmes étouffés et Wade le contempla d'un air satisfait.

Les traits monstrueusement et ridiculement distendus, le regard plus terrorisé que jamais, Maitland donnait pour la seconde fois l'impression d'avoir revêtu un masque pitoyable et grotesque. Il vit le grand type lui tourner le dos sans un mot et quitter la pièce.

L'instant d'après lui parvinrent un claquement de porte et un cliquetis de clés dans des verrous. Maitland se retrouvait seul dans le silence de la maison. Il entendit une voiture démarrer et comprit qu'il s'agissait de la sienne. Le type partait avec ! Où est-ce qu'il comptait aller, bon Dieu ?

Mais il n'avait même pas le cœur à répondre à sa propre question. Il était maintenant convaincu que sa vie se jouait dans le temps que lui laissait l'espèce de fou qui l'avait capturé. Il fallait absolument qu'il trouve un moyen pour sortir de cette maison. Et vite.

En s'adossant contre le canapé et à force de contractions, il parvint à se mettre sur ses pieds. C'est alors qu'il ressentit comme un premier étourdissement. Il eut l'impression que ses jambes allaient lâcher et il s'appuya comme il put contre le canapé pour ne pas chuter.

Il avait un objectif. La pièce voisine d'où parvenait ce ronronnement tranquille et lancinant depuis qu'il était éveillé. Il fallait qu'il trouve là-bas quelque chose pour se libérer. Un couteau, n'importe quoi, il ne savait pas. Mais il devait essayer.

Il fit quelques bonds vers la pièce, mais ses genoux se mirent à flageoler de façon incontrôlable. Puis il se sentit tomber d'une masse et resta étendu sur le flanc, à moitié sonné, essayant de comprendre ce qui se passait. Cela dura quelques instants pendant lesquels la lumière se fit dans son esprit. C'était cette saloperie qu'il avait bue. C'est pour ça que le type l'avait laissé. Il savait qu'il serait complètement assommé par ce qu'il lui avait administré et qu'il ne risquait pas de s'enfuir.

Il exhala un long soupir. Cela devenait pire que tout ce qu'il avait imaginé. Il tenta de se secouer. Il devait résister à cette torpeur qui pesait maintenant sur ses paupières. S'il voulait vivre.

Avec un effort terrible sur lui-même, il réussit à chasser l'engourdissement qui le menaçait et entreprit de poursuivre son chemin vers la pièce. Il y fut bientôt rendu en exécutant de courtes reptations et il réunit toutes ses forces pour se remettre sur ses pieds. Finalement, il fut debout. Appuyé contre la porte, il jeta à l'intérieur un long regard circulaire. Ce qu'il découvrit le laissa totalement stupéfait.

L'endroit, assez vaste, n'était qu'une inimaginable accumulation d'aquariums. Il y en avait de toutes les tailles, empilés sur toute la hauteur des murs disponibles. Chacun des bacs, chapeauté d'un tube au néon, dispensait une lumière pâle et glauque qui constituait l'unique et triste éclairage de la pièce par ailleurs plongée dans la pénombre. Des myriades de bulles scintillantes s'élevaient par colonnes dans les bassins pour éclore en d'incessants bouillonnements. Et partout, avec des lenteurs d'un autre monde, s'ébattaient une multitude de poissons dans leur univers muet et liquide.

Mais le plus impressionnant, c'était ces deux immenses bassins qui encombraient pratiquement toute la superficie de la pièce. Des aquariums sans éclairage de deux ou trois mètres cubes peut-être, posés sur de solides bâtis métalliques, où défilaient de grosses ombres indistinctes avec des paresses de fantômes.

Maitland regardait tout cela et ne comprenait rien. Où était-il ? Dans le monde qui était le sien ou dans un cauchemar ? Sa vue se troubla en même temps que la torpeur qui l'accablait cherchait à se transformer en sommeil.

Il esquissa un mouvement pour prendre appui sur une sorte d'établi à sa gauche. Il bascula et se rattrapa de justesse, cassé en deux sur le plan de travail. C'est en cherchant à assurer son équilibre qu'il aperçut l'objet.

Il écarquilla les yeux, incertain de l'image qu'ils lui transmettaient, puis resta figé dans une stupeur idiote. Ce qu'il voyait, c'était un sac. Un petit sac à main béant, abandonné là après avoir été vidé. Le sac à main de Kitty.

Alors sa panique fut totale. Il se rua sur un des petits aquariums non loin de lui et se contorsionna dans l'espoir de couper ses liens sur le tranchant d'une des parois. Mais c'était quasiment impossible. Dans sa frénésie hébétée, il trébucha, perdit pied, entraînant dans son geste le caisson de verre. Celui-ci s'écrasa sur le sol en même temps que lui, dans un fracas épouvantable.

Inondé, ahuri, au comble de la terreur, Maitland ne vit qu'une chose. Du verre. Des éclats de verre partout. Il fallait qu'il y arrive. Il fallait qu'il y arrive coûte que coûte. Et puis lutter contre le sommeil. Et puis s'enfuir. S'enfuir.

Autour de lui, les petits animaux placides et colorés qu'il avait observés un instant auparavant se tortillaient avec une incroyable vigueur dans l'agonie de l'asphyxie.

15

Comme à chaque fois qu'il lançait un appel public à témoins, Folkerson avait affecté une équipe de quatre personnes pour traiter le flot d'indications fournies par les citoyens subitement désireux de coopérer avec la police.

Ces dernières quarante-huit heures, ils avaient comptabilisé près de deux cents appels. Après avoir écarté tous les canulars, toutes les questions concernant une éventuelle récompense à la clé, ainsi que les traditionnels chapelets d'injures et d'obscénités, ils devaient tenter de vérifier la validité des témoignages qui, pour la plupart, restaient anonymes. Lorsque la conversation durait suffisamment longtemps, l'équipe de veille prenait la peine de faire tracer l'appel. Il s'agissait presque toujours de cabines publiques.

La jeune femme avait été identifiée en même temps aux quatre points cardinaux de la ville, de Marina à Saint Francis en passant par le parc public Kennedy et le quartier chinois. De tout cela, il fallait trier du farfelu le vraisemblable et du vraisemblable ce qui méritait une visite sur place d'un inspecteur. En ce lundi matin, Folkerson était noyé dans la pile de comptes rendus des appels lorsque le sergent Atkins ouvrit la porte de son bureau.

— Lieutenant, il y a un gars en bas qui demande à vous voir.

— Qu'est-ce qu'il veut ?

— Je n'en sais rien. Il dit que c'est à vous seulement qu'il veut parler.

— Bon.

Pour ne rien négliger, il mentionnait généralement le nom

de son service sur les communiqués, au risque d'être dérangé pour rien par des types oisifs au point d'avoir du temps à perdre dans les locaux de la police. Il prit l'ascenseur et se rendit à l'accueil au rez-de-chaussée.

— On me demande, il paraît, fit-il à l'un des agents derrière le comptoir.

Celui-ci lui répondit par un signe de tête en indiquant les sièges où patientaient dans l'entrée une demi-douzaine de personnes.

— Le jeune blondinet.

Folkerson jeta un bref coup d'œil et repéra immédiatement le jeune homme. Il s'approcha.

— Je suis le lieutenant Folkerson. C'est à quel sujet ?

L'adolescent se mit debout, comme mû par un ressort, et sortit de sa poche le communiqué du *Chronicle* qu'il avait découpé.

— Votre annonce.

— Vous avez des indications concernant cette personne ?

— Si c'est celle à qui je pense, oui.

— Vous vous appelez comment ?

— Stubbs. Pete Leonard Stubbs.

Folkerson le jaugea rapidement du regard. Propret, habillement savamment négligé mais de bonne qualité, visage ouvert, franc et direct. Un fils à papa avec un bel avenir devant lui.

— Vous habitez où ?

— Chez mes parents, à San Rafael.

Le lieutenant le considéra avec étonnement.

— Vous êtes venu de San Rafael spécialement pour ça ?

— Oui, pourquoi ? C'est censé être un exploit ?

Folkerson était frappé par l'aisance du jeune homme.

— Non, mais c'est quand même de l'autre côté de la baie.

— Vous savez, il y a des routes et des ponts. C'est assez facile de venir ici.

Un petit malin, se dit Folkerson.

— Très bien. Suivez-moi.

Ils se rendirent à son bureau et au passage Folkerson héla Ganton qui les rejoignit.

— Asseyez-vous ici, ordonna-t-il au jeune homme en indiquant une chaise.

Il fit les présentations tandis que Ganton tirait un siège à lui :

— L'inspecteur Ganton. Il travaille sur ce qui nous préoccupe en ce moment. Alors ? Qu'est-ce que vous avez à nous dire ?

Le jeune homme, soudain conscient du rôle déterminant qu'il était en train de jouer, se donna une certaine contenance sur son siège.

— Je lis rarement les journaux, mais en cherchant hier les résultats de basket de l'équipe de San Rafael je suis tombé sur vos photos. Ça ne m'a pas tout de suite sauté aux yeux, mais je me suis dit : Tiens ! Il y a quelque chose de Kitty.

Il s'interrompit pour mesurer son effet. Folkerson et Ganton restaient silencieux, attendant la suite.

— Kitty ? lâcha finalement Folkerson.

— Une copine de ma sœur.

Les deux hommes de la police échangèrent un regard.

— Kitty comment ?

— Kimble.

— Vous avez une photo d'elle quelque part ?

— Non. C'est la copine de ma sœur. Pas la mienne.

— Vous connaissez son adresse ?

— Non plus. Mais je suppose qu'on peut la trouver dans l'annuaire. C'est marrant, vous me posez les mêmes questions que le type qui est passé à la maison il y a quinze jours.

— Quel type ?

— Un type qui la cherchait. Un prof de ma sœur, je crois. De l'université de Berkeley.

Cette fois, Pete Stubbs sentit que Folkerson et Ganton étaient accrochés par son histoire et il en éprouva une certaine fierté.

— O.K., dit Folkerson. Ganton, voyez si on peut trouver une adresse au nom de cette Kimble.

Il décrocha son téléphone tandis que l'inspecteur quittait la pièce.

— Vous pouvez venir recueillir une déposition, s'il vous plaît ? demanda-t-il.

L'instant d'après, une secrétaire en jupe réglementaire entra pour aller s'asseoir à un poste de travail supportant un terminal d'ordinateur. Quand elle fut prête, Folkerson se tourna vers le témoin.

— Allons-y. Nom, prénom, date de naissance et domicile.

Les ongles de la femme se mirent à cliqueter sur les touches du clavier au rythme des réponses de Pete Stubbs.

— Vous m'avez dit être en mesure d'identifier cette photo, monsieur Stubbs ? récapitula Folkerson.

— Je vous ai dit que cette photo me faisait penser à une personne que je connais sous le nom de Kitty Kimble. Mais ce n'est pas son portrait.

— Quelles différences y a-t-il avec cette personne que vous connaissez ?

Pete Stubbs prit le temps de réexaminer la photo.

— Les cheveux, dit-il. Ce n'est pas la coupe que je lui connais. Le nez aussi. Il est plus droit. Dans l'ensemble, elle a un visage plus rectiligne que là-dessus.

— Mais il vous paraît probable qu'il s'agisse d'elle.

— Oui, c'est probable.

— Quel âge a cette personne ?

— Elle prétend avoir dix-huit ans. Mais on a du mal à la croire.

— Pour quelle raison ?

— C'est une sorte de gamine. À la fois très garçonne et très séduisante.

Folkerson était intrigué par le jeune homme. Il lui semblait qu'il avait finalement peu de chose à dire et que la vraie raison de sa visite était ailleurs.

— Quand l'avez-vous vue pour la dernière fois ? demanda-t-il.

— Oh ! il y a des mois qu'elle n'est plus passée à la maison. En fait, elle n'y est passée qu'une fois, mais ça a suffi.

— Suffi pour quoi ?

— Pour causer, disons, un certain trouble.

— Vous pourriez être plus clair ?

— Écoutez, ce n'est pas vraiment une professionnelle, mais c'est bien une allumeuse. Une allumeuse qui n'allume pas gratis. C'est le genre de fille qui cherche à se coller à des types qui ont du répondant.

Pete Stubbs avait mis une certaine assurance dans sa déclaration.

— Vous pensez à quelqu'un en particulier ?

— À mon père.

On y est ! se dit Folkerson. Le jeune homme n'était pas venu pour l'aider à retrouver une inconnue recherchée par la police, mais pour emmerder son vieux.

— Votre père avait des relations avec cette personne ?

— C'est l'impression qui prévaut à la maison. Si vous en parlez à ma mère, je suis sûr qu'elle vous donnera des détails.

Voilà ce que j'appelle un bel exemple de cohésion familiale, ne put s'empêcher de songer Folkerson.

— Et comment votre sœur a-t-elle fait la connaissance de cette Kitty ?

— D'après Melanie, c'est une copine d'université, mais ça m'étonnerait. Elle avait plutôt l'air de faire l'école buissonnière...

— Il serait possible de recueillir le témoignage de votre sœur ?

— Par téléphone, peut-être. Elle est en Angleterre pour plusieurs mois. Je crois que ma mère l'a envoyée là-bas pour remettre un peu d'ordre dans la maison et l'éloigner des mauvaises influences. Je suppose que vous pourrez obtenir son adresse.

Pete Stubbs avait l'air très satisfait de lui-même. Folkerson se disait qu'avec un peu de persévérance dans cette voie et quelques années de plus le gamin pourrait finir par faire une ordure assez réussie.

— Et ce type qui est passé chez vous, il vous a dit pourquoi il la recherchait ?

Un large sourire se dessina sur le visage du jeune homme.

— Il a fait à ma mère toute une salade comme quoi les coordonnées de Kitty avaient été égarées à l'université ! Mais c'était un client, tout simplement. Un client qui avait sacrément envie de la revoir !

Visiblement amusé, le garçon fixait Folkerson droit dans les yeux.

— Elle est finaude, vous savez. Non seulement il ignorait où elle habitait, mais il ne connaissait même pas son nom de famille !

— Et il s'appelait comment ? s'enquit Folkerson.

— Je n'en sais rien. Demandez à ma mère ou à ma sœur.

Après quoi il marqua une hésitation.

— Dites, si c'est bien Kitty qui est sur cette photo, est-ce que je peux vous demander pourquoi vous la recherchez ?

— Nous ne savons pas encore si c'est elle que nous recherchons, jeune homme, se contenta-t-il de répondre.

À cet instant, Ganton réapparut dans le bureau.

— Alors ? lui lança Folkerson.

— J'ai son adresse. J'ai essayé le téléphone, mais ça ne répond pas.

— On va y faire un saut. Demandez une équipe complète.

Ganton décrocha un téléphone et donna des ordres. Avec une pointe de déception, Pete Stubbs sentit qu'il perdait le devant de la scène.

— Et qu'est-ce que je fais, moi ?

Folkerson le regarda assez froidement.

— Vous prenez les mêmes routes et les mêmes ponts qui vous ont conduit ici et vous rentrez chez vous.

Le jeune homme parut surpris.

— C'est fini ? Vous n'interrogerez pas mon père ?

— Rassurez-vous, je crois que je vais être en devoir de remuer toute cette histoire sous le nez de vos parents. Ça vous va ?

Une feinte indifférence se lut sur le visage de Pete Stubbs.

— Ce n'est pas à moi de juger, fit-il en se levant. C'est vous la police.

— Exactement. Et je vous remercie de votre déposition, ajouta Folkerson. Avant de partir, vous voudrez bien la signer. On va vous la présenter à côté.

Le jeune homme sortit et Folkerson hocha la tête, vaguement exaspéré. Il s'adressa à Ganton :

— Alors ?

— L'équipe est prête. Il y a un photographe et un type du labo.

— O.K. Partez avec eux. Moi, je téléphone tout de suite à la mère du gamin au cas où elle se souviendrait du nom du prof qui leur a rendu visite.

— Ça vous paraît vraiment sérieux ? fit Ganton.

— Je ne sais pas si c'est sérieux, mais en tout cas c'est la première et la seule piste à peu près cohérente qui se présente.

En moins de trois quarts d'heure, l'affaire de la tête avait enfin pris une tournure qui lui convenait. Il y avait du pain sur la planche et un suspect sérieux, professeur à Berkeley. C'était presque trop beau.

16

Il était onze heures passées lorsque Wade arriva en vue de sa boutique. Il revenait à pied et marchait d'un pas nerveux. Il se reprochait d'avoir mis si longtemps, mais il n'avait pas voulu prendre le bus. Il avait conduit la voiture de Maitland jusqu'au centre-ville où il l'avait garée dans un immense parking souterrain. Et pour rentrer il avait préféré faire à pied les quelque sept kilomètres qui le séparaient de son quartier.

Cela lui avait pris plus d'une heure et demie. Il n'avait pas prévu que ce serait si long. Et depuis un moment déjà il pressait le pas, inquiet de ce qui avait pu se passer à la boutique durant son absence. Il essayait de se rassurer en se disant qu'avec la dose de Quinaldine qu'il lui avait fait ingurgiter le type devait être encore inconscient. Il était quand même hanté par une sorte de pressentiment.

Il ouvrit la porte d'entrée sous le regard indifférent d'un groupe de jeunes hispanos désœuvrés rassemblés à l'angle opposé de l'impasse. Quand il eut refermé derrière lui, il traversa précipitamment le couloir et déboucha dans la pièce où il avait laissé Maitland. Comme pour confirmer ses craintes, elle était vide.

Il se rua sans attendre dans la salle des aquariums et découvrit le désastre. Le sol carrelé était inondé d'une large flaque et au milieu des débris de verre il vit les petits corps sans vie. Consterné, il se pencha, saisit l'un des poissons inertes et flasques et l'examina longuement, comme s'il se refusait à croire ce qu'il voyait.

Son regard pivota et il remarqua un peu plus loin la balle de tennis et les liens tranchés abandonnés par terre. Il se releva aussitôt et se précipita à l'autre bout de la pièce vers une porte conduisant à une arrière-cour.

Fermée à clé. Le type n'avait pas pu s'échapper par là. Il jeta à toutes fins utiles un rapide coup d'œil par l'unique fenêtre pour s'en assurer : dans la cour encombrée d'un bric-à-brac à l'abandon, il n'y avait rien d'anormal. Il se retourna et ses yeux examinèrent lentement toute la pièce.

C'est alors qu'il entendit le bruit de la porte d'entrée. Il s'élança d'un bond hors de la salle des aquariums, traversa la pièce au canapé et s'engouffra en sens inverse dans le couloir. Là, il s'arrêta net. Devant lui, la porte était grande ouverte sur l'impasse. Le type l'avait feinté.

Il s'avança avec précaution et ce qu'il entr'aperçut à l'extérieur le fit se figer une nouvelle fois.

Ébloui par le soleil cru du matin, à demi replié sur ses jambes, toutes ses forces occupées à ne pas perdre l'équilibre, Maitland se tenait à l'angle de la rue, confronté à l'effort surhumain d'escalader la bordure du trottoir. À trois mètres de lui, la bande de jeunes adossés contre le mur le contemplaient avec curiosité mais sans trop s'émouvoir. Dans cette partie de la ville, il pouvait se passer n'importe quoi.

Sans savoir comment, Maitland parvint à se hisser sur le trottoir et à faire quelques pas de plus, titubant comme un ivrogne. Dehors. Il était dehors !

Après s'être défait de ses liens, il avait cherché sans succès une issue et finalement il était venu s'affaler dans la cage d'escalier de la maison. C'était un pari. Il pensait qu'il y avait de fortes chances qu'à son retour le fou aille le voir avant de monter à l'étage. Et c'était exactement ce qui s'était passé. Bien joué, Greg, se disait-il, exténué. Drôlement bien joué.

Il se déplaça encore sur une vingtaine de mètres en se laissant ricocher contre les façades et puis subitement il aperçut quelque chose d'inespéré. À travers le brouillard qui anesthésiait son cerveau, il venait de voir une voiture de police arrivant au ralenti face à lui. Il rassembla tout ce qui lui restait d'énergie et se jeta au milieu de la rue.

Dans la voiture, le policier qui conduisait freina brusquement et son collègue dut s'agripper au tableau de bord pour ne pas heurter le pare-brise.

— Vise un peu le type !

Maitland, pantelant, bras ballants et prêt à s'effondrer sur la chaussée, se tenait debout tant bien que mal face à la voiture.

— Qu'est-ce qu'il a ?

— Il est bourré, tu vois pas ? s'exclama le flic au volant.

Maitland esquissa un geste et voulut crier. Mais de sa gorge ne sortit qu'un murmure à peine audible.

— Qu'est-ce qu'il raconte ?

— Je sais pas. J'entends pas.

Prenant appui sur le capot de la voiture, Maitland se traîna jusqu'à la portière.

— Au... secours ! murmura-t-il d'une voix pâteuse par la vitre abaissée.

— Au secours de quoi ? lui demanda le policier. T'as perdu ta bouteille ?

— Il est pas bourré, il est camé. T'as vu ses yeux ? fit l'autre.

Les deux flics l'observaient, visiblement irrités.

— On n'est pas le SAMU, mon gars. Assieds-toi sur le trottoir et attends que ça passe.

— S'il... vous plaît... Au... secours ! articula encore Maitland.

Le flic au volant s'impatienta.

— Descends et vire-le avant qu'il se fasse passer dessus par un bus.

Son collègue ouvrit la portière et sortit de la voiture.

Du seuil de la boutique, Wade avait observé toute la scène en essayant de maîtriser l'affolement qui le gagnait. Le type était en train de parler aux flics. Il fallait faire quelque chose tout de suite. Et il n'avait pas le choix. Sans plus attendre, il sortit et se rendit jusqu'à la voiture de police.

Le policier qui était debout à côté de Maitland le vit arriver.

— Qu'est-ce que vous voulez ? l'interpella-t-il.

Wade ne répondit pas, incapable de proférer une seule parole tellement il était tendu par la peur. Il se contenta de saisir le bras de Maitland pour le soutenir.

Lorsque ce dernier s'aperçut que l'espèce de fou venait de mettre la main sur lui, il se retourna vers les flics, totalement épouvanté, ouvrant démesurément la bouche dans l'intention de hurler.

— Non ! parvint-il à crier avec un glapissement de volatile indigné.

Il tenta de se débattre, mais Wade le maintenait fermement.

— Vous vous connaissez ? demanda le flic.

Avec un gémissement las, Maitland réussit encore une fois à implorer le policier :

— Je... vous en prie...

Wade se ressaisit.

— C'est un ami, répliqua-t-il en évitant le regard du flic.

Celui-ci examinait en effet le grand type curieusement efféminé et une moue de mépris se peignit peu à peu sur son visage.

— Si c'est votre ami, vous devriez le surveiller. Il n'a pas l'air d'être en état de circuler sur la voie publique.

— Excusez-le. Je vais le ramener avec moi.

Et il se mit à entraîner Maitland qui faisait non de la tête et continuait à résister autant qu'il pouvait. Les deux policiers les regardèrent s'éloigner.

— Tu les laisses partir ? demanda le flic au volant.

— Les querelles de pédés, j'en ai rien à foutre, déclara son collègue en reprenant place dans la voiture. Si on les amène au poste, dans la demi-heure qui suit, on a les avocats de quinze associations pour la défense des droits des homosexuels. Et en plus on se fait engueuler par le chef. Merci !

Le flic au volant regardait toujours s'éloigner l'étrange couple vers la boutique à l'abandon.

— Il avait quand même l'air complètement terrorisé, ce type. Tu trouves pas ?

L'autre haussa les épaules.

— Tu les as déjà vus avec leurs cuirs, dans le quartier homo ? Elles doivent pas se faire que des douceurs, ces gonzesses !

Le policier au volant paraissait toujours hésitant.

— Allez, laisse tomber et roule, lui intima l'autre.

Ils regardèrent Wade et Maitland disparaître dans la vieille boutique, sous les yeux des jeunes basanés que la scène semblait égayer particulièrement.

— Comme tu veux, obtempéra le flic en démarrant.

Et la grosse voiture reprit sa ronde paisible dans le quartier.

— Connard !

Sous le choc, Maitland geignit à peine.

— Sale connard ! cria Wade encore une fois en lui assénant un deuxième coup de pied dans les côtes.

Maitland était allongé dans la pièce sinistre, le nez enfoui dans la carpette crasseuse. Il avait sombré dans une apathie totale, résigné, anéanti par le médicament et les derniers efforts qu'il venait d'accomplir. Il pouvait maintenant supporter n'importe quoi.

— Tu les as tués, fumier !

Par contrecoup de la tension qu'il avait éprouvée face aux policiers, Wade donnait à présent libre cours à toute la haine qu'il avait accumulée depuis l'intrusion de Maitland dans sa vie.

— Tu croyais filer, hein ! Tu croyais t'en tirer comme un gros malin ! Mais on ne me défie pas, moi. Personne ne me défie, tu m'entends ! Personne !

Ses cris à la fois éraillés et haut perchés transformaient ses imprécations en véritable crise d'hystérie féminine. Ses petits yeux noirs étincelaient de brefs éclairs de démence et sa respiration courte le faisait haleter.

Mais Maitland ne percevait pratiquement rien de tout cela. Une sorte de coma épais avait envahi ses sens, et c'était bien la meilleure chose qui pouvait lui arriver.

— Tu vas voir, ordure. Tu vas voir ce qui se passe quand on croit me posséder !

Wade savait exactement comment s'y prendre. Il avait acquis une sorte de savoir-faire. Il ne voulait pas de sang. Pas de sang du tout. Il voulait que ce soit propre. Sinon le traitement qui allait s'ensuivre serait abominablement répugnant. Il ne voulait pas de taches. Il voulait une mort immaculée. Ou presque.

Il ôta de ses gonds la porte d'une petite salle d'eau qui jouxtait la pièce au canapé et vint déposer le large battant à côté de Maitland. Puis il se rendit dans la salle des aquariums et revint avec de la corde et deux crochets métalliques en forme de S.

Sans ménagement, il installa Maitland de tout son long sur la porte, tel un quartier de viande, fixa les deux crochets sur l'extrémité et y lia les chevilles de l'homme totalement amorphe.

Après quoi, ahanant sous l'effort, il souleva la porte et son fardeau qu'il traîna jusqu'à la salle d'eau, Maitland pendu la tête en bas et dodelinant lourdement au rythme de ses mouvements. Là, il souleva la charge à grand-peine et la planta debout dans le bac à douche.

Il abandonna Maitland quelques secondes dans cette position, le temps d'aller chercher un cutter.

De retour, il se pencha sur l'homme attaché à l'envers et d'un geste déterminé trancha les deux poignets. Aussitôt, le sang se mit à ruisseler et à s'écouler par l'évacuateur du bac.

Maitland perçut avec un infime sursaut la douleur aiguë des deux incisions mais l'oublia immédiatement. La seule sensation qui subsistait dans son état d'inconscience presque totale était une sorte de torpeur chaude, parcourue de fourmillements dans les membres et mêlée d'une curieuse impression d'apesanteur.

Dans le réduit étroit et obscur, pendu comme un animal d'abattoir, Maitland s'endormit sans savoir qu'il était mort.

Amy

17

En ce samedi matin, le ciel était vide de tout nuage et la lumière crue dont le soleil inondait la baie faisait déjà mal aux yeux. La journée s'annonçait splendide et Ken Belson laissa échapper un soupir d'aise. Il avait garé sa voiture sur le parking ombragé par les pins et se tenait maintenant face au premier des deux petits bâtiments de trois étages qui composaient la résidence. Sa femme, Janet, était à côté de lui. Elle aussi savourait le charme des lieux.

— C'est vraiment superbe, Ken.

Belson serra la main de sa femme.

— Oui. Je crois qu'on sera bien.

De la voiture leur parvint la voix insouciante de leur fille :

— C'est ça notre nouvelle maison ?

— Oui, Shirl, répondit sa mère sans se retourner.

— Drôlement chouette ! fit la gamine en quittant le véhicule pour les rejoindre.

Shirley Belson était une brunette élancée d'une douzaine d'années qui affectait déjà des grâces de petite femme. Certes, les transformations discrètes de son corps qui étaient en train de la séparer inexorablement de l'enfance étaient encore à peine visibles. Mais tout en elle, une nouvelle aisance dans la démarche, une touche d'effronterie calculée sur la frimousse, un soupçon d'arrière-pensées dans l'habillement, annonçait la prochaine métamorphose. Elle glissa ses mains dans les poches arrière de son short et contempla le panneau de verre coloré planté sur la pelouse et qui portait le nom de la résidence.

— « *The Lafayette Mansion* », lut-elle. Ça fait chic !

— Tu n'as encore rien vu, dit son père en examinant le trousseau de clés qu'il avait sorti de sa poche.

— Les déménageurs arrivent quand ? demanda Janet.

— Ils ne vont pas tarder. On a le temps d'inspecter les lieux avant le grand chambardement. Tu viens, Shirl ?

Belson en tête, tous trois pénétrèrent dans le bâtiment et montèrent au deuxième étage. Ken fourragea dans les serrures de l'une des deux portes du palier et celle-ci s'ouvrit en grand sur leur nouvel appartement.

— Voilà, les filles ! dit-il avec un air d'intense satisfaction en s'effaçant pour les laisser passer.

L'appartement vide semblait immense. Il bénéficiait d'une double exposition et la lumière entrait à flots par les deux grandes baies vitrées donnant sur la terrasse. Celle-ci, très large, surplombait le parc de la résidence parsemé d'arbres et magnifiquement entretenu. Et comme l'endroit se trouvait sur une des collines les plus hautes de la ville, on pouvait distinguer au loin, à travers les branches, une partie de la baie dont la surface miroitait sous le soleil.

— C'est splendide, Ken, vraiment splendide, ne cessait de répéter Janet Belson.

— Là-bas au fond, derrière l'autre bâtiment, il y a le court de tennis, indiqua son mari. Et tu verras, c'est un pur délice de se promener dans le parc.

À ce moment leur parvint le grondement d'un moteur diesel et aussitôt Shirley les appela de l'une des chambres où elle avait disparu.

— Papa ! Le camion est là !

— Allez, on y va, fit Belson. On a du pain sur la planche.

Tandis qu'ils accueillaient les déménageurs et s'activaient autour de l'imposant camion, ils virent venir vers eux un homme courtaud et râblé d'une bonne quarantaine d'années, vêtu d'un jean et d'une chemise à carreaux. Ken Belson s'avança aussitôt pour lui serrer la main.

— Bonjour, monsieur Hibbins. Janet, je te présente M. Hibbins, le gardien de la résidence. Janet, ma femme, ajouta-t-il à l'attention de l'arrivant.

— Très heureux, dit celui-ci.

— Et voici Shirl, notre fille, acheva Belson en indiquant la gamine tout occupée à observer les trois hommes qui commençaient le déchargement.

— Tout va comme vous voulez ? demanda le gardien.

— Pour l'instant, pas de problème, fit Belson.

— Bien.

Il considéra le couple un bref instant, cherchant à deviner dans quelle rubrique de locataires il devait les classer. Finalement, il fouilla dans la poche de sa chemise.

— Tenez, je vous ai apporté plusieurs clés communes. L'accès au sous-sol, l'accès au court de tennis et la clé du vestiaire et des douches qui y sont attenants. Si vous voulez me signer ce reçu...

Il tendit un papier sur lequel Belson s'empressa d'apposer sa signature.

— On vous a remis les clés de votre cellier et de votre boîte aux lettres ? s'enquit Hibbins.

— Je les ai, confirma Belson.

— Eh bien, c'est parfait. Si vous avez besoin de quoi que ce soit, faites-moi signe. J'ai mon appartement au rez-de-chaussée de l'autre bâtiment. Ici, je m'occupe à peu près de tout et je serai heureux de vous être utile.

— Merci, c'est très aimable, répliqua Belson.

— Je suis là pour ça.

Sur quoi Hibbins les salua et repartit à ses occupations. Janet Belson le suivit un moment du regard.

— Carré, le type, remarqua-t-elle.

— Carré, répéta son mari.

Puis ils se remirent à diriger les opérations d'emménagement.

Au milieu de l'après-midi, les déménageurs étaient repartis et l'appartement des Belson n'était qu'un amoncellement de meubles et de paquets de toutes sortes. Pour parer au plus pressé, Janet décida de faire un premier rangement dans la cuisine et d'aménager la chambre de sa fille. Il avait été décidé que celle des parents attendrait un jour ou deux, Janet désirant passer un coup de pinceau dans le placard mural.

Tandis que Ken s'escrimait à remonter les meubles de sa

fille et que Janet, aidée de Shirley, s'efforçait de rendre la cuisine opérationnelle, dehors le temps s'était mis à tourner. Comme souvent en fin d'après-midi, une vague d'humidité montait du Pacifique et voilait lentement mais sûrement le soleil.

Janet trouva le moyen de préparer un repas sommaire et, vers vingt heures, tous les trois dînèrent dans la cuisine, sous l'éclairage blafard et parcimonieux d'une ampoule nue.

— Ça s'est drôlement couvert, remarqua Belson.

Sa femme ne répondit pas. Ils étaient tous fatigués et, avec la tombée du jour et l'arrivée du brouillard, une atmosphère vaguement sinistre s'était mise à régner dans l'appartement en désordre.

À la fin du dîner, ils s'activèrent encore un peu sans enthousiasme puis Mme Belson demanda à sa fille d'aller se coucher. Quand Shirley fut dans son lit, elle vint lui dire bonsoir et la trouva perdue dans ses rêveries, la mine préoccupée.

— Maman, demanda-t-elle, tu crois qu'il y a d'autres enfants dans la résidence ? J'ai l'impression que je vais m'embêter.

— Qu'est-ce que tu racontes ? On ne connaît pas encore tous nos voisins mais on n'a jamais été aussi bien installés. Il y aura sûrement quelqu'un avec qui tu t'entendras bien.

Shirley continuait de scruter les murs de sa chambre.

— On dirait qu'on n'est pas chez nous, dit-elle.

Janet lui sourit.

— C'est normal, ma chérie. On a toujours cette impression quand on est en plein déménagement. Allez, ferme les yeux et n'y pense plus. Bonne nuit.

Elle embrassa sa fille et quitta la petite chambre en éteignant la lumière. Puis elle alla ouvrir le canapé-lit rangé contre un mur du salon et l'équipa d'une paire de draps et d'une légère couverture.

Ce faisant, elle s'aperçut que l'humeur de sa fille avait dû déteindre sur elle car elle se surprit à regarder plusieurs fois l'immense séjour encombré de leur incroyable fatras en se demandant tout ce que les murs avaient déjà pu voir en ces lieux. Puis elle comprit subitement ce qui la mettait mal à l'aise. C'était le silence. Il y avait dans cette résidence une qualité de silence qu'ils n'avaient jamais connue dans leurs précédentes demeures. Il régnait dans le parc une espèce de calme profond de campagne qui amplifiait les moindres bruits naturels, comme le vent qui maintenant s'était levé. Elle écouta encore et se dit qu'il lui serait peut-être difficile de dormir dans un environnement si radicalement différent de leurs habitudes.

Lorsque Ken et elle se couchèrent enfin, cernés de trois côtés par des murailles de paquets et de meubles démontés, elle ne put s'empêcher de faire part de ses impressions à son mari :

— Ken... Je ne sais pas pourquoi, mais je ne me sens pas très à l'aise dans cet appartement.

— C'est à cause des cartons. On croirait dormir dans un entrepôt.

Il sentait le sommeil le gagner et n'avait guère envie de discuter.

— Je me demande si on a bien fait de venir s'installer ici, insista-t-elle.

— Mais évidemment qu'on a bien fait ! s'exclama-t-il. Premièrement, ce n'est pas cher du tout pour ce que c'est, et deuxièmement, ça a de la classe. Avec mes nouvelles fonctions à l'agence, c'est exactement ce qu'il nous fallait. Quand nous recevrons, je suis sûr que nos invités seront charmés par l'endroit... C'est un bon choix, Janet, je t'assure.

Elle resta silencieuse. Ken avait probablement raison.

— Allez, dors, conclut-il en l'embrassant rapidement. Dès qu'on sera complètement installés, tu n'y penseras plus.

Il se retourna dans le lit et éteignit la lampe de chevet qu'ils avaient provisoirement posée par terre.

— Bonne nuit, chéri, fit sa femme.

— Bonne nuit.

Mais elle fut incapable de trouver le sommeil. Dehors, le vent qui arrivait de l'océan soufflait en rafales qui bousculaient les arbres dans une menaçante rumeur de branches agitées en tous sens. L'obscurité était d'un noir d'encre, aucun luminaire extérieur n'éclairant ce côté-ci du bâtiment.

Janet resta ainsi longuement à l'écoute de tous ces bruits qu'elle ne connaissait pas et qu'elle devrait répertorier. Elle s'assoupit finalement mais, peu avant de s'endormir, elle crut entendre une sorte de gémissement.

En plein milieu de la nuit, elle se réveilla, tous les sens en alerte, le cœur battant. Elle avait entendu quelque chose. Elle ne savait pas quoi, mais elle en était sûre. Au-delà de la respiration régulière de son mari, elle épia durant quelques minutes les moindres bruits. À un moment, il lui sembla entendre les déplacements feutrés de pas qui pouvaient provenir aussi bien de l'appartement du dessus que de celui du dessous. Puis ces bruits s'évanouirent et elle changea de position, essayant toujours de percer le mur de silence de la nuit. Elle resta ainsi un long moment. Et soudain, alors qu'elle ne s'y attendait plus, le cri éclata à ses oreilles. Un hurlement qui monta brusquement du sol et envahit la pièce. Une plainte pleine de fureur, à la fois violente et aiguë, un cri si terrifiant qu'elle frissonna de la tête aux pieds.

Janet Belson se dressa sur son séant, comme mue par un ressort.

— Mais qu'est-ce que c'est ? souffla-t-elle à voix haute, le cœur battant à tout rompre.

Elle secoua son mari.

— Ken ! Ken ! Tu as entendu ?

Il émit un grognement.

— Qu'est-ce qu'il y a ?

— Tu as entendu ?

— Quoi ?

— Mais le cri, grands dieux, le cri !

Ken Belson s'assit à son tour et fit la lumière. Il vit que le visage de sa femme était défait, sous le coup d'une terrible émotion.

— Un cri ? Tu es sûre ?

— Mais oui ! Ça venait de l'appartement du dessous. Tu n'as pas entendu ?

Elle était tous sens en éveil, les yeux effarés, communiquant peu à peu sa peur à son mari qui se mit à fouiller du regard la pièce mal éclairée. Ils restèrent ainsi quelques instants, puis subitement le cri se renouvela. Un vagissement bref cette fois-ci, comme un aboiement. Mais un aboiement humain.

Ken et sa femme se regardèrent sans dire un mot. C'est alors qu'il entendirent Shirley appeler d'une voix apeurée :

— Maman ! Qu'est-ce que c'est ?

Janet Belson se rendit aussitôt dans la chambre de sa fille. Celle-ci était à demi sortie de son lit, les yeux bouffis de sommeil et le visage inquiet.

— Qu'est-ce que c'était, maman ?

— Je ne sais pas, ma chérie. Un oiseau de nuit, je pense. Un chat-huant. Il doit y en avoir dans le parc.

Elle tira les couvertures sur sa fille.

— Allez, rendors-toi. Ce n'est rien.

Elle l'embrassa sur le front.

— Dors..., souffla-t-elle une nouvelle fois.

Puis elle revint dans le séjour. Son mari était toujours assis sur le lit.

— Mais quel genre de type y a-t-il en dessous pour crier de la sorte ? lui jeta-t-elle, un soupçon de colère dans la voix. C'est à peine humain. C'est un fou ou quoi ?

— Je n'en sais rien... Quelqu'un qui a fait un cauchemar, hasarda-t-il sans conviction.

— Un cauchemar ? Eh bien, s'il s'agit de cauchemars, j'espère qu'il n'en fait pas souvent. Sinon on n'a pas fini d'en souper !

Elle se rendit dans la cuisine pour boire un verre d'eau. Après quoi, elle regagna le canapé-lit où Ken avait repris sa position allongée et fixait le plafond, l'air préoccupé.

— Il va falloir en parler à Hibbins, dit-il. Au moins, on saura de quoi il retourne.

Janet ne parvenait pas à sortir de son esprit que ses appréhensions s'étaient concrétisées de la pire façon qui soit. Elle avait maintenant la quasi-certitude qu'en choisissant cet appartement ils avaient joué une très mauvaise carte. Et elle sentait confusément que les plus terribles des désagréments étaient encore à venir.

Ken finit par éteindre et se rendormit peu de temps après. Quant à sa femme, elle resta éveillée de longues heures. Et au cours de son insomnie elle put percevoir, à deux ou trois reprises, venant de chez le mystérieux occupant du premier, le tintement soudain de bouteilles roulant sur le sol.

C'est peut-être un alcoolique, se dit-elle, essayant d'imaginer un hypothétique voisin aux prises avec une crise de delirium. Sur quoi elle se laissa à son tour emporter par le sommeil au petit matin.

18

— Lieutenant, vous ne voudrez pas le croire, lui avait annoncé Ganton au téléphone. On vous attend.

Folkerson descendait Folk Street au volant de sa voiture. Il aperçut les deux véhicules de police devant le 97 et vint se ranger à côté en double file. Ganton était sur le trottoir.

— Venez, lui dit-il. C'est au second.

Ils gravirent les escaliers et arrivèrent sur le palier de l'appartement de Kitty. Deux policiers s'écartèrent pour laisser place aux arrivants.

— Regardez, dit Ganton en s'effaçant à son tour devant Folkerson.

Le lieutenant fit un pas dans la pièce et s'immobilisa. Le spectacle qui s'offrait à lui était ahurissant. Dans la lumière matinale qui filtrait à contre-jour par les stores vénitiens, la chambre s'était transformée en une sorte d'incroyable décor de cauchemar. Des guirlandes de vêtements féminins noués les uns aux autres pendaient de toutes parts en travers de la pièce, allant de la porte de la salle de bains au plafonnier, d'un tuyau de radiateur à l'une des fenêtres, de la tête du lit au tiroir supérieur de la commode, flottant au-dessus d'un désordre indescriptible, les lieux ayant été complètement dévastés par une sorte de mise à sac furieuse et irréfléchie. Certains vêtements constituant les sinistres étendards qui pendaient immobiles étaient lacérés, en lambeaux. Une seule pensée vint à l'esprit de Folkerson : quelle sorte de cerveau peut accoucher d'une mise en scène aussi morbide ?

— Il y a du sang ? demanda-t-il.

— Non, fit Ganton. Mais jetez un œil ici.

Il lui indiquait le lit en bataille. Un gars du laboratoire avait enfilé des gants de caoutchouc et s'efforçait avec une lame de scalpel de recueillir quelque chose sur les draps.

— Des traces de sperme, dit Ganton.

— Récentes ? demanda Folkerson.

L'homme du laboratoire se tourna vers le lieutenant.

— Non. Apparemment, c'est sec. Mais il a dû s'astiquer le bambou une paire de fois, le gars. Il y en a partout.

Il déplaça les draps avec précaution pour indiquer les innombrables traces jaunâtres qui avaient cartonné le tissu en séchant.

— Il a fait ça aussi avec des culottes et des soutiens-gorge, continua-t-il en montrant une poche en plastique où il avait déjà remisé un des sous-vêtements sales éparpillés sur le lit.

— Et dans la pièce à côté ? s'enquit Folkerson.

— Rien qui saute aux yeux pour l'instant, répondit Ganton. Mais il reste encore pas mal de boulot à faire ici.

Folkerson médita un instant.

— Qu'est-ce que vous en pensez ?

— À mon avis, fit Ganton, la fille n'était pas là quand il a fait ça. On dirait qu'il est venu passer sa colère ou se venger de quelque chose. Il devait avoir les clés car il n'y a pas de traces d'effraction.

Folkerson contempla encore une fois l'invraisemblable image que lui renvoyait la pièce.

— J'ai l'impression qu'on a mis la main sur un drôle de zèbre, dit-il. Au fait, j'ai ses coordonnées. J'ai eu la mère du petit Stubbs. Elle se souvenait parfaitement du gars. Il est passé chez elle il y a trois semaines. Le 14.

— Il s'appelle comment ?

— Maitland, Gregory. J'ai appelé l'université. Il est prof de littérature et ils ne l'ont pas vu depuis un moment. Ils m'ont donné son adresse. Je propose qu'on y aille tout de suite.

— Comme vous voulez.

Ils discutèrent encore quelques instants avec l'équipe puis décidèrent de partir. C'est en descendant l'escalier que Folkerson remarqua à l'inter-étage le placard à compteurs dont la porte était entrouverte. Ganton le vit s'y rendre et jeter un bref coup d'œil à l'intérieur.

— Qu'est-ce que vous cherchez ?

— Rien de spécial, fit Folkerson. Vous pouvez allumer ?

Ganton descendit encore quelques marches jusqu'à l'interrupteur le plus proche et fit la lumière.

Folkerson inspecta le réduit et finit par s'accroupir. Intrigué, Ganton remonta.

— Qu'est-ce qu'il y a ?

Le lieutenant avait les yeux rivés sur le sol.

— Des traces de pas, dit-il.

— Les types qui viennent faire les relevés, suggéra Ganton.

— Ça m'étonnerait. Regardez ici. Les traces ont les talons tournés vers le mur.

Ganton se pencha à son tour. Le placard n'avait jamais dû recevoir la visite du moindre aspirateur depuis des années et dans la poussière on pouvait en effet déceler différentes empreintes.

— Vous voyez ? dit Folkerson.

— Et alors ?

Folkerson se releva et se retourna, dos au placard, juste devant les traces et dans l'axe même où elles pointaient.

— Regardez, dit-il. Il était dans cette position, le type qui se trouvait là. Il ne relevait pas les compteurs. Il guettait l'escalier.

Ganton jeta un coup d'œil sur la volée de marches qui menaient au studio de Kitty.

— Vous avez raison. C'est un coin idéal pour surveiller sa porte.

— Appelez les gars, lui demanda Folkerson.

L'équipe se transporta aussitôt jusqu'à eux.

— Charly, tu penses pouvoir faire des clichés de ça ? demanda Ganton au photographe.

— On va essayer, répondit celui-ci avec une expression mitigée.

— Merci, dit Folkerson. Voyez si vous trouvez autre chose. Nous, on vous laisse.

Et il s'élança dans les escaliers, accompagné de Ganton.

L'immeuble où habitait Maitland était dans le quartier sud et il leur fallut une dizaine de minutes pour y arriver. C'était une avenue assez large bordée de bâtiments résidentiels de diverses tailles. Celui de Maitland était le plus haut. Folkerson rangea sa voiture et pénétra dans le hall sans attendre, Ganton sur ses talons.

Il examina les boîtes aux lettres et trouva rapidement celle au nom de Maitland.

— Sixième étage, lut-il.

Il jeta un coup d'œil par la fente.

— Apparemment, pas de courrier.

— On a peut-être une chance de le trouver, fit Ganton.

Ils se regardèrent.

— Allez. On monte, décida Folkerson.

Dans l'ascenseur, Ganton sortit son automatique. Folkerson lui jeta un regard surpris.

— Rangez ça. Je ne veux pas qu'on terrorise tout l'immeuble.

— Ce type est un malade, Frank. On a affaire à un dingue.

Il glissa sa main sous le pan de sa veste pour dissimuler l'arme sans toutefois la ranger dans son étui.

L'ascenseur stoppa et ils avancèrent dans le couloir.

— Porte 603, dit Folkerson.

Ils arrivèrent silencieusement devant la porte et s'arrêtèrent. L'oreille aux aguets, ils essayèrent de percevoir les éventuels bruits venant de l'intérieur de l'appartement. Mais tout était calme. Folkerson attendit encore quelques secondes puis sonna. Tandis que le timbre grésillait, Ganton crispa sa main sur l'automatique.

Les deux hommes s'entre-regardèrent dans le silence qui suivit. Folkerson sonna à nouveau. Une porte s'ouvrit à quelques pas de là dans le couloir. Un retraité en pantoufles élimées les observa d'un œil antipathique.

— Vous cherchez ? lança-t-il.

— M. Maitland, fit Folkerson.

— Pas là. Pas vu depuis plusieurs jours.

— Vous le connaissez ?

Le vieil homme fit non de la tête.

— Voyez la concierge. Pas mes oignons.

Après quoi, la porte se referma sur lui avec un claquement sec.

— Sympa, le voisin, remarqua Ganton.

Ils retournèrent au rez-de-chaussée et dénichèrent la concierge, une Noire obèse aux yeux fatigués.

— M. Maitland ? Vous lui voulez quoi ?

— Police, fit Folkerson.

— Ça alors ! s'exclama la grosse femme. Qu'est-ce qu'il a fait ?

— On voudrait savoir. On le cherche.

Sur le visage de la concierge, la surprise fit place à une sorte d'effarement.

— Justement, ça fait un moment qu'il est pas là, vous savez ! Tenez...

Elle disparut à l'intérieur de sa loge et revint avec une liasse de courrier.

— Regardez. J'ai gardé ses lettres et ses revues. C'est ce que je fais d'habitude quand il me prévient qu'il sera pas là. Parce qu'on lui a déjà fauché ses magazines dans sa boîte.

Folkerson consulta les enveloppes en essayant de déchiffrer les dates plus ou moins lisibles sur les cachets postaux.

— Le plus ancien envoi est daté du 12 juin, lut-il. Et nous sommes le 6 juillet.

Il consulta son agenda.

— Le 14 juin, il était à la recherche de la fille Kimble. C'était un dimanche.

Il regarda la concierge.

— Le facteur passe à quelle heure, d'habitude ?

— Vers les onze heures du matin.

— Il n'était pas là le lundi, dit Folkerson à Ganton. Il n'a pas remis les pieds ici depuis le 15 du mois dernier.

Ganton fit la moue.

— Il est en cavale...

Le lieutenant se tourna vers la concierge.

— Ça fait longtemps qu'il habite ici ?

— Oh, oui ! Cinq ou six ans, au moins.
— Il y a déjà eu des problèmes avec lui ?
— Pensez-vous ! Jamais !
— Vous avez une clé de son appartement ?
La grosse concierge fit non de la tête.
— Juste de la boîte aux lettres.
De son portefeuille, il sortit sa carte de visite et la tendit à son interlocutrice.
— S'il rentre, ayez l'amabilité de m'appeler à ce numéro. L'appel est gratuit.
— Il a fait quelque chose de grave ? s'enquit encore la grosse femme.
— Franchement, on n'en sait rien, madame. Mais ce qui est certain, c'est qu'il vaut mieux qu'on le voie. Merci de votre aide.
Ils l'abandonnèrent là et regagnèrent leur voiture. Folkerson resta pensif quelques instants.
— Bon. On fait le grand jeu, dit-il avant de démarrer. C'est notre suspect numéro un. Il faut absolument mettre la main dessus. Réquisitionnez le maximum de personnel si nécessaire. Il nous faut tout son pedigree. Pareil pour ladite Kimble. Demandez aussi un mandat de perquisition et un serrurier pour cet après-midi. Appelez tout de suite.
Tandis que Ganton décrochait du tableau de bord le micro de la VHF pour appeler le Commissariat central, Folkerson lança la voiture sur l'avenue. Ce type court dans les rues et il va nous faire un désastre, pensait-il.

Plus au sud encore, à Bayview, et pratiquement au même moment, Marcus Mawbray était au téléphone dans sa villa. La chemise boutonnée de travers, les poils gris de sa barbe lui mangeant le visage, il avait une allure franchement débraillée et semblait passablement irrité.
— Qu'est-ce que tu essaies de me dire, Paul, criait-il. Qu'il n'y a rien à faire ?
Paul Leavitt était l'avocat qui avait traité l'affaire de Susan

et qui continuait de la suivre douze ans après. Depuis tout ce temps, une certaine intimité avait uni les deux hommes.

— Crois bien que j'en suis navré, Marcus. Mais ça va être très dur et je crains que nous n'ayons aucune chance. Il sortira. N'oublie pas qu'il a été condamné non pas pour meurtre, mais pour complicité de meurtre sur la personne de ton gendre. Et qu'il a toujours nié les faits en ce qui concerne Susan.

— Je sais, je sais, s'impatienta Marcus. Mais enfin, il les a tués !

— C'est très probable. Mais on n'a jamais pu le prouver. Et la justice s'en tient à ça. Avec trente ans, on a obtenu le maximum comme condamnation. Mais on savait déjà à l'époque qu'avec le jeu des remises de peine il en sortirait bien avant.

La voix égale et persuasive de l'avocat exaspérait Marcus. Il avait souvent ressenti cette espèce d'impuissance face à l'incompréhensible machine judiciaire, ses lenteurs, ses incohérences, ses contradictions. Durant toute sa carrière, il avait eu le sentiment de faire œuvre utile en faisant parler les morts. Mais le vrai problème, c'était les vivants. Il avait fréquemment eu l'occasion de voir de quelle façon étaient utilisés ses rapports souvent accablants dans les procédures d'instruction et dans les procès. Et en général, il avait pu observer que l'issue des enquêtes comme des audiences tenait plus de l'habileté des intervenants et du climat qui prévalait que de l'empilement des expertises, aussi indiscutables fussent-elles.

— Qu'est-ce qu'on fait, alors ? fit Marcus d'une voix blanche.

— C'est toi qui décides. On peut tenter de s'y opposer. Ce sera long, comme d'habitude, et bien sûr ça coûtera de l'argent. Et le type sortira de toute façon.

Marcus crispa les mâchoires.

— Tu suggères quoi ?

— On fait une lettre pour la forme, mais pas de procédure. On laisse tomber.

Marcus serra le combiné à tout rompre et ferma les yeux. Il n'était qu'un retraité impuissant, qu'un citoyen sans prise sur les rouages compliqués et lointains d'une justice qui le frustrait de sa vengeance depuis des années.

— Marcus ? s'inquiéta l'avocat qui n'entendait plus rien.

— Je suis là, fit-il d'une voix à peine perceptible.

Il pesa sa réponse encore un instant, puis sa décision fut prise :

— Fais comme tu penses, Paul. Je te fais confiance.

Paul Leavitt comprenait combien il lui en coûtait de prononcer ces mots.

— Merci, Marcus. Je crois que c'est le mieux. Je t'enverrai copie.

Ils échangèrent encore quelques banalités puis Marcus raccrocha. Il était dans un tel état de fureur contenue que la tête lui tournait presque. Il arpenta le salon sans but précis. C'était ainsi. Il savait qu'un matin Leavitt l'appellerait comme aujourd'hui pour lui dire que Meadows quittait le jour même la prison de Columbia. Il imaginait le jeune Noir insolent qu'il avait vu dans le box des accusés arpenter les rues, plus vieux de seize années, mais encore en pleine force de l'âge. Et, pourquoi pas, il l'imaginait aussi massacrant à nouveau deux personnes pour les trente dollars qu'il avait trouvés dans le portefeuille de son gendre et le service en argent qu'il avait volé chez Susan. Un tueur comme celui qui avait décapité cette fille.

À ce point, tout se mélangea dans son esprit.

Susan !

Il frappa le dessus de la table du salon à toute volée du plat de la main. Il n'avait pas crié mais dans son cerveau le prénom de sa fille venait d'éclater dans une déflagration assourdissante.

Tremblant, il alla se servir un verre et tenta de se calmer. La tête, songea-t-il. Il la revit telle qu'elle se présentait lors de son premier examen. Il avait eu dès ce jour une petite idée sur ce qui l'avait ravagée. Des rongeurs... Tu parles ! Il pensait à cet imbécile satisfait de Dunwell qui n'avait même pas été capable de faire une étude convenable de la pièce anatomique. Des rongeurs...

Marcus esquissa enfin un sourire. Dans ce boulot, il ne

s'agissait pas d'être bon, il s'agissait d'être infaillible ! Lui, il avait trouvé la seule chose qui était à trouver dans ce paquet informe et saccagé.

Rasséréné par ces pensées, il posa son verre et d'un pas alerte se rendit dans son bureau. Il inspecta les rayonnages surchargés de sa bibliothèque et en retira un ouvrage épais. *Anatomie des vertébrés.*

Il s'installa à son bureau et consulta la table des matières. *Léporidés, Sciuridés, Muridés, Mustélidés*... Il revint à l'entrée *Muridés* et ouvrit le livre au chapitre correspondant. Il laissa de côté les planches concernant souris, campagnols et autres petits rongeurs pour s'intéresser au rat. Il étudia attentivement le squelette du crâne, la mâchoire et surtout la dentition. Chaque type de dent était clairement répertorié et Marcus s'attarda sur les dessins. Il eut quelques hochements de tête négatifs et poursuivit ses recherches aux chapitres *Mustélidés* et *Viverridés*. Là encore, il examina longuement les planches exposant les appareils maxillo-dentaires. Enfin, il saisit une enveloppe rangée dans le tiroir supérieur de son bureau et en sortit un petit objet transparent. Il s'agissait de deux lamelles en celluloïd comme celles qui servaient à toutes sortes de préparations. Et entre les deux plaquettes était enserré un minuscule éclat blanchâtre vaguement triangulaire.

Marcus prit sa loupe et compara le petit corps nacré avec les planches et les photos du livre. Finalement, il se carra confortablement dans son siège, les yeux perdus dans le vague.

Un rongeur..., se dit-il une nouvelle fois. Mais il ne souriait plus. Il était seul, retraité, poursuivi par ses fantômes, mais il avait une longueur d'avance sur tout le monde. C'était une sensation qu'il connaissait bien. Toute sa vie il avait été celui dont les informations arrachées à l'inerte, au mutisme apparent de la matière, avaient constitué les éléments déterminants des enquêtes. Aujourd'hui, il savait sûrement quelque chose de plus que les autres. Et curieusement, non seulement il ne se sentait pas tenu de le divulguer, mais il éprouvait un certain plaisir à en être le seul détenteur. D'autant qu'une idée germait depuis un bon moment dans son esprit.

Il en était là de ses réflexions, quand la sonnerie du téléphone retentit. Il décrocha l'appareil qui était sur son bureau.

— Marcus ?

Il reconnut la voix de Folkerson.

— Bonjour, Frank ! Alors ? Du nouveau ?

— Tu ne crois pas si bien dire. On l'a trouvée, Marcus. On sait qui c'est.

— Grâce aux photos ?

— Et comment ! Un témoin l'a identifiée ce matin. Je viens d'avoir confirmation. On a été en contact avec sa mère. Elle est à Fresno. On attend des photos réelles de la fille pour cette nuit. Vous avez fait un sacré bon travail, toi et la petite du Bureau. On ne parle que de ça dans toute la maison...

— Ça fait toujours plaisir d'apprendre qu'on était dans le vrai, se contenta-t-il de répliquer.

— C'est une belle première, Marcus. Tu as les félicitations de tout le service, ici.

— Merci.

— D'ailleurs, on fait un point demain matin. Je voudrais que tu sois là. Je préviens aussi Amy Burns.

— À ta disposition. Et le type qui a fait ça ?

— On est sur une piste. On en parlera demain.

— Très bien.

Lorsqu'il eut raccroché, il se demanda jusqu'où était parvenu Folkerson. Il n'a qu'une piste, se dit-il. Ils ne le tiennent pas encore.

Il rangea le petit échantillon dans son enveloppe et le gros livre sur l'étagère. Il lui restait la fin de l'après-midi et la soirée à passer dans sa solitude habituelle. Il retourna dans le salon en prenant au passage sur le guéridon du couloir l'annuaire des pages jaunes. Il y trouva ce qu'il voulait et nota un numéro.

Puisqu'il était seul, il ferait la course en solitaire. Il ne dirait rien. Sûrement pas à Dunwell. Pas même à Folkerson.

19

Au quatrième étage du commissariat central, le lendemain matin, le petit amphithéâtre où se tenaient les réunions plénières et les briefings élargis s'était peu à peu rempli d'une bonne quinzaine de personnes. Outre les intervenants extérieurs comme Mawbray, Dunwell et Amy Burns, il y avait tout l'état-major maintenant affecté à l'enquête et rassemblé autour de Folkerson et Ganton.

Tandis que les derniers arrivants se glissaient parmi les rangées de pupitres, le lieutenant prit la parole face à son auditoire clairsemé :

— Avant toute chose, je voudrais féliciter l'Institut médico-légal en la personne du Dr Dunwell, ici présent, pour le remarquable travail qui a été accompli par le Dr Mawbray et Mlle Amy Burns, également présents. Grâce à eux, l'affaire de la tête décapitée a pris hier un tour décisif. Pour ceux d'entre vous qui n'ont été affectés à ce dossier que très récemment, je vais résumer l'essentiel. Attention, précisa-t-il, c'est un résumé en images, et la première peut avoir un effet désagréable sur les estomacs fragiles, surtout après un petit déjeuner...

Il fit un signe à l'opérateur qui patientait dans la cabine de projection. Les néons éclairant l'estrade s'éteignirent et la première photo apparut sur l'écran. L'image du crâne mutilé suscita aussitôt quelques murmures écœurés.

— Voici maintenant, reprit Folkerson, le portrait-robot qui a été établi par le Dr Mawbray, suivant une technique expérimentale de reconstitution morphologique.

Une deuxième image apparut à côté de la première. C'était l'un des meilleurs clichés réalisés chez Visiographics.

— Enfin, conclut le lieutenant, voici une photo récente de la victime qui nous a été communiquée hier soir par sa mère.

Surgit alors sur l'écran le minois effronté et plein de vie de Kitty Kimble. Il y eut quelques exclamations étouffées, tellement les similitudes entre le portrait-robot et la personne réelle étaient flagrantes. Et puis subitement quelques applaudissements jaillirent des bancs de l'amphithéâtre.

— C'est renversant ! ne put s'empêcher de dire Dunwell en se tournant vers Marcus et en frappant des mains à son tour.

Marcus lui-même et Amy fixaient l'écran sans un mot, ne parvenant pas à croire qu'ils avaient été aussi proches de la réalité.

— Comment s'appelle-t-elle ? demanda soudain Amy Burns, bouleversée.

— Catherine Kimble, répondit Folkerson. Dix-sept ans et demi. Elle aurait dû avoir dix-huit ans en octobre. Cette photo a été prise la dernière fois que sa mère l'a vue, c'est-à-dire l'an passé à Noël, chez eux à Fresno. Elle a quitté le domicile parental depuis plus d'un an pour suivre un commis voyageur qu'elle a plaqué dès qu'elle a pu s'installer ici. Elle habitait Folk Street depuis quelques mois mais, d'après sa mère, elle avait changé trois ou quatre fois de meublé auparavant.

— Elle faisait quoi ? demanda l'un des inspecteurs.

— Elle disait à sa mère qu'elle suivait des cours d'esthéticienne, mais il semble qu'elle se livrait en fait à une sorte de prostitution occasionnelle.

— À son compte ?

— D'après ce que nous savons, ça en a tout l'air. Elle avait une façon très personnelle de concevoir ses relations avec les adultes masculins.

— On a mis un nom sur le commis voyageur ? demanda une autre voix.

— Pas pour l'instant. Mais je crois que c'est secondaire. Nous avons un suspect numéro un.

Il agita le bras en direction de la cabine de projection. Dans l'instant qui suivit, les diapositives s'éteignirent une à une pour faire place à un nouveau visage, celui de Maitland. Il s'agissait d'un cliché noir et blanc, visiblement réalisé d'après un photomaton.

— Gregory Maitland. Quarante et un ans. Professeur à Berkeley. C'est l'administration de l'université qui nous a confié hier cette photo prélevée dans son dossier.

Folkerson laissa le temps à l'assemblée de faire connaissance avec le personnage. Arborant veston, chemise et cravate, l'homme en question avait l'air clair et net du citoyen dont le signe distinctif principal est de passer inaperçu à peu près en toutes circonstances.

— L'enquête ne fait que commencer, mais nous savons déjà qu'il a été marié. Nous avons contacté son ex-femme. Selon elle, ils ne se sont revus qu'une ou deux fois depuis leur divorce, en 1986. Et encore, par pur hasard. Pas d'enfants. D'après sa banque, pas de dettes. Des revenus stables dont une partie est virée régulièrement dans un foyer de personnes âgées, où réside son père, du côté de Portland, dans l'Oregon. Mère décédée il y a trois ans.

— Où habite-t-il ? demanda un inspecteur.

— Mapa Avenue, au 29. Nous avons perquisitionné hier après-midi.

Le lieutenant fit un geste de la main et une photo de l'appartement de Maitland vint remplacer son portrait.

— Voici son appartement. Il y a plus de trois semaines qu'il en est absent et tout indique qu'il n'y a pas remis les pieds. Pour l'instant, il n'y a pas de signe évident que la petite Kimble y soit passée, et encore moins qu'elle y ait été assassinée. Mais il y a des indices en cours d'analyse. Notamment des cheveux courts de couleurs différentes retrouvés dans sa salle de bains. Le problème, c'est que les échantillons prélevés sur le cuir chevelu de Catherine Kimble ne sont pas faciles à comparer. Mais ce n'est qu'une question de temps. Nous aurons bientôt une information claire là-dessus.

— On est vraiment sûr à cent pour cent que la tête décapitée a appartenu à cette Kimble ?

— S'il n'y avait que le témoignage du jeune Stubbs pour

corroborer cette hypothèse, ce serait un peu maigre. Mais il y a autre chose. Vous savez que l'autopsie a révélé une infime trace de ciment dans la cavité d'une prémolaire du maxillaire gauche de la victime.

Il sortit un papier de la poche de son veston et l'agita sous les yeux de l'auditoire.

— J'ai reçu ce fax ce matin de la police de Fresno. Un dentiste du nom de Marasco déclare avoir remplacé par une prothèse la dent n° 25 de Catherine Kimble il y a dix-huit mois.

Un silence accueillit cette déclaration.

— Maintenant, continua Folkerson, nous allons jeter un coup d'œil sur son meublé de Folk Street et vous allez pouvoir vous faire une idée.

La photo du studio de Kitty apparut. Rendu plus impressionnant encore par les distorsions du grand angulaire, l'incroyable étalage de linge féminin suspendu en travers de la pièce laissa un instant l'assemblée sans voix.

— Qu'est-ce qui s'est passé là-dedans ? interrogea finalement un des présents.

— On ne sait pas trop. Il n'y a pas de sang.

Le projectionniste fit se suivre plusieurs vues du même endroit, sous différents angles.

— Apparemment, le meurtrier est venu une ou plusieurs fois chez la victime satisfaire une sorte d'orgie sexuelle solitaire. Le lit est maculé de sperme. On penche pour une espèce de délire fétichiste et violent sous forme de crise.

— Ça colle avec le profil psychologique du suspect ? demanda la même voix.

— Nous savons peu de chose sur Maitland. Pas d'antécédents connus dans nos fichiers. Comme il est originaire de l'Oregon, on a demandé au Bureau fédéral de Portland de fouiner dans ses ordinateurs. Sinon, les témoignages que nous avons sur lui pour l'instant ne le présentent pas comme un pervers violent. Mais ça ne veut rien dire.

Il y eut une pause dans les questions et Marcus en profita pour prendre la parole :

— Je voudrais revenir sur votre perquisition chez Maitland, Frank. Est-ce qu'il avait des animaux domestiques chez lui ?

Folkerson jeta un coup d'œil à Ganton.

— Non. À première vue, rien de ce genre, répondit celui-ci. À moins que les gars du labo n'aient découvert entre-temps des poils de chat ou de chien. Nous n'avons pas encore leur rapport.

— À quoi penses-tu, Marcus ? demanda Folkerson.

Le docteur eut un geste évasif.

— Selon le Dr Dunwell, la tête a pu subir les agressions d'un rongeur. Je cherchais à établir la proximité d'un quelconque animal.

— Je comprends.

Le lieutenant s'adressa à nouveau à toute l'assemblée :

— Le problème, comme vous le voyez, c'est qu'aucun des deux domiciles ne semble avoir été un lieu de séquestration ou de violences avec mutilations. Nous ne savons pas où le meurtre a été commis et nous ne sommes pas en mesure de reconstituer un scénario plausible. Tout ce que nous savons, c'est que ce Maitland est probablement en fuite. C'est sur lui que nous devons concentrer nos efforts.

Folkerson saisit une chemise posée à côté de lui et commença à répartir les tâches.

— Nous avons besoin d'une enquête approfondie sur lui et son entourage. J'ai ici la liste de tous ses collègues d'université. À visiter un à un le plus vite possible. Voyez avec Ganton pour les adresses.

Il tourna un feuillet.

— Maitland a une voiture, poursuivit-il. Une Mitsubishi Galant bleu métallisé, année 1989, immatriculée dans l'État de Californie, numéro 765-ECN. On ne l'a pas trouvée stationnée dans les environs immédiats de son domicile. Il y a de fortes chances pour qu'il soit en train de la conduire. Deux volontaires, s'il vous plaît, pour lancer son signalement à toutes les polices de l'État dès ce matin et concentrer les recherches autour de la baie.

Tandis que des hommes quittaient les pupitres pour se réunir autour de Ganton et s'entendre avec lui, Folkerson s'approcha de Marcus et Amy Burns.

— Voulez-vous m'attendre en bas à la cafétéria ? leur proposa-t-il. Commandez ce que vous voulez. C'est offert par la maison. J'ai encore quelques points à régler ici et je vous rejoins.

— Entendu.

Marcus récupéra son vieux chapeau râpé et se tourna vers Amy Burns.

— Vous venez ?

Elle acquiesça et sortit à sa suite.

La cafétéria comportait un coin non-fumeurs à peu près aussi empesté de fumée que le reste de l'endroit. Marcus et Amy étaient installés face à deux jus d'orange à la table la plus éloignée du bar lorsque Folkerson vint les retrouver, une tasse de café à la main.

— Grâce à vous, je crois qu'on touche au but, leur dit-il en s'asseyant. Encore une fois, mes félicitations... Franchement, je ne pensais pas que ça serait aussi concluant.

— Moi non plus, reconnut Marcus. Il faut surtout remercier Amy. Sans elle, je ne sais pas si nous serions allés aussi loin.

— On sait bien qu'ils ont le meilleur personnel, au Bureau fédéral, plaisanta Folkerson. Nous, on n'est que les cafouilleux de la police d'État...

Amy répondit par un sourire.

— Tu es sûr de mettre la main sur le type ? s'enquit Marcus.

Folkerson avala une gorgée.

— Généralement, sur un cas comme ça, il y a peu de chance qu'il nous échappe longtemps. Il est aux abois et pratiquement sans argent.

— Comment ça ?

— Il n'a rien payé avec sa carte de crédit depuis le 13 juin. À mon avis, c'est un malin. Il sait qu'on peut le suivre à la trace avec ses paiements. Il a dû se faire passer du liquide par un ami ou quelque chose dans le genre. Avec l'enquête, on le saura vite.

— Et sur son profil ? Pour en revenir aux préoccupations des deux gars du FBI que vous avez consultés au début de l'affaire, précisa Marcus.

— C'est un impulsif et un dérangé. Je ne crois pas qu'il s'agisse d'un meurtrier en série avéré ou potentiel. C'est son premier meurtre. Mais il est en crise. Et s'il est acculé, je crois qu'il peut tuer à nouveau. C'est le côté délicat de l'affaire. Il faut le coincer sans l'affoler. Marcus..., ajouta Folkerson après une hésitation, j'aimerais te poser une question concernant Dunwell.

— Oui ?

— Je voudrais avoir ton point de vue sincère sur son histoire de rongeurs. Est-ce que ce sont des rats qui ont fait ça ? Et où ? L'endroit où la tête s'est fait boulotter est sûrement celui où il y a le reste de Catherine Kimble. Et franchement, là-dessus on piétine.

Marcus ne répondit pas immédiatement. Il fixait Folkerson dans les yeux et ce dernier sentait que pour une raison indéterminée sa question troublait le médecin légiste.

— C'est plausible, dit finalement Marcus. Dans les grandes villes, où il y a jusqu'à quatre ou cinq rats par habitant, ça ne serait pas étonnant. Mais les traces sur les parties osseuses sont imprimées avec force. Des chats affamés auraient tout aussi bien pu faire ça. Pas des chiens. Les os auraient été broyés. Il est difficile de se prononcer...

Mawbray ne savait pas mentir. Ni dans l'exercice de sa profession, ni en d'autres circonstances. Il lui était déjà arrivé de ne pas divulguer certaines informations, mais c'était soit parce qu'il était convaincu qu'elles étaient parfaitement extérieures à l'enquête, soit parce qu'elles lui paraissaient trop douteuses. Or, dans le cas présent, il avait à l'esprit un embryon de déduction qui pouvait s'avérer capital. Et pourtant, il savait qu'il n'en dirait rien. Du fond de l'oubli presque total où l'avait relégué la retraite, il sentait que grâce à cela il détenait à nouveau une certaine force. Une force ignorée de tous qui lui permettrait peut-être d'agir, le temps voulu, avec la même soudaineté et de façon tout aussi irrévocable que le destin. Il n'avait pas pensé, au début, lorsque Frank avait fait appel à lui, que cette intervention allait radicalement modifier le cours de sa vie. Mais c'était pourtant ce qui était en train de se produire. À sa grande stupéfaction, depuis maintenant plusieurs jours, un but secret, encore incomplètement formulé mais parfaitement discernable, dirigeait son existence. Et il n'appartenait qu'à lui seul.

Alors, afin de pouvoir donner le change à Folkerson, il décida de se retrancher derrière le doute : il n'avait pas encore vérifié son hypothèse et celle-ci pouvait donc pour l'instant être considérée comme nulle et non avenue.

— Je ne vois pas quoi te dire de plus, Frank, conclut-il, avec une expression navrée. Demande son avis à Dunwell. Il a l'air assez sûr de lui.

Le lieutenant sentait que quelque chose clochait. Au-delà de quinze ans de carrière, disaient ses collègues, on n'a plus besoin de preuves, le flair suffit. Nonobstant, bien sûr, quelques bourdes monumentales justifiant la règle. Et là, il flairait quelque chose de suspect. Il savait que Mawbray se moquait comme d'un guigne de l'opinion de Dunwell.

— Très bien, dit-il un peu fraîchement. Promets-moi seulement une chose.

Il planta son regard droit dans celui de Mawbray.

— Préviens-moi si une idée te passe par la tête, d'accord ? J'ai confiance en tes idées, Marcus... Et j'en ai besoin.

— Promis.

Folkerson se leva.

— De toute façon, je te tiendrai au courant de l'évolution de l'enquête. Et puis, viens dîner un de ces soirs. Je vais demander à Joyce d'arranger ça. O.K. ?

— O.K., Frank.

Folkerson se tourna vers Amy Burns.

— Et merci encore de votre concours, dit-il. Si un jour vous cherchez un job mal rémunéré au sein d'une équipe plutôt sympathique et souvent efficace, téléphonez à Gail Quinn, ajouta-t-il, ne plaisantant qu'à moitié. Je suis sûre qu'elle se fera un plaisir de mettre votre dossier au-dessus de la pile.

Sur quoi ils se saluèrent et Folkerson quitta la cafétéria.

— Missions achevée, démobilisation des troupes, fit la jeune femme.

Marcus hocha la tête.

— Ça ressemble à ça.

Un sourire enthousiaste éclaira le joli visage d'Amy Burns.

— Vous savez qu'on a fait un travail vraiment formidable ?

— Dans quel sens ?

— J'ai consulté la communication de l'équipe française qui a ouvert la voie pour cette méthode de reconstitution morphologique.

— Et alors ?

— Alors, il leur a fallu quatre-vingts heures pour parvenir à un résultat convenable lors de leur première tentative. J'ai calculé que nous n'en avons mis qu'une cinquantaine.

— Il faut remercier l'ordinateur. Sans lui, on aurait perdu beaucoup de temps sur la fin et on ne serait certainement pas arrivés si près de la réalité.

— Sans doute.

Amy Burns voyait sans plaisir venir le moment où ils allaient se séparer, eux aussi. Durant ces dix derniers jours, elle avait vécu une expérience extraordinaire avec le vieux médecin et la veille elle avait mal supporté de retrouver son poste d'employée non titulaire à l'agence locale du FBI.

— Je voulais vous dire une chose, Marcus. J'ai beaucoup apprécié de travailler avec vous. J'ai beaucoup appris.

— Ce fut un plaisir partagé.

— On aurait pu faire une équipe formidable... Ça donne envie de continuer.

— Vous croyez ?

Il se sentait presque ému devant l'attente exprimée par le visage franc et ouvert de la jeune femme. Souvent, il pensait à Susan lorsqu'il la regardait. La même confiance en elle, le même enthousiasme instinctif pour les choses nouvelles, le même espoir dans ce que la vie pouvait apporter de bon. Et, sans s'y méprendre, il sentait resurgir en lui toute l'affection paternelle qui était restée sans objet depuis si longtemps.

— Vous savez, fit-il avec un sourire, la police a rarement

des squelettes non identifiés sous la main pour me faire travailler. Mais je peux vous faire une proposition.

Le visage d'Amy Burns devint tout à fait sérieux.

— Vraiment ?

— Vraiment. Il est question que je rédige une communication sur cette expérience. Et j'avoue que ce n'est pas mon passe-temps préféré. Est-ce que ça vous plairait de vous en charger ?

La jeune femme n'hésita pas une seconde.

— Volontiers. Comment voyez-vous ma participation ?

— Eh bien, disons que, comme pour la tête, vous faites tout le boulot et je signe à la fin. Ça vous va ?

Elle rit.

— Marché conclu.

Elle lui tendit la main par-dessus la table et Marcus fut surpris de toute la chaleur qu'il mit dans son geste lorsqu'il la serra. Après quoi ils se levèrent à leur tour et se dirigèrent vers la sortie.

— Passez me voir dès que vous aurez cogité quelque chose. D'accord ?

— C'est entendu.

Ils se séparèrent sur le parking en échangeant un dernier sourire.

20

Le lendemain de leur aménagement, leur petit déjeuner expédié dans la cuisine, les Belson consacrèrent toute leur énergie à déballer et à ranger. Dans la lumière calme du matin, l'appartement qui perdait peu à peu son allure de champ de bataille respirait la même quiétude que la veille et rien ne rappelait l'étrange événement de la nuit. Le sujet ne fut d'ailleurs même pas mentionné, tandis que la petite famille s'activait à qui mieux mieux. Mais lorsque, peu avant midi, Ken et sa fille prirent la voiture pour aller chercher dans les environs les plateaux-repas qui constitueraient leur déjeuner, Janet Belson ne put s'empêcher de songer au terrible cri qui l'avait si brusquement arrachée au sommeil.

Elle resta pensive un moment, assise sur une chaise, puis se décida à sortir pour en avoir le cœur net. Elle quitta l'appartement, descendit les deux étages et se rendit au bâtiment B de la résidence où elle appuya sur le bouton de l'interphone marqué « Hibbins ». Il n'y eut pas de réponse. Elle attendit un peu, puis il lui vint à l'esprit que c'était dimanche et que le gardien avait dû prendre son congé.

Janet Belson rebroussa chemin mais, poussée par la curiosité, bifurqua dans le parc et fit mine de s'y promener. Elle marcha parmi les arbres et en quelques pas fut rendue du côté où donnait leur terrasse. Elle y jeta un coup d'œil distrait puis son regard descendit sur l'appartement juste au-dessous du leur. Les volets étaient fermés. L'air soucieux, elle scruta l'endroit durant quelques secondes avant de s'éloigner.

En revenant à l'entrée de son bâtiment, elle consulta l'interphone à gauche de la porte vitrée. Il y avait deux appartements par étage et à l'emplacement qui était le leur Hibbins avait déjà apposé un ruban autocollant au nom de Belson. Janet remarqua qu'il n'y avait aucun nom juste au-dessous du leur, au premier étage. Toujours intriguée, elle entra dans la résidence et, négligeant l'ascenseur, emprunta les escaliers.

Arrivée au premier, elle hésita, puis avança sur le palier et se trouva devant la porte de l'appartement qui l'intéressait. Elle tendit l'oreille, il n'y avait aucun bruit. Elle examina ensuite la porte en bois sombre et ne trouva pas de plaque indiquant le nom du propriétaire ou du locataire. Déçue et préoccupée, elle monta au second.

Un peu plus tard, après le déjeuner, tandis qu'elle buvait un café avec Ken et que Shirley était dans sa chambre, elle aborda la question avec son mari :

— Ken..., j'ai jeté un œil sur l'appartement du dessous. Il n'y a pas de nom sur la porte ni sur l'interphone. C'est bizarre, non ?

— C'est quelqu'un qui tient à sa vie privée, suggéra Belson en cherchant à minimiser les inquiétudes de sa femme.

— Oui, mais tous les résidents sont censés être identifiés par leur nom sur l'interphone et la porte de leur appartement. C'est ce que stipule le règlement de copropriété. Je l'ai lu tout à l'heure.

— Il n'y a rien non plus sur la sonnette d'interphone de l'autre appartement du premier étage, objecta-t-il. J'ai regardé, moi aussi.

— Il est vide, répliqua aussitôt Janet. Il est à vendre. C'est indiqué sur la porte et il y a une carte de l'agent immobilier.

Ken Belson observa sa femme. Elle semblait vraiment rongée par cette histoire de la nuit dernière. Il posa sa tasse et se pencha vers elle.

— Écoute, Janet. Je suis d'accord que le type du dessous a l'air d'être un drôle de zigue. Mais ne t'inquiète pas comme ça. Je suis sûr qu'il n'y a vraiment pas de quoi.

— Ken, reprit-elle en pesant ses mots, j'ai eu peur. Tu comprends ? Cette nuit, j'ai eu peur. J'ai eu froid dans le dos au sens propre du terme. Je crois que je n'ai jamais eu peur comme ça...

Elle avait l'air franchement bouleversé et, en toute sincérité, Ken ne comprenait pas très bien pourquoi cela prenait de telles proportions.

— D'accord, d'accord, fit-il d'un ton conciliant. Je reconnais que ce n'est pas habituel et que ça peut être contrariant. Mais si c'est un vrai problème, on trouvera certainement une façon de le résoudre. Si nécessaire, je préviendrai l'agence ou le syndic de copropriété. O.K. ?

Janet considéra un moment son mari. Visiblement, elle faisait un effort pour se raisonner.

— Soit, reconnut-elle enfin. Tu dois avoir raison, ça ne sert à rien de s'emballer. Mais tu ne m'enlèveras pas de l'idée qu'on risque d'avoir des embêtements.

— L'instinct féminin ? essaya-t-il de plaisanter.

La boutade tomba à plat.

— Appelle ça comme tu veux. J'espère simplement que je me trompe.

Bien qu'il s'en défendît, Ken ressentait lui aussi un certain malaise. Mais il jugea préférable de ne rien ajouter. Encore un peu, et elle serait capable de me filer la chair de poule à moi aussi, pensa-t-il.

La nuit suivante fut paisible et la maisonnée goûta un sommeil bien mérité, l'appartement étant presque totalement en ordre. Il restait bien quelques piles de livres à classer sur les étagères, les archives et les dossiers de Ken à entreposer si possible dans le cellier, et quelques cartons de vêtements à déballer, mais l'endroit avait maintenant un air de foyer où il ferait bon vivre.

Ken Belson partit à huit heures et demie à l'agence de publicité où il avait été nommé un mois plus tôt chef de création. Il attendait cette promotion depuis près d'un an et savait que le siège la lui avait accordée en pleine confiance. À n'en pas douter, on lui avait fait gravir un échelon qui devrait le mener d'ici peu au conseil d'administration. Dans cette perspective, et avec son nouvel appartement au Lafayette Mansion, Belson trouvait que la vie s'annonçait radieuse pour lui et sa petite famille. Et, en s'éloignant au volant de sa voiture, il fit un geste à « ses filles », qui lui adressaient un au revoir joyeux depuis le balcon de la cuisine.

Lorsque la voiture eut disparu, Janet et Shirley rentrèrent dans l'appartement et s'activèrent encore une partie de la matinée à ranger. Mais il faisait tellement beau que vers onze heures Shirley ne tenait plus en place.

— Maman, si on allait voir un peu ce court de tennis ? demanda-t-elle. On pourrait peut-être faire quelques balles toutes les deux ?

— Pas tout de suite, ma chérie. Il y a le frigo à remplir. Il faut d'abord aller au supermarché.

— Juste pour voir, maman, insista la petite.

Janet dut admettre qu'elle était aussi curieuse que sa fille.

— D'accord, dit-elle. On y fait un saut avant les courses.

Quelques instants après, toutes deux sortaient de l'appartement. Janet avait passé une veste d'été et cherchait dans son sac à main le trousseau de clés que Ken lui avait confié. Elles contournèrent le bâtiment B, suivirent une allée bordée de fleurs qui serpentait dans le parc et aperçurent les hauts grillages du court situé dans un creux ombragé de la résidence. Shirley s'élança la première à la porte.

— C'est super, maman ! s'exclama-t-elle. Il y a même un mur d'entraînement. Regarde !

Janet ouvrit d'un tour de clé. À droite du court principal, se trouvait le petit bâtiment des vestiaires.

— On visite ? fit Shirl.

— Oui, mais vite.

En prenant soin de contourner le court bien ratissé, elles se rendirent à la petite bâtisse. À l'intérieur, il y avait plusieurs rangées de casiers muraux, deux cabines pour se changer et deux douches. Le tout rutilant de propreté.

— Mazette ! fit-elle. Ils n'ont pas lésiné sur l'équipement.

— C'est super, maman ! répéta la gamine.

Après une rapide inspection des lieux, Janet appela sa fille :

— Allez, viens. Il faut faire les courses.

En retraversant le parc, elles passèrent à proximité de leur terrasse et Janet ne put s'empêcher de jeter un coup d'œil sur celle de leur voisin du dessous. Cette fois-ci, les volets n'étaient pas fermés et dans l'ombre de l'appartement elle crut discerner une silhouette qui s'effaça à leur passage. Un soupçon de contrariété dut transparaître sur son visage car sa fille s'en aperçut.

— Qu'est-ce que tu regardes, maman ?

— Rien.

Elle avait à peine ralenti le pas et poursuivit son chemin jusqu'à sa petite Chevrolet.

Plus tard dans l'après-midi, Janet et Shirley rentrèrent avec trois cents dollars de provisions. Il faisait tellement beau que la fillette annonça à sa mère :

— Maman, je vais faire un peu de mur.

Elle avait chaussé ses tennis, troqué son short pour une jupette blanche et vérifiait le contenu de son sac.

— Tu viens avec moi ?

La réponse lui parvint de la cuisine :

— Non, j'ai encore à faire.

— Tant pis, fit Shirley, l'esprit déjà ailleurs.

Et elle quitta l'appartement comme un courant d'air.

Janet se rendit sur la terrasse, s'accouda au garde-corps et regarda sa fille s'éloigner d'un pas alerte dans le parc. Elle ne put retenir un sourire. Au moins, en voilà une qui ne perd pas de temps pour profiter des lieux ! songeait-elle.

Elle était là de ses réflexions lorsque son attention fut soudainement attirée par un bruit furtif venant du dessous. Elle se pencha aussitôt et découvrit une partie de la terrasse du voisin. Il y eut encore un bruit. Son cœur se mit à battre plus vite et elle se pencha un peu plus. Il est là, se dit-elle.

Elle attendit quelques secondes dans sa position inconfortable et tout à coup elle vit deux mains venir saisir la rampe du garde-corps. Deux mains délicates aux ongles trop longs, qui prolongeaient des avant-bras à la pilosité singulièrement absente.

Janet respirait à peine. Il y eut encore un léger bruit et puis apparut le dessus du crâne de l'homme. Une chevelure dégarnie et filasse qui se terminait sur la nuque en une sorte de ridicule petit chignon tenu par un élastique. L'homme restait là, parfaitement immobile, la tête tournée vers le parc.

Subjuguée par cette apparition, Janet ne comprit pas tout de suite ce qui captivait à ce point l'attention de l'individu. Mais, subitement, l'évidence lui traversa l'esprit et elle ferma les yeux, comme sous l'effet d'un immense abattement. Oh, non ! se dit-elle. Ce n'est pas vrai...

L'homme était venu sur sa terrasse pour la même raison qu'elle et regardait dans la même direction. Il regardait la silhouette pimpante et joyeuse de Shirley disparaître au détour de l'allée.

Le parc était maintenant désert mais l'homme resta figé dans sa position encore un moment. Finalement, il se retira avec les mêmes glissements furtifs qui avaient annoncé sa venue.

Janet laissa s'écouler une seconde puis fit de même. Elle était blême. La tête lui tournait et elle comprit qu'elle avait dû retenir son souffle trop longtemps. Elle reprit sa respiration à grandes bolées d'air, puis elle entendit le grincement caractéristique des volets-rideaux qui étaient en train de s'abaisser à l'étage du dessous. Il ferme chez lui, se dit-elle. Il va s'en aller.

Elle s'élança jusqu'à la cuisine qui donnait sur l'entrée du bâtiment et se mit en faction. Mais rien ne se produisit. Pourtant, se disait-elle, il est logique qu'il sorte. Et puis, encore une fois, la solution lui apparut, évidente. Le sous-sol. Il devait avoir une voiture au parking du sous-sol. Et du balcon de la cuisine, elle ne pouvait voir la sortie du garage souterrain.

Sans réfléchir, elle quitta l'appartement, dévala les escaliers et apparut sur le porche d'entrée. Au même instant se fit entendre un bruit de moteur et elle eut tout juste le temps de voir disparaître dans l'avenue une sorte de camionnette.

Elle respira à nouveau profondément. Où est-ce que nous avons mis les pieds ? se demanda-t-elle, au comble de l'inquiétude. Qu'est-ce que c'est que ce type ?

Puis elle se décida à faire demi-tour et remonta chez elle. Ce faisant, elle prit le temps de réfléchir et ses idées s'éclaircirent peu à peu. Elle se dit que Ken avait peut-être raison.

Qu'elle était là à trembler sans motif réel comme une mère poule et qu'elle devrait plutôt essayer de faire taire ses angoisses.

Une fois rentrée à l'appartement, elle retourna sur la terrasse. Le parc était parfaitement paisible. La lumière du soleil commençait à baisser. Bientôt, elle ferait place au soir et l'endroit serait merveilleusement serein. Alors, elle ressentit l'absence de Ken et espéra qu'il ne tarderait pas.

Du fond de la résidence lui parvenait le bruit des rebonds réguliers des balles que Shirley frappait à toute volée contre le mur d'entraînement.

21

Quittant l'autoroute 101, Marcus déboucha aussitôt sur l'immense baie de Monterey. Il n'était pas encore dix heures et la surface bleu acier des eaux froides du Pacifique scintillait dans la lumière crue du matin. Marcus se sentait ravi de cette promenade dont il attendait beaucoup.

Sur la gauche, à l'extrémité de la péninsule, apparaissaient les flancs de la colline où dévalait paresseusement jusqu'à la mer la ville blanche tant célébrée par John Steinbeck. Avec une pensée émue pour l'écrivain, spécialiste de la faune marine, qui avait enchanté sa jeunesse, Marcus traversa Del Monte et arriva à l'ancien débarcadère. Mais depuis longtemps Tortilla Flat n'était plus qu'une destination d'agences de voyages : les fantômes de Danny, Pilon et Jesus-Maria Corcoran s'étaient définitivement évanouis pour laisser place aux diverses et fructueuses activités du tourisme. Les anciennes conserveries, classées monuments historiques, étaient devenues pour la plupart des restaurants et la célèbre rue de la Sardine n'était plus qu'une enfilade de galeries et de boutiques de souvenirs. C'était précisément dans cette rue que Marcus se rendait.

Il repéra sans peine les bâtiments récents construits sur le rivage et dont une partie sur pilotis s'avançait au-dessus des vagues. Il s'engagea dans le parking en lisière et coupa le moteur. Devant lui se trouvait une passerelle en béton conduisant à l'un des bâtiments. À l'entrée, un large panneau indiquait : « Aquarium de Monterey Bay ». Il descendit de voiture.

Il avait rendez-vous et fut accueilli par une hôtesse jeune

et souriante qui ne sembla pas se formaliser de son apparence.

— Suivez-moi, lui enjoignit-elle. M. Sandburg vous attend.

Elle le conduisit d'un pas énergique vers la partie administrative, se retournant de temps à autre avec le même sourire. Ils parvinrent à un couloir et la jeune femme s'arrêta devant une porte.

— C'est ici.

Elle frappa, ouvrit et s'effaça devant lui.

— Je vous souhaite une excellente journée, lui dit-elle, tandis qu'il entrait.

Il n'avait pas encore eu le temps de la remercier qu'un grand type s'avançait vers lui, arborant le large sourire cent pour cent chaleureux qui semblait de rigueur dans la maison.

— Docteur Mawbray ? Je suis Irwin Sandburg. Très heureux de vous rencontrer. C'est la première fois que vous venez chez nous ?

— La toute première fois, confirma Marcus en lui serrant la main.

— Alors, laissez-moi vous faire visiter. Vous avez bien une minute, n'est-ce pas ?

Irwin Sandburg était un homme affable, impeccablement vêtu, qui tenait à montrer en toute occasion non seulement qu'il était le directeur général, mais qu'il prenait sa mission à cœur.

— Certainement, fit Marcus qui ne voulait pas le contrarier. Je suis à votre disposition.

Il aurait préféré entrer dans le vif du sujet, mais il était prêt à participer à n'importe quel rituel de bienvenue si cela était nécessaire pour obtenir ce qu'il voulait.

— Alors, allons-y, fit le directeur.

Tout en lui faisant traverser une série de couloirs, Irwin Sandburg lui débita avec conviction son discours habituel :

— Savez-vous que notre établissement est considéré comme l'un des meilleurs de ce type de tout le pays ? Pour ne pas dire le meilleur.

— Vraiment ? fit obligeamment Marcus.

— Oui. Nous avons entre autres les deux bassins les plus

grands du monde. Sept mètres de hauteur d'eau, trente mètres de long, mille cinq cents mètres cubes de capacité. Avec la centaine d'autres bassins, c'est au total plus de six mille créatures vivantes qui sont exposées ici. Et depuis notre ouverture en 1984, nous avons accueilli plus de douze millions de visiteurs.

— Vous avez également un département de recherche, je crois ?

— Exactement. L'Aquarium est un établissement à but non lucratif qui a pour objet principal de familiariser le grand public avec le milieu marin. Mais il a aussi une vocation de recherche. L'université de Stanford y a implanté plusieurs laboratoires.

Il lança à Marcus un sourire de connivence.

— Nous y allons d'ailleurs de ce pas. Je n'oublie pas que votre visite a un but bien précis.

Ils passèrent devant les immenses baies du bassin principal, le long desquelles se pressaient des groupes d'enfants sous la houlette de leurs parents ou de leurs moniteurs. Tous les regards étaient captivés par un homme-grenouille occupé à nourrir un requin-léopard au milieu d'une forêt d'algues de plusieurs mètres de haut.

— Venez, reprit le directeur en continuant d'un pas pressé. Je vais vous présenter au Dr Miller, responsable du laboratoire d'ichtyologie. C'est lui, je pense, le plus à même de répondre à vos questions.

Ils se rendirent dans un autre bâtiment, descendirent un escalier et pénétrèrent dans une salle de grandes dimensions aux murs carrelés de céramique blanche et équipée de nombreuses paillasses. Marcus se sentit aussitôt chez lui. Cinq personnes travaillaient à diverses tâches et Sandburg s'approcha de l'une d'elles.

— Larry, je vous présente le Dr Mawbray. Le Dr Larry Miller, ajouta Sandburg à l'attention de Marcus.

— Enchanté, fit Marcus.

Le Dr Miller avait tout juste la quarantaine et un visage taciturne cerné d'une barbe dévorante. De petite taille, enveloppé d'une blouse blanche et retranché derrière d'épaisses lunettes d'écaille, il semblait enfermé dans un monde n'appartenant qu'à lui seul. Ses traits n'exprimèrent pas le moindre sentiment lorsqu'il serra la main de Marcus. Un authentique intoxiqué de la recherche, ne put s'empêcher de songer ce dernier.

— Le Dr Mawbray est médecin légiste, précisa Irwin Sandburg. Il a besoin de l'avis d'un spécialiste.

— Si je puis vous être utile, se contenta de dire le chercheur.

Marcus sortit de la poche intérieure de sa veste l'enveloppe contenant l'échantillon qu'il avait lui-même étudié à plusieurs reprises. Il l'extirpa et le tint entre deux doigts à hauteur de visage, face au Dr Miller.

— Il s'agit de ceci, dit-il.

Larry Miller saisit l'objet, l'examina en le retournant plusieurs fois et considéra Marcus.

— Où est-ce que ça a été trouvé ? demanda-t-il.

Marcus hésita, juste le temps de décider l'étendue de ce qu'il voulait révéler.

— Sur une pièce anatomique humaine.

— Ici, aux États-Unis ?

— Oui.

Le Dr Miller exprima sa surprise par un léger haussement de sourcils. Puis il s'installa à sa table de travail et dessertit les lamelles de façon à libérer le petit fragment triangulaire. Après quoi, il saisit un pied à coulisse et entreprit de mesurer la matière nacrée. Il abaissa une loupe articulée, observa longuement l'échantillon sous toutes ses faces à l'aide d'une sorte de pince à épiler et resta pensif un moment.

— J'ai bien une idée, dit-il, mais ça pose plusieurs problèmes.

— Lesquels ?

— D'abord, il s'agit d'une espèce qui ne se trouve pas sous nos latitudes.

— Ensuite ?

— Ensuite, il y a un problème de dimensions.

— C'est bien un poisson ?

— C'est un poisson, confirma Larry Miller. Un poisson d'eau douce. Du genre *Serrasalmus.*

Marcus l'interrogea du regard.

— Un piranha, si vous préférez. Mais un peu spécial.

Il quitta son tabouret.

— Venez voir. Nous avons une salle de poisson exotiques.

Les trois hommes quittèrent le laboratoire et se rendirent dans une longue galerie d'exposition. Il y avait là une dizaine d'aquariums dont les parois vitrées luisaient comme autant d'écrans dans le couloir à demi obscur. Larry Miller conduisit le petit groupe jusqu'à l'une de ces baies.

— Regardez, dit-il.

Évoluant avec nonchalance dans le bassin qui leur était dévolu, deux assez gros poissons à la mâchoire massive et menaçante, au ventre et aux nageoires rouges, s'arrêtaient de temps à autre pour observer l'étrange univers qui s'agitait derrière leurs vitres.

— *Serrasalmus nattereri,* annonça Larry Miller. C'est l'un des plus faciles à acclimater en aquarium. Leur taille moyenne est de vingt à vingt-cinq centimètres. Ceux-ci sont assez fortement grossis par la vitre mais ils mesurent quand même une trentaine de centimètres. Ce sont de très beaux spécimens.

Il sortit de la poche de sa blouse l'échantillon de Marcus et le tint entre ses doigts.

— Selon toute vraisemblance, ceci est un fragment de dent de *Serrasalmus.* On l'identifie facilement à l'extrémité en forme de pointe acérée et aux bords profilés aussi tranchants qu'un rasoir. Elle provient probablement d'une mâchoire inférieure.

— C'est un animal répandu ?

— Vous voulez dire chez les amateurs ?

— Par exemple.

— Assez répandu. Généralement, les espèces prisées des aquariophiles sont plus petites. Mais certains amateurs avertis peuvent élever des animaux de cette taille. Encore doivent-ils prendre pas mal de précautions. C'est un poisson très agressif et il y a souvent des luttes cannibales entre habitants d'un même aquarium. Dans le cas qui nous occupe, c'est précisément là qu'il y a un problème.

— Comment ça ? fit Marcus.

— D'après les dimensions de votre fragment de dent, notamment l'épaisseur, on peut évaluer la taille du poisson qui en était propriétaire à cinquante ou soixante centimètres. Or, il n'y a qu'une seule espèce connue de piranhas aussi grands. *Serrasalmus piraya.* Très rare. Son habitat est concentré sur une petite rivière de l'est du Brésil, le São Francisco. À ma connaissance, il est pratiquement impossible de l'élever en captivité. Vous dites que ce fragment provient de chez nous, du territoire américain ?

— Rien ne le prouve, dit Marcus. Mais je ne vois pas l'intérêt de faire dévorer un cadavre au Brésil et de ramener les restes en Californie.

Larry Miller et Irwin Sandburg échangèrent un regard.

— Certainement, certainement, fit Sandburg.

De son portefeuille, Marcus sortit une photo du crâne de Kitty dans l'état où il avait été retrouvé.

— Vous voulez jeter un coup d'œil ?

Il leur tendit la photo et les deux hommes l'examinèrent, Sandburg ayant quelque difficulté à réprimer une moue de dégoût.

— Vos poissons auraient pu faire ça ? demanda Marcus.

Miller acquiesça d'un mouvement de tête.

— Bien sûr. Ils font même pire. La réputation sanguinaire de ces bestioles est souvent exagérée, mais il ne faut pas mettre en doute leur férocité. Un banc de piranhas peut nettoyer proprement une carcasse de bœuf en quelques minutes.

Il étudia encore un moment le document.

— Les dilacérations, là, sont caractéristiques. Le piranha ne broie pas les os. Il n'est pas équipé pour cela. Il a une denture qui découpe et sectionne les chairs avec une netteté absolue. C'est ce qui a dû se passer ici.

— Mais il n'y a aucun endroit dans tout le pays où trouver des poissons de cette espèce. C'est bien cela ? résuma Marcus.

— Disons, pas à ma connaissance. Il y a sans doute des

types assez farfelus pour élever chez eux des *Serrasalmus piraya.* Inutile de vous dire qu'il leur faut des bassins très grands et un savoir-faire qui tient plus du professionnel que de l'amateur.

— Des commerçants ? Des étudiants ? Des privés ? suggéra Marcus.

— Vous savez, l'aquariophilie réunit des fanatiques en tous genres, y compris de notre espèce, répondit le chercheur en englobant Sandburg de son regard. Des passionnés qui peuvent d'ailleurs obtenir des résultats étonnants. Mais généralement ils ne sont pas isolés. Ils font partie de clubs, de clans, ils se rencontrent, s'échangent des animaux, etc. C'est un milieu très particulier.

— Et dans notre contrée ? Vous voyez un club de ce type ?

— Il doit y en avoir pas mal. Vous devriez consulter le Cercle aquariophile de Californie. Ils vous mettront sûrement sur des pistes. Ils ont leur siège à Stanford.

Marcus cogita un instant.

— Et si je voulais me procurer un *Serrasalmus piraya,* comme vous dites, où devrais-je m'adresser ?

— À un importateur d'animaux. Et dans ce cas, il y a forcément des traces de la transaction. Car c'est très contingenté et très surveillé. Ou alors à des professionnels qui arrondissent leurs fins de mois avec des animaux de contrebande. Ça se trouve aussi. Mais là, ce n'est pas mon rayon.

Marcus eut un mouvement de tête compréhensif.

— Très bien, dit-il. Je vous remercie d'avoir éclairé ma lanterne. Je vais essayer de me débrouiller avec ces éléments.

— De rien. Tenez.

Miller lui tendait le fragment de dent et la photo.

— Merci encore de votre accueil.

— Vous ne voulez pas rester déjeuner avec nous ? s'empressa Sandburg. Le restaurant nous promet aujourd'hui des steaks d'abalone.

— C'est très aimable, mais je dois rentrer.

— Comme vous voulez.

Ils se saluèrent et Marcus s'éloigna sans accorder beaucoup d'attention au reste de l'Aquarium. Il était à la fois heureux et dépité. Heureux de voir son hypothèse de départ confirmée et déçu de voir s'ouvrir des pistes aussi confuses devant lui. Il avait espéré un rendez-vous plus déterminant. Certes, il avait toujours une longueur d'avance, mais il lui fallait faire vite.

22

L'obscurité était presque totale. C'était la nuit. Mais il aurait été incapable de dire quelle partie de la nuit. Deux heures, trois heures du matin ? Il était étendu sur son lit, tout habillé, et le sommeil le fuyait depuis qu'il avait éteint la lumière, il ne savait plus combien de temps auparavant. Lorsqu'il était dans cet état, il avait l'impression de flotter dans un espace indéterminé, coupé de tout, comme dans ces caissons asensoriels dont il avait entendu parler, où certains restent plongés pendant des heures dans un liquide dense pour se relaxer. Sauf que lui ne se relaxait jamais. Son cerveau fonctionnait vite, trop vite, sans cesse, à lui en faire mal.

Il avait les yeux fixés sur le plafond qu'il ne voyait pas. Au-dessus, si près de lui, au-delà de cette obscurité qui les enveloppait tous les deux, il savait qu'elle était là. C'était sa chambre, il en était sûr. Il avait perçu la trépidation de ses pas, il avait entendu certaines reparties qu'elle lançait gaiement à sa mère, il avait décodé aussi certains bruits plus secrets de son intimité.

L'appartement du dessus était l'exacte réplique du sien. Ça aussi, il le savait. L'oreille aux aguets, il pouvait donc suivre sa vie grâce à ses pas, ses silences brefs ou prolongés, ses éclats de voix soudains. Il l'entendait passer dans la salle de bains et il lui semblait la voir devant lui procéder à ses ablutions sous la douche qui coulait à flots. À l'occasion, il captait l'écoulement sonore, dru et régulier, d'un jet d'urine dans la cuvette des toilettes, bientôt suivi de la cataracte d'une chasse d'eau. En ces instants, des images se bousculaient et se brouillaient dans son cerveau, et un voile de sueur drapait son corps comme un suaire, piquait ses aisselles et le creux de son dos. Montait alors de sa chambre un étrange bruit, une ventilation rauque de forge incandescente, et il s'apercevait qu'il s'agissait de sa propre respiration.

Mais pour lors, c'était le silence. Il essaya d'imaginer le corps frêle de la petite se soulevant imperceptiblement au rythme de ses inspirations paisibles et il voulut imposer à son souffle la même cadence. Mais sa grosse carcasse ne pouvait se contenter de cette respiration d'oiseau et il sentit qu'il allait suffoquer.

Dans une sorte d'affolement, il s'extirpa du lit, quitta sa chambre avec un grognement de mauvaise humeur qui résonna dans tout l'appartement et se rendit dans le salon.

La pièce baignait dans la lueur pâle que diffusait l'éclairage de plusieurs grands aquariums décorant l'un des murs. Un doux ronronnement provenant du système d'oxygénation emplissait la pièce d'une rumeur égale et apaisante. Et les créatures de toutes tailles qui se mouvaient avec une infatigable et perpétuelle langueur dans leur monde liquide projetaient par instants des ombres furtives et changeantes sur le sol et sur les murs.

Sans prendre la peine de faire la lumière, il se dirigea vers un des meubles et en sortit une bouteille. Puis il alla s'affaler, comme à son habitude, sur le confortable canapé qui faisait face aux grandes baies vitrées.

Il but au goulot quelques gorgées et ressentit presque immédiatement l'effet de l'alcool dans son corps. C'était aussi simple que cela. Il savait qu'ici le sommeil finirait par le gagner. Mais auparavant il lui faudrait suivre, le regard figé sur la vitre de l'aquarium, le ballet incessant des poissons avec leur espèce de lenteur hypnotique qui assoupissait son esprit.

Il déglutit encore un peu du liquide brûlant et les images de son cerveau commencèrent à s'embuer. Un miaulement strident monta du parc et l'arracha à sa torpeur naissante. Il fit une grimace. Des chats. En rut. Et subitement des paroles firent surface dans l'épaisseur confuse de ses pensées :

— Pourquoi as-tu fait ça, Wade ?

C'était une voix douce de femme. Une voix encourageante

qui s'efforçait d'entrer en lui, qui voulait découvrir les choses cachées qu'il ignorait lui-même.

— Pourquoi, Wade ? Tu veux bien me le dire ? Il faut que je sache.

Ce qu'il avait fait n'était pas bien. Mais il était si petit. Il avait cinq ans et il avait peur des mots qui pouvaient sortir de sa bouche.

— Je sais que tu as tué ce chat, disait la voix, sans se fâcher. Mais après, tu as fait quelque chose avec tes mains, Wade. Pourquoi ? Tu veux bien m'expliquer ?

Il se souvenait du chat. Un chaton famélique et abandonné qui braillait depuis plusieurs jours dans le quartier. Un gosse du voisinage, un grand, lui avait montré l'animal éperdu de détresse qui appelait sans discontinuer. « Regarde, lui avait-il dit en ricanant. Si tu t'approches, il te prend pour sa mère ! » Et lorsqu'il s'était avancé, il avait vu en effet avec une certaine répulsion le petit animal efflanqué accourir jusqu'à lui et se jeter désespérément sur sa chaussure comme sur une planche de salut. D'un coup de pied brutal, il l'avait envoyé rouler à quelques pas. Mais le petit animal stupide s'était à nouveau précipité vers lui. Et lorsqu'il avait voulu l'écarter d'un geste violent de la main, le chaton avait planté toutes ses petites griffes acérées dans son avant-bras.

Il avait hurlé de frayeur. En se débattant, il était parvenu à arracher la pauvre bête terrorisée, puis il avait contemplé sa peau déchirée par les pointes tranchantes où perlaient de minuscules gouttes carminées.

— Un griffeur ! C'est une saloperie de chat griffeur ! s'était esclaffé le grand.

Aplati sur le sol, pattes écartées, le chaton terrifié criaillait de plus belle.

— Quand ils griffent tout petits, ils griffent toute la vie, avait déclaré le grand. On n'a pas besoin d'une saloperie de chat pareille. On va le bousiller.

Le grand avait sorti de sa poche une ficelle de chanvre et en avait noué une extrémité autour du cou de l'animal. Puis il lui avait tendu l'autre bout.

— Allez, vas-y ! Fais-la tourner, c'te saloperie. Comme ça.

Et le grand avait accompagné ses paroles d'un geste tournoyant du bras.

Il se souvenait du poids vibrant de vie et de terreur que lui avait transmis la ficelle tendue à se rompre tandis qu'il s'était mis à la faire tourner au-dessus de sa tête. Le chat passait et repassait avec des cris aigus et étranglés.

— Contre l'arbre, contre l'arbre ! hurlait le grand.

Il n'avait pas compris tout de suite. Et puis il avait vu le marronnier qu'il lui désignait. Il s'était approché, le chat virevoltant toujours au-dessus de lui en acrobaties ineptes. Il l'avait fait tourner plus vite, plus vite, et brusquement l'avait envoyé se fracasser à toute volée contre le tronc.

Avec un heurt mou, la petite chose pitoyable s'était effondrée au pied de l'arbre. Agitée de convulsions, la bête désarticulée ouvrait et refermait la gueule, parvenant encore à émettre des sons étouffés.

— Encore un tour. Il est pas crevé ! criait le grand.

Et à nouveau l'animal avait décrit de grands cercles dans les airs. Mais au bout de la ficelle, la vie avait déjà abandonné la lutte pour laisser place à la mort prochaine. Après avoir été catapulté une deuxième fois contre l'arbre, le chaton s'était écroulé, inerte, une fleur de sang maculant son museau.

Il avait ramassé le corps sans vie et l'avait observé attentivement. Il avait caressé le pelage duveteux qui couvrait le corps chaud et flasque. Et puis une injonction étrange lui avait traversé l'esprit et il s'était mis à triturer le petit cadavre sous le regard du grand qui maintenant le scrutait bizarrement. Il malaxait les chairs et sentait glisser sous la peau les viscères et les petits os brisés comme des brindilles.

— Pourquoi, Wade ? insistait la voix de la femme du fond de l'oubli où elle aurait dû disparaître depuis si longtemps.

Il l'avait regardée intensément dans les yeux, et soudain les mots qui le terrorisaient s'étaient formés et il avait parlé :

— Je voulais qu'il chie ses boyaux.

Le visage de la femme s'était efforcé de rester impassible, mais il avait vu ses joues blêmir et la commissure de ses lèvres réprimer un tremblement.

Finalement, il avait serré à deux mains de toutes ses forces le petit corps, broyant la cage thoracique et comprimant l'abdomen à le faire éclater. Et subitement, les intestins avaient giclé par l'anus, comme une pâte sanglante sortant d'un tube.

Le grand qui avait déclenché cette folie meurtrière le regardait bouche bée, les yeux dilatés par un écœurement absolu. Il n'avait jamais pensé qu'on puisse faire une chose pareille. Sans un mot, il avait tourné les talons et s'était éloigné, laissant seul l'étrange gamin tenant dans ses mains le paquet de matière immonde.

Il dormait maintenant sur le canapé, d'un sommeil tourmenté. Des grognements et de subits mouvements de tête accompagnaient les réminiscences vaguement nauséeuses qui l'accablaient.

De cette confusion émergea bientôt une image imprécise mais séduisante de jeune fille blonde au visage radieux. Un visage qu'il connaissait bien et qui provenait lui aussi d'un lointain passé. Une silhouette gracile sur une sorte de podium qui faisait face à une foule de parents, principalement des mamans, accompagnés de leurs enfants. Un homme en plastron, queue-de-pie et chapeau haut de forme, était à côté d'elle. Il y avait une sorte de meuble derrière eux dont la seule apparence suscitait des frayeurs dans les yeux de l'assistance.

La jeune fille était vêtue d'un short bouffant de majorette et d'une jaquette de parade gonflant sa poitrine nubile. Il était près, si près qu'il distinguait la texture soyeuse de la peau de ses cuisses et qu'il recevait à pleines narines les effluves chauds et musqués que diffusait son corps. Il se sentait si bien au premier rang de cette foule qui le pressait contre la scène.

Mais son rêve bifurqua et encore une fois et les images se brouillèrent. Le short bouffant devint une jupe courte, blanche et plissée, la veste de parade disparut pour laisser place à un polo immaculé où ne pointait qu'un infime relief et le visage de la jeune fille était maintenant celui de la gamine du dessus.

L'homme en queue-de-pie la prit par la main et la fit s'allonger à plat ventre sur l'étrange meuble. Un frisson parcourut l'assistance. L'instant d'après, une lame scintillait sous les lumières de la scène et s'abattait sur la base du sinistre échafaudage.

La tête roulait dans un panier, tandis qu'un cri d'effroi montait de la foule.

Face à tous les visages épouvantés, le maître de cérémonie refermait prestement le panier, faisait basculer la partie du meuble où avait été allongée la victime et aidait celle-ci à se relever, plus gracieuse et souriante que jamais, sous une pluie d'applaudissements.

Sur le canapé, Wade eut un mouvement brusque accompagné d'un gémissement. Il sentait monter en lui une tumescence brûlante, irrépressible, débordante. Et puis survint l'émotion ultime, un voile rouge, un jaillissement de sang tout autour de lui, par terre, sous ses chaussures, par flaques glissantes et visqueuses.

Alors, du fond de son cauchemar, il se replia en position presque fœtale sur la chaleur qui venait d'inonder le centre de son corps et il poussa deux cris brefs et puissants. Sans même se réveiller.

23

La tête de la secréraire apparut par la porte entrouverte.

— Docteur, c'est le *Chronicle,* annonça-t-elle.

Derrière son bureau, Jeffrey Dunwell s'empressa d'ajuster sa cravate et de rabattre les pans de son veston.

Le matin même, après réflexion, il avait pris la décision de contacter le grand quotidien. Depuis la réunion du mardi avec Folkerson et l'identification du portrait-robot, il s'inquiétait de ne rien voir venir dans la presse. Le jour où on parlera de ça, se disait-il, le service médico-légal va comme d'habitude passer à la trappe et il n'y en aura que pour la police et la victime.

— Très bien, dit-il. Faites entrer.

La tête s'effaça pour faire place à une femme d'une trentaine d'années vêtue d'un tailleur moutarde, qui affectait à la fois élégance et professionnalisme.

— Bonjour, docteur, fit-elle en lui tendant la main avec un sourire aimable. Je suis Stephanie Booth. Je vous remercie de nous avoir téléphoné.

— C'est tout naturel, répliqua Dunwell. La presse se doit d'être informée. Prenez place, je vous prie.

La journaliste sortit de son sac le numéro du *Chronicle* où était paru l'appel à témoins.

— Comme je vous l'ai dit, depuis la parution, samedi dernier, de ces photos, nous avons essayé d'en savoir plus auprès de la police. Mais pour l'instant ils se retranchent derrière un « pas de commentaires » systématique. Vous me confirmez donc que la victime a été identifiée ?

— Tout à fait, acquiesça Dunwell avec gravité.

— Vous avez un nom ?

Le docteur prit un air navré.

— J'ai un nom, bien sûr. Mais vous comprendrez que je ne sois pas en mesure de le communiquer. C'est du seul ressort de la police. Par contre, je peux vous apporter toutes sortes d'informations sur la manière dont l'Institut a procédé pour permettre cette identification.

Stephanie Booth était chef de rubrique et avait un bel avenir devant elle. Elle avait appris depuis longtemps à jauger les gens qu'elle rencontrait et à leur soutirer d'une façon ou d'une autre ce qu'ils étaient réticents à divulguer. Elle vit tout de suite quelle stratégie employer avec Dunwell.

— Je vous comprends, se contenta-t-elle de dire.

Elle posa sur le bureau un magnétophone de poche et enclencha le bouton d'enregistrement.

— Parlons donc de ce portrait-robot. C'est le Dr Mawbray qui s'est chargé de sa réalisation, je crois ?

Dunwell approuva d'un hochement de tête.

— L'Institut est très heureux d'avoir pu procéder à une telle expérimentation. C'est une technique encore balbutiante qui a eu quelques résultats à l'étranger. À ma connaissance, c'est la première fois qu'elle est employée ici aux États-Unis. Et avec succès ! ajouta-t-il, affichant une fierté de maître d'œuvre.

Et il narra par le menu les prouesses de l'Institut médicolégal en matière de techniques avancées de morphosynthèse, tout en s'arrangeant pour prononcer le nom de Marcus Mawbray le moins souvent possible.

— Pouvez-vous me dire un mot de cette assistante qui a été mise à contribution pour le modelage ? demanda à un moment Stephanie Booth.

— Il s'agit d'une plasticienne qui avait un cursus parfait pour la tâche, s'empressa de répondre Dunwell. Amy Burns. Elle s'en est remarquablement tirée.

— Pensez-vous que je puisse l'interviewer ? Obtenir une photo ?

— C'est possible. Elle est attachée au service documentation de l'agence locale du FBI. Voyez avec elle.

Après quoi, la journaliste l'interrogea longuement sur la partie informatisée de la reconstitution, nota l'adresse de Visiographics et demanda quelques clichés des différentes étapes du travail. Lorsqu'elle eut réuni tout cela, elle marqua une pause dans ses questions et fit mine de réfléchir.

— Docteur, dit-elle après un instant, tout cela est absolument passionnant, mais il manque l'élément principal pouvant donner toute son importance à l'article.

Dunwell l'interrogea du regard.

— La photo de la victime, précisa Stephanie Booth. La vraie. À mettre en regard du portrait-robot pour attester de la qualité exceptionnelle de vos travaux.

— Je n'ai pas ce document, lâcha-t-il à regret.

— Oui, mais vous connaissez le nom de la victime. Le *Chronicle* peut s'arranger pour mener sa propre enquête.

Il y eut un long silence.

— Sinon, je crains qu'il n'y ait pas matière à l'article que nous souhaitons tous deux, ajouta-t-elle.

Dunwell s'agita sur son fauteuil. Il était de toute évidence en proie à un sérieux conflit intérieur. Finalement, jetant un coup d'œil au petit magnétophone dont le témoin d'enregistrement clignotait toujours, il sembla prendre une décision.

— Je ne peux absolument pas vous communiquer cette information, madame Booth, déclara-t-il avec la plus grande fermeté. Croyez que j'en suis désolé. Je vous suggère de contacter le lieutenant Folkerson au service central de la police. C'est tout ce que je puis vous dire.

La journaliste et le médecin ne se quittèrent pas des yeux durant l'épais silence qui suivit. Puis, sans prononcer un mot, Dunwell griffonna quelque chose sur un papier qu'il fit glisser en direction de Stephanie Booth. Celle-ci le saisit, y jeta un bref regard et le fourra dans sa poche.

— Très bien, dit-elle avec un sourire courtois. Je vais suivre vos conseils, docteur Dunwell. Il me reste à vous remercier de votre accueil.

Elle coupa l'enregistrement, rangea ses affaires et se leva.

— Je crois que le *Chronicle* aura amplement de quoi faire

connaître à ses lecteurs l'excellence de votre travail, docteur, lui assura-t-elle en lui serrant la main.

— Merci de votre visite, fit Dunwell modestement. Nous sommes tout simplement au service de la société.

Stephanie Booth traversa les couloirs du bâtiment d'un pas vif. Une fois dehors, elle s'immobilisa, plongea la main dans la poche de son tailleur et en retira le morceau de papier. Elle y jeta un nouveau coup d'œil : « *Catherine Kimble. Parents à Fresno.* »

Un sourire de satisfaction éclaira son visage. Si tout allait bien, le lendemain il y aurait un sacré scoop dans le *Chronicle !*

À peu près au même moment, Marcus, au volant de sa voiture, profitait d'un encombrement pour absorber deux cachets d'aspirine. Depuis son réveil, il ne se sentait pas en forme. Un échauffement de mauvais augure se manifestait dans sa gorge et le mal de tête avait débuté avant même qu'il boive son café. Il se savait vulnérable aux angines et aux affections pulmonaires en toutes saisons et redoutait particulièrement celles qui se déclenchaient l'été.

La veille, dès son retour de Monterey, il avait téléphoné au Cercle aquariophile de Californie et avait obtenu pour le lendemain matin un rendez-vous avec l'un des vice-présidents, un jeune maître-assistant du nom de Daniel Lewisy.

Peu à peu, le trafic redevint fluide et en quelques minutes il arriva à Stanford. Il connaissait bien l'immense campus de l'université pour avoir participé à des conférences au département de biochimie. C'est donc sans peine qu'il découvrit le modeste bureau du jeune homme qui l'attendait.

— J'espère que je pourrai vous être utile et que vous n'aurez pas fait ce chemin pour rien, lui dit ce dernier avec un large sourire.

Comme il s'était montré assez vague au téléphone, Marcus résuma le but de sa démarche. Cela demanda quelques minutes à l'issue desquelles le maître-assistant hocha la tête d'un air concentré.

— Le *Serrasalmus piraya* n'est pas rare au point d'être

introuvable en Californie, dit-il. Dans votre cas, le problème, c'est sa taille. Cinquante centimètres, dites-vous ?

— C'est l'estimation de M. Miller. Peut-être plus.

— Vous savez, obtenir en élevage des piranhas de trente centimètres est déjà une belle performance. Plus grands, ce serait du domaine de l'exceptionnel. Et ça se saurait.

— Vous parlez d'élevage à but scientifique, je pense. Mais chez les particuliers, est-ce que c'est envisageable ?

— Tout est envisageable. Il y a des collectionneurs qui se débrouillent assez bien. Beaucoup de poissons se reproduisent sans trop de peine en aquarium, et il est facile d'imaginer un aquariophile passionné qui réalise un tour de force hors du commun.

— Ces aquariophiles passionnés, on les trouve où ? C'est quel genre de gens ?

Lewisy émit un petit rire.

— Vous savez, comme beaucoup de farfelus, il n'y a pas grand-chose pour les distinguer du commun des citoyens. Si vous voulez une sorte de portrait-type, je vous dirai qu'il s'agit de quelqu'un qui a démarré tôt dans sa passion, disons à l'adolescence. À une époque de la vie où il est impératif de diriger ses pulsions affectives sur quoi que ce soit. Les poissons sont des objets de transfert affectif assez fascinants.

— Qu'entendez-vous par là ?

— Eh bien, certains ont des comportements parentaux assez évolués. Par exemple, ils déposent leurs œufs sur des rochers, les ventilent, les soignent et les défendent contre d'autres poissons. D'autres incubent les œufs par la bouche. C'est assez étonnant, et des âmes sensibles trouvent même cela touchant. D'autres encore ont des comportements sociaux proches des nôtres. Ils vivent en groupes familiaux composés de trois ou quatre générations. Certains sont attachés à la vie en couple. Ils restent ensemble leur vie durant malgré des scènes de ménage parfois tumultueuses. D'autres ne tolèrent aucune transgression de leur territoire. En fait, ils ont beaucoup de nos traits humains. Ce qui explique qu'on peut voir des aquariophiles véritablement amoureux de leurs poissons. Ils sont fascinés par ces animaux qui viennent manger dans la main, qui s'approchent de la vitre pour vous regarder de leurs gros yeux impassibles. Et puis, en même temps, il y a la possibilité de cette violence rentrée, imprévisible, entre espèces différentes ou même identiques... Bref, ce sont des animaux, rien de plus, conclut-il. Ni plus ni moins intéressants que les oiseaux, les chats, les chiens... Mais pour certaines personnes, ce sont les seules créatures vivantes vers qui diriger leur affection...

Marcus écoutait avec la plus grande attention. Il avait le sentiment de se rapprocher de quelqu'un qu'il ne connaissait pourtant pas encore.

— Je suppose que, pour ce qui est de donner à manger dans la main, les piranhas ne sont guère indiqués, remarqua-t-il.

Lewisy rit à nouveau.

— Ce n'est pas recommandé, en effet. Mais j'imagine assez bien les relations complexes qu'un individu peut établir avec ces espèces. Leur force, leur férocité... contenues dans un demi-mètre cube d'eau sous votre nez...

Il se tut, cherchant à préciser ses idées.

— Continuez votre portrait type, s'il vous plaît, l'encouragea Marcus.

— Donc, c'est au départ un adolescent qui pour une raison inconnue s'est lancé dans la collection de poissons d'ornement. Il s'est mis à fréquenter les magasins spécialisés. Tant et si bien qu'il a trouvé à s'y employer les week-ends ou pendant les vacances. Là, il a étendu ses notions d'élevage, il a lu des publications d'amateurs avertis et peut-être même de scientifiques. En peu de temps, il est devenu très, très compétent... Et puis ensuite l'adolescent a fait place à l'adulte. Et là...

Il laissa sa phrase en suspens. Marcus regardait le jeune homme avec une certaine curiosité.

— Vous avez l'air de bien le connaître, votre portrait type.

— C'est bien simple, dit le maître-assistant avec un sourire, je ne fais guère que parler de moi. Et j'aurais tout aussi bien pu parler de certains de mes collègues ou de mes étudiants ici...

— Et ensuite ?

— Ensuite ?

— Il devient adulte, et puis ?

Lewisy eut un rire franc.

— Eh bien, il devient professeur à Stanford ou commerçant d'animaux, ou alors il laisse tout tomber et embrasse la noble profession de chauffeur de taxi. Je ne sais pas, moi... C'est à vous de trouver...

La désinvolture du jeune homme commençait à irriter Marcus.

— Je voulais dire dans le cas où il persévère. Avec qui a-t-il tendance à partager sa passion ? Avec qui entretient-il des relations d'intérêt mutuel ?

— À mon avis, votre type est un solitaire. S'il avait fait l'élevage de *piraya* ces dernières années en relation avec une association ou même un groupe informel d'amateurs avertis et s'il avait obtenu des spécimens de cinquante centimètres, c'est bien simple, nous le saurions...

— Et ses *piraya*. Il les a trouvés où ?

Lewisy hésita à peine :

— Chez un revendeur, ça m'étonnerait. Mais vérifiez quand même. Je peux vous donner deux ou trois adresses des meilleurs spécialistes autour de la baie. Par contre, par contre...

— Par contre ?

— Eh bien, il existe des sortes de bourses aux poissons qui se tiennent en différents endroits du pays chaque année. Dans certaines, qui sont très suivies des professionnels, on peut trouver de vraies raretés. Le Cercle est pratiquement présent à chacun de ces rendez-vous, au moins par la participation de l'un de ses affiliés. En recherchant dans nos archives, on trouverait peut-être quelque chose d'intéressant.

— Ces bourses ont lieu quand ? demanda Marcus.

— Il y en a trois ou quatre vraiment sérieuses, réparties dans l'année. Je sais qu'il y en une à Saint Petersburg, en Floride. Il y en a une à Philadelphie aussi. Il faut que je vérifie avec notre documentation.

— Et que s'y passe-t-il ?

— Ce sont des sortes de foires, si vous voulez. Leur particularité est de rassembler une foule disparate de spécialistes et de non-spécialistes. Il y a des gens qui viennent du monde entier. Pour vendre ou pour acheter. Du Japon, d'Europe... et certainement du Brésil.

— Vous pourriez faire ces recherches ?

— Bien sûr. Mais ça va nous demander un peu de temps.

— Combien ?

— Donnez-nous une bonne semaine. J'essaierai de mettre un étudiant là-dessus.

— Merci. C'est très aimable à vous.

Daniel Lewisy lui donna les adresses des trois animaleries les plus réputées de la région et Marcus prit congé.

Une fois dehors, il fut surpris d'éprouver une vague de frissons en cette chaude journée de juillet. Il porta la main à son front et le trouva trempé d'une mauvaise sueur. J'ai l'impression que ça ne s'arrange pas, songea-t-il. Et il ingurgita à nouveau deux comprimés.

Il reprit l'autoroute en direction du nord pour se rendre à la première des adresses, celle d'un magasin connu pour fournir les universités en animaux et en accessoires spécialisés d'élevage. Celui-ci se trouvait dans le plus grand centre commercial de Downtown et disposait à n'en pas douter de la meilleure surface de vente de sa catégorie.

Marcus erra dans l'immense espace d'exposition, au milieu des cages de hamsters et des vivariums de serpents. Il découvrit enfin des murs d'aquariums où s'agitaient toutes sortes d'espèces.

— Puis-je vous être utile ?

Il se retourna et aperçut une jeune vendeuse souriante, arborant un tee-shirt au nom de l'établissement.

— Vous cherchez quelque chose, peut-être ?

— Des piranhas, dit Marcus.

— Je vais vous montrer.

Ils déambulèrent jusqu'à une rangée d'aquariums où s'ébattaient des poissons de petites dimensions. Cinq à huit centimètres au plus.

— Ils sont bien petits, fit Marcus, décontenancé.

— Vous savez, une fois adultes, ils peuvent atteindre vingt-cinq centimètres. Vous désirez peut-être faire de l'élevage ?

Comme il ne lui répondait pas, elle enchaîna sans attendre :

— Dans ce cas, je vous recommande soit les *nattereri,* soit les *spilopleura.* Ces derniers sont l'une des rares espèces dont on puisse espérer la reproduction en aquarium.

Elle essayait de percer les intentions de son client et n'y parvenait pas.

— Je souhaite me procurer des *Serrasalmus piraya,* lâcha finalement Marcus.

— Des *piraya ?*

Il fit oui de la tête et la jeune femme sembla sincèrement contrariée par la tournure de la conversation.

— Je crains que nous n'ayons pas cette espèce, dit-elle.

— Est-ce que vous pouvez me dire où en trouver ?

— Un instant, s'il vous plaît.

Elle disparut pour revenir aussitôt, accompagnée d'un homme d'une bonne quarantaine d'années.

— Je suis le chef des ventes, se présenta-t-il. On me dit que vous recherchez des *piraya.*

— Plus exactement, je cherche à voir des *piraya* adultes, de cinquante à soixante centimètres. Ou à entrer en contact avec des personnes en faisant l'élevage.

Le chef des ventes le toisa un instant et comprit que l'homme en face de lui n'était pas un client. Un scientifique à la retraite ?

— À ma connaissance, vous ne trouverez pas cela sur tout le continent nord-américain.

— Vous en êtes certain ?

— Vous trouverez peut-être des *piraya,* mais pas de cette taille. En captivité, ils ne deviennent jamais aussi grands. Ils nécessitent un soin particulier avec une déminéralisation spécifique de l'eau rien que pour les conserver vivants. Il y a très peu d'amateurs qui s'y risquent.

— Vous connaissez de ces amateurs, dans la région ?

Le chef des ventes fit un mouvement négatif de la tête.

— Et des spécialistes des piranhas ?

— Nous sommes parmi les meilleurs, monsieur. Mais n'importe quelle animalerie spécialisée dans les poissons peut vous proposer des piranhas communs. Et ça en fait pas mal autour de la baie. Sans compter les petits commerces qui se montent et disparaissent presque aussitôt. La concurrence est vive.

— Est-ce qu'il y aurait actuellement moyen de se procurer des poissons de cette espèce ?

— Parmi nos principaux confrères, franchement, non, je ne vois pas. Bien sûr, pour une commande particulière, nous pourrions toujours nous adresser à un exportateur brésilien et essayer de nous en procurer. Mais cela prendrait un certain temps. Nous ne pourrions nous engager sur un délai de livraison.

— Vous avez déjà eu à répondre à ce genre de commande spéciale ?

— Rarement. Une fois, je me souviens, pour l'aquarium de Palo Alto. Il y a pas mal de temps. Les poissons n'ont pas survécu, à ce que j'ai entendu dire. Vous recherchez quelque chose de très précis ? se hasarda-t-il.

— Un spécialiste de cette espèce de poissons qui vivrait dans la baie.

— Vous êtes de la police ?

Marcus hésita.

— En quelque sorte.

Il essaya de faire montre d'une certaine amabilité, mais avec la fièvre qui montait il ne réussit qu'à afficher un pâle sourire.

— Il n'y a pas de nom qui vous vienne à l'esprit ? insista-t-il.

— Désolé.

— Je vous remercie, fit Marcus.

La vendeuse et son chef virent alors s'éloigner l'étrange personnage à la démarche lourde de plantigrade fatigué.

Marcus avait prévu de visiter les autres magasins mais il ne s'en sentait pas la force. Il rentra directement chez lui et lorsqu'il arriva devant sa porte il s'aperçut qu'il claquait des dents. Il fouilla dans sa pharmacie et avala un puissant anti-inflammatoire. Après quoi, il eut tout juste la force de se faire une décoction bouillante et de se mettre au lit.

Anéanti par la fièvre, transpirant abondamment, il somnola le reste de l'après-midi, agité par des bribes de songes désordonnés et confus. Vers le soir, le téléphone sonna et il s'arracha à grand-peine de son lit.

— Oui ?

— C'est Amy Burns. Je vous dérange ?

— Non... Enfin... À vrai dire, je ne me sens pas très bien. J'étais au lit.

— Vous êtes malade ?

— Je crois que c'est le mot qui convient.

— Avec de la fièvre ?

— Oui. Une bonne angine. J'ai l'habitude.

— Si vous avez besoin de quelque chose, proposa-t-elle, ça ne me dérange pas de passer par chez vous.

— C'est très aimable, mais je pense que ça ira.

— Vous avez des médicaments ?

— Ne vous inquiétez pas, Amy. J'ai ce qu'il faut.

— O.K., dit-elle, vaguement froissée. C'est vous le médecin. Je suppose que vous savez comment vous soigner.

Marcus sentit le léger mouvement d'humeur.

— Mais je vous remercie. Je pense que ça ira mieux d'ici un jour ou deux.

— De toute façon, je passerai demain, enchaîna-t-elle. J'avais l'intention de vous voir. J'ai avancé sur notre travail.

— Si vous voulez, concéda Marcus sans enthousiasme.

— J'espère que vous passerez une bonne nuit. À demain.

— Merci, Amy.

Il raccrocha. La fièvre n'était pas passée et le sang lui battait aux tempes. Il retourna fourrager dans l'armoire à pharmacie et trouva enfin des antibiotiques.

Avec un peu de chance, la nuit ne sera pas trop dure, songea-t-il en regagnant sa chambre.

24

Mais la nuit fut exécrable. La fièvre culmina vers trois heures du matin et Marcus fut assailli de cauchemars pires que les étranges hallucinations qui venaient le hanter habituellement au profond de son sommeil. À la suite de ses premiers rêves d'autopsies improbables et effrayantes, il s'était décidé à demander l'avis d'un collègue psychiatre. Ce dernier, après l'avoir longuement écouté, avait qualifié de « cauchemars de substitution » ce qui aurait presque pu passer, s'il avait été éveillé, pour des bouffées délirantes.

« Ton cerveau voudrait produire des images que tu refuses de voir, lui avait-il expliqué. Mais le blocage est tel qu'il se contente d'exprimer les décharges émotionnelles qui devraient les accompagner. Avec une histoire différente et un décor différent, si tu veux. Dans un sens, c'est assez sain. »

Mais cette nuit-là la fièvre avait fait sauter les verrous et ce qu'il s'efforçait de ne pas voir avait déferlé dans un mélange de sang, de sueur et d'érotisme.

Au bord de la nausée, il s'éveilla, le cœur battant à tout rompre, la gorge endolorie, et s'assit dans l'obscurité. Les images insupportables s'affichaient là, devant ses yeux, refusant de retourner dans les ténèbres sans fond où elles étaient nées.

Il voyait Philip, ce soir-là, au volant de sa voiture, arrêté à un feu rouge dans un de ces quartiers miséreux que l'on s'arrange pour traverser au plus vite. Il voyait surgir le type par la portière et coller le canon d'un 38 Special sur le front du conducteur. Il voyait le jeune homme, terrorisé, offrir son portefeuille à l'agresseur d'un geste affolé. Puis le regard de

Meadows. La seconde de flottement. La déflagration assourdissante. Le crâne projeté en arrière, fracassé. Le corps inerte sur le dossier maculé de projections de sang. Un cas d'école, avait-on dit par la suite.

L'os frontal avait été pulvérisé par l'impact à bout touchant, les pariétaux avaient éclaté sous l'effet des gaz, et la matière cérébrale s'était affaissée par son propre poids sur la base du crâne, retenue par le seul cuir chevelu en une sorte de sac difforme et mou. Et curieusement, malgré la destruction d'un lobe frontal, malgré la perforation des noyaux gris centraux, le sujet avait survécu près de deux heures à sa blessure. Un record. On avait pris des photos et la tête ravagée de Philip s'était retrouvée bien plus tard dans un manuel médical.

Mais tout cela n'était qu'un début. Maintenant, Meadows fouille dans le portefeuille. Trente foutus dollars de merde. Une carte de crédit. Trop dangereux. Une photo. Susan. Si mignonne. Des papiers. Une adresse. Meadows réfléchit. Et dans sa cervelle déglinguée de petit truand à la dérive, soudain une idée aussi lumineuse qu'insensée.

La police de Detroit avait montré beaucoup de tact lorsque Marcus et sa femme étaient arrivés deux jours plus tard. Oui, l'homme était entré dans l'appartement à l'aide des clés qu'il avait trouvées dans les poches de Philip Worthen. Oui, il y avait eu une lutte dans le salon. Les policiers avaient vu le visage défait de Violet Mawbray et s'étaient montrés formels : Non, Susan Worthen n'avait pas subi de violences sexuelles. C'était affreux, oui, ils étaient désolés.

Ils avaient été encore plus désolés lorsqu'ils avaient appris que Marcus était médecin légiste et que son avocat avait demandé d'avoir accès au rapport d'autopsie.

Meadows dans l'appartement du jeune couple. Susan qui ne comprend pas. Et puis l'univers tout entier qui bascule dans l'horreur. Meadows qui frappe. Susan qui hurle. Meadows qui frappe plus fort. Meadows qui lui lie les poignets. Qui fouille l'appartement. Meadows qui revient vers elle. Qui lui arrache ses vêtements.

Mais à ce moment-là, Meadows n'était pas encore Meadows. Ce n'était que « le meurtrier ». Car l'enquête avait piétiné huit mois. Et puis un jour, un dealer qui s'était fait pincer avec beaucoup trop d'héroïne dans les poches pour un honnête citoyen avait filé le tuyau. Il connaissait le type du double meurtre. Il y avait eu une perquisition chez le suspect et on avait trouvé le coffret de couverts en argent offert par les Mawbray pour le mariage de leur fille. Et le meurtrier était devenu Meadows.

Le corps de Susan molesté sans fin. Une torture qui dure peut-être des heures.

Pas de traces apparentes de sperme dans la bouche, ni dans l'estomac.

L'estomac de Susan. Ouvert sur la table de dissection.

Pas de traces de sperme dans le rectum. Mais une large déchirure sur la marge anale et plusieurs fissures antérieures profondes au niveau des plis radiaires.

Susan tourmentée à n'en plus finir par son bourreau. Un moment de rémission. Et puis Meadows qui revient armé d'un couteau de cuisine.

Huit plaies pénétrantes sur le thorax et l'abdomen.

Une image insoutenable. Susan clouée au sol par l'homme nu qui la massacre de sa fureur sexuelle et de coups de couteau. Et qui s'acharne avec une rage de dément sur sa féminité.

Longues incisions tranchantes du canal vaginal vraisemblablement dues à l'arme du crime.

Une boucherie.

Adossé à son oreiller, Marcus trouva soudain sa respiration bizarre. Il avait de la peine à déglutir. Sa gorge était enflée et c'était tout juste s'il parvenait à tousser. Il était malade. Vraiment malade. Et puis tout à coup il sentit ses joues brûlantes traversées de sillons humides. Il lui fallut quelques secondes pour se rendre compte qu'il était en train de pleurer silencieusement.

Il ne dormit pas du reste de la nuit. Jusqu'au petit matin, il resta dans la même position, pratiquement immobile, tandis que son chagrin s'apaisait lentement avec la fièvre. Le sommeil ne le surprit qu'un peu avant l'arrivée de Marcia.

Après avoir jeté un coup d'œil dans sa chambre et sur le fatras de médicaments qui encombraient son chevet, la femme de ménage prit soin de ne pas le réveiller et travailla le plus silencieusement qu'elle put toute la matinée. Marcus dormait encore lorsqu'elle se prépara à partir. Elle lui laissa donc un mot sur la table de la cuisine.

Ce fut la sonnette de la porte d'entrée qui le tira du sommeil vers midi et demi. D'un pas incertain, il alla ouvrir la porte et dans la lumière éblouissante du milieu du jour il découvrit Amy Burns.

Elle se tenait devant lui, le visage toujours aussi avenant, les bras encombrés d'un sac de provisions.

— Vous allez mieux ? s'enquit-elle avec une sollicitude sincère.

— J'arrive à marcher, j'arrive à parler, répondit-il d'une voix éraillée.

Il prit conscience qu'il était en pyjama et qu'il devait offrir un aspect assez peu présentable, ce qui n'égaya pas son humeur maussade.

— Mais je ne sais pas si je suis suffisamment en forme pour travailler avec vous, ajouta-t-il.

— Il n'y a pas que ça. J'ai quelque chose à vous montrer. Je peux entrer ? lui demanda-t-elle, à la fois aimable et résolue.

Marcus fut surpris par le ton de la jeune femme.

— Si vous ne craignez pas d'attraper ma crève, finit-il par dire avec une mauvaise grâce évidente.

Il s'effaça derrière la porte et Amy entra dans la maison sans attendre.

— Où est la cuisine ? fit-elle en s'engouffrant dans le hall.

— Au fond sur votre gauche, répondit Marcus, un peu pris de court par sa vivacité.

Amy disparut et il l'entendit déposer son lourd sac sur la table.

— Qui est Marcia ? fit la voix d'Amy.

— La femme de ménage.

— Elle a laissé un mot. Elle dit qu'elle n'a pas passé l'aspirateur pour ne pas vous réveiller.

— Très aimable, fit Marcus avec indifférence.

— Ça vous dirait une soupe ? lui lança-t-elle, sur le seuil de la cuisine.

Il la considéra, l'air franchement incrédule.

— Une soupe comme vous n'avez pas dû en manger depuis pas mal de temps, précisa-t-elle. Avec de vrais légumes. J'ai une amie qui tient un magasin de produits exclusivement biologiques. Je suis passée faire une razzia chez elle.

— Si c'est une soupe biologique, comment refuser ? lâcha Marcus sans le moindre enthousiasme.

Et tandis qu'Amy s'activait déjà dans la cuisine, il passa dans la salle de bains et essaya de se donner une allure plus acceptable.

Un peu plus tard, lorsqu'il fut habillé de façon décente et qu'il rejoignit Amy dans le salon, il s'aperçut que les pièces étaient envahies d'un agréable fumet de soupe sur le feu. Depuis combien de temps la maison n'avait-elle plus été imprégnée de cette odeur ? songea-t-il. Avec une pointe de détresse, il entrevit une image fugitive de Violet vaquant à ses tâches habituelles dans la cuisine.

Amy était assise face à la table basse et avait déplié un journal.

— On parle de nous, fit-elle d'un ton pas spécialement réjoui. Regardez.

Elle tourna le journal vers Marcus et celui-ci découvrit en première page une photo de Catherine Kimble surmontée d'un gros titre : « La tête parle ».

Il saisit le *Chronicle* et parcourut l'article. Sur la page 3 où celui-ci se poursuivait, il trouva une photo d'Amy qui devait dater un peu car la jeune femme paraissait plus jeune encore, s'il était possible. Il y avait aussi une photo d'archives de lui où il arborait le costume flambant neuf qu'il avait enfilé pour recevoir les distinctions de la faculté, plusieurs mois auparavant. Enfin, en médaillon et en bonne place, trônait le portrait de Jeffrey Dunwell.

— Folkerson a fini par lâcher l'information, fit Marcus.

Amy le laissa lire un instant, puis se décida à poser sa question :

— C'est vous qui avez passé ma photo à la presse ?

— Bien sûr que non. Pourquoi ?

— C'est la photo de mon dossier.

Un sentiment d'étonnement se peignit sur le visage du médecin, presque aussitôt suivi d'un hochement de tête découragé.

— Ce n'est pas Folkerson qui a donné ces informations au *Chronicle.* C'est Dunwell. C'est lui qui a votre dossier. Il me l'avait demandé pour en prendre connaissance.

Il se replongea un bref instant dans l'article.

— Regardez. On parle à peine de l'enquête et pas du tout de Maitland. Il n'y en a que pour l'Institut médico-légal et la technique d'identification qui a été utilisée.

— Vous voulez dire que Folkerson n'est pas au courant ?

— Il y a des chances.

— Ce type est stupide ou quoi ? lâcha-t-elle.

— Disons qu'il a une forme d'intelligence assez focalisée sur sa seule personne...

— Est-ce qu'il se rend compte que je vais avoir des problèmes à l'Agence avec ça ? Est-ce qu'il sait que je ne suis pas censée faire ma publicité !

— Je pense que les oreilles ont déjà dû lui tinter au téléphone ce matin, se contenta de répondre Marcus. Ça m'étonnerait que Folkerson ait beaucoup apprécié.

Mais que l'agence locale du FBI et Folkerson aient apprécié ou non n'était pas la véritable préoccupation d'Amy. Elle avait les yeux fixés sur Marcus et elle hésitait à aborder ce qui la tracassait depuis leur réunion de mardi et qui l'inquiétait pour de bon depuis la parution de l'article.

— Vous savez, pour ce qui est de Maitland..., commença-t-elle, je ne crois pas que ce soit un assassin de circonstance. Je n'ai pas cette impression.

— Pourquoi donc ?

— Je me suis documentée sur les meurtres par décapitation. Ce genre de comportement est éminemment pathologique et les gens qui font ça ne cherchent pas à régler des comptes ou à assouvir une vengeance.

— Ils cherchent quoi ?

— Des trophées.

Marcus examina la jeune femme en se demandant pourquoi elle se montrait subitement si concernée par l'affaire Kimble.

— Ce que vous dites est plausible, Amy. C'est une éventualité que Folkerson n'a pas écartée, je suppose. Mais tout d'abord, les trophées, on les garde. On ne les balance pas dans les décharges publiques. Ensuite, pour justifier le pluriel, il en faudrait plusieurs. Pour l'instant, il n'y a qu'une tête.

— À notre connaissance. Mais que savons-nous vraiment ?

— Pas grand-chose, admit Marcus. Mais Maitland est actuellement l'unique et donc le meilleur suspect. Je suppose que Folkerson désire en premier lieu aller au bout de cette piste.

— Et s'il n'y a rien au bout de la piste ?

Marcus soupira.

— Alors peut-être n'y aura-t-il jamais de coupable. Ça ne serait pas la première fois.

Il y eut un silence. Puis Amy fit un signe de dénégation de la tête.

— Il y a un coupable, Marcus. Quelque part dans cette ville. Et vous êtes peut-être celui qui s'en est le plus approché, hasarda-t-elle en suivant son intuition.

— Comment cela ? fit Marcus, vaguement alarmé.

— Folkerson vous a posé une question à laquelle vous n'avez pas voulu donner de réponse. Pourquoi ?

— Quelle question ?

— Ce qui a mangé la tête, Marcus. Qu'est-ce qui a mangé la tête ?

— Des rats. C'est ce qui tombe sous le sens et c'est ce que pense Dunwell.

— Mais vous, Marcus, qu'est-ce que vous pensez ?

— La même chose, dit-il en haussant les épaules.

Amy ne le lâchait pas du regard.

— Vous ne croyez pas ce que vous dites.
Marcus ne répondit pas.
— J'y ai réfléchi, moi aussi, continua-t-elle. Si ce n'est pas un rongeur, si ce n'est pas un chat ou un des petits mammifères communs auxquels on pourrait penser, qu'est-ce que c'est ?
Marcus fit une moue d'ignorance.
— Un animal de vivarium, lança Amy. Ou d'aquarium. Un animal d'éleveur, ou de chercheur peut-être. Qu'est-ce que vous en pensez ?
Marcus resta impénétrable.
— C'est possible, dit-il.
Amy éprouvait la même sensation que lors de leur discussion à la cafétéria avec Folkerson.
— Marcus, reprit-elle, à ce que je sais, vous étiez il y a encore peu de temps l'un des médecins légistes les plus appréciés de cet État. Et vous avez toujours les meilleures compétences dans ce domaine. En ce moment, j'ai le sentiment que vous savez des choses que d'autres ne savent pas.
Marcus ne cilla pas et se contenta de soupirer.
— Pourquoi vous préoccupez-vous de tout cela, Amy ? Toute une équipe de la Police centrale planche là-dessus depuis trois semaines. Ils ont leur idée, ils ont leurs indices. Ils savent ce qu'ils font. Laissez-les arriver à un résultat...
D'un geste brusque, Amy saisit le journal qui était devant eux et l'agita sous son nez.
— Parce que si ce que je pense est justifié, les choses risquent de changer avec la parution de cet article. Vous ne croyez pas ?
Marcus fit une moue peu convaincue.
— Vous avez vu comme moi les photos de l'appartement de cette fille, continua-t-elle en laissant libre cours à son exaspération. C'est un dingue qui a fait ça, on est d'accord ? Il va le voir, cet article, certainement. Vous savez comment il va réagir, vous ?
Elle reprit sa respiration, essayant de contenir l'indignation qui la submergeait.
— Moi, je n'en sais rien. Mais il est dangereux, conclut-elle

en retrouvant son calme. Je ne sais pas ce que vous en pensez, mais je n'aime pas ça.

— Folkerson veut un résultat rapide. Un coupable en bonne et due forme dans les meilleurs délais. Avec Maitland, il va le trouver.

— Et vous, Marcus, qu'est-ce que vous voulez ?

Être le premier, se dit aussitôt Marcus par-devers lui. Être le premier. C'est aussi simple que cela. Mais il ne répondit pas et Amy finit par se lever.

— Je dois vous laisser, dit-elle. Vous avez de quoi préparer la soupe ?

Marcus fit un signe affirmatif.

— Alors, mangez au moins ça. Ça vous fera du bien. Et soignez-vous. Je vous laisse le journal.

Marcus se leva à son tour pour l'accompagner jusqu'à la porte. Amy ouvrit et le considéra un instant.

— Je me suis aussi informée sur le double meurtre de Detroit, laissa-t-elle tomber subitement, de la voix la plus douce et la plus amicale qu'elle put. Je ne savais pas. Ce sont des collègues de l'Agence qui m'en ont parlé. Je suis désolée.

Elle était gênée d'aborder le sujet, mais en même temps elle tenait à marquer un point avant de partir.

— Ce que Folkerson recherche en ce moment, dit-elle, c'est un type pire que Meadows. Bien pire.

Depuis longtemps, Marcus avait renoncé à essayer de situer le pire dans la gradation des horreurs qu'il avait eu à connaître au cours de son existence. Il adressa néanmoins un signe de tête compréhensif à Amy.

— Je sais, dit-il.

— Et je suppose que vous devez vous sentir plus concerné que quiconque pour mettre ce genre d'individus hors de nuire, non ?

Marcus avait le visage crispé.

— Alors, faites quelque chose, si vous le pouvez, ajouta-t-elle avec une réelle anxiété dans la voix.

Ce fut au tour de Marcus de la dévisager avec une intensité qui la mit mal à l'aise.

— Ne vous inquiétez pas, finit-il par dire. Soyez sûre que je ferai tout mon possible.

Le ton était si froid, le regard si glacial, qu'Amy s'interrogea sur la véritable signification de ses paroles.

— Bien, dit-elle. Alors, au revoir.

Elle fit quelques pas puis s'arrêta pour le fixer une dernière fois.

— Je ne dis pas ça en l'air, Marcus. Je ne sais pas pourquoi, mais j'ai la frousse.

Il essaya un sourire.

— Ne vous en faites pas, dit-il. Et merci pour la soupe. C'était tout à fait inattendu...

Après son départ, il se rendit dans la cuisine avec la ferme intention de s'occuper de la soupe en question. Mais la fièvre le tenait toujours et il se sentit subitement les jambes en coton. En versant les légumes dans le mixeur, il trouva le moyen de se brûler. Il jura violemment et quitta la cuisine en rage, laissant tout en plan.

Il allait s'allonger sur le canapé pour somnoler lorsque le téléphone sonna. Il alla dans le hall décrocher.

— C'est Frank, Marcus, entendit-il. Ça va ?

— Non. J'ai la crève.

— De la fièvre ?

— Un bon trente-neuf qui ne descend pas facilement.

— Désolé.

Folkerson marqua une pause.

— Tu as vu l'article du *Chronicle* ? reprit-il.

— Oui.

— Tu étais au courant ?

— Pas du tout. Je viens de recevoir la visite d'Amy Burns qui était tout aussi étonnée que moi.

— C'est ce crétin de Dunwell, fulmina Folkerson. Ça a été plus fort que lui. Il n'a pas réussi à garder sa langue dans sa poche. Maintenant j'ai tout le monde sur le dos. Il va falloir que je fasse une déclaration officielle à la presse...

Il soupira.

— Mais ce n'est pas uniquement pour ça que je t'appelais, Marcus. Les nouvelles ne sont pas excellentes... On a retrouvé la voiture de Maitland. Dans un parking de Downtown. Mes gars travaillent dessus. Mais à première vue elle ne va pas nous apprendre grand-chose...

Marcus resta silencieux.

— Ce type m'échappe, Marcus, reprit Folkerson. On est dans le brouillard. Tu aurais du nouveau pour moi, par hasard ?

Il avait lancé sa question un peu comme une boutade, mais Marcus devinait à quel point il était déconcerté.

— Non. Rien du tout.

— Tant pis, Marcus. Soigne-toi. Je te rappellerai.

Lorsqu'il s'allongea enfin sur le canapé, Marcus cogita quelques minutes avant de fermer les yeux. Il avait encore une avance, songeait-il. Pas forcément déterminante, mais peut-être suffisante.

25

Hibbins ôta l'un de ses gants terreux afin de pouvoir lui serrer la main.

— Alors, madame Belson, dit-il aimablement, ça y est, vous êtes dans vos murs ?

— Presque, répondit Janet avec un sourire. On ne campe plus. C'est déjà ça...

— Au début, c'est toujours un peu la pagaille. Mais on finit vite par avoir l'impression d'avoir toujours habité là où on est, même si on n'y est que depuis six semaines. Moi, ça fera bientôt onze ans. Alors, vous imaginez...

Depuis l'appartement, elle l'avait aperçu occupé à désherber les parterres de fleurs. Elle savait que sa démarche allait lui en coûter, mais c'était plus fort qu'elle. Après avoir longuement hésité, elle était finalement descendue et s'était approchée de lui de la manière la plus anodine qui soit.

— Vous avez dû voir passer pas mal de monde ici, durant toutes ces années, observa-t-elle, comme pour le plaisir de la conversation.

— Oh ! vous savez, ça va, ça vient, mais il n'y a pas tant de mouvement. Ici, les gens sont pour la plupart propriétaires, et ils s'y trouvent bien. Vous avez déjà pu faire connaissance avec des résidents ?

— Pas vraiment. Justement, je voulais vous demander quelque chose à ce sujet.

Hibbins leva vers elle un regard attentif.

— Je ne voudrais pas donner l'impression de m'occuper de ce qui ne me regarde pas, mais je crois que nous avons un petit problème.

— À quel propos ? fit le gardien, retrouvant le ton de sa fonction.

Janet prit sa respiration.

— Notre voisin. Notre voisin du dessous. Je ne sais pas si on vous a déjà fait la remarque, mais il semble un peu... comment dire... un peu agité.

À ces mots, le visage de Hibbins se rembrunit et Janet s'en aperçut. Il y eut un court silence.

— Il a fait des siennes ? lâcha finalement le gardien.

— Que voulez-vous dire ?

Hibbins haussa les épaules. De toute évidence, le tour que prenait la discussion ne l'enchantait guère.

— Qu'est-ce qu'il a fait au juste ? demanda-t-il.

— Il crie. Au milieu de la nuit. Il pousse des cris. Ça s'est produit deux fois. La nuit de notre arrivée et il y a deux jours.

Hibbins se mit à regarder ailleurs, mal à l'aise.

— Ça lui arrive, dit-il en parlant à la pointe de ses chaussures.

— Comment ça ? Qu'est-ce qui lui arrive ?

— Parfois il a des crises, comme ça.

Il finit par relever les yeux.

— Si vous voulez, j'irai lui en toucher un mot, proposa-t-il, apparemment peu réjoui à cette perspective.

Mais Janet n'était pas disposée à se contenter des bons offices du gardien.

— Des crises ? Des crises de quoi ? Vous voulez dire que c'est un malade ?

Hibbins s'absorba à nouveau dans la contemplation des massifs fleuris.

— Le mot est peut-être un peu fort, finit-il par marmonner. Mais c'est vrai qu'il a des accès d'humeur assez imprévisibles.

Janet resta silencieuse. Sans trop se l'avouer, elle avait espéré que cette discussion allait d'une façon ou d'une autre la libérer du poids qu'elle sentait peser sur elle depuis leur arrivée dans la résidence. Mais tout était en train de basculer et elle se sentait happée par des angoisses d'une profondeur qu'elle n'avait pas voulu envisager. Un peu comme si elle était allée consulter un médecin pour une petite douleur persistante au niveau du foie et qu'on lui ait subitement révélé qu'il s'agissait d'un cancer généralisé.

— Il a déjà causé des ennuis sérieux à des gens de la résidence ? demanda-t-elle d'une voix blanche.

— Plus ou moins. Enfin, disons qu'il est parfois bruyant et pas commode. Alors, évidemment, ça peut faire des histoires.

— Est-ce qu'il y en a eu avec les locataires occupant l'appartement avant nous ?

— Pour vous parler franc, madame Belson, je crois bien que c'est pour ça qu'ils sont partis. Ils ne sont restés que trois mois, guère plus.

— Et il n'y a jamais eu de plainte des copropriétaires ? s'étonna-t-elle.

— Vous savez, il est propriétaire lui-même. Du moins sa mère. Alors, il n'y a pas grand-chose à faire. Le syndic lui a déjà envoyé des lettres recommandées. Mais si ça le calme, apparemment ça ne dure pas longtemps.

Un silence suivit cette déclaration.

— Je vois, fit simplement Janet Belson.

Elle avait du mal à reprendre contenance. De son côté, Hibbins resta plongé dans ses pensées quelques secondes.

— Pourtant, remarqua-t-il, ça me surprend. Mme Cranfill m'avait assuré que les choses allaient beaucoup mieux.

— Mme Cranfill ?

— Sa mère. La propriétaire. Elle essaie d'arrondir les angles avec les autres résidents.

— Il s'appelle donc Cranfill, dit Janet. Je me posais justement la question. Il n'y a pas de nom sur sa porte, ni sur les sonnettes.

Mais Hibbins eut un mouvement de tête négatif.

— Cranfill, c'est le nom de sa mère. Elaine Cranfill. Lui, il s'appelle Travers. Wade Travers. N'allez pas me demander pourquoi. Je n'en sais rien et ça ne m'intéresse pas. Et ça fait un moment que le syndic a laissé tomber l'idée de lui faire mettre son nom sur sa porte ou sur sa boîte aux lettres. On dirait qu'il ne veut pas exister. Aussi simple que ça.

— Il ne reçoit pas de courrier ?

— Pas que je sache. Du moins pas ici.

Janet Belson resta pensive.
— Alors, reprit Hibbins, voulez-vous que j'aille lui dire qu'il y a eu une plainte ?
— Non... non, pas pour l'instant. Ce n'est pas la peine. Nous ne sommes là que depuis quelques jours. Je ne veux pas commencer par me brouiller avec qui que ce soit. Je préfère attendre pour voir ce que ça donne.
— Comme vous voulez. Avec lui, on ne sait jamais. Ça peut se tasser...
Janet finit par lui sourire.
— En tout cas, merci pour tout ce que vous m'avez dit. Je vais en parler à mon mari. Je vous tiendrai au courant.
— À votre disposition, fit Hibbins, enfilant à nouveau le gant qu'il avait ôté.
Janet le quitta mais, tandis qu'elle s'éloignait, elle entendit le gardien qui l'appelait.
— Encore une chose, madame Belson. Même s'il vous cause de gros problèmes, évitez les prises de bec avec lui. Par le passé, il a déjà eu des altercations assez violentes. Il est préférable de me téléphoner à ma loge. Ou même de prévenir la police si vous le jugez utile. Mais de toute façon, j'en parlerai à madame Cranfill.
Janet eut un hochement de tête reconnaissant.
— Je vous remercie, dit-elle.
Et elle regagna son appartement.
Mais, contrairement à ce qu'elle avait annoncé à Hibbins, ce soir-là, elle ne raconta rien à Ken de ses découvertes de la journée. Car Janet Belson n'en était pas restée là. Elle n'était pas du genre à se morfondre dans l'expectative et elle aimait que les choses aillent vite. L'après-midi même, elle avait téléphoné à l'agent qui avait loué l'appartement à son mari. Elle n'avait pas tourné autour du pot et maintenant elle savait. L'appartement était à louer depuis huit mois. Et si le loyer était si peu élevé, c'était tout simplement parce que l'agent n'avait pas réussi à trouver preneur. Chaque client qui se présentait, après une brève enquête de voisinage, déclinait l'offre sans plus attendre.
« Mais si je puis me permettre, madame Belson, avait conclu

l'agent, je ne crois pas que vous ayez fait une si mauvaise affaire. Mme Cranfill m'a assuré que M. Travers avait notablement modifié son comportement. Je pense que c'est une circonstance malheureuse qui a voulu que ce problème apparaisse dès votre emménagement. Mais je suis sûr qu'à l'avenir les choses devraient en rester là. En tout cas, si elles devaient se répéter, n'hésitez pas à m'en parler. Je ne manquerai pas de faire le nécessaire. »

Cette nuit-là, Janet resta longtemps éveillée dans son lit. À côté d'elle montait la respiration régulière et tranquille de son mari. Elle attendit, et attendit encore, l'oreille aux aguets. Puis elle finit par s'assoupir. Aucun bruit ne lui parvint de l'appartement du dessous.

26

Wade ne lisait pas les journaux. Hormis ce qui touchait à ce qui était sa principale, sinon son unique préoccupation, les affaires du monde lui étaient parfaitement indifférentes. S'il pénétrait ce matin-là dans le magasin de presse de la gare routière, c'était parce qu'il savait y trouver la revue spécialisée qu'il achetait tous les mois, *L'Amateur de poissons tropicaux*. Un mensuel qui faisait référence dans le monde entier mais qu'on ne vendait qu'en des points de diffusion très précis, à cause du public restreint qu'il concernait. Dans la dernière parution, on avait annoncé une enquête détaillée sur les cichlidés du lac Tanganyika. Wade ne voulait pas rater cela. De toute façon, il ne ratait aucun numéro.

Dans la cohue de la boutique ouverte sur le grand hall des départs, il trouva sans peine ce qu'il cherchait et se dirigea vers la caisse. C'est en patientant pour payer que son regard s'arrêta par hasard sur la pile des *Chronicle*. À peine ses yeux eurent-ils distraitement survolé le titre s'étalant à la une qu'il crut sentir son cœur s'arrêter. « La Tête, lut-il. La Tête parle. »

Sous les grosses capitales, il y avait un portrait dont la pliure du journal dissimulait l'autre moitié. Deux grands yeux rieurs de gamine sous un large front qu'une coiffure à la garçonne laissait dégagé.

Parcouru de palpitations soudaines et désordonnées, Wade avança la main pour saisir le journal au-dessus de la pile. Mais, avant même de l'avoir déplié, il savait à qui appartenait ce regard de papier qui le considérait d'un air vaguement narquois. Il lui fallut fermer les yeux un instant pour se contrôler. Lorsqu'il les rouvrit, les clients qui le précédaient avaient disparu et le caissier attendait en le dévisageant bizarrement. Il paya alors sans mot dire et se fondit dans la foule, sans lancer le moindre coup d'œil aux deux journaux qu'il avait glissés sous son bras.

Il passa la plus grande partie de la journée claustré dans sa boutique, occupé essentiellement à ressasser des réflexions sans fin, assis des heures durant dans son fauteuil bancal et défoncé, au milieu du désordre et de la saleté, dans la pièce de l'étage. Il avait lu et relu l'article, le journal étalé à même le sol, son regard ne se détachant ni des mots ni des photos qui les accompagnaient. Ce qui le plongeait dans cette espèce d'hébétude, ce n'était pas l'image froissée et désincarnée de la fille, ni son portrait-robot auquel il n'avait accordé qu'une attention distraite, ni même la photo des médecins qui avaient accompli le miracle de la faire « revivre une seconde fois », comme disait l'article. Non. Ce qui le hantait maintenant depuis plusieurs heures, c'était le petit visage avenant et asiatique qui était présenté dans la colonne centrale.

Cette image, il la connaissait déjà. Et ce n'était pas n'importe laquelle. Elle n'appartenait ni au *Chronicle,* ni à ses lecteurs, ni même à la jeune personne « dont les doigts avaient insufflé la vie à une matière morte ». Cette image était la sienne. Elle lui appartenait en propre, depuis que ses contours étaient venus s'agglutiner, il y a si longtemps, là-bas si loin, à la masse compacte, imprécise et nauséeuse de ses délires enfouis.

Wade l'appelait de toutes ses forces, cette image. Elle était là, il la sentait, à fleur de souvenir, prête à crever la surface du passé. Il ferma les yeux et se mit subitement à dodeliner de la tête de manière ininterrompue, dans une sorte de transe lourde et placide, balançant obstinément son torse épais au même rythme.

Et peu à peu, quelque chose remonta doucement, insensiblement, du profond ensevelissement de sa mémoire. Les débris épars d'un songe éclaté. Il y avait des cris. Des hurlements cristallins et des vagissements effarés de souffrance et de terreur. Des halètements étranglés et des hoquets de panique absolue. Cela se passait dans une chambre triste et sombre, tapissée d'un papier rouge et crasseux.

Il y avait un visage. Une peau d'une délicatesse extrême, pâle et satinée. Des yeux noirs aux paupières finement bridées, dilatés par l'épouvante. Des lèvres de petite fille, roses et lisses, gorgées de jouissance et de perversion. C'était sur un lit métallique.

Il y avait du sang. Beaucoup de sang. Sur le corps entravé qui s'arc-boutait avec des violences inouïes en sursauts désespérés. Sur les draps pêle-mêle, déchirés, et sur le matelas déjà souillé par les innombrables passes des prostituées du quartier. Et cette chair chaude, abjecte, triturée, poisseuse de toutes ses sécrétions, qui le provoquait de sa perfection de porcelaine vivante.

Sous l'assaut violent de ses réminiscences secrètes, Wade commença à émettre un son rauque et continu du fond de la gorge, au rythme obsédant de ses oscillations qui allaient en s'accélérant. Un râle continu, douloureux et menaçant.

Puis il se souvint du silence. Il se souvint du liquide visqueux et noir s'écoulant en fines rigoles le long des membres inertes, imbibant avec une lenteur de perfusion la couche sordide, la moquette râpée, les vêtements jonchant le sol, jusqu'aux rideaux bordant la tête du lit. Et il se souvint aussi de la révélation sublime, exaltante et sacrée, des organes impudiques et cachés enfin exposés aux lueurs blafardes de la fin du jour.

Alors Wade s'immobilisa subitement et rouvrit les yeux. Il s'extirpa péniblement de sa transe, refoulant dans l'obscurité intérieure le cauchemar délectable et exténuant qu'il venait de revivre.

Après quelques secondes, il se pencha, saisit le journal et le parcourut encore une fois. Il y avait une foule de noms dans cet article. Il y avait un Mawbray, un Dunwell, un Folkerson et d'autres encore. Tous ceux-là, il s'en moquait éperdument. Mais les gens n'étaient pas sérieux de laisser traîner des noms comme ça n'importe où. Surtout celui de Burns, Amy Burns. Car c'était maintenant un nom à lui. Depuis le premier coup d'œil. Il en avait la certitude jusqu'au bout des doigts, avec ces étranges picotements, avec ces tressaillements électriques qui se mettaient à fourmiller en différentes parties de son corps quand des exigences impérieuses se faisaient connaître.

Il se leva, dégourdit ses jambes ankylosées et consulta sa montre. Quatre heures de l'après-midi. Il avait encore le temps de passer à l'action. C'était même le moment ou jamais.

Tout d'abord, il découpa l'article et le relut une dernière fois en soulignant certains mots, tout en restant en proie à une intense réflexion. Puis il plia la coupure de presse, la glissa dans sa poche et quitta la pièce.

Il prit sa voiture et se rendit dans le centre-ville, à l'agence centrale de Bell Telephone. Il y avait là un salon clientèle avec de nombreuses alvéoles particulières, équipées d'un téléphone payant et d'un siège confortable face à une tablette où étaient consultables les annuaires de toute la baie. Il prit un numéro d'attente, car, comme à l'ordinaire, en cette fin d'après-midi, l'endroit était assailli par une foule disparate allant des étudiants aux touristes de passage et aux voyageurs de commerce, sans oublier les chômeurs qui tentaient leur chance en introduisant sans discontinuer des pièces dans les appareils téléphoniques comme dans des machines à sous.

Lorsqu'il put prendre place à son tour dans l'un des boxes, il se mit à fouiller dans les pages d'un annuaire. Il découvrit près de deux colonnes de Burns, mais pas la moindre trace d'une quelconque Amy. Il réfléchit un instant puis chercha dans un autre volume. Il trouva finalement ce qu'il voulait et, après une hésitation, sembla prendre une décision. Il décrocha le combiné et composa un numéro.

Tandis qu'il attendait son correspondant, Wade éprouva une certaine appréhension et ses traits se tendirent. Il réprima un sursaut lorsque l'on décrocha et qu'une puissante voix masculine se fit entendre à son oreille :

— Ici le Service régional de documentation du FBI...

Wade allait parler à son tour quand il comprit qu'il était en présence d'un répondeur.

— ... Nos services sont ouverts de neuf heures à douze heures trente et de treize heures trente à dix-sept heures, sauf le vendredi où le service ferme à seize heures trente. Ce répondeur ne prend pas de message. Pour toute urgence, vous pouvez contacter le Bureau des opérations du FBI au 415 251 5151... Ici le Service régional de documentation du FBI...

Wade raccrocha, pensif, et s'aperçut que la main qui avait tenu le combiné était mouillée de sueur. Il l'essuya sur son pantalon. Il y a encore une possibilité, se dit-il. C'était un peu comme un jeu.

Il se plongea à nouveau dans l'un des annuaires et nota un numéro sur la coupure qu'il avait étalée devant lui. C'est presque plus simple, songea-t-il. J'aurais dû commencer par là.

Après avoir composé un nouveau numéro, il entendit la sonnerie résonner plusieurs fois à l'autre bout. Puis on décrocha et il y eut ne voix de femme :

— Institut médico-légal. J'écoute.

— Bonjour. Je souhaiterais parler au Dr Dunwell, dit Wade de la voix la plus neutre possible.

— Ne quittez pas.

Il patienta quelques secondes et une nouvelle voix féminine, plutôt cassante, se fit entendre :

— Bureau du Dr Dunwell.

— J'aurais souhaité parler au Dr Dunwell, dit Wade avec assurance.

— Qui dois-je annoncer ?

— M. Richards. Bill Richards. Du *Chronicle.*

— Ne quittez pas, je vous prie.

Une nouvelle attente. Puis soudainement, une voix d'homme.

— Allô ?

— Docteur Dunwell ?

— Lui-même.

— Je suis Bill Richards, du *Chronicle*, dit Wade avec une sorte d'empressement très maîtrisé. Je travaille avec Stephanie Booth. C'est elle qui m'a prié de vous contacter.

— Ah oui ? À quel sujet ?

— Au sujet de l'article. Stephanie envisage un complément

dans l'édition de lundi et voudrait rencontrer Mlle Burns au plus vite. Nous n'avons pas son adresse.

— Le mieux, je pense, serait que vous la contactiez à son travail, répliqua Dunwell sans amabilité.

Wade sentit sa main se crisper sur l'appareil. Il ne fallait pas qu'il se départe de son calme. Il fallait qu'il garde le parfait contrôle de lui-même.

— Je viens d'appeler, dit-il. Le vendredi, ils quittent à quatre heures et demie. Je suis tombé sur un répondeur. Il n'y a pas la moindre personne pour me renseigner. Et nous voudrions contacter Mlle Burns dès ce soir. Ou au plus tard demain matin.

Il y eut un silence, bientôt suivi d'un soupir très perceptible.

— Je vois, reprit finalement la voix de Dunwell. Je ne suis pas certain d'avoir ce que vous recherchez. Attendez un instant.

Wade entendit que l'on posait le combiné et que l'on fouillait dans la pièce. La voix revint au bout du fil :

— J'ai le dossier. Je vais voir...

Wade patienta, le cœur battant, l'oreille attentive aux bruits des pages du dossier que Dunwell feuilletait.

— Je crois que j'ai quelque chose, dit soudain Dunwell.

— Oui ? fit Wade, en essayant de contenir son impatience.

Mais Dunwell laissa à nouveau s'écouler quelques secondes.

— Quel genre d'article comptez-vous faire avec Mlle Burns ? demanda-t-il, vaguement soupçonneux.

Wade comprit que tout se jouait sur cette question.

— Stephanie ne m'en a pas parlé, répondit-il. Mais je crois que cela concerne des points techniques.

— Des points techniques ?

Wade essaya de réfléchir le plus vite possible.

— Oui. Sur les applications ultérieures. Sur la généralisation de la méthode qui a été expérimentée.

Il avait lancé ces paroles au jugé et attendait la réaction.

— Si généralisation il y a, fit Dunwell, l'Institut que je dirige sera bien sûr partie prenante. Cette expérience a été conduite ici et j'espère que Mlle Burns aura le bon goût de le souligner.

— Cela va de soi, docteur. En tout cas, c'est tout à fait le point de vue de Stephanie. Je pense d'ailleurs qu'elle voudra vous poser encore quelques questions à ce sujet.

— Je me tiens à sa disposition, dit Dunwell. Si vous voulez, je peux vous laisser mon numéro personnel au cas où elle voudrait me contacter ce week-end. Vous notez ?

Wade écrivit avec application le numéro que Dunwell lui dicta.

— Je vous remercie, docteur. Et pour Mlle Burns ?

À nouveau des bruits de papier.

— 797 Forrest Street, fit la voix assez sèchement.

— Il n'y a pas de numéro de téléphone ?

— Non. Et rien n'indique que cette adresse corresponde à son domicile actuel.

— Ça ne fait rien, docteur. Nous allons vérifier. Je vous remercie de votre aide.

— Ce n'est rien. Dites à Stephanie Booth que son article était très bien. Un peu trop de photos à mon goût, mais bien.

— Nos lecteurs adorent les photos, vous savez, dit Wade avec une sorte de rictus épanoui.

Ils se saluèrent et Wade raccrocha, sans que disparaisse l'étrange jovialité qui éclairait son faciès lunaire et inquiétant.

Puis, à nouveau sérieux, il rouvrit l'un des volumes à la page des Burns et examina un à un les noms suivis de leur adresse. Son doigt s'arrêta au milieu de la colonne. *Burns, Gerald C., 797 Forrest Street.*

Gerald C., songea Wade. Qui pouvait être Gerald C. ? Serait-elle mariée ? Il réfléchit un bref instant puis, troublé par cette question qu'il lui était impossible de résoudre, il inscrivit sur le papier journal le numéro de téléphone se rapportant à l'adresse.

Après quoi, il poursuivit ses investigations dans les annuaires en notant toutes les coordonnées correspondant aux différents noms cités dans l'article.

Enfin, nanti de ces précieuses informations, il replia avec une satisfaction de collectionneur la coupure de presse, la rangea dans sa poche et laissa sa place à une grosse femme congestionnée d'indignation pour avoir attendu si longtemps. Il porta sur elle un regard à la fois dédaigneux et insistant qui la poussa à détourner la tête et à ravaler ses éventuelles récriminations. Puis il quitta l'endroit.

Maintenant, il savait ce qu'il avait à faire. Elle était là-bas, quelque part dans Forrest Street, qui l'attendait. Il allait la revoir. Tout de suite. Ce soir même. Et le picotement au bout de ses doigts était tel qu'il lui semblait avoir plongé les mains dans une fourmilière en folie.

27

C'était la fin de la semaine, et Amy Burns n'en était pas fâchée. En quinze jours, il s'était passé beaucoup de choses et le rythme de sa vie s'était considérablement accéléré. Elle en ressentait une étrange lassitude. D'abord, elle ne discernait pas bien ce que cette parenthèse dans son travail habituel pourrait lui apporter pour sa carrière future. À l'Agence, son exploit lui avait tout juste valu quelques remarques sur le ton de la plaisanterie, lorsqu'elle avait réintégré son bureau le lundi. Et puis elle n'aimait pas la tournure que prenait l'affaire. Mawbray était décidément trop bourru et trop renfermé. En un mot, trop seul, songea-t-elle dans un élan de sympathie. Enfin, pour couronner le tout, il y avait eu cette photo d'elle dans le journal du matin, qui lui avait donné l'impression désagréable d'être exposée à tous les regards. Elle avait maintenant envie de calme et de paix, et le week-end qui commençait tombait à pic pour ce programme.

Elle trouva une place pour sa voiture dans la rue en pente, non loin du petit immeuble qu'elle habitait. En dévalant le trottoir jusqu'à la porte d'entrée, elle ne prêta pas attention à la fourgonnette stationnée le long du trottoir d'en face, ni à son conducteur qui avait imperceptiblement tourné la tête dans sa direction et la suivait du regard.

Lorsqu'elle entra dans son appartement, elle jeta un rapide coup d'œil sur son répondeur et vit qu'il y avait un message. Sans prendre le temps de poser son sac, elle appuya sur la touche pour en prendre connaissance.

« Bonjour, c'est moi ! lança une voix féminine pleine d'énergie et de bonne humeur. J'espère que ton toubib a été touché par l'exceptionnelle qualité de mes produits et qu'il a trouvé la soupe excellente !... Je t'appelle pour t'informer que Paul et sa femme nous invitent à passer chez eux ce soir. Il vient de me téléphoner au magasin et voudrait une confirmation rapide. Alors j'attends ton coup de fil, ma biche... Salut ! »

Amy ne put réprimer un sourire. Gert ! Ce n'est pas sur elle qu'il faut compter pour passer un week-end paisible ! ne put-elle s'empêcher de penser.

Elle alla se servir un coca bien frais, se vautra sur le canapé et rappela son amie :

— Gert ?... J'ai eu ton message. C'est sympa de la part de Paul, mais franchement, je débranche tout. À partir de maintenant, c'est repos complet...

Sans se départir de son sourire amusé, Amy laissa déferler un flot de véhémentes protestations.

— Écoute, dit-elle à la fin de la tirade. N'insiste pas, c'est décidé. Je ne bougerai pas d'un pouce. Je t'appellerai dimanche ou lundi. Tu me raconteras. D'accord ?

Il y eut encore quelques reparties enjouées et les deux amies finirent par raccrocher.

Amy étendit les jambes, s'étira à s'en faire craquer les articulations et soupira d'aise. Maintenant, deux jours de tranquillité. Elle se leva. La journée avait été terriblement chaude et il était grand temps de se prélasser sous une bonne douche fraîche.

Elle entra dans la salle de bains et ôta sa robe. Elle allait enlever ses sous-vêtements lorsque la sonnerie du téléphone retentit. Avec une pointe d'agacement, elle retourna au salon et décrocha.

— Oui ?

— Je voudrais parler à M. Gerald C. Burns, s'il vous plaît, entendit-elle.

C'était une voix masculine inconnue, à la fois posée et sûre d'elle, mais qui sonnait bizarrement, comme celle d'une femme s'efforçant de parler dans des tons graves.

— Il n'est pas là, dit-elle. C'est pour quoi ?

— Pour son assurance, fit la voix. J'aurais voulu lui parler d'une nouvelle possibilité pour son contrat.

— Vous êtes M. Di Marzio ?

Il y eut un silence un peu trop long.

— Non. Je suis son collaborateur, reprit la voix. Mon nom est William Richards.

Amy connaissait Mike Di Marzio qui s'occupait des assurances de toute la famille depuis des années, mais aucun William Richards.

— Je ne sais pas pourquoi vous appelez ici. Vous devriez savoir que mes parents habitent à Stockton.

Il y eut à nouveau un silence ambigu. En fond sonore, Amy percevait clairement une rumeur de circulation.

— Je suis désolé, fit la voix toujours sur un ton neutre. Je n'ai pas complètement étudié le dossier.

— Pour tout ce qui concerne nos assurances, monsieur Richards, voyez directement avec mon père, dit-elle avec un rien d'irritation.

— L'appartement de Forrest Street est à son nom, c'est cela ?

— Mais bien sûr !

— Et vous-même n'êtes pas assurée directement, si je comprends bien.

— Pas pour l'appartement. Je ne suis assurée à mon nom que pour ma voiture.

— Je vois.

L'homme marqua une pause et Amy eut l'impression qu'il cherchait comment reprendre la discussion.

— Avant de contacter votre père, puis-je vous demander quelques précisions ? fit à nouveau la voix.

— De quel ordre ?

— Combien de personnes occupent habituellement l'appartement de Forrest Street ?

— Mais il n'y a que moi, voyons !

— Et à combien s'élève le montant global de vos biens, meubles, bijoux, etc., qui s'y trouvent ?

Amy sentit monter l'exaspération.

— Mais je n'en sais rien au juste ! Ça doit être indiqué

dans le dossier. Écoutez, voyez plutôt tout ça avec M. Di Marzio, si vous voulez bien. Il est parfaitement au courant.

Encore une fois, cette espèce d'hésitation incompréhensible à l'autre bout du fil.

— Entendu, dit finalement la voix avec la même froideur forcée. Mais je voudrais vous poser une dernière question, si vous me permettez.

Amy eut un mouvement d'énervement et ne répondit pas.

— À propos de l'assurance de votre voiture, poursuivit l'homme. Je pense que j'ai quelque chose d'intéressant à vous proposer. Voulez-vous que nous nous voyions ? Je ne suis pas loin.

— Maintenant ? s'écria Amy, incrédule.

— Je suis à cinq minutes de chez vous. C'est pour cela que je vous téléphone. Nous n'en aurons pas pour longtemps.

— Je dois sortir, mentit-elle. C'est impossible.

— Cela ne prendra que quelques instants. Vous savez, je peux vous proposer jusqu'à vingt pour cent de réduction sur le barème habituel. Franchement, je crois que ça en vaut la peine.

Amy sentit qu'elle ne se débarrasserait pas du gêneur. Et puis la proposition venait d'éveiller son intérêt et lui paraissait alléchante. Elle avait toujours considéré qu'elle payait cher, beaucoup trop cher.

— Écoutez, dit-elle. Si c'est tout de suite, je veux bien. Mais je vous préviens, je n'aurai pas beaucoup de temps à vous consacrer.

— Je comprends. J'arrive immédiatement. Vous verrez que vous ne le regretterez pas.

Amy raccrocha, pensive. Cet appel avait quelque chose de bizarre. Depuis cinq ans qu'elle était installée dans cet appartement acheté autrefois par ses parents, pas une seule fois elle n'avait été contactée par l'assureur. Elle connaissait Di Marzio pour être passée à deux reprises à son cabinet, c'était tout.

Elle s'aperçut qu'elle était en petite tenue et retourna dans la salle de bains pour remettre sa robe. Après quoi, elle se demanda combien de temps elle allait devoir attendre ce

Richards. Il avait dit immédiatement, mais avec ce genre de représentants toujours par monts et par vaux elle pensait que cela ne voulait pas dire grand-chose.

Par curiosité, elle se rendit à la fenêtre qui donnait sur la rue et observa trois étages plus bas ce qui s'y passait. Rien d'extraordinaire, apparemment, hormis un individu qui s'affairait à l'arrière d'une petite camionnette blanche garée sur le trottoir d'en face. Un grand type d'allure plutôt folklorique qui extirpait de son véhicule une sorte de casier blanc en plastique. Il referma les battants de la fourgonnette, saisit le casier à bras-le-corps, inspecta la rue qui paraissait déserte, traversa et disparut de sa vue.

Elle quitta son poste d'observation et sursauta lorsque retentit la sonnette de l'interphone. Déjà ?

Elle alla décrocher l'appareil situé dans l'entrée.

— Qui est-ce ? demanda-t-elle.

— C'est moi. Richards.

Elle resta un instant déconcertée, car elle ne s'était pas attendue à le voir surgir aussi tôt. Il a dû appeler de la cabine en haut de la rue, se dit-elle. Ce n'est pas possible autrement.

— C'est à quel étage ?

— Au troisième, dit Amy.

D'un geste automatique, elle appuya sur la commande d'ouverture de l'entrée et raccrocha.

Perplexe, elle resta à côté de la porte. Il n'y avait pas d'ascenseur et elle perçut bientôt le bruit des pas de l'homme gravissant les dernières marches de l'escalier. Des pas lourds qui firent ensuite craquer le parquet du couloir et s'arrêtèrent devant chez elle. Au même instant, le carillon tinta de son ding-dong cristallin.

Retenue par une sorte de pressentiment, elle ne bougea pas tout de suite. Il n'y avait pas d'œilleton et une appréhension soudaine lui fit se mordre les lèvres.

Je ne vais tout de même pas lui demander de me glisser sa carte de visite sous la porte, se dit-elle. Je ne vais pas me ridiculiser à ce point.

Elle s'avança, tourna le verrou et entrouvrit à peine. Ce qu'elle vit dans le couloir la laissa stupéfaite. Il y avait l'espèce de grand type qu'elle venait d'apercevoir de sa fenêtre. Il la fixait de ses yeux d'oiseau, petits et froids, et ses lèvres blêmes et pincées n'arboraient pas du tout le sourire commercial qu'elle s'attendait à voir.

— Vous êtes monsieur Richards ? s'entendit-elle articuler d'une voix blanche.

D'un geste brusque, l'homme poussa violemment la porte et Amy faillit perdre l'équilibre. Elle allait crier lorsqu'elle ressentit une terrible douleur à la tête et chancela pour de bon.

Dans un brouillard, elle vit la silhouette massive récupérer le casier en plastique resté dans le couloir et refermer vivement la porte. Elle essaya de se relever, mais l'homme la souleva avec une déconcertante facilité et la projeta sur le canapé, comme s'il se débarrassait d'un vulgaire objet encombrant.

Elle voulut parler, mais elle ne put émettre aucun son. Avec terreur elle vit l'homme relever le bras sur elle et, sous le coup qu'elle reçut encore à toute volée, sa tête explosa une seconde fois. Complètement sonnée, mais consciente, elle vit le type disparaître dans la cuisine puis aller et venir à grandes enjambées dans l'appartement. Elle essaya de réagir, de toutes ses forces, mais ses membres étaient de plomb et elle était sur le point de suffoquer.

Soudain, elle se sentit à nouveau emportée sans ménagement et l'instant d'après elle atterrit sur son lit où elle essaya de reprendre ses esprits. Mais des mains la saisirent sans attendre et son corps fut ballotté sans qu'elle pût résister. Enfin le chaos cessa peu à peu et elle commença à se contorsionner en geignant pour échapper à l'apathie qui la paralysait.

Alors, toujours au bord de l'évanouissement, elle vit les contours flous de l'homme se pencher sur elle et rester là, immobiles, à la couvrir de leur ombre. Puis les brumes qui troublaient sa vue se dissipèrent peu à peu et le visage rond et blafard qui la surplombait devint parfaitement distinct.

D'un mouvement brusque, elle tenta de s'éloigner de l'apparition, mais elle ressentit la brûlure d'un cisaillement aux poignets. Elle s'aperçut que ses bras s'étiraient derrière sa tête. Elle bougea et comprit subitement la situation. Elle était attachée au montant du lit. Elle ouvrit la bouche pour hurler. Une large main chaude et sèche se plaqua aussitôt sur son visage, étouffant le cri.

— Chen ! dit l'homme dans un souffle.

Toujours bâillonnée par la main, Amy lui jeta un regard terrorisé. Ce n'était plus du tout la voix du téléphone. C'était une sorte de son flûté de demoiselle qui contrastait monstrueusement avec l'individu.

— Chen ! répéta la voix.

Amy remua la tête dans un violent mouvement de dénégation. Ses yeux écarquillés par la terreur semblaient hurler distinctement : « Je ne suis pas Chen ! Ce n'est pas moi. Vous faites erreur ! »

De la main qui lui écrasait le visage, l'homme la secoua énergiquement.

— N'ayez pas peur, murmura-t-il. Ne criez pas. Je ne veux pas vous faire de mal.

Il pesa encore longuement sur elle comme s'il espérait ainsi donner plus de force à ses paroles.

— Je vais enlever ma main, la prévint-il. Ne criez pas, et il ne se passera rien. D'accord ?

Amy essaya de maîtriser son épouvante, puis réussit à faire un mouvement affirmatif de la tête.

— Très bien, fit l'homme.

Avec d'infinies précautions, il ôta sa main sans quitter la jeune femme des yeux.

— Calmez-vous, dit-il.

Il se redressa lentement et resta assis à côté d'elle. Ils se tinrent tous deux quelques instants sans prononcer un mot, Amy aspirant l'air à grandes goulées. Puis l'homme eut un mouvement hésitant de la main. Il effleura la robe de la jeune femme et du bout des doigts éprouva le toucher soyeux du tissu. Aussitôt, l'affolement réapparut dans le regard d'Amy. L'homme s'en aperçut.

— Ne vous inquiétez pas, lui dit-il. Je veux toucher. Simplement toucher.

La respiration courte, les narines pincées, il souleva sa robe, découvrit ses jambes, ses cuisses, plus haut encore.

Amy ferma les yeux de toutes ses forces. C'était un cauchemar, un cauchemar.

— Arrêtez, je vous en prie ! murmura-t-elle en s'efforçant de réprimer les tremblements qui l'agitaient.

Mais elle eut l'impression qu'il ne l'avait pas entendue et les mains fines et sèches couraient maintenant par endroits sur sa peau comme des araignées indécises.

— Arrêtez ! répéta-t-elle.

— Chen..., dit la voix de fausset. Tu es si blanche...

— Je... je ne suis pas Chen, parvint-elle à hoqueter.

L'homme leva la tête vers elle, affichant pour la première fois un large sourire, comme si elle venait de prononcer une bonne blague.

— Vous n'êtes pas Chen ?

Elle s'empressa de secouer la tête négativement.

— Non, non. Je ne suis pas Chen !

Le visage de l'homme se réjouit plus encore.

— Vous allez voir que vous vous trompez, dit-il, comme quelqu'un annonçant l'arrivée d'une agréable surprise.

Des deux mains il attrapa la robe d'Amy au niveau du col et la déchira lentement du haut en bas.

Amy ouvrit la bouche pour hurler. L'homme plaça aussitôt un doigt sur ses lèvres.

— Chut ! Je vous ai dit de ne pas crier.

Totalement hagarde, ne sachant comment réagir face à cette folie aux proportions inconcevables, Amy roulait des yeux révulsés.

— Arrêtez, je vous en prie arrêtez !... se mit-elle à sangloter.

Sans se préoccuper de ses supplications, il finit de lui arracher sa robe et entreprit de lui retirer ses sous-vêtements.

— Arrêtez, arrêtez, arrêtez !... suppliait Amy dans une sorte de rabâchement stupide.

Elle était maintenant nue, offerte à son regard dans le désordre de ses vêtements saccagés, et il prit le temps de bien la contempler.

— Vous voyez, vous êtes Chen.

Amy le considérait, éperdue de terreur, cherchant désespérément une faille logique dans ces propos de fou.

Il se pencha sur elle, le visage frôlant son corps vulnérable et tremblant, et commença à la flairer avec une obstination d'animal.

— Arrêtez, arrêtez, arrêtez..., implora Amy d'une voix ténue tout en essayant d'échapper au souffle obscène qui haletait sur sa peau.

Et subitement, l'homme plongea son visage dans le creux de son ventre et la mordit sauvagement à pleines mâchoires.

Elle hurla. De tous ses poumons, de toutes les forces vacillantes qu'elle avait retrouvées, de toutes les forces qui lui restaient pour sauver sa vie.

Mais il n'y eut qu'un seul cri.

Se redressant avec une vivacité de bête féroce, l'homme enfourna dans la bouche grande ouverte d'Amy la lingerie éparpillée qu'il venait de lui enlever. Aussitôt, Amy fut au bord de la suffocation et n'émit plus que de pauvres sons éraillés et inaudibles lui déchirant la gorge.

Satisfait, l'homme la considéra un moment, le visage toujours impassible, puis abandonna le lit, se dirigea vers la commode et se mit à fouiller méthodiquement dans les piles de vêtements soigneusement rangés. Cela dura une ou deux minutes à l'issue desquelles il s'absorba dans l'accomplissement d'une activité mystérieuse.

Il lui tournait le dos et elle le vit s'acharner sur un vêtement, tirant et s'efforçant d'enfoncer ses doigts dans le tissu. Puis elle entendit le déchirement des mailles qui cédaient et l'homme fit quelque chose de complètement invraisemblable. Il tendit avec soin l'objet ravagé au-dessus de sa tête et l'enfila prestement comme une cagoule. Après quoi il l'ajusta du mieux qu'il put et, lentement, se tourna vers Amy.

Elle reconnut un de ses pantys. L'homme y avait perforé deux trous qui s'ouvraient à l'emplacement de ses yeux tandis que le reste de sa face était maintenant dissimulé sous le voile fin et ajouré de la dentelle élastique.

À cette vision, Amy eut la sensation de se vider de toute son énergie. Elle commença à trembler de manière irrépressible, un flot de larmes se mit à ruisseler sur ses joues et elle éprouva une insupportable envie de relâcher sa vessie.

Mais le pire était encore à venir. Le dernier regard à peu près lucide qu'elle porta sur l'homme la glaça littéralement de terreur. Elle venait de s'apercevoir qu'il tenait quelque chose dans sa main droite. Quelque chose qu'elle reconnut tout de suite, avec son manche en bois et sa lame en ogive tachetée de rouille, courte et épaisse. Alors elle poussa un râle strident et étouffé à peine audible. Elle hurla, hurla, hurla, le cou et la face congestionnés, les veines saillantes et gonflées à se rompre, se tordant en tous sens et battant l'air de ses jambes nues. Une sorte de hurlement silencieux qui n'en finissait pas.

Plus tard, dans la nuit, l'air calme et doux qui descendait de la chaîne côtière sur la baie et vers le Pacifique avait envahi l'appartement d'Amy.

Dans la demi-obscurité, Wade, assis sur le canapé du salon, fixait ses chaussures, accablé par une torpeur dont il essayait de se défaire. Il était contrarié. Ses Jordans étaient couvertes de sang. En fait, il y avait du sang partout. Sur son jogging, sur son polo, sur ses mains et sur ses avant-bras jusqu'aux coudes, comme un chirurgien sortant du bloc après une opération difficile. Il y en avait sur le sol, en traînées sombres et erratiques qui trahissaient ses allées et venues dans l'appartement. Car il avait eu besoin d'ustensiles dans la cuisine. Et puis, comme à son habitude, il avait fouillé un peu partout. Et maintenant, que ce soit là-bas dans la chambre à coucher ou dans les autres pièces, il n'y avait plus rien d'intéressant pour lui. Tout était fini. Il avait transporté le casier dans l'entrée et il était prêt pour le départ.

Il fit un effort considérable pour s'arracher à son inertie et parvint à se mettre debout. D'un pas incertain, il se rendit dans la salle de bains. Là, le visage toujours impavide mais empreint d'une grande lassitude, il lava ses baskets dans le lavabo, puis ses bras. Il n'avait pas beaucoup de chemin à faire jusqu'à sa fourgonnette, et à cette heure-ci, dans ce quartier résidentiel, il avait peu de chance de se trouver nez à nez avec qui que ce fût. Mais il lui paraissait préférable de prendre un minimum de précautions. Les taches couvrant le jogging en vinyle mince et gaufré s'effacèrent sans trop de peine sous l'eau du robinet.

Il se rhabilla et se rendit dans l'entrée pour essuyer le casier en plastique avec un gant de toilette. Il s'assura que les clips métalliques étaient bien rabattus et le couvercle hermétiquement scellé. Alors il jeta un long regard circulaire sur l'appartement, avec la mine soucieuse et vaguement décontenancée de quelqu'un qui se demande ce qu'il fait là, et il soupira.

Il était exténué. Il aurait voulu dormir. Mais pour l'instant il lui fallait encore songer aux obligations quotidiennes. Il était tard. On devait l'attendre, là-bas. On devait avoir faim. Il était temps pour lui d'aller ouvrir le réfrigérateur et de penser à ses pensionnaires, rien qu'à ses pensionnaires.

Il saisit à bras-le-corps le casier maintenant alourdi par son contenu et le cala sur sa poitrine pour ouvrir la porte. Le couloir était obscur et silencieux. Après une brève hésitation, il s'y engagea, refermant doucement derrière lui.

28

Ce même soir, bien que n'étant pas d'astreinte, Frank Folkerson rêvait tout en conduisant à ce que pourraient être, quelque part dans une autre vie, un samedi et un dimanche tranquilles. Depuis longtemps il avait abandonné l'idée de goûter un jour ou l'autre un véritable repos et, comme à son habitude, il n'avait pu s'empêcher d'emporter quelques devoirs du soir. Lorsqu'il arriva chez lui, il jeta sur la table du salon le dossier qu'il tenait sous le bras et se rendit dans la cuisine où Joyce préparait leur repas.

— Où sont les filles ? demanda-t-il en embrassant sa femme.

Celle-ci leva les yeux au ciel.

— Permission du vendredi soir, dit-elle.

— Chez qui ?

— Les Jenkins.

Folkerson hocha la tête. Ses filles, Agnes et Iris, avaient dix-sept et dix-neuf ans. Elles s'échappaient progressivement de la maison avec une inconcevable vitalité, dans un monde d'insouciance, de joies et de découvertes enivrantes qui n'avait rien à voir avec le sien. Il leur faisait pourtant encore la leçon de temps à autre, leur rappelant que chaque jour, à n'importe quel moment, les forces sombres et malveillantes de la société humaine pouvaient les atteindre elles aussi, mais rien n'y faisait. Il en était arrivé à la conclusion que malgré l'exemple de sa profession et l'expérience qu'il essayait de leur faire partager, elles étaient déjà devenues semblables à tous ces citoyens qui vaquent paisiblement à leurs affaires, laissant tout naturellement à la police le soin de se dépatouiller des débordements les plus sordides du genre humain.

Ils mangèrent donc tous deux dans la cuisine et Folkerson songea avec une pointe d'amertume que cela allait leur arriver de plus en plus souvent.

— Et ton affaire du portrait-robot, demanda Joyce en se servant, ça avance comment ?

— Ça n'avance pas. En plus, j'ai passé ces trois derniers jours à essayer de mettre la main sur un sinistre abruti qui s'est amusé à remplir le vagin de sa femme avec de la soude caustique...

Joyce, qui portait une fourchette à sa bouche, s'immobilisa.

— Mais c'est atroce ! s'exclama-t-elle. Pourquoi ?

— Pour la punir. Elle le trompait et il a voulu lui donner une bonne leçon. C'est le service de chirurgie abdominale de l'hôpital qui nous a prévenus. La victime avait refusé de porter plainte contre son aimable conjoint.

Joyce Folkerson reposa sa fourchette. Malgré toutes ces années passées avec son mari, elle constatait encore une fois qu'il pouvait lui couper l'appétit avec les comptes rendus de ses activités professionnelles.

— Le type est resté introuvable pendant quarante-huit heures malgré nos gars lancés derrière lui, continua Folkerson. Il a réussi à se faufiler d'une adresse à l'autre mais on l'a finalement coincé ce matin dans un immeuble. En s'enfuyant par les toits, il est tombé de quatre étages.

Joyce fixait son mari résumant tout cela d'une voix égale. Et comme elle l'avait toujours fait en pareilles occasions, elle s'efforçait de croire qu'il ne parlait que de son monde à lui, un monde lointain de violence et de fureur insensée, et en aucun cas de son monde à elle qui était encore suffisamment décent et ordonné pour qu'on trouve quelque satisfaction à y vivre.

— Il est mort ?

— Même pas. Fractures du crâne, du bassin et des jambes. Il est dans le coma. Non seulement il ne fera pas économiser les frais de justice que va occasionner son éventuelle condamnation, mais en plus il va coûter une fortune au ministère de la Santé !

Ils finirent leur repas en silence puis passèrent au salon. Folkerson se mit à la grande table, tira un épais dossier vers lui et l'ouvrit. Joyce, qui passait récupérer un magazine, jeta un regard par-dessus son épaule et aperçut une photo d'identité judiciaire. Un type jeune, au visage plutôt aimable, portant à hauteur de poitrine une tablette avec un matricule. « Kovell, Lyman Felix », lut-elle.

— Qui est-ce ?

— Le gars qui est sorti de l'ordinateur du FBI. Deux meurtres avec décapitation. Et des incohérences qui attirent l'attention.

— Comment ça ?

— Chez la plupart des criminels violents, on trouve des épisodes assez caractéristiques durant leur enfance ou leur adolescence. Des sortes de signes précurseurs ou des indicateurs de troubles du comportement. Mais chez Kovell, rien de tel. Enfance apparemment sans histoires. Fils unique. Père employé toute sa vie dans la même caisse d'épargne. Mère au foyer. Famille stable, sans désordre ou bouleversement connu. Études médiocres. Service militaire dans les forces américaines en Europe. À son retour, il travaille comme agent commercial dans différentes sociétés de routage et de messagerie. Et puis en avril 1987, un premier meurtre. Suivi d'un deuxième en octobre. Il s'est fait coincer après avoir été reconnu par la copine d'une des deux prostituées assassinées.

— Et il avait un motif pour faire une chose pareille ?

— C'est assez flou. Il a toujours déclaré qu'il n'avait pas l'intention de les tuer. Que l'envie lui était venue comme ça, quand il les avait eues chez lui. Que c'était si facile...

— Facile ?

— Simple, disons. Il trouvait ça simple. Écoute.

Folkerson saisit l'un des feuillets du dossier et lut :

— « Question : À quel moment exactement avez-vous décidé de tuer la première victime ? Réponse : Quand je l'ai vue nue sur le lit. Question : Aviez-vous l'intention de la décapiter ? Réponse : Non. Question : Aviez-vous l'intention de la faire souffrir ? Réponse : Non. J'avais l'intention de la tuer, c'est tout. Question : Quand avez-vous décidé de couper la tête ? Réponse : Quand elle était morte. Question : Vous voulez dire, après que vous lui avez tranché la gorge ? Réponse : Oui. C'était très simple. Il suffisait de couper complètement. Question : Si j'en crois votre déposition, ce n'était pas si simple. Il vous a fallu utiliser un couteau électrique. Vous l'aviez acheté dans ce but ? Réponse : Non. J'habitais un meublé. Le couteau électrique faisait partie des ustensiles fournis. Question : Et pourquoi vous êtes-vous débarrassé de la tête ? Réponse : Je n'avais pas de raison de la conserver. Question : Alors, pourquoi l'avoir coupée ? Réponse : Je vous l'ai dit. C'était simple. Ça m'est venu comme ça. » Même topo pour la deuxième victime. Il l'a égorgée chez elle après avoir eu un rapport sexuel. Puis il l'a décapitée avec un cutter qu'il a trouvé sur place. Les psychiatres qui l'ont interrogé disent qu'il a un répertoire de fantasmes assez pauvre. Dans les deux cas, ils ont conclu à la non-préméditation. Des accidents, en quelque sorte... Il semble avoir agi sur des impulsions. Quant à savoir ce qui a déclenché ces impulsions, c'est une autre histoire. Kovell est toujours resté obstinément muet à ce sujet. Si tant est qu'il a une réponse à apporter...

Joyce continuait d'observer les pièces étalées du dossier.

— Et quel rapport avec ta tête ? demanda-t-elle.

— En fait, il n'y en a pas vraiment. Ce serait plutôt un rapprochement par défaut. Une espèce d'intuition d'ordinateur, si on peut dire. D'abord, ils ont recherché les affaires de décapitations non élucidées. Il y en a, mais on ne trouve pas d'analogie marquante. Un cas au Texas, par exemple. Quatre meurtres à Houston, entre juin et octobre 1983. Deux femmes et deux hommes. Les têtes n'ont jamais été retrouvées. Pas de similitudes, ni géographiques, ni dans le mode opérationnel, ni dans le choix des victimes. Il y a aussi le cas de Saint Louis, en 1984. Une jeune femme de vingt-trois ans, ancienne Miss Missouri. Kidnappée, torturée, étranglée et décapitée. Sa tête a été retrouvée quelques jours après le meurtre sur la rive d'un lac de barrage à soixante kilomètres de là. Enfin, il y a le cas d'une tête sans corps retrouvée dans un wagon de marchandises abandonné, du côté de New Castle, en Pennsylvanie, en 1986. Elle n'a jamais été identifiée et personne n'est jamais venu la réclamer...

Folkerson saisit un abricot dans la coupe de fruits trônant devant lui, l'ouvrit en deux et en avala une moitié.

— L'ordinateur nous a sorti tout ça en vrac. À nous d'en faire ce que bon nous semble. Par contre, dans le cas de Kovell, il a eu la gentillesse ne nous trouver une petite similitude en ce qui concerne sa deuxième victime. Il s'agit des dents. Elle n'en avait pas.

— Elles ont été arrachées, comme pour la gamine identifiée par Marcus ?

— Oui, mais pas par le meurtrier. Par un dentiste. La fille portait un dentier intégral. Elle avait fait ôter toutes ses dents et s'était spécialisée dans les rapports sexuels buccaux. Elle était bien connue pour ça.

— Et alors ? demanda-t-elle.

— Alors rien. L'ordinateur compare. Il voit « pas de dents », ou « dents arrachées », et il nous dit : « Voilà. Vous avez un rapprochement plausible. Débrouillez-vous avec. »

— Et vous en avez tiré quoi ?

— Pas grand-chose, du moins pour l'instant. Ça paraît tout aussi fumeux et aléatoire que les cas des décapitations non élucidées. Sauf sur un petit point. Un tout petit point d'analyse qui n'a rien à voir avec l'ordinateur. Ce sont les psy du département des sciences comportementales de Quantico qui l'ont mis en évidence. Kovell est un malade, ça c'est sûr, mais il n'a pas le profil classique du psychopathe sexuel. Comme beaucoup, c'est un introverti qui n'a jamais eu de relations faciles avec les femmes. Il en avait peur. Mais d'après les spécialistes, ce n'était pas le genre à aller spontanément s'adresser à une virtuose de la fellation sans dentier. À leur avis, c'est comme si après le premier meurtre il s'était mis à adopter un comportement déjà connu. Une sorte d'imitation.

— Mais une imitation de quoi ? De qui ?

— Ça, c'est notre problème. Selon les psy de Quantico, Kovell aurait pu avoir un modèle. Mais ce n'est qu'une hypothèse parmi d'autres. Il n'y a que l'intéressé qui pourrait confirmer. Et l'intéressé, il ne faut malheureusement pas trop compter dessus.

— Pourquoi ? demanda Joyce.

Folkerson soupira.

— En 1989, les experts de l'instruction ont conclu à l'état de démence au moment des faits et c'est ce qui l'a sauvé de la peine capitale. Mais le problème, c'est que le type est resté sacrément instable. D'après les fiches du FBI, il a commencé sa détention à Starke en s'enfermant dans un mutisme à peu près total et en passant son temps à s'infliger toutes sortes de mutilations, apparemment pour se punir lui-même. Il s'est tailladé les bras et les cuisses à plusieurs reprises. Il a même essayé de s'arracher les testicules avec la fourchette en plastique de son plateau-repas. Et pendant qu'il était en convalescence à l'infirmerie, il a réussi à imbiber d'alcool un morceau de coton, à se l'enfiler dans l'anus et à y mettre le feu !

Un silence suivit cette déclaration.

— Il y a vraiment des gens qui font des choses pareilles ? fit Joyce, comme si elle ne pouvait en croire ses oreilles.

— Il est marteau, c'est tout, rétorqua Folkerson. Et ça ne s'est pas arrêté là. L'an passé, il a fait une tentative de suicide en dévorant une ampoule électrique. Comme une poignée de chips...

Il tourna quelques feuilles du dossier.

— Cela dit, il paraît que depuis cette époque il a été pris en charge par un aumônier de la prison. D'après le directeur de Starke, ça lui ferait beaucoup de bien. Après tout, il y aurait peut-être quelque chose à tirer de ce côté-là...

Folkerson se tut, et le silence s'établit dans le salon. Joyce alla s'installer sur le canapé mais n'arriva pas à se concentrer sur son magazine. Le récit de Frank s'obstinait à occuper ses pensées.

— En somme, dit-elle subitement, tu veux dire que ce type qui avait jusque-là une vie apparemment sans histoires a été incité d'une façon ou d'une autre à commettre ces deux crimes ?

— Il y a eu un facteur déclenchant spécifique, dit-il, qui n'a pas été identifié. Quelque chose qui l'a poussé à agir d'une façon qu'il n'avait pas prévue, ou qu'il n'avait pas voulue. Mais quelque chose qu'il connaissait.

— À son retour du service militaire ? hasarda Joyce.

— Par exemple. Qu'est-ce qui te fait dire ça ?

— Je pense à l'aîné des Jenkins. Il a assez mal supporté son service. Je ne sais pas si tu te souviens, mais il a dû suivre une psychothérapie pendant plusieurs mois après son retour.

— Le fils Jenkins a toujours été un gamin à problèmes. Et à mon avis, il aurait mérité de suivre une thérapie *avant* son service !

— C'était peut-être aussi le cas de ce Kovell, insista Joyce. Un type fragile que le service militaire aurait fragilisé encore un peu plus...

Folkerson réfléchit un instant.

— Possible, dit-il, sans trop de conviction.

Après quoi, il se replongea dans son dossier.

Joyce s'absorba à son tour dans sa lecture et le silence du soir ne fut plus troublé que par le passage occasionnel de voitures dans la rue. Un moment plus tard, le téléphone vint briser cette atmosphère paisible.

— J'y vais, dit Folkerson.

Lorsqu'il décrocha, il entendit la voix du sergent Atkins.

— Qu'est-ce qu'il y a ? demanda-t-il.

— L'Hôpital général vient d'appeler, lieutenant. Ils vous font dire que le type dans le coma est décédé tout à l'heure.

— À cause ?

— Hémorragie cérébrale, ils disent.

Folkerson accueillit cette nouvelle avec un haussement de sourcils.

— Merci, Atkins.

Il raccrocha.

— Voilà ce que j'appelle une triste mais excellente nouvelle, dit-il à l'intention de sa femme.

— Qu'est-ce que c'était ? demanda-t-elle.

Il lui raconta.

— Enfin un exemple concret de justice immanente et d'affaire classée, conclut-il. Heureusement que ça nous arrive de temps en temps.

Sur quoi il alla s'asseoir à côté de Joyce qui le dévisageait, la mine soucieuse.

— Que dirais-tu d'un dîner demain soir dans un restaurant du port ? lui proposa-t-il tout à trac.

— Franchement, Frank, si ça pouvait nous changer les idées à tous les deux, ça ne serait pas de trop.

— Alors c'est décidé !

Il lui sourit et l'embrassa sur le front.

29

Wade ajusta sa cravate et passa un veston léger sur sa chemisette à rayures. Il avait enfilé un pantalon de toile au pli impeccable et coiffé au mieux ses cheveux en les maintenant tirés sur la nuque avec un élastique. Il s'attarda quelques instants sur l'image que lui renvoyait le miroir de sa salle de bains et jugea que cet accoutrement devrait faire bonne impression. Ce jour-là, ce n'était pas un jour comme les autres.

Fin prêt, il se rendit dans la cuisine, saisit le casier en plastique blanc qui se trouvait par terre et quitta l'appartement.

Sur le palier, il s'aperçut que l'ascenseur était occupé et entendit un bruit d'aspirateur quelque part en dessous. Hibbins doit faire le ménage, se dit-il. Il emprunta l'escalier et descendit les deux étages qui le séparaient du sous-sol.

Au moment où il ouvrait la porte des communs menant au parking, il se heurta à une forme sombre qui poussa un cri. Il appuya aussitôt sur la minuterie pour faire la lumière et se trouva nez à nez avec sa voisine du dessus.

— Excusez-moi, balbutia-t-elle. J'ai eu peur...

Il la dévisagea sans répondre.

— Je ne vous avais pas entendu, ajouta-t-elle en essayant de sourire de sa propre confusion.

Janet Belson observa la face sans expression qui la fixait de ses petits yeux immobiles, puis elle porta son regard sur l'espèce de caisse que l'homme tenait tout contre lui. Quand elle l'avait heurtée, elle avait distinctement perçu le déplacement mat et lourd d'un objet qui avait roulé à l'intérieur.

Lorsque Wade comprit que la curiosité de la femme venait de se focaliser sur le casier en plastique, il se mit brusquement en mouvement et la contourna comme une chose répugnante, sans prononcer un mot.

— Excusez-moi, dit encore Janet Belson en s'effaçant.

Elle le vit ouvrir la porte du parking et disparaître dans l'obscurité du sous-sol. Puis elle resta figée encore un instant, écoutant ses pas décroître.

Wade chargea le casier dans la fourgonnette et claqua rageusement le battant arrière. Il fallait qu'il se calme. Il fallait qu'il vide son cerveau de toutes considérations. Il savait qu'il allait passer un moment long et difficile durant lequel il devrait exercer un total contrôle sur lui-même. Il ne fallait pas que tout soit gâché à cause de cette idiote qui lui était rentrée dedans... Il prit place au volant et déboucha dans la lumière aveuglante.

Il roula vers le sud quelques minutes et arriva bientôt sur Wood Hill où il suivit plusieurs rues sinueuses. Puis, il longea un parc luxuriant et s'arrêta non loin d'un large portail fermant l'accès à la propriété. Il resta au volant encore un moment avant de quitter la voiture. Les yeux fixés droit devant lui, sans rien regarder de particulier, il s'efforça de maîtriser sa respiration, se concentrant de toutes ses forces, comme un athlète se préparant à battre un record. Finalement, il jeta un coup d'œil à sa montre, ouvrit la portière et sortit de la fourgonnette. Il marcha jusqu'au portail et appuya sur la sonnette de l'interphone. Au-dessus, sur une plaque en cuivre, on pouvait lire : « État de Californie — Centre psychothérapique de la délinquance sexuelle. »

— Oui ? fit une voix.

— M. Travers, se présenta Wade. J'ai rendez-vous.

Il y eut un déclic électrique et le portail coulissa sur un rail. Wade avança d'un pas déterminé sur l'allée ombragée menant au grand bâtiment qu'il connaissait bien.

Le Dr Constance Baggott était vêtue de la même blouse blanche immaculée, pincée d'un badge en plastique portant son nom et des mêmes lunettes épaisses aux montures noires et inélégantes que lors de sa dernière visite au centre, deux mois auparavant. Et le même visage froid et revêche, traversé de rides de plus en plus mal dissimulées, qu'il avait vu se creuser au fil des années. Elle était assise à son bureau et le considérait de toute la supériorité de sa position.

— Alors, monsieur Travers, dit-elle de sa voix rauque et presque masculine, comment vous sentez-vous depuis la dernière fois ?

Wade s'efforça de prendre bonne contenance sur son siège.

— Bien, docteur. Très bien, dit-il avec conviction.

— Vous m'avez l'air en effet d'être en grande forme, dit Constance Baggott en laissant courir son regard sur sa tenue. Je vois que vous avez voulu honorer le caractère exceptionnel de cette visite.

Un sourire aussi mince et tranchant qu'une lame de rasoir se dessina sur ses lèvres. Wade savait que c'était la seule démonstration de connivence ou d'amabilité qu'elle s'autorisait et il préféra ne pas relever la raillerie implicite. Qu'elle se moque, qu'elle se moque..., se contenta-t-il de penser.

Constance Baggott consulta l'épais dossier qui était devant elle, avec des gestes lents, feuillet après feuillet.

— Nous avons fait un long chemin ensemble, n'est-ce pas, monsieur Travers ?

Il fit oui de la tête.

— Un long chemin qui arrive peut-être à son terme, poursuivit-elle en affichant le même simulacre de sourire.

Wade savait qu'il touchait au but. Il essaya cependant de rester impassible.

— Je l'espère, dit-il.

Elle le toisa encore une instant, le temps de laisser disparaître l'ombre de convivialité qu'elle avait affectée.

— Très bien, reprit-elle. Qu'avez-vous à me raconter aujourd'hui ? Comment se sont passées ces dernières semaines ?

— Il n'y a rien eu de spécial.

— Vraiment ?

Elle le scrutait de son regard direct et intimidant, à l'affût de la moindre défaillance.

— Vraiment, dit Wade. Le train-train... la vie de tous les jours...

Mais il savait que ce n'était pas le genre de réponse dont se contentait le Dr Baggott.

— Pas d'événement saillant, pas d'épisode nerveux, pas de troubles spécifiques ? insista-t-elle.

— Des rêves désagréables, parfois, consentit Wade, en faisant mine d'hésiter.

— De quel ordre ?

— Des rêves d'enfance. Des souvenirs.

— Des rêves sexuels ?

Le mot fit mal aux oreilles de Wade.

— Parfois, dit-il.

Constance Baggott le scruta encore plus attentivement, percevant son trouble.

— C'est tout à fait normal, dit-elle. Vous n'avez pas à vous inquiéter pour cela. Personne ne peut contrôler ses rêves, qu'ils soient sexuels ou non. L'important, c'est que vous arrivez maintenant à mieux contrôler ce que vous faites à l'état de veille, dans la vie quotidienne. Il y a une nette amélioration de ce côté-là, n'est-ce pas ? Vous le sentez ?

Wade eut un hochement de tête affirmatif.

— Oui. Tout à fait.

Constance Baggott ne le quittait pas des yeux.

— Et où en êtes-vous de votre travail ?

— Rien de neuf. Ils m'ont assuré de me reprendre à l'automne. C'est une saison chargée, d'habitude. Ils ont besoin d'embaucher.

— Toujours dans cette entreprise de conditionnement de viande ?

— Oui.

— Vous ne cherchez pas ailleurs quelque chose de moins précaire ?

Il haussa les épaules.

— Ça me convient comme ça. Je n'ai pas vraiment d'ambition.

— Ce n'est pas qu'une question d'ambition, monsieur Travers. Vous savez qu'une profession stable serait préférable pour vous. Nous en avons déjà parlé, n'est-ce pas ?

Il fit oui de la tête.

— Ce serait plus profitable à plusieurs points de vue. D'abord, la régularité d'un emploi fixe vous permettrait de structurer votre vie de tous les jours. Ensuite, cela conforterait votre indépendance financière, ce qui est souhaitable pour chacun de nous. C'est le genre d'argument auquel la commission accorde beaucoup d'importance. Vous le savez, n'est-ce pas ?

— Je sais.

— Voyez-vous toujours votre mère ?

Wade s'en voulut de marquer un silence. Sa mère n'était plus un problème, ne devait plus être problème. Jamais.

— De temps en temps.

— Et elle vous aide toujours financièrement ?

— Pratiquement plus.

— C'est bien. C'est déjà une excellente chose que vous ayez ce travail saisonnier. Vous voyez que cela vous est très utile.

Le Dr Baggott prit quelques notes sur une feuille puis posa son crayon et croisa les doigts.

— Je vais vous expliquer comment les choses vont se dérouler, monsieur Travers. Nous allons tout d'abord procéder au test. C'est le même type d'évaluation que ce que vous avez connu par le passé. Pas de surprises de ce côté-là. Quand le test sera achevé, nous interpréterons les résultats et ensuite la commission se réunira. Vous devriez être fixé vers dix-sept heures. Est-ce que cela vous convient ?

Comme s'il avait le choix. Il acquiesça sans marquer la moindre émotion.

— Bien, fit-elle en se levant. Venez avec moi.

Elle conduisit Wade jusqu'à une pièce sans fenêtre, plongée dans une pénombre qui se voulait rassurante et exempte de tout stress. À cause de la moquette anthracite qui couvrait le sol et les murs, les sons y étaient étrangement étouffés. Et l'endroit aurait pu paraître tout à fait anodin, n'eût été la table de consultation qui trônait au milieu.

— Voilà. Je vous laisse, dit le Dr Baggott. À tout à l'heure.

Et Wade se retrouva seul sur le seuil de la porte. Une voix se fit aussitôt entendre :

— Entrez, je vous prie, et fermez la porte.

Il y avait maintenant un type en blouse blanche à côté de la table. Une espèce de gros barbu au teint mat. Docilement, Wade referma derrière lui et s'approcha.

— Je vous demanderai de bien vouloir vous déshabiller là-dedans, fit l'interne en désignant une sorte de cabine dans un angle de la pièce. Et aussi de passer la chemise d'hôpital accrochée à la patère.

Wade s'exécuta sans un mot et réapparut peu après, plus grotesque qu'à son habitude, dans la camisole à manches courtes qui lui tombait au-dessus des genoux, découvrant ses bras et ses jambes curieusement minces et glabres.

— Installez-vous, s'il vous plaît.

Wade grimpa sur la table et l'interne suréleva le dossier de manière à incliner le patient en position demi-assise.

— Ça va ?

— Ça va.

Wade n'avait aucune appréhension. Il avait déjà vécu cette expérience par deux fois. Il savait ce qui l'attendait. Face à lui, sur le mur, se trouvait la surface brillante et perlée d'un petit écran. Il n'y avait plus qu'attendre.

Le gros barbu enfila des gants de caoutchouc puis avança une console roulante avec un appareil électronique muni d'un écran et d'un traceur. Ensuite il déroula le mince câble relié à l'appareil et s'approcha de Wade.

— Excusez-moi, dit-il.

D'un geste délicat qui s'efforçait de préserver une certaine pudeur, l'interne lui retroussa sa chemise, découvrant son bas-ventre. Wade sentit le contact froid des gants chirurgicaux, tandis que les doigts de l'homme fixaient autour de son pénis l'étrange anneau extensible qui finissait le câble.

Il observa le type qui exécutait sa tâche comme s'il s'agissait de la chose la plus ordinaire du monde.

— Restez détendu, dit-il.

Wade se tint parfaitement immobile, s'obligeant à ignorer tout à la fois la manipulation qu'il avait subie et la désagréable présence du corps étranger enserrant son sexe.

L'interne opéra quelques réglages sur l'appareil et fut bientôt prêt.

— Nous allons commencer, dit-il. Allongez bien vos bras le long du corps. Vous sentez les boutons qui sont de chaque côté de la table ?

Wade tâtonna et ses doigts découvrirent les boutons-poussoirs en question. Il s'inquiéta aussitôt. C'était nouveau, ça. Le dernier test qu'il avait passé remontait à cinq ou six ans, il ne se souvenait plus. À cette époque, il n'y avait pas ces trucs.

— Je vous explique, continua l'interne. Vous allez entendre des sons et voir des images. Si leur contenu est sexuel, vous devrez appuyer sur le bouton de droite. Si leur contenu est violent, vous appuierez sur le bouton de gauche. Si c'est à la fois sexuel et violent, vous appuierez sur les deux à la fois. Vous avez compris ?

— Qu'est-ce que c'est que cette histoire ? s'affola Wade. À quoi cela peut-il servir ?

— Essayez, s'il vous plaît, lui demanda l'interne.

Il activa alternativement l'un et l'autre des poussoirs.

— Très bien. Veuillez mettre ces écouteurs.

Il ajusta le léger casque sur sa tête.

— Vous êtes prêt ?

Wade hocha la tête.

— Bien. Je passe dans la pièce à côté. Relaxez-vous.

Le peu de lumière qu'il y avait dans la petite salle disparut graduellement et il ne resta plus que l'infime lueur verdâtre émanant de l'écran de l'extensomètre.

Wade se sentait de moins en moins à l'aise. Il attendit en s'efforçant de ne pas remuer sur la table. Soudain, il sursauta.

Un cri dans les écouteurs. Une série de piaillements de gamine terrorisée. Il resta pétrifié de surprise. En surimpression sur ces cris, la voix dans le casque :

— Veuillez appuyer, monsieur Travers...

Des imprécations. Des coups qui se mettent à pleuvoir et les hurlements qui redoublent. Le bouton. À gauche.

Il appuya.

La scène sonore se complique de halètements de l'agresseur et de nouvelles implorations de la victime :

— *Non ! Je vous en prie !...*

Un cri étranglé. La voix bourrue et sèche d'un adulte :

— *Ta culotte ! Enlève ta culotte !*

Les bruits étouffés d'une lutte. Puis des glapissements et le souffle précipité de l'agresseur. Et à nouveau la voix neutre dans l'écouteur :

— Le bouton, monsieur Travers, s'il vous plaît...

Appuyer. À droite.

Et maintenant, les grognements sourds de l'homme qui ahane dans l'effort régulier de sa jouissance. Et les pleurs de la gamine. Un viol ! C'est un viol ! se dit Wade.

Il se mit à actionner frénétiquement les deux boutons, de manière continue et désordonnée.

À nouveau, la voix indifférente et paisible :

— Calmez-vous, monsieur Travers. S'il vous plaît.

Il était en sueur, affolé. Et subitement, il pensa à l'anneau. Il se concentra de toutes ses forces. Son sexe palpitait. Il ne fallait pas que ça aille plus loin. Il ne fallait pas. Il se mit en devoir de vider son esprit, d'échapper à la stimulation sonore qui vrillait ses oreilles, qui s'efforçait d'alimenter ses fantasmes. Cela dura encore quelques secondes et puis le silence se fit, sans la moindre transition.

Wade ferma les yeux et reprit sa respiration. Il tâcha de sentir ce qui s'était passé entre ses jambes. Alors, avec un soupir de satisfaction, un sourire s'afficha sur ses lèvres. Il n'était pas en érection ! Il n'y avait pas eu d'érection !

Il faillit en rire de bon cœur. C'était normal, songea-t-il. Tout à fait normal. Après tout, il ne devait plus jamais y en avoir... Et dans l'obscurité, pouffant pour ainsi dire sous cape, il se détendit complètement, définitivement. Il avait compris. Ils pouvaient y aller, maintenant. Tout ce qu'ils voulaient !

— Vous vous sentez bien, monsieur Travers ?

Il répondit à voix haute. Il devait y avoir un micro quelque part dans la pièce.

— Oui. Tout à fait, dit-il.

— Alors, nous allons continuer.

Une deuxième séquence sonore commença. Un long monologue de femme qui évoquait avec une chaleur convaincante ses fantasmes sexuels. Une autre scène. Les brutalités d'un homme durant une longue séance d'humiliation avec une femme pleurnicharde.

Wade ne s'estimait plus concerné. Il appuyait alternativement sur les boutons suivant les situations, avec une précision d'habitué des jeux vidéo, dans une totale indifférence.

Le test se poursuivit pendant près d'une demi-heure et il y eut une sorte d'entracte avec les lumières qui se rallumèrent.

— Reposez-vous, dit la voix. Nous allons bientôt reprendre. Vous pouvez enlever vos écouteurs.

Il s'exécuta sans hâte. Il était satisfait. Il contrôlait. Contrôle. C'était le maître mot.

L'attente se prolongea quelques minutes. Il imaginait, quelque part dans l'autre pièce, derrière la glace sans tain, l'interne et le Dr Baggott, tous deux occupés à diriger les opérations, à évaluer ses réactions, actionnant des manettes et consultant des cadrans, comme ces héros invraisemblables des films de science-fiction des années cinquante.

L'obscurité se fit à nouveau et presque aussitôt apparut une diapositive sur le petit écran. Une danseuse harnachée pour spectacle pornographique le fixait malicieusement dans une posture d'invite, les mains sur les hanches et le sexe en avant.

De la viande. Rien qu'un paquet de viande mal ficelé, songea Wade avec un rien de révulsion. Il appuya à droite.

Une succession de vues de la même danseuse, s'offrant en gros plans, se masturbant, insérant profondément ses doigts dans sa fente. Wade n'eut pas la moindre réaction.

Maintenant un homme en contre-plongée, tout vêtu de cuir et muni d'une trique. La femme fouettée, roulée en boule sur le sol. Les estafilades rougeâtres laissées par la verge cinglante sur sa peau. La femme terrorisée qui hurle, renversée sur le dos. L'homme qui abuse d'elle avec un objet.

Non seulement Wade restait impassible, mais il sentait monter en lui un écœurement très net et une agressivité envers les médecins qui lui montraient de telles perversités.

La séance se poursuivit avec une série de jeunes garçons

roses et gracieux, exposant leur sexe glabre dans des situations équivoques censées émouvoir tout maniaque sexuel digne de ce nom. Wade n'en avait cure. Il suffisait de jouer le jeu. Il avait compris que les boutons servaient à s'assurer de sa pleine et entière participation à l'étrange spectacle qui lui avait été préparé.

Les médecins continuèrent à s'acharner sur lui à coups d'images où s'affichaient diverses débauches, mais il se montra parfait. Ce n'était finalement pas si difficile de paraître totalement impliqué tout en conservant ses distances.

À la fin d'une série de vues particulièrement vicieuses, l'obscurité se prolongea et Wade crut en avoir fini. C'est alors qu'apparut une ultime diapositive. Une mise en scène anodine mais qui attira tout de suite son attention, au point de le fasciner d'une manière imprévue. Ce n'était ni violent, ni vraiment sexuel, et pourtant il sentit immédiatement que cela allait provoquer en lui une émotion qu'il aurait du mal à réprimer.

Assis sur une plage, à quelques pas des vagues, se tenaient un homme, une femme, et une adolescente. Tous trois étaient intégralement nus. Une étrange famille occupée à rien d'autre qu'à profiter du soleil déclinant d'une fin d'après-midi, dans la plus totale nudité. Des naturistes ? s'interrogea Wade, sachant que certaines plages privées accueillaient ce genre de gens. Mais ce qu'ils étaient, ou qui ils étaient, ne l'intéressait pas du tout. Ce qui l'intéressait, c'était la gamine. Cette fillette qui n'en était pratiquement plus une, et qui semblait le fixer d'un regard profond, mystérieux, à la fois distant et prometteur.

Elle était brune, les cheveux courts, et son corps mal dessiné de future femme rayonnait dans l'incompréhensible beauté de son inachèvement. Ses jambes repliées devant elle offraient en pleine lumière son bas-ventre à peine piqueté d'une toute récente pilosité et, à la jointure des cuisses, le sillon gonflé des lèvres partait se fondre dans la césure floue des fesses. Et dans le regard faussement innocent qu'elle dardait sur lui, Wade reconnut immédiatement ce défi, cette insupportable provocation.

Elle était comme toutes les autres, comme toutes celles qui l'avaient comblé de leur terreur après avoir voulu l'avilir de leur féminité. Il sentit une incoercible fureur monter en lui. Des bribes d'images provenant autant de ses cauchemars que de ses souvenirs l'assaillirent en une succession d'éclairs douloureux. Et bientôt il se vit en train de déchirer de ses mains, de ses dents, l'invisible chrysalide à l'abri de laquelle la nymphette irréelle semblait le considérer avec un souverain mépris.

Il oublia d'actionner les boutons. Il n'entendit même pas la voix qui l'interpellait dans un haut-parleur :

— Monsieur Travers, s'il vous plaît...

Il n'y eut plus qu'un chaos visuel d'où émergeait par instants la réplique horriblement malmenée, triturée, de l'illusion qui habitait l'écran et qu'il s'appropriait, qu'il ingérait avec une voracité de dément.

Et puis il sentit. Il sentit la soudaine diffusion de chaleur, l'émergence insidieuse de sa force, l'élancement turgide de sa virilité. Et la discrète ligature de l'anneau enserrant sa chair.

L'anneau !

Il sursauta comme un dormeur échappant à un rêve tourmenté et refit surface dans la réalité. Il émit alors un long soupir de découragement et se laissa retomber sur la table en fermant les yeux, autant pour échapper à l'image qui persistait sur l'écran que pour tenter d'endiguer les forces qui venaient de se manifester contre sa volonté.

Il lui fallut quelques secondes pour s'apaiser et, lorsqu'il rouvrit les yeux sur la pièce, l'image avait disparu et la lumière revenait lentement. Son érection décroissait déjà, mais c'était trop tard. Trop tard. Il exhala encore un soupir d'immense abattement, presque de désespoir. Il en aurait pleuré.

30

— Je lis qu'enfant votre patient avait l'habitude de voler les poupées de ses petites voisines et de leur couper la tête et les mains. Je vois aussi qu'à l'âge de dix ans il a passé une phase perverse durant laquelle il s'est livré à des tortures sur des animaux. Il a notamment enterré le chat de la famille en ne laissant dépasser que la tête, puis il l'a découpée à l'aide d'un couteau de cuisine... C'est le genre de comportement qui laisse mal augurer de l'avenir, non ?

Il y avait quatre personnes dans la salle de réunion. L'homme qui venait de parler était affublé d'un veston beige trop chaud pour la saison et suait à grosses gouttes malgré l'air climatisé. Il s'appelait Evan Walters. Il représentait l'Association des parents des victimes de criminels violents et à ce titre siégeait avec voix consultative dans la commission maintenant rassemblée. Tenant le lourd dossier médical entre ses mains, il regardait le Dr Constance Baggott flanquée de son interne et attendait une réponse. Celle-ci vint aussitôt :

— Wade Travers est un sujet quarante-sept, monsieur Walters. Un syndrome de Klinefelter. Il fait partie de ces individus qui ont un chromosome X surnuméraire résultant d'une erreur de division cellulaire. Statistiquement, on sait que ces individus ont un profil particulier. Enfants, ils sont généralement immatures, introvertis, et peuvent développer des tendances comportementales anormales. Adultes, ils montrent une certaine instabilité caractérielle, une adaptation sociale difficile et parfois des aspirations violentes. Les faits que vous énoncez ne sont donc nullement surprenants dans le cas de M. Travers. Ce qui est intéressant, c'est qu'il a suivi une hormonothérapie spécifique qui s'avère globalement satisfaisante. Il me semble que c'est surtout cela qu'il faut prendre en compte dans ce dossier.

Walters ne parut pas impressionné par l'argumentation.

— Est-ce que ces tendances violentes ont été traitées au point qu'une agression comme celle de juillet 1986 ne puisse se reproduire ?

— On ne peut jamais faire de prévision juste à cent pour cent dans ce domaine, vous le savez bien, répondit le Dr Baggott. Mais Wade Travers a pour lui un historique clinique relativement favorable. Hormis cette agression, il y a peu de chose. Quelques épisodes à tendance perverse durant l'enfance, deux manifestations d'exhibitionnisme adolescent, ce qui n'est pas rare...

— Des expérimentations sur des animaux morts..., coupa Evan Walters.

Le Dr Baggott eut un mouvement de dénégation de la main.

— Ce n'est pas significatif. Ce qui est important, c'est la séquestration avec tentative de viol en 1986. Mais n'oublions pas que M. Travers a été condamné et qu'il lui a été proposé, en remplacement de sa peine, de suivre cette psychothérapie chez nous. Un traitement long, difficile, sur des bases nouvelles et qui, à notre avis, se montre concluant. L'indice de viol est passé bien au-dessous de 0,9, qui est le seuil de discrimination. Les autres données psychométriques sont bonnes. Même le tracé polygraphique d'aujourd'hui est satisfaisant si l'on considère la séance dans son ensemble.

Sur quoi elle se tut, attendant la suite des objections. Mais seul le silence suivit sa repartie.

— Et vous, monsieur Brechlin, reprit Walters en se tournant vers son voisin, vous représentez l'État de Californie et c'est de vous que dépendra le classement ou non du dossier. Quelle est votre position ?

Don Brechlin représentait la justice et tenait à ce que cela se voie. Cherchant, depuis qu'il était entré dans la magistrature, à paraître quinze ans de plus que son âge, il y était parvenu au point de paraître presque vieux à quarante-cinq ans à peine. Il se donna le temps de réfléchir avant de parler.

— Je n'aime pas beaucoup votre dossier, Constance, dit-il finalement. Il est chargé. Très chargé. Il y a d'autres éléments qui ne jouent pas en faveur de votre patient.

— Par exemple ?

— Par exemple, nous savons que chez les pédophiles le profil le plus fréquent montre une réaction de préférence sexuelle pour les filles prépubères, avec un pic pour la tranche d'âge sept-onze ans. Et c'est précisément ce qu'on observe dans votre évaluation de cet après-midi.

Constance Baggott ne cilla pas. Elle connaissait bien le juge et ce n'était pas la première fois qu'elle défendait un dossier devant lui.

— Je vais vous donner notre point de vue, Don, commença-t-elle. Les tests d'évaluation psychosexuelle ont pour fonction habituelle de mettre en évidence les préférences sexuelles et les profils types des délinquants. Or, aujourd'hui, nous avons soumis M. Travers non pas à ce genre de protocole mais à une espèce de bombardement intensif de stimuli sexuels déviants. Il serait même juste de dire que M. Travers a subi un véritable test de résistance. Et un test de résistance suppose qu'on puisse arriver à un point de rupture. La réponse pénienne en fin de séance n'est donc pas forcément si désastreuse que ça. Il est normal que nous ayons mis en évidence ce seuil qui est d'ailleurs vécu comme un échec par le patient.

— À quel point ?

— Dans l'entretien qui a suivi l'évaluation, M. Travers s'est montré profondément affecté par cette contre-performance finale. Il est conscient du dérapage, mais semble considérablement renforcé dans sa détermination à surmonter son état.

— Vous voulez dire qu'il est toujours disposé à suivre le traitement expérimental que vous lui avez prescrit ?

— Pleinement et volontairement. Je pense que, quelle que soit la décision du ministère public, il poursuivra ses rendez-vous réguliers au Centre jusqu'à une évaluation sans faute.

— En somme, vous me suggérez de classer son dossier par

anticipation et de vous porter garante de la bonne fin de son traitement. C'est cela ?

— Vous savez, M. Travers suit une psychothérapie dans notre établissement depuis bientôt six ans. Nous avons eu largement le temps de juger de ses progrès, de l'amélioration de son comportement et de l'évolution de ses bonnes dispositions. Et tous les indicateurs sont très positifs. Très encourageants. En outre, je pense que le classement de son dossier serait pour lui un facteur motivant de réussite et viendrait utilement renforcer la psychothérapie.

— Vous êtes tout à fait certaine de votre analyse, Constance ?

— Autant qu'on puisse l'être dans notre métier.

— Et vous me signeriez un rapport dans ce sens, engageant la responsabilité du Centre dans vos recommandations ?

— Si vous me le demandez.

— Et vous, monsieur Walters, quel est votre sentiment ?

Evan Walters s'épongea le front d'un revers de main. Il était bientôt six heures et son opinion était faite. Il n'allait pas poursuivre la controverse jusqu'à la saint-glinglin si les médecins se mettaient d'accord avec la justice. Après tout, il n'avait jamais qu'une voix consultative.

— Sous certaines réserves à examiner ensemble, je suivrai vos conclusions si vous souhaitez classer, dit-il.

— Bien.

Lorsqu'on le fit entrer quelques minutes plus tard, Wade avait eu tout le temps de reprendre contenance et même de s'impatienter. Il jeta un regard circulaire et inexpressif sur les occupants de la pièce et attendit qu'on voulût bien lui parler.

Le juge Brechlin et Evan Walters le dévisagèrent longuement à leur tour, comme s'ils avaient du mal à admettre que le dossier qu'ils traitaient depuis plus d'une heure s'était matérialisé devant eux en chair et en os. Il faut dire qu'avec sa grande taille, son étrange obésité aux graisses mal réparties et son accoutrement disparate des grands jours, Wade pouvait difficilement échapper à la curiosité de qui que ce fût.

— Asseyez-vous, monsieur Travers, dit le juge Brechlin en

lui désignant une chaise à l'autre extrémité de la table de réunion, pour bien marquer qu'en toutes circonstances il devait subsister une certaine distance entre la justice et le justiciable.

Wade prit place et attendit. Le juge l'observa encore un moment et sembla se décider.

— Monsieur Travers, dit-il, la commission ici réunie, après examen de votre dossier, a décidé de le classer.

Il marqua une pause pour mesurer l'effet de ses paroles, mais Wade n'eut aucune réaction.

— Cela signifie qu'il sera mis sous scellés, conformément aux textes régissant certaines peines de substitution, poursuivit le juge. Du point de vue judiciaire, les charges qui ont été portées contre vous ainsi que la condamnation dont vous avez fait l'objet seront rayées de votre casier et des archives informatiques de la police.

Wade resta tout aussi impassible, mais une lueur d'une extrême vivacité s'était allumée dans son regard.

— Cette décision est toutefois assortie d'une condition. Vous devrez impérativement poursuivre le traitement en cours et vous présenter au moins une fois par mois au Centre, ainsi qu'à toute réquisition du Dr Baggott. Tout manquement de votre part à cette obligation serait signalé et annulerait notre décision. Est-ce que vous avez bien compris ?

Wade consentit enfin à hocher la tête.

— Oui, dit-il.

Le juge Brechlin l'observa encore un instant.

— Très bien, conclut-il. Alors, nous en avons terminé.

Et il commença à rassembler ses papiers et à les ranger dans son porte-documents.

— Le Dr Baggott a une grande confiance dans le succès de son traitement et dans votre volonté de coopération, ajouta-t-il avec un sourire aimable. Vous pourrez la remercier pour la qualité de son argumentation.

Wade se tourna vers Constance Baggott, le visage incertain, comme s'il cherchait la meilleure attitude à adopter.

— Merci, dit-il finalement, sans la moindre chaleur.

Le Dr Baggott lui renvoya l'imperceptible rictus qu'elle

réservait pour les moments d'extrême effusion envers ses patients.

— Il n'y a pas de quoi, monsieur Travers. Je compte sur vous.

Wade n'ajouta rien. Il était déjà ailleurs. Bien sûr, qu'on peut compter sur moi, songeait-il. Bien sûr...

Un peu plus tard, il se retrouva dans la rue paisible et, tandis que le portail en métal se refermait derrière lui, il aspira l'air à grandes goulées. Son regard se dirigea vers la fourgonnette garée à une cinquantaine de mètres. Et son visage s'éclaira enfin d'une intense satisfaction. C'était la fin de la journée, il était libre, totalement libre, on venait de le débarrasser du poids considérable qui pesait sur ses épaules depuis ces dernières années.

Il se rendit d'un pas détendu jusqu'à son véhicule et se mit au volant. Là, derrière, dans le compartiment isotherme, il y avait le casier, et il fallait encore s'occuper de tout ça. La journée était loin d'être finie.

La voiture s'élança et redescendit la colline. Dans le ciel, le soleil déclinait et inondait cette partie de la ville de ses rayons ocre. Wade plissa les yeux et rabattit le pare-soleil. Il avait beaucoup de kilomètres à faire.

Shirl

31

Pack de Six était un homme organisé. L'adversité avait eu raison de lui, mais jusqu'à un certain point seulement. Ces dernières années, il avait dégringolé un à un tous les échelons de l'échelle sociale où il était parvenu tant bien que mal à se hisser, et il avait dû se faire à l'idée qu'il avait cette fois atteint le fond. Mais de l'époque où il était agent à tout faire au service de l'entretien des véhicules d'une grosse municipalité de l'est, il avait gardé une compréhension structurée des choses et de la vie qui lui était fort utile en ces moments difficiles.

Cela faisait plusieurs mois maintenant qu'il avait rejoint l'armée des clochards et des sans-abri qui gangrenaient les grands centres urbains de l'Amérique. Errant d'une ville à l'autre à la recherche d'un climat propice à sa nouvelle condition, il avait échoué en Californie récemment et s'y était établi avec le jugement sûr d'un investisseur ayant trouvé le meilleur endroit où jeter son dévolu pour prospérer.

Avec pour tout capital un panier à roulettes de supermarché encombré de son maigre équipage, il arpentait méthodiquement, chaque jour, les rues de Stockton, selon un emploi du temps immuable.

Après avoir fait escale en début de matinée à la mission dominicaine où il pouvait compter sur un café chaud gracieusement offert par la congrégation, il se rendait dans le quartier des affaires, puis dans le centre commercial, où il pouvait grappiller quelques sous auprès des citoyens argentés qui fréquentaient ces lieux. L'après-midi, il croisait dans les faubourgs où il avait de bonnes chances de rencontrer quelques-uns de ses semblables dans les terrains vagues ou les aires publiques de basket-ball. Il sirotait alors en leur compagnie les bières qu'il s'était payées entre-temps avec son maigre pécule et qui lui valaient son surnom. Enfin, si la police îlotière ne se montrait pas trop acharnée, il pouvait le soir entreprendre son ultime tournée qui devait lui assurer le principal de sa subsistance quotidienne.

Pack de Six en était précisément à cette période de la journée. La nuit était tombée depuis un moment déjà et, le bonnet qu'il conservait en toutes saisons dûment enfoncé sur les oreilles, il remontait vers le centre-ville par la grand-rue, en poussant son caddie. Il savait que vers minuit les aides-cuisiniers de la pizzeria Del Sol commençaient à sortir leurs poubelles et à les aligner sur le trottoir. Il savait que ce serait ensuite au tour du T-Bone Lounge de faire de même. Il savait enfin que vers une heure du matin il pourrait terminer en écumant les déchets du meilleur restaurant français de la ville, Chez Francis. Le grand atout de Pack de Six était d'avoir repéré la routine de ces établissements, alors que la plupart de ses collègues se contentaient de divaguer au hasard des rues et des restaurants de troisième catégorie.

Il arriva légèrement en avance à la pizzeria et dut attendre quelques minutes pour que les poubelles fussent mises à sa disposition. Indifférent aux regards des employés, il souleva alors un premier couvercle et fit rapidement l'expertise du contenu. Rien de bien alléchant. Pack de Six avait pour principe de se montrer sélectif. Il grimaça également de déconvenue devant la deuxième poubelle. À toutes fins utiles, il y préleva cependant les restes d'un osso bucco et deux poignées de pâtes encore luisantes de sauce tomate et de parmesan. Puis, ses trouvailles parfaitement conditionnées dans une poche en plastique, il fit demi-tour et se dirigea vers le T-Bone.

Il pouvait faire là une découverte digne d'un repas de roi, mais il n'aimait guère l'endroit. Les cuisines donnaient dans une ruelle mal éclairée propice aux mauvais coups. Une semaine plus tôt, il s'était fait sauvagement agresser et délester de son butin par un gars qui ne voulait pas se donner la peine de se servir lui-même. Depuis, c'était avec la plus extrême prudence qu'il s'aventurait en ces lieux.

En quelques minutes, il arriva devant l'orifice sombre de la ruelle longeant le restaurant. Au fond, à la lueur d'un pâle réverbère, il aperçut les poubelles qui l'attendaient déjà au milieu d'autres immondices. Après avoir sondé l'obscurité, Pack de Six se décida à avancer d'un pas méfiant.

Il arriva devant les fûts de plastique noir qui se tenaient contre le mur tels des coffres au trésor. Il souleva le couvercle du premier et l'odeur fade et lourde des carcasses rognées et des sauces froides lui sauta au visage. Surmontant un certain dégoût, il fouilla dans les déchets comme chaque soir, étudiant l'intérêt de chacun. Malgré leur profusion, peu lui paraissaient propres à la consommation. Il passa au second récipient d'où surgit le même relent nauséeux. D'un amoncellement de frites gorgées d'huile, il extirpa des vestiges de côtes à l'os dont il n'y avait manifestement plus rien à tirer. Sans se décourager, il plongea l'avant-bras plus profondément et décela un sac qu'il amena vers lui.

C'était un sac en plastique bleu, comme il n'en avait encore jamais rencontré dans ses fouilles. D'un geste brusque, il l'éventra et introduisit la main à l'intérieur. Avec une certaine satisfaction, il reconnut sous ses doigts la consistance d'une assez importante surface de chair. Mais lorsqu'il déchira plus largement l'emballage, il ne comprit pas tout de suite ce qu'il avait sous les yeux.

À la faible clarté dispensée par l'éclairage public, il ne perçut tout d'abord qu'un éclat blanchâtre et incongru dans la masse sombre qui émergeait du sac. Intrigué, il s'aida de l'autre main pour saisir la chose informe et fut surpris de voir que les petites taches étincelantes étaient des dents. Il pensa automatiquement à une tête dépecée d'animal, de mouton, par exemple, tout en se disant que c'était bien la première fois qu'il se trouvait en présence d'un abat de ce genre. Et puis, subitement, il comprit.

Ses yeux s'élargirent démesurément, sa bouche s'ouvrit sans proférer un seul son et ses mains furent prises d'une faiblesse qui lui fit desserrer les doigts. C'était une tête humaine !

Il contempla l'objet insolite encore une fraction de seconde et le laissa choir avec un bruit mat. Il se pencha pour l'observer sous un autre angle afin de se prouver qu'il n'était pas victime d'une hallucination. Non. Il s'agissait bien d'une tête ! D'une tête humaine complètement ravagée...

Pris de dégoût, il s'essuya frénétiquement les mains contre ses vêtements. Puis, se ressaisissant, il regarda autour de lui et sursauta lorsqu'une voix rigolarde lui parvint :

— Alors ? On fait la fine bouche, ce soir ?

C'était un des marmitons qui se tenait dans l'encadrement d'une porte, une autre poubelle à bout de bras.

Pack de Six le considéra avec une telle peur panique dans les yeux que le jeune homme en perdit sa jovialité.

— Eh bien, qu'est-ce qu'il y a ? demanda-t-il.

Il vit Pack de Six jeter un dernier coup d'œil effaré sur la poubelle qui béait à deux mètres de là, s'emparer de son caddie et déguerpir à toutes jambes. Dans le tressautement métallique des roulettes, le clochard et son chariot disparurent au coin de la ruelle en un instant.

Le marmiton descendit les deux marches de la porte et alla déposer son fardeau. Puis il s'abaissa pour ramasser le couvercle de la poubelle ouverte, et c'est au moment de le remettre qu'il aperçut l'horrible masque grimaçant au milieu des déchets. À lui aussi, il fallut quelques secondes pour croire ce que ses yeux voyaient.

— Grands dieux..., murmura-t-il.

Après quoi il s'engouffra dans les cuisines en hurlant :

— Chef ! Chef ! Venez voir... Vite !

Et il y eut à l'intérieur un tumulte grandissant.

32

— Il lui a ouvert l'abdomen avec un ouvre-boîtes, Marcus. Comme une vulgaire boîte de conserve. Les effusions de sang sont telles que le légiste de garde suppose qu'elle a été découpée vivante... Vivante, tu entends !

Folkerson se tenait dans le hall, sous la lumière pâle du plafonnier. Il avait des cernes sous les yeux et parlait d'une voix accablée. Il avait passé toute la soirée dans l'appartement d'Amy à tenter de mettre un semblant d'ordre dans la confusion qui avait suivi la découverte de l'épouvantable meurtre.

— Que s'est-il passé ? demanda Mawbray.

Il avait trouvé la force de poser la question, mais elle était à peine audible. Il était face à Folkerson, vêtu du pyjama défraîchi et douteux dans lequel il avait sué toute sa fièvre depuis quatre jours. Folkerson l'avait tiré du lit. Ses yeux encore rouges de sommeil et ses joues creusées par la maladie lui donnaient un air de déterré.

— Il l'a attachée aux montants du lit avec une rallonge électrique. Et puis il a suivi son inspiration... Le meurtre a dû avoir lieu dans la soirée de vendredi. Personne n'a rien entendu. Il n'y a pas de témoin. La dernière personne à avoir été en contact avec Amy est une certaine Gertrude Gaines. Une amie à elle. Elle tient un magasin de produits bio...

À ces mots, Marcus se remémora la dernière visite d'Amy et ressentit une sorte d'étourdissement. Il porta la main à son front.

— Ce n'est pas possible, murmura-t-il.

Il ferma les yeux et essaya de se contrôler.

— Mais elle était ici, vendredi ! s'enflamma-t-il. Elle était ici, Frank !... En début d'après-midi, juste avant ton coup de téléphone... Elle m'avait justement apporté de quoi manger...

Il émit un long soupir caverneux. Il avait pensé avoir une longueur d'avance sur tout le monde et il était dépassé. Soudain, il fixa Folkerson, l'air ébahi. Quelque chose venait de lui traverser l'esprit.

— La tête ? demanda-t-il.

— Plus de tête. Partie ! Découpée avec un couteau à viande...

Marcus encaissa silencieusement, puis s'effondra plus qu'il ne s'assit sur la chaise à côté du meuble du téléphone. Il se tint là, prostré, incapable d'aligner deux pensées cohérentes.

— C'est cette fille Gaines qui nous a avertis, reprit Folkerson. Toutes deux devaient se recontacter après le week-end et elle s'est étonnée de ne pas avoir de ses nouvelles. Elle a laissé passer lundi et puis finalement elle est allée chez elle cet après-midi. Comme ça ne répondait pas et que la voiture d'Amy était garée dans la rue, elle a appelé la police. Ce sont les gars du huitième commissariat qui sont venus. Heureusement qu'ils ne l'ont pas laissée entrer...

Il chercha du regard une autre chaise pour s'asseoir à son tour, mais il n'y en avait pas. Il se résigna à poursuivre la discussion debout.

— On l'a, notre type, Marcus, dit-il. On se demandait quel genre ça pouvait être. Maintenant au moins, on a un profil clair sur quoi travailler. C'est un maniaque. Un vrai de vrai. Du sang partout... Il a complètement ouvert le ventre et déposé les viscères par terre... Tu sais par quoi il les a remplacés ?

Marcus leva un regard hébété sur Folkerson.

— Il a bourré la cavité abdominale avec de la lingerie, comme s'il avait voulu l'empailler... Les vêtements étaient gorgés comme des serpillières. Pleins de caillots et de sang coagulé... Mais ce n'est pas tout, Marcus. Parce que ça et la tête, c'est pour le folklore. Son folklore à lui. Il y a aussi un côté pratique, un côté utilitaire si on peut dire...

Marcus ne détachait pas son regard de Folkerson.

— Hormis la tête, il y a d'autres parties anatomiques manquantes... Il a prélevé les fesses et la partie postérieure des cuisses. D'après le légiste, environ cinq kilos de chair. Il a embarqué tout ça avec la tête. Pour quoi faire ? De l'avis général, on se trouve non seulement en présence d'un dingue qui semble avoir un certain sens du rituel et du décorum, mais d'un dingue doublé d'un anthropophage...

Folkerson s'interrompit un instant et secoua longuement la tête, comme s'il avait du mal à croire ce qu'il avait vu.

— Il a laissé des traces dans tout l'appartement, comme s'il avait pris un bain de pieds dans une bassine de sang... Mais c'est un méticuleux. Il a fait du nettoyage. Dans la salle de bains et dans l'évier de la cuisine. Et c'est un malin, aussi. Pour l'instant, on n'a pas trouvé d'empreintes digitales exploitables. On n'a que le tracé de ses chaussures. Des baskets, pointure quarante-quatre. On aura la marque demain matin... On suppose qu'il a lu le *Chronicle*, conclut-il. Il n'a pas été long à réagir...

Marcus songea encore à la visite d'Amy, cinq jours auparavant.

— Elle avait peur de cet article, marmonna Marcus entre ses dents. Elle avait senti le danger... On peut dire que la presse a encore fait du bon boulot...

— Elle nous a aussi permis d'identifier Catherine Kimble, Folkerson. Il ne faut pas l'oublier. Tout ce qu'on peut lui reprocher, c'est de faire suivre un bienfait par son contraire. Je suppose que c'est l'idée qu'ils se font du juste rôle de l'information...

— Et cet abruti de Dunwell..., grommela Marcus. Il le sait, qu'il a du sang sur les mains ?

— Non. Pas encore. De toute façon, il est bien connu que les types comme lui n'ont jamais de sang sur les mains. Ils s'en tirent toujours. Et même s'il n'avait rien dit, la presse aurait fini par en parler. Je n'aurais pas pu garder le silence indéfiniment...

Il se tut et s'absorba dans ses réflexions.

— Non, reprit-il soudainement. Ce qu'on se demande, c'est pourquoi il s'en est pris à Amy. Comme ça, spontanément, comme sur un déclic, à peine son nom paru dans les journaux.

— Parce que c'est une femme, dit Marcus. Parce qu'il en a déjà tué au moins une autre. Et puis parce qu'elle était vulnérable, tout simplement, ajouta-t-il dans un souffle.

— C'est ça et autre chose, dit Folkerson. Il y a aussi des analogies morphologiques entre les deux victimes. Elles sont toutes les deux d'un petit format, si je puis dire. Des corps de gamines. C'est peut-être ça qui lui plaît. Peut-être comme ça qu'il fonctionne...

— Mais Amy était une Asiatique ! rétorqua Marcus. Et elle avait presque dix ans de plus que Kitty Kimble !

— Je sais. C'est ce qui cloche. Et pourtant j'ai l'impression qu'il y a quelque chose de concordant. Peut-être une superposition d'éléments. L'indice principal, c'est la rapidité de sa réaction. Il a agi de manière fulgurante, non pas parce qu'il était menacé, ni par vengeance. Mais pour une autre raison ou un faisceau de raisons...

Il esquissa un geste d'impuissance.

— Pour l'instant, je ne vois pas bien. Mais dès demain, je vais chercher par là. On va reprendre en détail le fichier des déglingués sexuels de la région qui ont un pedigree. Tendance jeunes filles. Ganton est déjà dessus.

Il pensa quelques secondes à la masse de travail qui s'annonçait puis revint à la réalité.

— Je dois rentrer, Marcus. Je suis navré pour Amy. C'était une fille très bien. Les types du FBI ont été avertis. Ils sont comme fous. Ils vont remettre Brace et Hobson sur le coup. Tu sais, les deux gars qui étaient à notre première réunion, il y a un mois... J'espère que ça sera utile, parce qu'on est plutôt dans le bleu en ce moment...

Marcus gardait le regard obstinément fixé sur la porte d'entrée.

— Pauvre petite..., murmura-t-il finalement.

Folkerson attendit autre chose, mais rien ne vint. Marcus semblait s'être abîmé dans une indifférence sans fond et ne pas vouloir lui retourner son bonsoir. Il le salua d'un geste de la main.

— Allez, Marcus. Recouche-toi. Je t'appellerai.

Au moment où il allait se diriger vers la porte, il vit Mawbray relever enfin la tête. Il n'en fut pas certain, mais les yeux qui le regardèrent lui parurent tout embués, et il eut l'impression que le vieil homme se retenait de pleurer. Par pudeur, il se détourna.

C'est en se retirant doucement qu'il l'entendit prononcer un mot auquel il ne s'attendait pas. C'était plus bas qu'un murmure, à peine un souffle, et l'expression d'une totale confusion :

— Susan !...

33

À cette heure de la matinée, le court bénéficiait de l'ombre des grands arbres et c'était le seul moment de la journée où il était possible d'en profiter avec plaisir. L'après-midi, quand le soleil avait tourné, ses rayons inondaient la terre battue et la transformaient en véritable plaque chauffante.

Comme elle en avait pris l'habitude, Shirley Belson se dirigea vers le mur d'entraînement. Elle posa son sac, choisit une des deux raquettes qu'elle avait emportées, et lança une première balle avec toute l'énergie de sa résignation.

Après quinze jours passés dans sa nouvelle demeure, elle avait compris qu'elle ne devait compter sur personne, hormis sa mère, pour disputer des parties dignes de ce nom. Les habitants de la résidence n'étaient de toute évidence pas des adeptes du tennis. Il n'y avait qu'à voir leur âge. Les seuls enfants qu'elle avait aperçus dans le parc depuis son arrivée étaient les gamins d'une famille venue en visite un dimanche. Quant à ses copines, elles étaient maintenant de l'autre côté de la baie, et elle se trouvait donc contrainte de renouer avec le charme discutable de la vie de fille unique. Ses parents avaient le goût des déménagements, c'était comme ça, il fallait s'en accommoder...

Elle frappa à toute volée durant une bonne vingtaine de minutes puis marqua une pause pour reprendre haleine. Elle respira profondément et entreprit quelques exercices d'assouplissement. Jambes écartées, bras tendus, flexion du tronc, mains au sol. Elle fit ces mouvements à plusieurs reprises et finit par tirer de toutes ses forces sur ses bras, le buste penché en avant et les mains fermées sur l'extrémité de ses tennis.

C'est dans cette posture équivoque qu'elle eut subitement l'impression qu'elle n'était plus seule. Elle se redressa vivement et se retourna. De l'autre côté du grillage, il y avait ce type. Les mains dans les poches de son jogging, il la regardait.

Elle sut tout de suite qu'il s'agissait de leur voisin du dessous. Le type étrange qui hurlait la nuit.

Elle ne l'avait pas entendu arriver. Peut-être l'observait-il depuis un moment. Elle songea alors qu'elle avait dû lui montrer ses dessous et sentit monter en elle une certaine honte. Depuis quelque temps déjà, sa mère lui faisait des réflexions à ce sujet : « Tu n'es plus une gamine, Shirl. Fais un peu attention. Il y a des choses qu'une grande fille n'est pas censée dévoiler... »

Mais le type ne donnait pas l'impression d'avoir ce genre d'idées en tête. Un sourire aimable s'afficha sur son visage.

— Salut ! lança-t-il d'une voix fluette et étonnamment douce. Vous me connaissez ?

Shirl fit oui de la tête, se demandant si les règles en usage chez les grandes filles recommandaient de lui renvoyer son sourire.

— Je vous vois souvent venir ici, continua-t-il. Vous aimez jouer seule ?

— Pas vraiment. Mais ma mère est occupée à la maison. Et je ne connais personne.

Le type l'observa quelques instants, arborant le même sou rire.

— Je m'appelle Wade, reprit-il. Si vous voulez, je peux faire une partie avec vous...

Shirley le considéra subitement d'un air intéressé.

— Vous savez jouer ?

— J'arrive à renvoyer les balles...

— Vous voulez dire maintenant ? Jouer maintenant ?

— Oui, si vous voulez...

Le visage de Shirley s'éclaira alors franchement.

— D'accord. Je vous prête une de mes raquettes.

Le type lui souriait toujours et elle trouva qu'il y avait dans son faciès plutôt bizarre une grande gentillesse.

— Moi, c'est Shirley, ajouta-t-elle dans un grand élan de sympathie. Mais vous pouvez m'appeler Shirl, si vous voulez.

— D'accord, Shirl...

Et tandis qu'il longeait le grillage pour aller jusqu'au portail, Shirley attrapa son sac et passa sur le court principal.

C'est lorsqu'elle se trouva face à lui, une raquette dans chaque main, qu'elle eut une vision claire de son voisin. De loin, avec sa figure poupine, il lui avait paru une sorte de grand adolescent sans âge. Mais en voyant le visage blafard de près, la calvitie sur le haut du crâne et les cheveux filasse, elle corrigea son impression et le classa sans état d'âme dans la catégorie des vieux. Un vieux d'un genre spécial qui n'hésitait pas à jouer avec une fille de son âge.

— Tenez, prenez celle-là. Moi, je garde la plus légère, lui dit-elle en levant son regard espiègle vers lui.

Il était très grand. Massif, avec des bourrelets sur le ventre et un derrière trop large. Et lorsqu'il alla se poster de l'autre côté du filet, elle trouva sa démarche presque ridicule, avec son espèce de déhanchement lourdaud de bonne femme.

Elle essaya un premier service un peu retors pour le jauger et fut surprise de l'extrême agilité de sa réaction. Ensuite, elle dut réquisitionner toutes ses forces et toute son habileté pour remporter le premier set, encore qu'elle eût l'impression très nette qu'il lui faisait pas mal de cadeaux. Mais lorsqu'ils eurent entamé la deuxième partie après avoir échangé leurs places, elle comprit qu'elle allait devoir s'incliner. Ce qu'elle fit de bonne grâce, riant aux balles qu'elle se mit à rater systématiquement, tellement elle était fatiguée. À la fin du deuxième set, elle était pantelante.

— Vous êtes trop fort pour moi !... souffla-t-elle.

— On arrête ?

Elle fit oui de la tête. Elle ruisselait de sueur et d'un revers de la main elle s'essuya le front.

— De toute façon, il fait trop chaud pour continuer. Je dégouline.

Elle agita son polo pour faire un courant d'air sur la peau de son ventre.

— Ils auraient dû prévoir une piscine en plus du tennis, ajouta-t-elle. Je piquerais bien une tête !

Wade s'était approché d'elle pour lui rendre sa raquette et il la contemplait de ses petits yeux perçants avec insistance. Une tentation imprécise venait de germer dans son esprit.

— Il y a au moins les douches, dit-il. C'est le moment ou jamais d'en profiter.

— Les douches ?

— Oui, dans le vestiaire. Vous ne les avez pas encore utilisées ?

D'un mouvement de tête, il indiquait le petit bâtiment à quelques mètres de là.

— Non, fit Shirl, comme frappée par l'évidence. J'avais complètement oublié.

Elle avait maintenant les yeux pétillant de convoitise.

— C'est de l'eau froide ? demanda-t-elle.

— Froide ou chaude. Comme on veut. En plus, les cabines sont équipées de plusieurs jets sous pression. C'est un vrai plaisir...

Shirl regarda la petite bâtisse du vestiaire, hésitant encore un peu.

— Je n'ai pas de serviette, objecta-t-elle.

— J'en ai une dans mon casier. Je vous la prête si vous voulez. On y va ?

Alors elle se décida et lui adressa un sourire enjoué.

— D'accord. On y va !

En quelques pas, ils furent devant la porte et Wade l'ouvrit avec son passe. Il s'effaça devant Shirl.

— Entrez, lui dit-il.

Shirl pénétra dans la pièce à peine éclairée par les vasistas grillagés en haut des murs. Il y faisait frais, et il y régnait une odeur de renfermé et d'humidité, mais tout était aussi propre que lors de sa première visite avec sa mère.

Wade fit la lumière, alla ouvrir une des armoires métalliques et en sortit une serviette.

— Tenez, dit-il.

Shirl prit la serviette, mais elle n'était déjà plus si certaine que ce fût une bonne idée de se retrouver dans cet endroit pour prendre une douche en compagnie de sa nouvelle connaissance.

— Et vous ? demanda-t-elle.

— J'attendrai que vous ayez fini. Ça ne fait rien.

Shirl eut un moment d'indécision mais, avant qu'elle pût refuser, Wade avait ouvert l'une des cabines et actionnait un robinet. L'eau se mit gicler avec force depuis deux rangées de douches murales.

— Vous pouvez les régler comme ça, montra Wade en faisant tourner une manette modifiant la pression. Allez-y. Je vous laisse. Je vous attends dehors.

Et il quitta les lieux.

Shirl hésita encore quelques secondes, puis elle haussa les épaules, entra dans la cabine et se déshabilla prestement.

Dehors, Wade se tenait immobile sous les grands arbres, indifférent à l'air tranquille et au pépiement des oiseaux. Il était dans un état de profonde agitation. Il ne parvenait pas à croire à ce qui venait de se produire. La gamine était là, à côté, comme un petit animal à sa disposition, qu'il pourrait choyer, caresser de la main, ou du moins du regard... Elle était là, si près, trop près même. Il devait se maîtriser. C'était dangereux, beaucoup trop dangereux. Il y avait tous ces gens qui le connaissaient, qui pourraient venir fouiner chez lui, lui poser des questions, ou fouiner même dans la boutique. Non, c'était impossible. Il fallait se contrôler et ne rien tenter. Pas ici. Pas pour l'instant. Tant pis si elle était pratiquement à portée de main. Il fallait qu'elle reste hors d'atteinte. Sinon ce serait la fin.

Il se sentit envahi par un curieux sentiment de plénitude inassouvie, et il ne put s'empêcher de jeter un long regard sur la porte du petit bâtiment qu'il avait laissée entrouverte. Soudain la tentation fut la plus forte.

Excédé par la frustration, il se dirigea vers le vestiaire, mais au lieu d'y entrer il le contourna d'un pas rapide. Écrasant les aiguilles de pin et la petite végétation qui poussait autour du bâtiment, il avança avec précaution et se retrouva sur la partie arrière, sous les vasistas. Ceux-ci étaient baissés. Depuis l'un d'eux lui parvenait clairement la cataracte puissante de la douche. S'agrippant au rebord de l'ouverture, Wade se hissa à la force des bras jusqu'à l'interstice laissé par le vasistas. Alors, avec une infinie précaution, il regarda à l'intérieur. Mais de Shirley il ne vit pas grand-chose. Elle n'était qu'une silhouette imprécise noyée dans un brouillard d'embruns et c'est à peine s'il put distinguer, dans des éclats de chair pâle, sa nudité confuse et juvénile. Soudain, le ruissellement de l'eau s'arrêta net, et Wade se rejeta en arrière. Lâchant prise, il se reçut silencieusement et déguerpit à grandes enjambées.

Shirley n'était pas certaine de ce qu'elle avait vu. Au moment où elle avait coupé l'eau, elle avait cru percevoir une ombre derrière elle, en haut, de l'autre côté du carreau dépoli. Et puis une sorte d'effleurement. Elle écouta encore, le regard fixé sur l'ouverture, mais il n'y avait rien. Elle saisit la serviette et se sécha rapidement. Ce devait être un oiseau, pensa-t-elle.

Elle rentra, accompagnée de Wade, par les allées du parc. Il portait son sac de sport et elle lui racontait sa vie à Berkeley avant leur déménagement. Ils empruntèrent les escaliers et se retrouvèrent devant l'appartement de Wade. Alors qu'elle allait le quitter, il lui demanda :

— Vous aimez les poissons ?

Les poissons ?

— Oui, les poissons d'élevage, dans des aquariums...

— Des poissons exotiques ?

— Oui, toutes sortes.

— Peut-être. Je ne me suis jamais posé la question. Nous n'avons jamais eu d'animaux à la maison.

— Ça vous plairait d'en voir ?

— Oui, pourquoi pas... Où ça ?

— Chez moi.

Elle le regarda comme pour mieux évaluer la nature de la proposition.

— Vous avez des poissons exotiques chez vous ?

— Plein.

— Ça doit être super.

Le type lui plaisait de plus en plus. Enfin quelqu'un de sympathique dans cette résidence. C'était la première fois depuis son arrivée qu'elle se sentait joyeuse.

Wade ouvrit la porte de son appartement. Il savait qu'il ne devait pas, qu'il faisait une erreur, mais cette fois encore la tentation fut la plus forte.

— Vous voulez entrer pour voir ?

— D'accord, mais rien que deux minutes.

Juste à ce moment-là, elle entendit la voix de sa mère provenant de l'étage supérieur :

— Shirl !

Une voix coupante qui n'augurait rien de bon.

Elle lança à Wade un regard navré.

— Désolée... Je crois que ce sera pour une autre fois. Il faut que j'y aille !

Le visage de Wade resta sans expression, et dans la pénombre du palier elle fut surprise de ressentir comme un malaise devant l'étrange masque blafard. Mais finalement le masque parla :

— Tant pis. Ce n'est pas grave. Au revoir.

Il l'avait saluée avec amabilité, mais sans le moindre sourire. Elle hésita une seconde sur la contenance à prendre puis le salua à son tour avec un geste enfantin de la main. Et elle disparut en un clin d'œil dans la cage d'escalier pour rejoindre sa mère.

— Je t'interdis, Shirl ! Tu m'entends ? Je t'interdis de faire quoi que ce soit avec ce type !

Janet Belson était hors d'elle. Elle avait vu sa fille dans le parc revenir en compagnie du type du dessous et son sang s'était glacé dans ses veines.

— Mais, maman..., protesta Shirl.

— Il n'y a pas de « mais maman », l'interrompit sa mère. Je ne veux plus te voir avec lui, un point c'est tout !

— Mais je n'ai fait que jouer au tennis, rétorqua Shirley en haussant la voix à son tour. Pour une fois que je m'amuse !

C'est pas drôle ici. Je ne connais personne. Qu'est-ce que tu veux que je fasse ?

— Tu fais tout ce que tu veux, mais pas avec le voisin du dessous. Sinon c'est simple, tu restes à la maison !

Shirl sentit les larmes lui monter aux yeux. Elle jeta son sac par terre dans le couloir avec rage.

— C'est pas juste ! Comment tu veux que je fasse ? Bridget est à Berkeley et j'ai même plus de copines...

Janet Belson fut enfin touchée par le désarroi de sa fille et se calma un peu.

— Écoute, Shirl. Ce n'est qu'une période à passer. Dans un mois, tu reprendras l'école et tu te feras de nouvelles amies. En attendant, si tu veux, je téléphonerai au parents de Bridget. On verra s'il est possible qu'elle passe ici ou que tu ailles chez elle. D'accord ?

Shirley opina, les yeux rivés sur le sol. C'est alors que sa mère remarqua sa chevelure hirsute et encore trempée.

— Qu'est-ce que tu as fait à tes cheveux ? s'exclama-t-elle.

Shirl la regarda en boudant.

— Rien. J'ai pris une douche, c'est tout.

— Une douche ?

— Mais oui, dans le vestiaire du tennis. C'est Wade qui m'a montré. Il m'a prêté sa serviette...

Janet sentit une nouvelle fois le sang refluer dans ses veines. Elle allait encore s'emporter, mais elle se retint juste à temps. Elle venait de songer que c'était une erreur, qu'elle était en train d'affoler sa fille.

— Bon, écoute, dit-elle finalement d'une voix conciliante. On ne va pas continuer à se fâcher comme ça. Mais je veux que tu me promettes une chose, Shirl. Une seule chose, tu m'entends ? Je ne veux pas te voir avec le type du dessous. C'est d'accord ? Et on en reste là.

Shirley se tint muette, le visage renfrogné.

— Je ne plaisante pas, reprit fermement sa mère. Tu as compris ?

Shirl fit oui de la tête.

— Bon, dit Janet. Maintenant, va ranger tes affaires. Et prends une douche décente avec un shampooing. Allez !...

Shirley ramassa son sac sans enthousiasme et disparut dans sa chambre. Elle ne vit pas à quel point le regard de sa mère était dévoré par l'inquiétude.

34

Le matin qui suivit la visite nocturne de Folkerson, Mawbray se réveilla péniblement vers huit heures et demie et ne trouva pas tout de suite le courage de quitter son lit. Il se sentait terrassé par une grande lassitude et peu disposé à lutter contre. Pourtant, depuis deux jours, il allait mieux. Sa gorge avait désenflé et l'angine avait disparu. Et de la maladie qui l'avait si malmené, il ne lui restait plus qu'un visage hâve et cette asthénie à peu près généralisée.

Il songea à Amy. Se remémorant les paroles de Folkerson, il essaya d'imaginer la jeune femme en son état de cadavre éviscéré, décapité, découpé comme un animal de boucherie. Il fut surpris d'y arriver sans peine. Son esprit n'avait qu'à puiser dans le triste répertoire professionnel des innombrables dépouilles qu'il avait eu à expertiser, et d'y associer le corps frêle d'Amy.

Il s'agita dans son lit, rongé par un sentiment de culpabilité. Il n'était pas allé assez vite. Et il savait que Folkerson et les autres se trompaient. Ils ne se trouvaient pas devant un cas d'anthropophagie. Ou du moins pas dans le sens évident où ils l'entendaient tous. C'était à la fois plus compliqué et plus abject. Marcus savait tout cela maintenant. Et il s'était laissé prendre de vitesse.

Ses traits se crispèrent. Quelque part autour de la baie, pas très loin, peut-être à deux pas, le type était là. Marcus le sentait. Il le sentait vivre au rythme imprévisible de son cerveau malade, de ses pulsions incontrôlées. Une sorte d'entité maléfique mal définie, pareille à toutes celles qui menaçaient sans cesse l'univers policé de la cité et qui frappaient de temps à autre avec la soudaineté terrifiante d'un hasard prémédité. Il devait y avoir un moyen, se dit Mawbray. Un moyen de l'identifier. Il était le seul à l'avoir traqué jusque dans l'expression tangible de son obsession. Ces poissons, ce monde placentaire parcouru d'animaux froids et muets, c'était son monde, il en était certain.

Marcus rejeta le drap qui le couvrait et sortit du lit. Il fallait qu'il le trouve. Il fallait recommencer à le suivre à la trace.

Il se rendit dans la salle de bains. Face au lavabo, il resta un moment pensif, sans voir l'image piteuse que lui renvoyait le miroir. Puis il ouvrit le robinet.

C'est en s'aspergeant le visage d'eau froide qu'il sentit subitement le voile du mystère se déchirer comme par miracle. Il se figea, le geste suspendu, le regard fixé sur le masque qui l'observait dans la glace, dans l'attente de la révélation.

C'était ce type. Ce type qu'il avait vu dans cet immense magasin d'animaux. Comment avait-il dit, déjà ? À propos de ces boutiques, à propos de la concurrence... Marcus ferma les yeux dans un terrible effort de concentration. Et tout à coup les mots lui revinrent à l'esprit, aussi distinctement que lorsqu'il les avait entendus pour la première fois. « Sans compter les petits commerces qui se montent et disparaissent presque aussitôt », avait dit le chef des ventes.

Marcus rouvrit les yeux. *Les petits commerces qui se montent et disparaissent presque aussitôt,* se répéta-t-il, maintenant fasciné par l'évidence, par la logique impeccable de son raisonnement.

Saisi d'une brusque frénésie, Marcus sortit de la salle de bains en s'épongeant le visage, attrapa l'annuaire du téléphone et tourna les pages en toute hâte. Il trouva tout de suite. Il jeta un rapide coup d'œil sur l'horloge numérique du salon. Neuf heures dix. Il alla au téléphone, décrocha et composa un numéro.

— Allô, la Chambre de commerce ?

Une voix aimable lui répondit.

— Je souhaiterais savoir s'il est possible d'obtenir une liste de tous les commerces d'animaux vivants qui ont déposé leur bilan ou cessé leur activité durant ces cinq dernières années, dit-il.

À l'autre bout du fil, on lui expliqua le détail des services qu'on pouvait lui fournir.

— Il me suffit de passer à vos bureaux ?... fit Marcus. Très bien. Je vous remercie. Je passerai tout à l'heure.

Il raccrocha. Il était pris d'une excitation de collégien à son premier rendez-vous galant.

Il s'habilla précipitamment et, sans prendre de petit déjeuner, il quitta sa maison pour s'engouffrer dans sa voiture.

Au même moment, Folkerson se garait à l'emplacement qui lui était réservé au commissariat central. Il n'avait pratiquement pas fermé l'œil de la nuit, rongé par le meurtre d'Amy Burns, cherchant désespérément à trouver l'angle d'attaque qui lui avait échappé. Il était donc d'assez méchante humeur lorsqu'il entra dans son bureau.

Il fut surpris d'y trouver le sergent Atkins et Ganton. Tous deux patientaient devant son bureau en sirotant dans des timbales en plastique le médiocre café du distributeur.

— Qu'est-ce qui se passe ? demanda Folkerson en allant droit à son fauteuil.

— Il y a du neuf concernant Amy Burns, lieutenant, dit Ganton. J'ai l'impression que la tête a été retrouvée.

— Où ça ? s'écria Folkerson.

— À Stockton. Les gens du VICAP nous ont faxé ça cette nuit.

Ganton extirpa plusieurs télécopies d'un dossier. Il les tendit à Folkerson.

— Une affaire ouverte il y a environ trente-six heures, précisa-t-il.

Folkerson parcourut les documents d'une lisibilité approximative.

— Ils n'ont pas traîné avec leur ordinateur, dit-il.

— Ils savent qu'en ce moment on apprécie les histoires de têtes coupées, fit Ganton. Celle-ci a été découverte par un clochard qui a l'habitude de faire les poubelles des restaurants.

Folkerson continua de lire le compte rendu puis leva les yeux sur Ganton.

— Les dents ont été enlevées..., dit-il.

— Ce ne peut être que notre gars. Je me demande comment il a fait pour savoir que les parents d'Amy Burns vivaient à Stockton. Il ne s'est pas débarrassé de la tête là par hasard.

— Il a dû trouver l'information chez Amy. Ou il a peut-être eu le temps d'avoir une conversation avec elle... Les parents sont informés ?

— Pas que je sache. La police de Stockton ne sait pas que le VICAP a fait le lien avec nous.

— Il faut vérifier l'identification au plus vite.

— Vous voulez mettre Mawbray là-dessus aussi ?

Folkerson songea un bref instant à Marcus et hocha la tête.

— Non. Je l'ai vu hier soir et il est salement affecté. Demandez à Dunwell. Il se fera un plaisir. Et prenez contact avec Stockton. Il n'y a pas de raison de les laisser dans l'ignorance plus longtemps. Ils ont peut-être des détails à nous raconter. Où est la tête ?

— À la morgue de Stockton.

— Raison de plus.

Il se replongea dans l'examen des documents en accordant une attention particulière à la photo de la victime. Le manque de résolution de la transmission ne faisait que couper un peu plus de toute réalité humaine l'étrange masque mortuaire.

— Il n'y a rien sur les causes de la dégradation anatomique, à ce que je vois.

— Non, mais pas besoin de dessin. Ça ressemble comme deux gouttes d'eau à la tête Kimble...

Folkerson reposa les feuillets sur son bureau. Il réfléchit un instant puis s'adressa à nouveau à Ganton :

— Je vous laisse faire un tour de l'autre côté de la baie chez nos collègues. Et occupez-vous de prévenir Dunwell. Qu'il intervienne au plus vite. Moi, je pense que je vais me payer un voyage sous le soleil de la côte Est.

Ganton le regarda sans comprendre, mais s'abstint de toute question.

— Entendu, lieutenant.

Et il sortit, accompagné d'Atkins. Resté seul, Folkerson médita encore quelques minutes avant de prendre sa décision. Enfin, il décrocha.

— Appelez-moi Stuart Brace à Quantico, s'il vous plaît, demanda-t-il à une secrétaire.

Peu après, il obtint la communication.

— Brace ? C'est Folkerson. J'ai bien reçu votre correspondance de cette nuit. Je vous en remercie. Mes gars sont sur le coup et s'occupent de la routine. Mais je voulais vous dire une chose. Je voudrais faire un tour en Floride... Exactement, pour rencontrer ce Kovell...

À l'autre extrémité, Brace se lança dans des objections.

— Je sais, je sais..., protesta Folkerson. Il n'y a peut-être pas grand-chose à en tirer, mais je voudrais quand même essayer. C'est possible de m'arranger ça avec les gens de Starke ?

Folkerson parlementa encore un moment, mais lorsqu'il raccrocha il avait obtenu ce qu'il voulait. Il restait maintenant à convaincre sa hiérarchie pour son billet d'avion. Avec les radins du service des missions, ça ne va pas être la partie la plus facile ! songea-t-il.

35

Il y a des jours où les choses s'agencent avec une telle facilité et sous des auspices si favorables que tout semble à deux doigts de la réussite. Pour Marcus Mawbray, ce mercredi était l'un d'eux. En sortant de la Chambre de commerce, il avait en poche une liste claire et précise, comme seuls les ordinateurs savent les établir.

Elle comptait sept fiches mentionnant raison sociale, noms des anciens gérants ou syndics de faillite, adresse et dernier chiffre d'affaires connu. Nanti de ces informations, Marcus remonta dans sa voiture et se lança dans un long périple.

Il n'eut aucune peine à retrouver la première boutique de la liste. Elle arborait une façade de pizzeria avec livraisons à domicile et l'une des employées lui expliqua qu'ils avaient eux-mêmes succédé à un salon de coiffure. Il n'y avait rien à tirer de ce côté-là.

La deuxième adresse conduisit Marcus dans un autre quartier commerçant, chez un opticien qui avait sauté sur l'occasion du dépôt de bilan de son voisin pour agrandir son magasin. Il indiqua en outre à Marcus que les propriétaires de l'ancien commerce étaient un couple qui avait quitté la région après leur revers de fortune.

Lorsque Marcus reprit sa voiture, il commençait à douter du bien-fondé de sa démarche, d'autant que la visite suivante le conduisit à une adresse qui n'existait pas. À la place du pâté de maisons où avait dû se trouver jadis la boutique, il y avait maintenant un vaste terrain vague encore encombré de gravats et ceinturé d'un grillage. Une haute pancarte annonçait une prochaine réalisation immobilière.

À la quatrième adresse, l'opération immobilière avait déjà eu lieu. Le 57 Creston Street était devenu un bâtiment de quatre étages à façade de verre où se reflétaient les nuages et le bleu du ciel. Au-dessus de la porte d'entrée, Marcus lut en lettres de cuivre sur un large panneau vitré : « Electronics Researchs, Siège social. » Puis il jeta un coup d'œil sur sa fiche. De toute évidence, *Aquapassion,* l'antique échoppe ouverte en 1958 par un dénommé Grant, avait été supplantée par l'avancée des technologies modernes.

Marcus soupira et cocha l'adresse sur sa liste. Cela se révélait plus compliqué qu'il n'avait pensé. Il consulta la fiche suivante. Prochaine destination, un quartier au sud des installations portuaires. Drôle d'endroit pour établir un commerce, se dit Marcus.

Il dut retraverser une bonne partie de la ville et, lorsqu'il s'engagea dans la rue qu'il recherchait, il eut l'impression très nette d'avoir franchi une frontière invisible et de débarquer en pays inconnu. Bien qu'ayant passé la plus grande partie de sa vie dans la péninsule, il ne se rappelait pas avoir circulé dans ce coin. Cet immense quartier, coupé de la partie la plus affairée de la ville par l'édifice impressionnant d'une pénétrante à huit voies, semblait depuis toutes ces années avoir suivi une évolution indépendante. De toute évidence, il avait connu l'exode de sa population d'origine, l'effondrement de sa prospérité en raison de la chute du trafic maritime, et pour finir l'envahissement d'ethnies, de groupes et sous-groupes sociaux pour le moins bigarrés. Marcus n'en revenait pas de ces façades lépreuses aux fenêtres murées, de ces rideaux de fer rouillés ou arrachés face à des commerces abandonnés de longue date, de cette population clairsemée et oisive qu'aucun but ne semblait guider dans ces rues semi-désertes.

Il était presque midi lorsqu'il découvrit la boutique. Il la longea lentement une première fois et s'arrêta quelques mètres plus loin pour consulter son listing. « Raison sociale : *Aquarius.* Objet : Vente d'animaux d'aquarium et de matériel spécialisé. Créé le 7 janvier 1987. Gérant : Cranfill, Elaine,

2072 Westlawn Avenue, Dale City. Rayé du registre de commerce le 20 mai 1990. Motif : cessation d'activité. »

Marcus haussa les sourcils. Il ne s'attendait pas à trouver un nom de femme. De plus, il n'y avait pas eu de faillite prononcée. Donc, pas de dépôt de bilan ni de mise en règlement judiciaire. Avec un peu de chance, le fonds était toujours propriété de l'ancien gérant. Et peut-être *l'utilise-t-il toujours* pour une raison ou pour une autre, songea Marcus. L'endroit devenait soudainement très, très intéressant.

Il fit demi-tour et repassa au ralenti devant la boutique. Il aperçut l'enseigne délabrée qu'il n'avait pas vue lors de son premier passage et qui concordait avec la fiche. Il décida d'aller observer les lieux de plus près.

Sous le soleil implacable de la mi-journée, la boutique, à première vue, ne se distinguait en rien du voisinage dégradé. Pourtant, en examinant mieux la ruelle de terre battue qui longeait la petite propriété sur un côté, il décela les traces de pneus laissées par un véhicule qui devait stationner là assez fréquemment. Un muret rehaussé d'un grillage protégeait une cour remplie d'un bric-à-brac invraisemblable. Et enfin, dans le corps de bâtiment donnant sur cette courette, il y avait une fenêtre aux vitres dépolies par laquelle on distinguait les halos verdâtres de plusieurs sources de lumière.

Marcus observa tout cela avec la plus grande attention. C'est ici, se dit-il subitement avec un certitude quasi absolue. C'est ici. Ces lueurs, ce sont des néons. Il y a là-dedans des aquariums et des poissons vivants. Et peut-être d'autres choses, ne put-il s'empêcher de penser. Un frisson d'excitation et d'inquiétude lui parcourut l'échine.

Il regarda autour de lui. Tout était désert et silencieux. Même les voitures semblaient ignorer l'existence de ce quartier, de cette terre étrangère que n'attirait aucun explorateur, aucun aventurier, hormis lui-même. En retournant à sa voiture il aperçut un jeune hispano calé dans l'embrasure d'une porte, qui l'observait d'un œil intéressé. Marcus avança vers lui.

— Tu es du quartier ? demanda-t-il.

Le jeune garçon ne répondit pas.

— Tu sais qui habite dans la boutique abandonnée du coin ?

L'adolescent le toisait toujours d'un regard curieux, mais sans laisser paraître la moindre émotion.

— Tu parles anglais ? s'enquit finalement Marcus.

Un sourire se dessina sur la face du jeune homme.

— *Sí.*

Marcus hocha la tête pour montrer combien il appréciait ce début de conversation. Il décida de formuler sa question différemment :

— Il y a une voiture qui se gare là-bas, dans la ruelle. Non ?

Le gamin opina.

— Quel genre de voiture ?

Il y eut un long silence et puis le jeune hispano dut se rendre à l'évidence qu'il n'avait rien à craindre. Si un Blanc cherchait des crosses à un autre Blanc, après tout il s'en foutait. Ils s'arrangeraient entre eux. Et il n'aurait qu'à les regarder, comme au spectacle, comme d'habitude.

— Une fourgonnette, lâcha subitement le gamin dans un anglais à peine marqué d'accent espagnol. Il vient presque tous les jours. Un grand type. Parfois il dort là, mais pas toujours. Ça fait longtemps. Il élève des poissons. Quand j'étais plus jeune, avec mes copains on s'amusait à grimper pardessus son grillage. Une fois, il a chopé Maurizio. On l'a plus jamais embêté.

Marcus prit le temps de bien se pénétrer de cette soudaine confession.

— Il s'appelle comment ? demanda-t-il encore.

— Je sais pas. On l'appelle M. Wade, dans le quartier.

— M. Wade ?

Le jeune homme confirma d'un hochement de tête.

— Tu veux jouer à un jeu ? lança Marcus.

— Quel genre ?

— Un jeu pour gagner vingt dollars.

— Cinquante.

Marcus fit mine de soupeser la contre-proposition.

— D'accord. Cinquante. Je t'explique la règle.

Il sortit un calepin de son veston, écrivit un numéro sur l'une des pages et la déchira.

— Tiens, dit-il en lui tendant le papier. Ça, c'est mon téléphone.

Le jeune hispano prit le papier, y jeta un rapide coup d'œil et le fourra dans la poche de son polo.

— Maintenant, c'est simple, continua Marcus. La prochaine fois que la fourgonnette se gare là, tu notes son numéro et tu m'appelles. C'est compris ?

Le gamin acquiesça.

— Et pour l'argent ? s'enquit-il.

— Dès que tu m'appelles, je passe ici et je te paie les cinquante dollars.

Le gamin le considéra d'un œil finaud.

— Dix tout de suite.

— D'accord. Comment tu t'appelles ?

— Michael.

Il fouilla dans son portefeuille et sortit un billet qu'il lui tendit.

— Je compte sur toi, Michael. J'attends ton coup de fil.

L'adolescent le rassura d'un mouvement de tête tout en empochant l'argent et Marcus retourna à sa voiture.

Par acquit de conscience, il se rendit aux deux adresses restantes. L'une des boutiques était devenue un lavomatic et l'autre abritait maintenant un agent d'assurances. Satisfait de ses démarches, Marcus décida de rentrer.

Arrivé chez lui, il rechercha aussitôt dans l'annuaire les pages de Dale City. Il parcourut les colonnes et son doigt s'arrêta sur un nom. Il y avait bien une Elaine Cranfill, résidant apparemment toujours sur Westlawn Avenue. Cette découverte le laissa pensif. Il avait maintenant presque toutes les cartes en main. Restait à les jouer dans le bon ordre.

Plus tard, dans la soirée, tandis qu'il était encore une fois absorbé dans ses pensées devant la télévision éteinte, le téléphone retentit dans la maison silencieuse. Il alla décrocher.

— C'est moi, fit dans l'écouteur une voix qu'il reconnut aussitôt. J'ai le numéro de la voiture.

— Elle est toujours là ?

— Non. Il n'a fait que passer. Il fait souvent comme ça.

— Bien. J'arrive.

Un quart d'heure plus tard, il retrouvait le gamin dans la même encoignure de porte. Celui-ci lui tendit le papier où était noté son numéro de téléphone. Au-dessous, se trouvait maintenant celui du véhicule.

Marcus y lança un rapide coup d'œil.

— C'est quel type de fourgonnette ?

— Une Ford.

Il sortit de sa poche les quarante dollars qu'il devait au jeune homme.

— Merci, dit-il en échangeant les billets contre le morceau de papier.

— De rien, répliqua Michael, sans se départir de son sérieux. Si vous voulez, je peux vous donner une autre information...

— Laquelle ?

Le garçon resta muet. Marcus sortit une autre coupure de vingt dollars.

— Ça ira ?

Le jeune hispano prit le billet sans hâte. Il était en train de réaliser la plus belle journée de sa carrière de gamin des rues.

— Une fois, il s'est bagarré avec un type. Ici, dans la rue. J'étais avec deux copains. On l'a regardé faire. Il y avait une voiture de flics aussi. Ils se sont tous mis d'accord et finalement il est rentré chez lui avec le type et les flics ont continué leur balade.

— C'était quand ?

Michael haussa les épaules pour signifier que l'évaluation précise du temps n'était pas une priorité absolue dans son quartier.

— Je sais pas. Peut-être il y a un mois. C'était un matin...

— Un type comment ?

— Pas très frais. Blanc. Avec un costard. Il avait la trouille, mais les flics s'en foutaient.

À ce souvenir, le gamin émit un ricanement.

— Les flics, moins ils en foutent, plus ils sont contents, conclut-il.

Marcus réfléchit. Pourquoi cette altercation en plein jour, en présence de policiers ? S'agissait-il d'une autre victime ? C'était peu probable. Rien n'indiquait pour l'instant que le meurtrier s'intéressait au sexe masculin. Il devait y avoir une autre explication. Une bagarre pour un autre motif ? Pour une fille ?

Et puis la lumière se fit peu à peu dans son esprit. Ce type que Folkerson avait recherché pendant une semaine... Ce type qui connaissait la fille Kimble... Ils n'avaient retrouvé que sa voiture...

Marcus respira profondément pour couper court à son agitation intérieure. Il venait de comprendre. Il savait qu'il venait de toucher au but. Il leva les yeux sur le gamin et lui adressa un sourire.

— Merci, répéta-t-il.

L'adolescent le salua d'un geste et il regagna sa voiture. Elle disparut bientôt, avalée par l'obscurité de la rue que n'éclairait qu'un réverbère sur trois ou quatre.

36

Il était tout juste neuf heures lorsque l'avion se posa sur l'aéroport de Jacksonville en Floride.

Folkerson était parti la veille par un vol tardif, peu avant minuit, et avait attendu sa correspondance plus d'une heure au milieu de la nuit à Dallas-Fort Worth. Durant les deux étapes, il avait plutôt mal dormi et il ne se sentait pas les idées bien nettes. Heureusement, quelques minutes avant la descente sur Jacksonville, il avait réussi à accaparer les toilettes pour dégrossir sa barbe au rasoir électrique, et il se savait à peu près présentable.

En guise de petit déjeuner il déglutit un café brûlant au bar de l'aéroport puis prit possession de la voiture qu'il avait réservée, au comptoir Hertz. Il avait encore quatre-vingts kilomètres à faire sur l'US 301 jusqu'à Starke où il était attendu pour dix heures.

Il arriva avec un peu de retard devant le grand portail grillagé de la prison, après un morne voyage au milieu de terres agricoles gagnées sur les marais, envahies de joncs et parsemées de bosquets de palétuviers.

Le directeur le reçut immédiatement dans son bureau. C'était un homme d'apparence joviale et à la carrure d'athlète.

— Bienvenue à la prison d'État de Starke, lieutenant. Je sais que vous ne comptez pas rester longtemps, mais j'espère que votre séjour sera fructueux. Je n'ose pas dire agréable, ajouta-t-il en souriant, ce n'est pas la vocation de l'endroit.

Folkerson le remercia de son accueil.

— Le détenu a-t-il été prévenu de ma visite ? demanda-t-il.

— Il sait qu'un policier a pris la peine de se déplacer pour le rencontrer. Bien sûr, il ignore à quelle police exacte vous appartenez, de même qu'il ignore votre nom et la raison de votre déplacement.

— Dans quel état d'esprit est-il ?

— Vous savez, nous avons tout intérêt à faire régner la meilleure atmosphère possible dans notre établissement. Mais il faut quand même avoir une idée claire du tableau. Starke compte environ mille deux cents prisonniers, pour la plupart condamnés à de lourdes peines. Et sur ce chiffre nous avons près de deux cents condamnés à mort qui attendent soit l'exécution de leur sentence, soit l'issue des différents recours déposés par leurs avocats. Alors évidemment, on ne peut pas dire qu'il règne ici une ambiance franchement détendue. D'autant que nous hébergeons par-dessus le marché une vingtaine de tueurs en série. Autrement dit, Starke n'est pas exactement un pensionnat de jeunes filles...

— Kovell n'est pas considéré comme un tueur en série, je suppose ?

— À proprement parler, non. Quantitativement, la définition ne s'applique pas à lui. Mais qualitativement, si je puis dire, il en possède tous les signes. Sa chance, et celle de la société tout entière, c'est qu'il a été arrêté dès son deuxième meurtre. Sinon, qui sait où il en serait aujourd'hui ? Peut-être au même point que Toole, un autre de nos pensionnaires, qui doit bien avoir une centaine de victimes sur la conscience. Si on peut parler de conscience dans des cas comme ça...

— Vous voulez dire qu'en fait vous appliquez à Kovell le même régime qu'à des gens comme Toole ?

— Certains gars ont un tel pedigree, lieutenant, qu'on est forcé, pour eux, de faire du sur mesure. Kovell, par exemple, a montré des tendances masochistes plutôt curieuses.

— Je sais. Je connais son dossier. Il est toujours aussi prostré ?

— Pas du tout. Depuis bientôt huit mois, il suit des cours d'éducation religieuse et cela semble l'avoir détourné de ses mauvaises habitudes. Ce qui fait que nous l'avons affecté à la bibliothèque. On s'arrange tout simplement, comme pour les autres tueurs psychopathes avérés, pour lui éviter les contacts avec le reste des prisonniers. Mais venez. Vous allez voir par vous-même.

Le directeur quitta son fauteuil, ouvrit la porte et laissa passer Folkerson.

— Vous comptez repartir quand ? lui demanda-t-il en l'accompagnant.

— Dès que j'en aurai fini. J'ai des vols cet après-midi.

— Bien. Je vais vous faire passer un ticket-repas pour la cantine du personnel. Au cas où vous voudriez enquêter également sur la gastronomie carcérale. C'est par ici.

Et ils suivirent une allée bitumée et bordée de palmiers nains jusqu'à un autre bâtiment.

— Regardez. C'est le gars à la console d'ordinateur.

Folkerson et le directeur se trouvaient dans la régie centrale de sécurité. Une douzaine de moniteurs affichaient les images des lieux surveillés par des caméras. Sur l'un d'eux, le champ de l'objectif couvrait la salle de lecture de la bibliothèque. Installé au comptoir de prêt, Lyman Kovell enregistrait des cotes de magazines sur un terminal d'ordinateur.

— Je peux lui parler dans la bibliothèque ? demanda Folkerson.

— Faites comme bon vous semble. Je vais mettre un gardien à votre disposition, si vous voulez.

— Non, merci. Ce ne sera pas la peine.

Le chef de quart le conduisit jusqu'à la bibliothèque.

— C'est ici. Si vous avez un problème, faites signe. Vous êtes sous surveillance constante.

Et la porte se referma derrière lui.

Folkerson examina les lieux. Un détenu noir d'une cinquantaine d'années était assis à une table de lecture et consultait une pile d'encyclopédies. Un peu plus loin, un autre était grimpé sur un escabeau et fouillait parmi les volumes classés sur les étagères. Et au fond, il y avait le comptoir de prêt. Folkerson s'avança jusqu'à Kovell qui n'avait pas levé le nez de son écran.

— Bonjour, dit-il. Je m'appelle Frank.

Kovell le toisa sans s'émouvoir. C'était un homme de petite taille, au visage émacié percé de petits yeux noirs, vifs et sournois.

— C'est vous le flic ? demanda-t-il.

— C'est moi. Je peux discuter avec vous un moment ?

Kovell haussa les épaules et lui désigna une chaise.

— Faites donc. Vous êtes venu pour ça, à ce qu'on m'a dit.

— Merci, dit-il en s'asseyant. Si vous le voulez bien, je voudrais évoquer avec vous certains points de votre passé.

— Vous êtes du FBI ?

— Non. J'ai été amené à étudier votre dossier et il y a certains points que je voudrais éclairer avec votre aide.

Kovell l'observa de son regard en coin.

— Qu'est-ce que ça me rapporterait, de vous aider ? Je purge une peine de cent vingt-deux ans sans remise possible.

— Je sais. Vous ne pouvez m'aider que si vous en avez envie. Mais vous avez tort de croire qu'une collaboration avec moi ne vous apporterait rien. Il y a toujours moyen d'améliorer le sort d'un détenu. Vous le savez bien.

Kovell fit un large geste embrassant toute la bibliothèque.

— Regardez. Qu'est-ce que je pourrais vouloir de plus ? Je ne suis pas bien, ici ?

Le visage de Folkerson se durcit.

— Rien n'est jamais acquis, monsieur Kovell. Vous pourriez vous retrouver dans une situation beaucoup moins agréable. Comme dans la section psychiatrique de l'infirmerie, par exemple. Je sais que vous la connaissez bien. Et vous seriez sûrement moins bien encore si on décidait de vous mettre au régime général de tous les droits communs. Ils n'ont pas toujours beaucoup d'amitié pour les meurtriers sadiques, à ce que je sais...

Il y eut un silence.

— Vous me menacez ? finit par dire Kovell avec une infime lueur d'affolement dans le regard.

— Pas du tout, répliqua Folkerson en toute mauvaise foi. J'essaie simplement de vous montrer où se situent nos intérêts communs.

— Que voulez-vous savoir ? demanda-t-il de son air méfiant et soupçonneux.

— Quelques points de votre passé, je vous ai dit. Des points délicats. Je vais devoir vous parler de choses sur lesquelles vous préféreriez sûrement ne pas revenir.

— Vous pouvez parler de tout ce qui vous plaît, assura Kovell, un rien vindicatif.

Folkerson le jaugea du regard.

— Bien, dit-il. Saviez-vous que votre deuxième victime, Janice Rawl, portait un dentier ?

Les yeux fiévreux de Kovell tressaillirent comme s'ils recherchaient une aide dans la pièce, puis se fixèrent finalement sur Folkerson.

— Non, dit Kovell.

— Vous êtes sûr ? Elle était pourtant connue pour ça. Je dirai même qu'elle n'était connue *que* pour ça.

— Je ne sais plus. Peut-être.

— Au moment où vous avez décidé de la tuer, aviez-vous une pensée à l'esprit ? Une pensée ayant un rapport avec votre acte ?

Kovell hésita à nouveau.

— Comment voulez-vous que je me rappelle de ça ? C'était il y a cinq ans.

— Lors du procès, deux ans après les faits, vous vous souveniez pourtant de nombreux détails. Même si vous avez agi à deux reprises sur une impulsion, vous semblez avoir eu une conscience claire des choses sur bien des points.

Kovell se renfrogna un peu plus.

— Je ne sais plus, je vous dis. Et je ne sais même pas pourquoi vous me demandez tout ça.

— Parce que, malgré toutes vos dépositions, les motifs de vos actes restent assez flous.

— Je voulais me punir, c'est tout. J'avais honte de mes actes. Et ces femmes me répugnaient.

— Oui, je sais, c'est ce que vous avez dit. Et le jury a conclu à l'absence de préméditation. Mais peut-être y avait-il autre chose. Peut-être vos actes ont-ils été accomplis à l'instigation d'une chose extérieure, qui vous était étrangère. Peut-être avez-vous d'une certaine manière été entraîné à agir ainsi. C'est cela que je voudrais savoir. J'aimerais que vous reparliez de ces événements. Cela pourrait s'avérer très utile, à vous comme à moi.

Le visage de Kovell était maintenant tout à fait fermé.

— J'ai été jugé. On n'a pas à revenir là-dessus.

— Je sais, fit patiemment Folkerson. C'est justement pourquoi je vous en parle. On ne peut pas revenir sur la chose jugée, mais on peut y apporter un éclairage nouveau.

— Comment ça ?

— Un éclairage nouveau qui vous soit plus favorable. Qui permette par exemple aux juges de reconsidérer la clause de non-remise de peine de votre sentence...

— Où voulez-vous en venir ?

— Je vais essayer d'être encore plus clair. Certaines personnes qui connaissent bien votre dossier, dont moi, ont l'impression que vous avez agi comme vous l'avez indiqué, mais en suivant une sorte de modèle. Un exemple connu de vous...

— Un exemple ?

— Oui, l'exemple d'un film que vous auriez vu, ou d'un livre que vous auriez lu... Ou encore d'une histoire qu'on vous aurait racontée, ou qui vous toucherait de près d'une manière ou d'une autre...

À ces mots, le regard de Kovell devint encore plus fuyant. Il se mit à fixer intensément le sol.

— Qu'est-ce que ça peut vous faire, ce qui m'a poussé à tout ça ? Je ne sais même pas pourquoi vous êtes là.

— Écoutez, Kovell. Je veux bien vous expliquer avec plus de détails les raisons de ma présence ici. Mais c'est donnant-donnant. Vous m'aidez et dans ce cas je peux faire beaucoup pour vous. D'abord, m'assurer auprès du directeur que le régime qui vous est accordé en ce moment ne changera pas. Ensuite, que la commission des peines se réunira au regard des nouveaux éléments que vous pourriez me fournir et qu'elle étudiera l'éventualité d'une libération conditionnelle à l'issue d'une sûreté de trente ans.

Un rictus désabusé apparut sur le visage de Kovell.

— Trente ans... Vous savez quel âge j'aurai dans trente ans ?

— Dans trente ans, vous en aurez soixante-deux. Et de toute façon, même si vous obtenez une remise, vous ne pouvez pas espérer qu'elle descende en dessous de la peine de sûreté. Mais vous pouvez espérer une retraite à l'air libre. À tout prendre, ce n'est pas si mal. Et tout dépend de vous...

Kovell resta muet. Folkerson respecta un moment son silence puis reprit doucement :

— Kovell, avez-vous agi sous l'influence de quelqu'un, de quelque chose, d'un souvenir ou d'une réminiscence ?

Le détenu leva sur lui son regard de chien peureux et méfiant.

— En quoi cela est-il si important pour vous ?

L'entretien tournait en rond. Folkerson estima qu'il devait jouer le tout pour le tout.

— Je vais vous le dire, Kovell. Nous travaillons sur une affaire qui présente des similitude ténues avec la vôtre. Je ne cherche pas à vous piéger ou à rouvrir votre dossier pour vous embêter. Je cherche un coup de main.

Le silence qui accueillit cette déclaration dura cette fois près d'une minute. Et durant tout ce temps, Folkerson vit clairement dans le regard de Kovell la lueur d'affolement et de suspicion se muer en pétillement ironique. Je suis en train de le perdre, se dit-il sans changer d'expression. Je lui en ai trop dit. Et au même moment, le visage de Kovell s'éclaira d'un mauvais sourire.

— Je sais qui vous êtes. Maintenant, je sais qui vous êtes...

Folkerson resta de marbre, mais il sentit que l'homme allait le tourner en ridicule.

— Vous voulez que je vous montre ?

Sans attendre de réponse, Kowell alla fouiller dans une sorte de grand carton à dessins où étaient classés les journaux conservés par la bibliothèque. Il lui fallut quelques instants pour trouver ce qu'il cherchait, mais il revint bientôt vers Folkerson, un quotidien à la main.

— Vous venez de la Nouvelle Babylone, *Frank,* lui dit-il en appuyant sur le prénom avec un sourire narquois et vaguement menaçant. Vous travaillez pour la Sodome maudite de l'Ouest qui périra tôt ou tard sous la colère du Seigneur...

Il déplia le numéro du *Chronicle* relatant la prouesse de Mawbray et posa l'index sur le portrait reconstitué de Kitty Kimble.

— Pas de dents, n'est-ce pas ? Y avait pas de dents...

Folkerson ne répondit pas.

Kovell ouvrit le journal à la page de l'article, saisit un crayon à papier, l'approcha de la photo en médaillon d'Amy Burns et traça un trait épais et appuyé en travers de son cou. Puis il fixa Folkerson.

— Vous l'avez retrouvée, c'est ça ? Et pas de dents non plus, hein ? C'est pour ça que vous êtes venu de Californie..., dit-il, arborant une expression triomphante.

Folkerson finit par acquiescer.

— Je pense que ce sera dans la presse d'aujourd'hui, reconnut-il.

Kovell resta penché sur Folkerson et son sourire disparut en une fraction de seconde.

— Vous n'êtes qu'un connard de flic de la côte Ouest ! explosa-t-il. Un petit flic de merde qui patauge dans une affaire qui le dépasse...

— Calmez-vous, Kovell.

— Vous êtes là à me faire miroiter une remise de peine et une vie pépère à Starke comme des vacances aux Bahamas... Mais vous avez pas le moindre pouvoir ! Si le directeur de cette tôle voulait vous sortir à coups de pied dans le cul, il aurait même pas à se demander si ça pourrait nuire à son avancement...

Folkerson se leva. Il le dépassait d'une bonne tête.

— Asseyez-vous ! lui intima-t-il d'une voix forte. Et reprenez votre calme. Sinon, nous n'arriverons à rien de bon ni l'un ni l'autre.

Mais Kovell s'agita de plus belle.

— Je veux pas vous parler, vous m'entendez ! Vous êtes un valet de la Grande Prostituée ! De la ville sodomite ! Vous croyez pouvoir faire le ménage dans cette débauche avec vos petites enquêtes minables. Mais vous n'y pouvez rien. Seule la puissance de Dieu est à craindre. Pas votre police corrompue ! Et croyez-moi, avec lui, Dieu règle ses comptes !

— Qui, lui ?

— Celui qui a fait ça ! hurla Kovell en jetant le journal au visage de Folkerson. Mais vous ne l'aurez jamais !

À ce moment, la porte de la salle de lecture s'ouvrit et deux gardiens firent irruption. Ils s'avancèrent en direction de Kovell et le saisirent sans ménagement. Mais celui-ci les ignora.

— Et vous savez pourquoi ? cria-t-il à l'adresse de Folkerson. Parce qu'il est la main de Dieu. Il est le bras armé du Seigneur ! Il frappe vite et à coup sûr ! *Citus et certus !*

À ces paroles, il fut pris d'un rire nerveux, comme étonné par son bon mot.

— *Citus et certus,* lieutenant ! N'oubliez jamais ça, ricana-t-il de plus belle, tandis qu'on l'emmenait hors de la bibliothèque. *Citus et certus !*

Les gardiens firent aussi sortir les deux autres détenus qui traînaient dans la grande pièce et Folkerson se retrouva seul. Il médita quelques instants puis aperçut le directeur dans l'encadrement de la porte.

— Excusez-moi pour le chahut, dit-il.

Le directeur ne se montra pas particulièrement affecté.

— Nous avons l'habitude. Il est assez imprévisible. Son seul péché mignon, c'est les interviews des journalistes. Là, il est intarissable. Mais ça fait un moment que tout le monde l'a oublié. Et ça n'a pas arrangé son caractère... Vous voulez le revoir un peu plus tard cet après-midi ?

— Non. Je vois mal sur quelles bases on pourrait essayer de redevenir copains...

Son regard erra dans la pièce et s'arrêta sur la pile d'encyclopédies abandonnées sur la table où se trouvait le Noir.

— Est-ce que ça vous ennuierait si je restais ici un moment ?

— Faites comme chez vous, lieutenant. Je serai à mon bureau.

Folkerson alla consulter les ouvrages sur les étagères et choisit plusieurs volumes. Puis il s'installa à une table et se mit à fouiller dans des listes de locutions latines. Il trouva les devises des États d'Amérique qu'il avait apprises à l'école. *Sic semper tyrannis* (Virginie) ; *Justitia Omnibus* (Washington D.C.) ; *Virtute et armis* (Mississippi)...

Citus et certus, songeait-il, essayant vainement de réveiller quelque chose dans sa mémoire. Il farfouilla sans succès durant une vingtaine de minutes puis alla ranger les volumes sur les étagères.

Il quitta Starke peu avant midi, après avoir remercié le directeur pour son accueil et décliné l'invitation à déjeuner. Il se rendit directement à l'aéroport de Jacksonville. Là, il découvrit qu'il était cloué sur place jusqu'à cinq heures. Alors, il appela sa femme et lui raconta son entrevue avec Kovell.

— Il y a quelque chose qui lui a échappé. Une sorte de devise. Tu te souviens un peu de ton latin ?

— De mon latin ! Tu veux faire une version latine par téléphone ?

— J'ai l'impression que c'est important.

— Vas-y toujours...

— *Citus et certus,* dit-il en détachant les mots.

Il y eut un silence.

— *Citus et certus ?* répéta Joyce. Ça pourrait se traduire par « rapide et sûr »...

— Rapide et sûr..., rumina Folkerson. Il a dit exactement : « Il frappe vite et à coup sûr ! *Citus et certus !* » À quoi pouvait-il faire allusion ?

À l'autre bout du fil, Joyce réfléchissait également.

— Je repense à ce que je t'ai dit l'autre jour, Frank, suggéra-t-elle.

— Quoi ?

— L'armée. C'est le genre de devises qui sont données à certaines unités. Le fils Jenkins en avait une comme ça... Je ne me rappelle plus laquelle...

Folkerson se souvint du dossier de Kovell : « Affecté aux Forces américaines en Europe »... Sans plus de précision. Ça valait peut-être la peine de chercher dans cette direction.

— Tu es là ?

— Oui. Je réfléchissais. C'est peut-être une piste. Je vais vérifier avec Quantico.

— À quelle heure penses-tu être à la maison ?

— Vers minuit si tout va bien.

— Je t'embrasse.

Il raccrocha et chercha dans son calepin le numéro direct de Stuart Brace. Mais il était sorti déjeuner. Alors il essaya Ganton. Il était presque sûr de le trouver au bureau. C'était le début de la matinée, là-bas. Il tomba sur Atkins qui alla chercher l'inspecteur.

— Ganton ? Je suis à Jacksonville mais je rentre. Est-ce que vous pouvez chercher quelque chose pour moi en attendant ?

— Dites toujours.

— Voyez avec le Pentagone ou les services adéquats du ministère de la Défense et essayez de savoir quelle unité a pour devise *« Citus et certus »*...

Il épela les mots.

— Je vais aussi demander à Stuart Brace. Le premier qui trouve a gagné.

Un peu plus tard dans l'après-midi, il réussit à contacter Brace et il lui demanda de dégoter toutes les précisions utiles sur les états militaires de Lyman Kovell. Après quoi, il chercha le meilleur moyen de patienter dans l'aéroport.

Il était plongé dans la lecture d'un magazine lorsqu'il entendit son nom prononcé par les haut-parleurs, tout juste un quart d'heure avant l'embarquement. On lui demandait de se présenter au bureau de police de l'aéroport. C'était Brace.

— Dans le détail, ça donne ça, lieutenant. Il a fait ses classes de janvier à mars 1981 au 51e régiment d'infanterie de Fort Polk, en Floride. Après quoi, il a fait partie des effectifs qui ont été envoyés en Allemagne pour des manœuvres de l'OTAN. Deux mois d'exercices sous commandement intégré dans diverses bases, puis il s'est porté volontaire pour achever son service à Francfort.

— Où ça, exactement ?

— Base stratégique Rhein-Main. À partir de juin. Démobilisé en décembre.

— Quelle unité ?

— Il a été affecté à la 435e escadre de transport aérien, au routage du fret. Rien à signaler sur sa fiche. Pas de casier militaire.

— Est-ce que vos renseignements donnent la devise de la 435e ?

— Pardon ?

— Oui. Leur devise. Du genre « Il plie mais ne rompt pas », ou quelque chose dans ce style...

— Je vois... Désolé, mais je n'ai pas ça dans mes papiers. Il faudrait interroger le commandement militaire.

— Vous pourriez contacter ces gens à Francfort ?

— En ce moment, je vous signale que c'est la nuit chez eux... Mais je vais essayer de trouver quand même.

— Mon avion décolle dans une demi-heure.

— Alors, je vous appellerai demain à votre bureau. Ça vous va ?

En ce jeudi, les rotations aériennes se montrèrent ponctuelles et, avec le bénéfice du décalage horaire, Folkerson arriva chez lui comme prévu peu avant minuit. Comme toujours, la lumière d'une des pièces était allumée et Joyce l'attendait.

— Il y a Ganton qui a appelé du bureau, lui dit-elle après l'avoir embrassé. Il a laissé un message.

Elle lui tendit un papier. Folkerson posa sa sacoche et lut. « 435e escadre de transport aérien. Rhein-Main Air Base. Allemagne. »

— J'ai l'impression que ton idée était la bonne, chérie. Il y a des chances pour que le type qu'on cherche ait été là-bas en même temps que Kovell... Et Kovell sait qui c'est. Ou du moins il a une petite idée.

Joyce se contenta de lui sourire. Elle prit sa sacoche et l'entraîna vers la cuisine.

— Viens. Je t'ai préparé quelque chose à grignoter...

C'est seulement alors qu'il sembla atterrir pour de bon et reprendre contact avec la réalité. La réalité de sa vie à lui. Il se dit que Joyce avait raison. Il était grand temps de considérer la journée comme terminée.

Il poussa un long soupir, passa un bras autour des épaules de sa femme et la suivit dans la pénombre de la maison. Il était exténué.

37

Westlawn Avenue était nichée dans la verdure opulente qui longeait le somptueux green de Dale City. Les luxueuses habitations qu'elle abritait dans la fraîcheur ombragée de ses grands arbres se cachaient derrière des haies de lauriers-roses et croulaient sous des cascades de bougainvillées. Le paradis américain à moins de dix kilomètres du quartier hispano de la zone portuaire, songea Marcus.

La veille, avec l'aide d'une ancienne connaissance travaillant aux services fiscaux de la ville, il avait réussi à identifier le numéro minéralogique que lui avait donné le jeune Michael. Malheureusement, il n'avait rien appris de neuf. La fourgonnette était enregistrée au nom d'Elaine Cranfill, et l'occupant du magasin délabré restait pour lui tout aussi anonyme. Il avait donc décidé de rendre visite à l'ancienne gérante d'*Aquarius*.

Il arriva devant le 2072. C'était une magnifique bâtisse à deux niveaux avec un porche à colonnades, dont la façade d'un blanc immaculé étincelait sous le soleil du matin. De toute évidence, il y avait là beaucoup d'argent.

Il quitta sa voiture et emprunta l'allée bordée d'une pelouse encore tout humide de son premier arrosage de la journée. Il gravit les marches du porche et sonna à l'interphone.

— Qu'est-ce que c'est ? crachota presque aussitôt une voix de femme dans le haut-parleur.

Marcus se pencha vers l'appareil.

— Je souhaiterais parler à Mme Cranfill, dit-il. Je suis M. Simpson. C'est au sujet de votre fonds de commerce.

— Mon fonds de commerce ? s'étonna la voix.

— Oui. Votre ancienne boutique de la 23e Rue.

Cette précision fut suivie d'un silence. Puis le haut-parleur grésilla à nouveau.

— Entrez, je vous prie, fit la voix.

La gâche électrique fut actionnée et Marcus poussa la porte.

Il se retrouva dans un hall immense au sol dallé de marbre et vit venir à lui une femme distinguée à la soixantaine bien avancée qui l'examina des pieds à la tête. Pour la circonstance, Marcus s'était rasé et avait revêtu un veston moins défraîchi qu'à l'accoutumée. Il s'en félicita.

— Je n'ai pas très bien compris le motif de votre visite, monsieur Simpson, dit-elle en se plantant devant lui.

— Vous êtes bien madame Cranfill ?

— Oui.

— Très bien. Je me suis permis de vous déranger pour la raison suivante. J'ai un jeune neveu, très aquariophile, qui envisage d'ouvrir un commerce de poissons de décoration. Une petite prospection m'a amené à la Chambre de commerce qui m'a fourni de nombreux renseignements utiles, dont l'adresse du magasin dont vous étiez gérante, si j'ai bien compris...

— En effet.

— Voilà. Le but de ma démarche est simple. Votre fonds serait-il disponible pour un acquéreur éventuel ? Car, si j'en crois le registre, vous avez cessé toute activité depuis deux ans...

Elaine Cranfill le regarda longuement avant de répondre.

— Vous savez, monsieur Simpson, dit-elle finalement, s'il ne tenait qu'à moi, il y a longtemps que je me serais débarrassée de cette propriété, et à n'importe quel prix. Je ne sais pas si vous avez vu l'endroit, mais je peux vous assurer que je n'ai jamais pensé gagner le moindre argent avec cette opération. J'ai acheté cette espèce de demi-taudis pour mon fils. Et malheureusement, il continue d'y passer le plus clair de son temps. Cette boutique et ses poissons, il n'y a que ça qui l'intéresse...

Elle avait expliqué tout cela comme à regret et avec un ton dissimulant mal son mépris.

— Vous voulez dire que votre fils occupe toujours le magasin ? feignit de s'étonner Marcus. L'ensemble m'a paru pourtant en assez mauvais état...

— Oh ! il y garde toutes ses bestioles, tous ses aquariums, tout ce fatras épouvantable et Dieu sait quoi encore ! Quand on en est là à son âge, je crains qu'il n'y ait plus grand-chose à faire. Je croyais qu'avec la fermeture de la boutique il aurait fini par s'arracher à tout ça, mais rien n'y a fait...

— Peut-être pourrais-je en parler directement avec M. Cranfill ? suggéra Marcus.

— M. Cranfill ? fit-elle, surprise. Vous voulez parler de mon fils ?

— Oui, bien sûr.

— Vous vous méprenez, monsieur Simpson. Mon fils n'est pas un Cranfill. Pas le moins du monde.

Elle avait prononcé ces paroles avec une sorte de répugnance contenue.

— C'est un Travers, dit-elle d'un ton cassant pour bien faire comprendre qu'il n'était nullement question de mélanger les torchons et les serviettes.

— Wade Travers ? dit Marcus.

— Vous connaissez son prénom ?

— Les gens du quartier l'appellent M. Wade.

— Je vois... Il a toujours tenu à se faire appeler Wade. C'est son deuxième prénom. Il n'a jamais supporté le nom de son père, Richard...

Ses paroles semblèrent la plonger dans un abîme de réflexion, mais elle se reprit vivement.

— Je ne veux pas vous assommer avec ces histoires, monsieur Simpson. Je suis sensible à votre visite, mais je crains que vous ne vous soyez déplacé pour rien.

— Pensez-vous qu'il soit utile que je rencontre M. Travers ? insista-t-il

— Franchement, je ne crois pas. Et même, je ne vous y engage pas, ajouta-t-elle d'un ton dissimulant mal un avertissement.

— Très bien, fit Marcus en prenant congé. Je vous remercie en tout cas pour votre accueil. Ce fut très aimable à vous.

Elaine Cranfill le raccompagna jusqu'à la porte.

— Si j'ai un conseil à vous donner, puisque ce sont des conseils que vous semblez rechercher, essayez de trouver autre chose pour votre neveu. La 23e Rue n'est plus ce qu'elle était. Je n'ai d'ailleurs jamais compris pourquoi mon fils a tenu à s'installer là-bas. Mais enfin, tant que ça le tient occupé, c'est déjà ça. Le reste n'a guère d'importance pour moi...

Marcus regagna sa voiture et quitta Dale City. Avec le nom de Travers, il possédait enfin la dernière carte qui lui manquait. Il maîtrisait parfaitement son jeu et pouvait enfin jouer le premier coup.

Une dizaine de minutes lui suffirent par l'US 280 pour parvenir au quartier portuaire. Il descendit sans hâte la 23e Rue et arriva en vue de la boutique. La fourgonnette identifiée par le jeune hispano n'était pas là. Il se gara à bonne distance. Comme toujours, la rue était pratiquement déserte. Marcus s'assura néanmoins qu'il n'y avait nulle trace de Michael ou de ses copains à proximité de la boutique. Il déchira ensuite une page de son calepin et griffonna quelques mots en larges majuscules.

Puis il sortit de sa voiture, se rendit furtivement jusqu'à la porte de la boutique et glissa dessous le papier plié en deux. Après quoi il repartit aussi vite qu'il était venu.

Quelques instants plus tard, alors qu'il avait repris sa voiture, il s'aperçut qu'il avait les mains moites et que sa respiration était légèrement oppressée. Il éprouvait une sensation toute nouvelle pour lui, celle du terroriste qui vient de déposer une bombe à retardement.

Il y eut un léger bip et le papier thermique commença à se dérouler avec un discret ronronnement. Folkerson attendit patiemment la fin de la transmission et arracha le long ruban de papier qui pendait du télécopieur. Il y avait cinq feuilles. Bon travail, pensa-t-il en jetant un œil sur le fax. Au même moment, le téléphone sonna.

— Stuart Brace, de Quantico, annonça le standard.

Et aussitôt, il eut Brace en ligne :

— Vous avez bien reçu, lieutenant ?

— À l'instant. J'ai les feuilles sous les yeux. Ça fait beaucoup de monde.

— Je sais, mais c'est toujours comme ça avec les militaires. Quand on leur demande quelque chose, on obtient ou trop ou pas assez. J'ai quand même quelques commentaires, si vous voulez, ajouta Brace. La liste que vous avez sous les yeux comprend cent quatre-vingt-deux noms. Il s'agit du personnel militaire temporaire détaché d'unités extérieures pour la période couvrant la présence de Kovell à Rhein-Main. Mais rien ne prouve que votre type, s'il existe, se trouve dans cette liste. Pour vous faire une idée, à l'époque où Kovell faisait son service, il y avait sur la base environ cinq mille militaires et deux mille civils. De plus, après vérification, Kovell a été le seul à être détaché de l'unité de Fort Polk. Il n'y a donc aucun moyen pour distinguer là-dedans de qui il aurait pu être proche, a priori. Ce qui fait que le type que vous cherchez, ça pourrait être n'importe qui parmi les quelque sept mille personnes de la base, exception faite du personnel féminin dont je n'ai pas la liste. Vous voyez où ça vous mène ?...

— Oui, oui, je vois, ronchonna Folkerson. Il y avait quand même bien des gens avec qui il était plus particulièrement en contact, de façon quotidienne. L'unité qui travaillait comme lui à la gestion du fret, les militaires du même dortoir, ses copains de réfectoire, je ne sais pas, moi...

— Certainement, certainement, lieutenant. Il y a sûrement un angle d'attaque permettant d'arriver à un groupe de noms plus restreint. Mais pour ça, il faudrait une enquête approfondie. Il peut exister des registres des dortoirs, par exemple. Mais ça remonte à dix ans ! Et mon champ d'action s'arrête aux données accessibles par ordinateur. Au-delà, c'est une mission de terrain.

Folkerson rumina en silence quelques instants. Il était pratiquement convaincu que là-bas, quelque part dans les archives poussiéreuses de Rhein-Main, se trouvait la clé qu'il cherchait. Si le FBI était délégué à ce genre d'enquête, cela prendrait au moins quinze jours, sinon trois semaines, sans garantie de résultat en plus.

— Je crois que je vais la faire, cette enquête de terrain, dit-il. Au moins, je serai vite fixé.

— Ça me paraît la meilleure solution, lieutenant. Si vous voulez, nous avons un contact, là-bas. Un Norman L. Holzer. Sergent-chef. C'est le responsable de l'information et des relations extérieures. Je pense qu'il pourrait arranger votre réception. Téléphonez-lui ce soir vers minuit. Ça fait neuf heures du matin chez eux. Vous devriez l'avoir.

— C'est ce que je vais faire. Entre-temps, on va passer à la moulinette tous les noms de la liste, des fois que l'ordinateur nous sorte quelque chose ici...

Folkerson occupa ce qui restait de l'après-midi à préparer son voyage éclair en Allemagne. Il trouva un vol Continental pour Francfort, via Chicago, départ dimanche à huit heures et arrivée lundi matin à six heures cinquante locales. Sachant pertinemment que le service des missions ne lui accorderait pas le feu vert dans un délai aussi court, il se résolut à donner son numéro de carte de crédit et à se délester de plus de trois mille dollars. Il imaginait déjà la tête des gars de l'administration du huitième étage lorsqu'il les placerait devant le fait accompli...

38

Il était vingt-deux heures et il faisait pratiquement nuit noire. Dans son appartement de Lafayette Mansion, Wade avait vu au fil de ces dernières minutes l'obscurité dévorer un à un tous les recoins du salon. Mais il s'était toujours accommodé de la nuit et ses yeux se contentaient de la pâle clarté provenant de l'éclairage du parc pour distinguer chaque détail de la grande pièce. Il aurait presque pu lire les mots écrits sur le papier qu'il tenait à la main s'il avait pris la peine d'y jeter un regard. Mais il l'avait déjà lu et relu des dizaines de fois, et ses doigts l'avaient trituré, froissé et élimé au point de le transformer en une sorte de substance usée et chiffonnée dans ses mains moites.

JE VOUS AI TROUVÉ. ET JE VAIS VOUS TUER.

La veille au soir, alors qu'il venait faire sa tournée quotidienne à sa boutique, il était tombé en arrêt devant le petit papier qui gisait sur le carrelage du couloir. Il était resté planté un long moment sur le seuil avant de se décider à le ramasser. Il savait avec certitude que c'était une catastrophe. Depuis la cessation de ses activités, il avait tout fait pour rendre son sanctuaire invisible, impénétrable, hors d'atteinte du monde extérieur. Il avait supprimé la ligne téléphonique. Il avait fait transférer tout le courrier concernant la boutique à l'adresse de Westlawn Avenue. Comme il l'avait d'ailleurs fait pour l'appartement de la résidence. Il n'était nulle part. Impalpable. Inexistant. Et pourtant, aussi loin s'était-il retranché, ce message venait de l'atteindre comme un projectile à l'issue d'une trajectoire mûrement calculée.

Il s'était baissé et l'avait saisi lentement avec la conviction que son contenu allait lui exploser au visage. Il l'avait déplié. Et le contenu avait explosé en effet :

JE VOUS AI TROUVÉ. ET JE VAIS VOUS TUER.

Une espèce de paralysie mentale le laissa l'esprit vide quelques secondes. Il aurait voulu croire qu'il s'agissait d'une blague des gosses du quartier. Mais il les avait matés depuis belle lurette et ils ne se seraient pas risqués à une plaisanterie de ce genre. De plus, ils étaient incapables d'aligner deux mots d'anglais et probablement encore plus de les écrire...

Ce n'était pas une plaisanterie. Non. C'était l'acte délibéré et réfléchi de quelqu'un qui l'avait bel et bien trouvé. Mais trouvé quoi, au juste ? Wade Travers ? Ce que *faisait* Wade Travers ? Que faisait-il de si répréhensible, après tout ? Quelque chose dut dérailler dans son esprit car, le plus sincèrement du monde, l'espace d'un instant, il ne parvint pas à comprendre ce qu'on pouvait lui reprocher. Et puis oui, bien sûr, il se rappela. C'est pour cela qu'on l'avait trouvé, c'est pour cela qu'on voulait le tuer...

Ce n'était pas la police. La police ne menace pas de tuer les gens comme ça. Pas encore. Qui était-ce ? Qui était-ce ? Et depuis cet instant, durant des heures, à en perdre le sommeil, il s'était inlassablement répété cette question sans pouvoir y apporter la moindre réponse. Il n'avait pas d'ennemis, puisqu'il ne connaissait personne, personne...

Il songea à plusieurs reprises à Constance Baggott et à ses tristes pantins qu'il avait vus récemment. Mais il se trompait, évidemment ! Ils étaient tous des amis, après ce qu'ils avaient fait pour lui. Des amis... Il n'y avait pas de solution. Pas de solution, sauf une.

Il avait longtemps hésité à l'envisager mais au bout du compte il ne voyait d'autre explication. Il n'y avait pas de lien qui mène à lui. Excepté *l'autre,* là-bas, la vieille. Excepté Mme Cranfill...

Et ainsi sa tête bouillonnante peu à peu s'était refroidie. Avec beaucoup de respect et de componction il avait alors téléphoné à *maman.* Il voulait la voir, c'était important.

« Qu'y a-t-il de si important, Wade ? Que peux-tu faire ou qu'as-tu fait qui puisse revêtir une quelconque importance ?

avait-elle dit de sa voix aussi lisse et glaciale que le marbre de son immense maison vide.

— Si, si, maman. Il faut que vous veniez. Il faut que je vous parle.

— Si tu as besoin d'argent, c'est non. Tu as eu ton chèque au début du mois.

— Je vous en prie, maman. Il faut vraiment que je vous voie.

— Bien. Je dois aller au bridge, cet après-midi. Je m'arrangerai pour passer quand je sortirai. Vers six ou sept heures. »

Vers six ou sept heures..., songea-t-il avec un pincement à l'estomac aussi douloureux que s'il avait été touché par la pointe d'un canif. Mais il était bon fils, Wade. Il pouvait attendre sa maman, même tard dans la nuit. Patiemment, patiemment...

À cet instant, il y eut un déclic et les néons de tous les aquariums s'illuminèrent en même temps, emplissant aussitôt le salon de leur lueur verdâtre. Sans s'inquiéter, les formes vivantes qui se mouvaient dans l'ombre depuis le début de la soirée continuèrent à glisser dans leur eau froide. Et puis tout à coup l'horloge déclencha l'automatisme des tapis roulants au-dessus des aquariums. Et dans le ronronnement paisible des moteurs, de grosses pièces de nourriture flasque basculèrent avec des flocs lourds dans l'univers glauque.

Une agitation soudaine se produisit dans la quiétude troublée des aquariums. À grands coups de queue, les gros poissons convergèrent en une indescriptible mêlée sur leur pitance. Et dans un acharnement d'une extrême violence, ils se mirent à la déchiqueter avec une incroyable voracité.

En quelques instants, les eaux se brouillèrent de volutes de sable et de particules qui reposaient habituellement au fond des bassins. Et dans cette fureur silencieuse, des lambeaux de matière blanchâtre commencèrent à dériver de-ci de-là, entre deux eaux.

Wade avait tourné son regard vers ce spectacle et son faciès rayonnait d'une grande satisfaction et d'une grande sérénité. Au même moment, lui parvint de l'extérieur le bruit d'une voiture arrivant sous le bâtiment. Un vrombissement feutré de berline étrangère qu'il connaissait bien. Il se rendit dans la cuisine et regarda par la fenêtre. La grosse Mercedes était stationnée juste devant l'entrée et ses phares s'éteignirent. Voici madame mère, se dit Wade, sans éprouver la moindre émotion. Il vit en effet Elaine Cranfill sortir de sa voiture. Il quitta la cuisine pour aller à l'interphone et actionna le bouton d'ouverture de la porte d'entrée, sans même prendre la peine de décrocher.

— J'ai été retardée, je n'ai pas pu venir plus tôt, dit sèchement Elaine Cranfill en guise de bonjour. Que se passe-t-il ?

Wade ne répondit pas et referma la porte derrière elle.

Elaine Cranfill passa dans le salon en jetant des coups d'œil réprobateurs sur le triste décor qui se présentait à elle. Des vêtements tire-bouchonnés laissés un peu n'importe où ; des verres sales sur la table accompagnés d'une bouteille de gin aux trois quarts vide et non rebouchée ; quelques revues éparpillées par terre et sur les chaises.

— Ça ne s'est pas arrangé depuis mon dernier passage, observa-t-elle. Je croyais t'avoir demandé de mettre un peu d'ordre là-dedans. Et tu pourrais allumer, je te prie. Qu'est-ce que c'est que ces manières de vivre dans le noir ?

Elle avança la main pour actionner un interrupteur mais Wade la retint d'un geste à la fois impératif et doux, presque affectueux.

— Ils sont habitués à l'obscurité, souffla-t-il en indiquant les poissons du regard.

Elaine Cranfill le dévisagea curieusement.

— Comme tu voudras. Mais sois aimable de me dire ce que tu attends de moi. Je n'ai pas l'intention de m'éterniser ici.

Wade dominait la vieille dame d'une bonne tête et la considérait d'un air incertain, comme s'il avait oublié le motif de sa présence. Mais subitement il parla.

— Avez-vous donné l'adresse de la boutique à qui que ce soit, mère ? dit-il en la regardant de ses petits yeux noirs.

— Non. Il n'y a pas de raison.

— Êtes-vous bien sûre ?

— Évidemment. Et de toute façon je n'ai pas à te rapporter mes faits et gestes. Que je sache, cette boutique m'appartient.

— Je ne vous crois pas.

— Je te demande pardon ?

Mme Cranfill, piquée au vif, le fixait d'un air autoritaire.

— Je ne vous crois pas, répéta Wade. Vous avez forcément parlé à quelqu'un. C'est obligé. Il n'y a pas d'autre explication.

Elaine Cranfill fit mine de réfléchir puis haussa les épaules.

— Je ne comprends pas. De quoi veux-tu parler ? Il y a bien eu ce monsieur hier, mais il connaissait déjà l'adresse. Et je ne vois pas quelle importance cela peut avoir.

Le regard de Wade tressaillit à peine.

— Quel monsieur ?

— Un monsieur d'un certain âge, intéressé par le fonds de commerce. Je me demande d'ailleurs pourquoi je m'évertue à refuser des offres comme celle-ci quand je vois la façon dont tu me remercies...

Wade ferma les yeux. Il avait vu juste. Elle avait parlé. Elle avait stupidement bavassé avec un inconnu qui maintenant savait. Qui savait tout...

— Il me connaît..., dit-il comme pour lui-même. Vous lui avez dit mon nom, n'est-ce pas ?

Il parlait toujours de la même voix étale. Mais à présent une menace sourde commençait à percer, même si elle échappait à Elaine Cranfill.

— Je ne me rappelle pas, dit-elle en affichant toujours une grande fermeté.

— Vous lui avez dit mon nom, mère, se mit à gronder Wade. Il sait qui je suis...

— C'est possible. Et alors ? Je ne vois pas en quoi cela pose un problème.

— Mais on avait dit, mère, on avait dit que personne ne devait savoir où j'étais. Jamais. Ni à la boutique ni ici. Personne, vous entendez ! cria-t-il.

Elaine Cranfill sursauta.

— Ne me parle pas sur ce ton, Richard ! J'en ai assez de tes lubies...

— Et ne m'appelez pas Richard, ne m'appelez pas Richard ! l'interrompit-il en s'égosillant.

La vieille dame sentit que cela prenait mauvaise tournure. Elle savait à qui elle avait affaire. Mais jusqu'alors elle avait toujours su dominer la situation. Il suffisait de hausser le ton au bon moment.

— Bon, conclut-elle froidement. Si tu te mets dans ces états et si c'est tout ce que tu as à me dire, je crois qu'il est grand temps que je m'en aille.

Elle voulut se diriger vers le hall, mais Wade lui barrait le chemin et ne semblait pas disposé à bouger.

— Ils savent qui je suis maintenant ! Ils me cherchent ! Pour me faire du mal ! Et c'est de votre faute...

Il s'était approché d'elle et elle sentit enfin la menace.

— Laisse-moi passer ! lui ordonna-t-elle.

Et comme il ne bougeait pas, elle tenta de l'écarter de son chemin. À sa grande stupeur, il la repoussa violemment en arrière. Elle trébucha mais parvint à conserver son équilibre. Elle contempla Wade, incrédule et le visage blême de colère.

— Je t'interdis, Richard ! siffla-t-elle. Je t'interdis de lever le bras sur moi, tu m'entends ? Laisse-moi sortir immédiatement !

Mais le ton n'était pas aussi ferme qu'elle aurait voulu. Et Wade perçut le léger tremblement dans sa voix, cet infime chevrotement qui trahissait la peur. Ses yeux scintillèrent d'une mauvaise lueur et il esquissa un imperceptible rictus.

— Vieille peau, murmura-t-il.

Et il lui asséna à toute volée un coup sur le visage.

Elaine Cranfill cria, plus de stupeur et d'indignation que de douleur, et s'effondra avec fracas contre un battant de la porte.

— Ken... Écoute !

En disant ces mots, Janet Belson avait baissé le son de la télévision. Elle avait nettement entendu des éclats de voix et du tapage dans l'appartement du dessous.

— Il y a une bagarre, ou quoi ? dit-elle.

Elle n'eut même pas à tendre l'oreille pour obtenir une

réponse à sa question. Une voix de femme suraiguë, hystérique, traversa le sol :

Lâche !... Grand lâche stupide !... Tu oses t'en prendre à moi !...

Et aussitôt après, la voix du type se fit entendre, en une succession incompréhensible de vociférations véhémentes et indistinctes. Et puis il y eut un vacarme de chaises renversées.

Janet Belson se tourna vers son mari, le visage effaré.

— Tu entends, Ken ?... Il faut faire quelque chose...

Ken Belson, enfoui dans son confortable fauteuil en cuir, était atterré. Il parvint quand même à articuler quelques mots d'une voix accablée :

— Que veux-tu qu'on fasse ? Il est chez lui. Il y a des gens qui aiment ce genre de relations.

— Mais c'est extrêmement violent, Ken ! Tu n'entends pas ?

Comme pour confirmer ses dires, une nouvelle rafale de piaillements aigus arriva jusqu'à eux :

Tu l'auras voulu !... Tu n'auras plus un sou, tu m'entends !... Plus rien !...

Et puis à nouveau la voix du type :

... On ne me tient pas tête ! Personne ! Personne ne me tient tête !...

Et un cri de la femme. Un vrai cri de douleur cette fois.

Janet bondit du canapé.

— Ken, il faut appeler la police !

Mais Ken était toujours aussi immobile au fond de son fauteuil. Il ne savait pas quelle attitude adopter. Il n'y avait pas trois semaines qu'ils avaient emménagé et ce n'était qu'une accumulation d'ennuis, de tensions et de désagréments. Tout le contraire de ce qu'il avait prévu. Il refusait de devenir la victime de cet abruti qui habitait au-dessous, d'avoir à affronter la réalité en face, bref, de reconnaître qu'il avait fait un mauvais choix avec le Lafayette Mansion.

... Pour la dernière fois, laisse-moi sortir d'ici ! s'époumona la voix de femme au comble de la fureur.

Et cet éclat fut à nouveau suivi d'un tumulte invraisemblable.

— Si c'est comme ça, c'est moi qui vais téléphoner, fit Janet, exaspérée par la passivité de son mari.

Elle se rua sur le téléphone de l'entrée et composa le numéro d'urgence de la police. Aussitôt, une voix lui répondit :

— Police centrale. Veuillez indiquer vos nom et adresse, s'il vous plaît.

— C'est pour une bagarre, fit Janet avec précipitation. Dans l'appartement au-dessous du nôtre.

— Oui. Donnez-moi vos nom et adresse, répéta la voix, parfaitement indifférente à ce qui avait été dit.

Janet eut un mouvement d'impatience.

— Belson, dit-elle. Famille Belson, 886 Elmdale Road. C'est urgent. Il s'agit d'une rixe.

Au même moment, Janet perçut de nouvelles clameurs et puis il y eut un ultime cri :

... *Richard ! Non !*

— Elmdale Road, faisait la voix au téléphone. Elmdale Road... Vous dépendez du cinquième commissariat. Appelez le 414-2020. Je répète, appelez le 414-2020.

— Mais c'est urgent ! s'écria Janet Belson. Il faut intervenir tout de suite !

— Appelez le 414-2020. Merci.

Et la ligne fut coupée. Janet resta interdite, le combiné à la main. Elle raccrocha lentement, tendit l'oreille, et seul lui parvint le faible fond sonore de la télévision. Il n'y avait plus aucun bruit. Elle s'empressa néanmoins de composer le numéro qu'on lui avait donné.

— Cinquième commissariat, sergent Bertini, fit une voix. C'est pour quoi ?

Janet Belson déclina son identité et répéta le motif de son appel.

— Vous m'appelez pour une dispute de voisins ? résuma le flic de garde.

— Pour une rixe, je vous ai dit. Très violente. Avec des cris.

— Vous savez quel jour nous sommes, madame Belson ?

— Samedi ?

— Exactement. Samedi soir. Tous nos effectifs sont dehors. Il n'y a pratiquement personne au commissariat. Il faut surveiller les boîtes de nuit, patrouiller dans les quartiers chauds, arrêter les dealers et s'arranger pour que les gangs de jeunes ne s'entre-tuent pas trop... Vous voyez ce que je veux dire ? Est-ce que votre appel est *vraiment* urgent ?

Un doute s'insinua dans son esprit mais elle s'efforça de passer outre.

— Oui, je pense. Il y a eu un échange de coups, j'en suis presque sûre...

— Est-ce que vous entendez toujours des cris ?

Janet tendit l'oreille. Il n'y avait plus rien.

— Non, reconnut-elle.

— Est-ce que vous voulez porter plainte ?

— Plainte ?

— Pour tapage nocturne, j'entends. Auquel cas je signale votre plainte aux patrouilles et l'une d'elles passera vous voir dans le courant de la nuit si c'est possible. Mais ça m'étonnerait...

La démarche de Janet prenait une dimension qu'elle n'avait pas prévue.

— Non..., dit-elle après une hésitation. Je ne tiens pas à porter plainte. Je voulais juste vous avertir de cette altercation et...

— Bon, l'interrompit le sergent. Dans ce cas, je prends note de votre appel et nous tâcherons de faire une visite demain, sinon lundi. Quel est le nom de vos voisins ?

— Travers, je crois. Premier bâtiment, premier étage.

— Très bien. Je vous remercie d'avoir appelé. Le cas échéant, nous vous tiendrons au courant. Passez une bonne nuit.

Elle raccrocha avec la sensation désagréable d'avoir commis une délation qui risquait d'une façon ou d'une autre de se retourner contre elle...

La résidence était redevenue parfaitement calme. Elle se rendit dans la cuisine pour boire une verre d'eau. C'est alors qu'elle entendit quelqu'un sortir de l'immeuble. Elle jeta un coup d'œil à l'extérieur et reconnut immédiatement l'ombre massive du type dans l'obscurité. Instinctivement, elle retint sa respiration.

Elle le vit contourner la grosse Mercedes qui était garée

juste en dessous, ouvrir la portière, démarrer et disparaître de son champ de vision en une rapide marche arrière.

Que manigance-t-il ? songea-t-elle. Que fait-il avec cette voiture ?

Elle regagna le salon, perplexe, et retrouva Ken, toujours affalé dans son fauteuil.

— Alors ? Qu'est-ce qu'ils ont dit ? demanda-t-il.

— Qu'ils avaient autre chose à faire...

Ken Belson crut discerner une infime trace de mépris dans le regard que sa femme porta sur lui. Cela amplifia son malaise. Et puis, comme si ce n'était pas suffisant, il l'entendit prononcer les mots qu'il redoutait tant depuis ces derniers jours :

— Ken... je crois qu'il est temps de songer sérieusement à trouver un autre appartement. C'est ça ou je deviens folle.

Ces paroles furent prononcées avec une détermination qui ne laissait aucune place à la discussion. Ken Belson ferma les yeux, totalement abattu. Le cauchemar continuait.

39

Après plus de douze heures de vol, le Jumbo de la Continental se présenta en approche finale sur la piste 25 droite de l'aéroport de Francfort-sur-le-Main. Dans le petit matin radieux, les rayons encore rasants du soleil l'éclairant à contre-jour, le lourd appareil posa délicatement ses dix-huit roues sur le tarmac zébré de gomme et poursuivit sa course dans le hurlement des réacteurs inversés.

Penché contre un hublot, Folkerson regarda s'approcher le grand corps de bâtiment en V de l'aérogare. Il était donc en Allemagne. La dernière fois qu'il était venu en Europe, c'était il y avait plus de vingt ans, pour son voyage de noces avec Joyce. Ils étaient allés à Londres, puis à Rome et retour en Californie. Depuis cette époque, il ne s'était guère déplacé hors des limites du continent américain.

L'avion s'immobilisa et commença à se vider de ses passagers après un ultime message du chef de cabine leur souhaitant un agréable séjour.

Suivant le flot des voyageurs, il aperçut au débouché de la passerelle un militaire américain maintenant contre sa poitrine une pancarte où était inscrit son nom. L'homme était flanqué de deux policiers allemands. Folkerson se détacha de la file et se présenta.

— Frank Folkerson, dit-il au militaire en lui tendant la main.

— Sergent Holzer, répondit l'autre avec un large sourire et en le saluant d'une poigne vigoureuse. Heureux de vous accueillir. Tout cela est un peu précipité, mais j'ai essayé de faire pour le mieux. Nous allons nous rendre avec ces messieurs au bureau de la police fédérale pour les formalités et puis je vous emmènerai à la base. Vous avez des bagages ?

— Non.

— Alors, allons-y.

Après quelques déambulations dans les couloirs de l'aérogare, ils arrivèrent aux locaux de la police et Folkerson indiqua le motif de sa visite.

— Aurez-vous besoin de notre concours dans vos recherches ? s'enquit l'officier qui les reçut.

— Je n'en sais rien encore, dit Folkerson. Ce n'est pas impossible.

— Si c'est le cas, n'hésitez pas à me contacter. Nous verrons ce que nous pouvons faire.

— Je vous remercie.

— Combien de temps comptez-vous rester ?

— Le moins longtemps possible. Deux ou trois jours.

L'officier tamponna un formulaire et le lui tendit en même temps que son passeport.

— Avec ça, vous devriez pouvoir travailler sans problème chez nous, lieutenant. J'espère que votre séjour sera fructueux.

— Merci.

Ils se saluèrent et Folkerson sortit accompagné de Holzer. Celui-ci le conduisit jusqu'à une navette militaire stationnée sur un emplacement réservé.

— Montez, lieutenant.

Lui-même prit le volant.

— C'est loin ? demanda Folkerson.

— Pas du tout. Juste en face. De l'autre côté des pistes. Il faut seulement contourner tout l'aéroport.

Il lança le minibus dans le trafic.

— Anciennement, la base occupait toute la superficie de l'aéroport actuel, expliqua-t-il. En 1959, l'Air Force a cédé la partie nord du terrain au gouvernement allemand pour créer l'aéroport commercial de Francfort. Mais Rhein-Main est quand même resté la principale plaque tournante de toutes nos forces stationnées en Allemagne.

Il vira sur la droite pour s'engager dans un échangeur et

se retrouva sur l'autoroute. Un jet qui se posait passa au-dessus d'eux à quelques dizaines de mètres à peine.

— C'est là, indiqua Holzer. Tout ce que vous voyez à droite.

D'un geste du bras, il indiquait toute la zone sud où s'alignait sur près de deux kilomètres une enfilade de hangars devant lesquels stationnaient de gros transporteurs militaires. Derrière, on apercevait une multitude de bâtiments de toutes tailles, de larges avenues, un château d'eau, d'immenses réservoirs cylindriques de carburant et même des voies ferrées. Une véritable petite ville.

Ils arrivèrent à un nouvel échangeur, empruntèrent la bretelle donnant accès à l'entrée de la base et Holzer se gara devant le poste de contrôle.

— Venez. Il y a encore de la paperasserie à remplir.

Quelques instants plus tard, muni d'un badge d'identification, Folkerson remonta à bord du minibus et Holzer le conduisit à l'hôtel de la base, un édifice à l'architecture nette et fonctionnelle qui fleurait bon l'Amérique.

— Voilà. Une chambre est réservée à votre nom. Je vous laisse vous installer. Vous voulez commencer tout de suite ou vous préférez vous détendre d'abord un peu ?

— Je crois que je vais prendre une douche et un bon petit déjeuner.

— Entendu.

Holzer lui tendit une pochette de documents.

— Voici le mode d'emploi de la base avec les us et coutumes des indigènes. Je vous attends au bâtiment 347, bureau 108, quand vous voulez. C'est à cinq cents mètres d'ici.

— Merci, sergent. À tout à l'heure.

Et Folkerson s'engouffra dans l'hôtel.

Il ne retrouva Holzer qu'une heure et demie plus tard, après avoir suivi son programme à la lettre. Il s'était changé, restauré et avait pris le temps de téléphoner à Joyce pour la rassurer sur son voyage. Pour une fois, à cause du décalage horaire, il l'avait surprise endormie à la maison.

— Voilà. Je vous ai préparé tout ça..., lui dit Holzer.

Ils se trouvaient tous deux dans une salle de réunion et le

sergent lui indiquait une quinzaine de registres épais et jaunis empilés au beau milieu de la longue table ovale.

— Qu'est-ce que c'est au juste ? s'inquiéta Folkerson.

— Ce que vous m'avez demandé samedi au téléphone. Les registres d'occupation des dortoirs de la base pour l'année 1981. Le problème, c'est qu'il n'est pas possible de faire des recherches par nom. À cette époque, chaque bâtiment tenait un livre des entrées et des sorties pour la gestion des lits disponibles, traité comme un journal, au jour le jour. Les officiers et les soldats navigants de la 435ᵉ étaient installés dans les bâtiments 352 et 340. Mais le personnel de gestion du fret au sol auquel appartenait Kovell pouvait être cantonné n'importe où dans la base. Cette pile de registres, c'est le n'importe où en question. Par où voulez-vous commencer ?

Folkerson ne put s'empêcher de soupirer.

— Eh bien, si j'ai compris, on élimine les registres 352 et 340 et on s'attaque aux autres. C'est ça ?

— C'est ça.

— Alors au travail.

Tous deux s'assirent, se partagèrent les gros volumes et se plongèrent dans les listes de noms. Folkerson se sentait en parfaite condition pour attaquer son enquête et il éprouva une pointe de satisfaction lorsqu'il découvrit le premier le nom de Kovell un quart d'heure plus tard.

— Sergent... je crois que je l'ai.

Holzer vint se pencher par-dessus son épaule.

— Quelle date ?

— Lundi 15 juin. Admission au bâtiment 343.

Holzer consulta la fiche qu'il avait établie sur Kovell.

— Voyons. Il est entré à Rhein-Main le lundi 1ᵉʳ juin. Il doit donc apparaître sur un autre registre. Il a dû dormir dans un autre bâtiment du 1ᵉʳ au 14. Notez tous les noms présents à la date du 15 au 343 et continuez jour par jour pour trouver sa date de départ. Moi, je vais essayer de savoir où il était auparavant.

Tous deux se remirent au travail et, dix minutes plus tard Holzer s'exclama à son tour :

— Je l'ai, lieutenant ! Lundi 1ᵉʳ juin, bâtiment 341.

Avec une soudaine fébrilité, ils rapprochèrent leurs deux listes pour comparer les noms.

— Regardez, dit Folkerson. Il y a quatre noms qui ont été transférés du 341 au 343. Kovell, Jarvis, Melendez et Travers.

Les deux hommes se consultèrent du regard.

— Il faudrait maintenant voir durant combien de temps ils sont restés ensemble au 343. Mais il ne faut pas perdre de vue que Kovell n'a pas forcément rencontré son supposé copain dès son arrivée. C'est peut-être un nom qui apparaît bien plus loin pendant son séjour ici...

Ils se plongèrent donc tous les deux dans le registre du bâtiment 343 afin de trouver les dates de sortie des transférés du 341.

— Voilà ce que ça donne, récapitula Folkerson au bout d'un moment. Jarvis et Melendez, sortis le 7 novembre. Travers, sorti le 28 novembre. Et Kovell, sorti le 19 décembre.

— Ça correspond avec sa date de démobilisation, précisa Holzer.

— Il a donc été potentiellement en relation avec Jarvis, Melendez et Travers pendant à peu près le même laps de temps, rumina Folkerson. Ce n'est pas très significatif et ça ne nous arrange pas vraiment...

— Et je vous rappelle que le type qu'il aurait connu n'est pas forcément l'un de ces trois-là, dit Holzer. Il faut rechercher entre le 15 juin et le 19 décembre ceux qu'il a pu côtoyer le plus longtemps possible...

Folkerson eut une mimique de découragement.

— C'est un vrai casse-tête...

Ils dépouillèrent cependant les listes avec la plus grande attention et, vers trois heures de l'après-midi, après une interruption pour déjeuner, ils en avaient fini et ils avaient rajouté neuf noms. Folkerson repoussa sa chaise et étendit ses jambes.

— Ça se précise et ça se complique à la fois, dit-il. Je me demande si nous n'aurions pas intérêt à chercher dans une autre direction des informations qui pourraient apporter un éclairage particulier sur ce qu'on vient de faire...

— Par exemple ?

— Par exemple en recueillant des témoignages sur cette époque. Vous avez un journal à la base ?

— Une feuille de chou hebdomadaire.

— Il nous faudrait les numéros de cette période. Et est-ce qu'il serait possible de parler à des personnes de la base qui auraient été là entre juin et décembre 1981 ?

— Oui, je pense. Il suffit de les trouver. La rotation des militaires est telle qu'il y a peu de chance que l'un d'eux soit encore ici de nos jours. Pour nous, 1981, c'est comme qui dirait le Pléistocène. Mais il y a des civils sous contrat qui font d'assez longues carrières. Je vais voir ce que je peux faire.

Holzer s'absenta et réapparut au bout d'une quinzaine de minutes.

— Le service du personnel m'a suggéré un nom, dit-il. Le directeur d'études de l'atelier de maintenance. Bruce Keeslar. C'est le doyen de la base. Il est ici depuis 1974 ! Il nous attend.

Ils se rendirent aussitôt à l'unité 415, une sorte de bâtiment industriel retiré à l'extrémité ouest. Ils traversèrent le long atelier où s'affairaient une armée d'ouvriers à toutes sortes de travaux mécaniques et montèrent par une coursive aux bureaux d'études. L'ingénieur-chef Keeslar, un homme jovial à petites lunettes et à la cinquantaine bien passée, les reçut immédiatement.

— J'ai l'impression d'être le griot de la base, leur dit-il en plaisantant. À chaque fois qu'on a besoin d'un renseignement qui ne se trouve pas dans les archives, c'est à moi qu'on rend visite ! Qu'est-ce que vous cherchez au juste ?

Holzer lui expliqua les raisons de la présence de Folkerson.

— Ce type, Kovell, était là en 1981, poursuivit-il. Le lieutenant voudrait avoir une idée de ce qui se passait à cette époque.

— 1981 ? Ce n'était pas l'année de la libération des otages de Téhéran ?

Holzer acquiesça.

— Je me souviens, dit Keeslar. Ça n'a pas été une année facile, ici. J'en parlais justement avec ma femme il n'y a pas longtemps. Il y a eu une émission à la télévision sur les années du terrorisme et ils ont parlé de l'attentat à la base de Ramsten et de la bombe qu'on a découverte juste derrière ce bâtiment, contre les rails...

— Ici ? s'étonna Holzer.

— Oui, à une centaine de mètres. Vous ne saviez pas ? C'est un gars de l'atelier qui l'a repérée. Deux extincteurs bourrés d'explosifs posés contre la voie. Ils ont été désamorcés à temps. C'était bien en 1981, en août, je crois. C'est aussi cette année-là qu'il y a eu ces énormes manifestations contre la construction de la piste supplémentaire. Et puis après, il y a eu l'assassinat de Sadate. Des blessés ont été rapatriés par chez nous et on a reçu à l'aller et au retour les anciens présidents Nixon, Ford et Carter qui se rendaient au Caire aux obsèques... Ça faisait un sacré remue-ménage dans la volière...

Il resta plongé dans ses souvenirs un moment.

— Mais ce n'est pas ça qui vous intéresse, reprit-il. Par contre, il y a une chose dont je me souviens bien, maintenant. Il y a eu une drôle de rumeur dans la base à cette époque. Je ne sais pas si ça concernait votre Kovell, mais puisque vous dites qu'il est devenu un meurtrier par la suite, ça ne serait pas impensable.

— Quelles rumeurs ? intervint Folkerson.

— Eh bien, figurez-vous qu'il y a eu à Francfort et dans les environs une série de meurtres de prostituées. Dans le quartier spécialisé, autour de la gare. Et comme pas mal de militaires de chez nous font des virées par là-bas, des journaux ont avancé l'idée que l'assassin était peut-être un Américain. Il faut dire que notre diplomatie était assez mal vue à ce moment-là et que les Allemands ne nous portaient pas dans leur cœur. Surtout les jeunes... Je me demande d'ailleurs si ça a vraiment changé. Mais c'est une autre histoire.

— Est-ce que ces rumeurs ont eu des effets particuliers sur la vie de la base ? demanda Folkerson.

— Et comment ! s'exclama Keeslar. Je me rappelle qu'il y a eu des circulaires recommandant à tout le personnel d'éviter de fréquenter les quartiers du centre-ville et de la gare. Ça voulait dire en clair de ne plus tirer des coups avec les prostituées du coin. J'ai même entendu dire que les types en permission allaient jusqu'à Darmstadt ou Wiesbaden pour leurs parties de jambes en l'air !

Folkerson se tourna vers Holzer.

— Vous auriez des informations, ici, sur ces meurtres ?

— Ça m'étonnerait. Il n'y a pas vraiment de raisons.

Folkerson réfléchit un instant.

— Écoutez, reprit-il. Je pense qu'il faudrait prendre contact avec la police allemande. Je voudrais des renseignements précis sur ces affaires.

— Si vous voulez, je peux appeler Werner Hollmann, le responsable de la police de l'aéroport, suggéra Holzer. C'est lui qui nous a proposé un coup de main en cas de besoin.

— Allez-y, dit Folkerson. Je crois que ça en vaut la peine.

Holzer téléphona aussitôt et palabra un long moment en allemand.

— On a rendez-vous demain matin avec lui au commissariat général, annonça-t-il en raccrochant.

— Parfait. Pour finir la journée, je propose qu'on aille jeter un coup d'œil à votre gazette.

Ils se rendirent à la bibliothèque de la base. Folkerson potassa tous les numéros du petit hebdomadaire pour la période qui l'intéressait mais n'en tira aucun enseignement nouveau. Vers six heures, il avait terminé.

— On s'arrête ? suggéra Holzer.

— On s'arrête.

Il était exténué et un mal de tête qui s'était déclaré vers le milieu de l'après-midi lui vrillait maintenant les tempes.

— Je vous emmène au mess boire quelque chose ?

— C'est très aimable, sergent, mais pour ne rien vous cacher, mes projets pour la soirée, c'est sandwich, douche et douze heures de sommeil !

Holzer ne se montra pas offusqué et ils se séparèrent. Folkerson rentra directement à l'hôtel, ses notes sous le bras.

40

— Il est là, fit la voix.

— Depuis longtemps ?

— Non. Peut-être un quart d'heure. Il a déchargé des trucs.

— Merci, dit Mawbray, et il raccrocha.

Dans le courant de la journée, il était passé 23ᵉ Rue dans l'espoir de retrouver le jeune hispano. Il lui avait fallu revenir à deux reprises pour mettre la main sur lui et il avait conclu un nouvel accord avec le garçon tout heureux de faire la vigie pour quelques billets verts de plus. Il n'y croyait pas trop, mais le résultat était là : Michael venait de l'appeler.

Il faisait nuit maintenant et il se sentait étrangement calme. D'un pas décidé, il se rendit dans son bureau et sortit d'un tiroir de sa bibliothèque un petit automatique de calibre 22. Une arme de poing plus dissuasive que redoutable, mais qui suffirait certainement pour ce qu'il comptait faire. Il en vérifia le chargement et le glissa dans sa poche. Puis il enfila un veston et quitta la pièce.

Avant de partir, il jeta un dernier coup d'œil dans le salon. Sur le poste de télévision, il aperçut le cadre de Susan renversé face contre l'appareil. Sous l'effet d'une impulsion, il alla remettre la photo sur pied, de façon convenable. Il contempla un long moment le visage souriant de sa fille qui lui avait tenu compagnie toutes ces années durant, ces années de solitude, de peine et de tristesse. Alors il la sentit soudainement très proche de lui, tellement proche qu'elle serait entrée dans le salon pour mettre la table et il n'en aurait pas été autrement surpris. Et, touché par la grâce du souvenir, il adressa à l'image aux couleurs passées un long sourire de tendresse paternelle. C'était un soir qui méritait la paix et la réconciliation avec tout ce qu'il avait vécu. Puis il tourna les talons, éteignit les lumières et quitta la maison.

Dans le garage, il récupéra un pied-de-biche qu'il jeta sur le siège arrière de sa voiture. Après quoi, il se mit au volant, démarra et sortit. La porte se referma automatiquement, tandis que les feux arrière s'éloignaient dans l'avenue.

La nuit était particulièrement sombre car le ciel s'était couvert en fin de journée. Sombre et humide, comme à chaque fois que des paquets de nuages montaient du Pacifique. Mais dans la 23e Rue, c'était pis encore. Elle était plongée dans une pénombre épaisse et sinistre, et l'angle où se tenait la boutique émergeait à peine de l'obscurité. Quant au passage en terre battue, c'était un véritable trou noir où flottait, imprécise, la tache blafarde de la fourgonnette.

Mawbray gara sa voiture non loin de là, sur le trottoir d'en face. Il avait prévu de faire irruption dans la boutique après le départ de l'homme. Dans cette perspective, il se cala du mieux qu'il put sur son siège, le regard fixé sur la façade miteuse à une cinquantaine de mètres à peine, et se prépara à une longue attente.

Wade n'avait jamais éprouvé pareille sensation, cette sorte d'angoisse irraisonnée qui par moments lui serrait le ventre comme une crampe. Jamais il n'avait été rongé par ce genre d'inquiétude diffuse et obsédante en venant à sa boutique. Jamais il n'avait attendu si longtemps avant d'entrer, au volant de sa fourgonnette, prenant bien soin d'examiner les environs et de surveiller chaque recoin sombre d'où pouvait venir le danger. Car il ne s'agissait pas d'une blague. C'était une vraie menace, une menace qui rôdait, imprévisible, quelque part.

Au bout d'un moment, il avait déchargé en toute hâte ses deux casiers en plastique. Et il avait fait le tour de la boutique pour se rassurer, pour se convaincre qu'il était bien le seul maître de son sanctuaire. Il avait inspecté le rez-de-chaussée, vérifié les fermetures des portes, des fenêtres, il était monté à l'étage. Et là, comme à son habitude, il s'était laissé tomber dans son fauteuil défoncé pour réfléchir.

Qui est-ce ? se demanda-t-il, peut-être pour la centième fois. Qui est venu ainsi jusqu'à lui pour lui annoncer l'imminence d'une sorte de châtiment ? C'est un flic, se dit-il. C'est une démarche de flic. Mais un flic d'un genre particulier. Qui travaille pour son propre compte, en quelque sorte. Un flic qui a une bonne raison de m'en vouloir. Un flic qui n'en est peut-être pas un...

Il ramassa le numéro froissé du *Chronicle* qui traînait par terre depuis un dizaine de jours. Dans l'infime clarté provenant de la rue par les larges vitres crasseuses, il parcourut à nouveau l'article où l'on parlait de tous ces gens qui s'étaient mobilisés contre lui. L'article où il y avait tant de photos. *Folkerson, Dunwell, Mawbray*... S'agissait-il de l'un de ces noms, de l'un de ces visages inconnus ? Et que pouvait-il faire ?

Son regard se figea sur la photo d'Amy Burns... Un mauvais frisson lui parcourut les épaules et descendit le long de son dos. Il trembla.

Il était en danger, grand Dieu ! Il était en danger ! La menace pouvait venir de n'importe où... Ses paumes étaient moites.

C'est à cet instant précis qu'il prit conscience de la présence de la voiture qui venait de passer au ralenti sous la boutique et qui se garait là-bas, un peu plus loin, contre le trottoir d'en face. Une voiture neuve et rutilante qui tranchait avec les carrosseries fatiguées bordant les deux côtés de la rue. Il l'observa un moment puis essaya de se reprendre. Ce n'est qu'une voiture de maquereau friqué, se dit-il. Il n'y a aucune raison de s'inquiéter.

Mais il ne put en détacher son regard. Et au bout de quelques minutes, un spasme lui serra les intestins comme un signal d'alarme destiné à l'extraire de son inertie. Si, il y avait peut-être de quoi s'inquiéter. Car le type qui était dedans n'était toujours pas sorti.

Wade attendit. Et attendit encore. C'est un dealer, pensa-t-il en essayant de se convaincre. Mais il n'en fut pas plus rassuré pour autant. Ou un micheton à l'affût d'une gâterie. Ça ne serait pas la première fois qu'un type des beaux quartiers viendrait se faire sucer par un des gamins du coin...

Pourtant, la rue restait obstinément déserte.

Alors, il se dit que cela ne pouvait pas durer. Il fallait se remuer, garder l'initiative, sinon il allait finir tiré comme un lapin sans même savoir d'où le coup était parti. Il y avait une bonne manière de vérifier. Quelque chose comme un plan venait de germer dans sa tête.

Après un dernier coup d'œil à l'extérieur, il descendit l'escalier et ouvrit avec précaution la porte donnant sur le passage. Rien ne bougeait dans l'obscurité. Il referma derrière lui, monta dans la fourgonnette et sortit en marche arrière. Puis il s'élança dans la rue en prenant soin de ne pas regarder du côté du véhicule suspect. Par contre, il jeta un rapide coup d'œil sur le rétroviseur. Là-bas, derrière, la voiture stationnée n'avait pas bougé. Au moins, on ne le suivait pas. Il en éprouva un certain soulagement. Très bien, se dit-il. Très bien. Maintenant, il ne me reste plus qu'à aller faire une balade dans les environs.

Derrière son volant, Mawbray sursauta, surpris par l'apparition soudaine de la fourgonnette. Il la regarda s'éloigner à l'autre bout de la rue, sans pouvoir discerner quoi que ce soit du conducteur. C'est le moment, pensa-t-il. Il a dû finir sa visite du soir. Il patienta encore un peu, puis saisit le pied-de-biche et descendit de voiture.

L'impasse était déserte et silencieuse. De l'autre côté du mur grillagé, la courette était faiblement éclairée par le halo verdâtre provenant de la pièce aux aquariums. Mawbray jeta un coup d'œil sur le portail rouillé. Le verrou était tiré, mais y avait du jeu entre les battants. Il s'accroupit, introduisit le pied-de-biche entre les montants et souleva le fermoir métallique qui bloquait au sol le battant de droite. Après quoi, il n'eut plus qu'à exercer une pression de l'épaule et le double vantail s'entrouvrit avec un léger grincement.

Il entra dans la cour, referma derrière lui et repoussa le fermoir dans le sol. Puis il se rendit devant la porte donnant directement accès à la salle des aquariums. Sans hésitation, il inséra le pied-de-biche dans l'encoignure du chambranle et pesa un grand coup sur la barre. La serrure céda aussitôt dans un craquement.

Il fut à peine surpris de ce qu'il découvrit. Les empilements d'aquariums sur toute la hauteur de deux des murs, la paillasse en céramique surchargée d'un désordre hétéroclite, et puis surtout, surtout, les deux bassins géants occupant pratiquement toute la surface de la pièce. Avant même d'avoir plongé son regard dans les eaux sombres, il savait ce qu'il allait trouver dedans.

Les voilà donc ! songea-t-il avec jubilation tout en s'approchant des bacs. Les voilà enfin, ces *piraya*. Et comme pour confirmer ses pensées, il distingua subitement les silhouettes des énormes poissons qui déambulaient paresseusement dans les remous du courant artificiel créé par l'appareillage compliqué équipant chacun des bassins.

Ainsi, c'était dans ce bouillon glauque qu'avait séjourné la tête qu'il lui avait fallu si patiemment reconstituer... Il se pencha à hauteur des épaisses parois de verre afin de voir s'il n'y avait pas quelque nouvelle découverte macabre à faire. Mais le fond des bassins n'était jonché que de sable et de galets. Il se releva et scruta encore une fois l'endroit avec attention. Il était donc dans le repère de l'un de ces humains qui n'étaient que la face cachée de leurs congénères ! De ces humains qui pouvaient faire douter de l'humanité qu'on était censé trouver en soi et chez les autres. Pour la première fois, il se sentait au cœur du vrai mystère dont il n'avait observé que les symptômes extérieurs tout au long de sa carrière, tandis qu'il s'efforçait de faire parler la matière morte, victime de toutes les violences et de toutes les horreurs.

Il alla fouiller dans le désordre de la paillasse. Au milieu des boîtes, des chiffons, des outils, des moules et des déchets de polystyrène, il découvrit un gros lingot de résine.

À la lueur d'un néon, il examina l'inclusion et un fin sourire apparut sur son visage. Le tenant des lieux se piquait donc d'anatomie ! Il n'en était pas certain à cent pour cent, mais l'espèce de flexible rosâtre noyé dans la matière transparente semblait bien être une portion d'appareil génital féminin. Après tout, pourquoi pas ? se dit Mawbray avec un détachement tout professionnel. Pourquoi pas ?

Il continua ses recherches et découvrit dans des cartons, sous la paillasse, des quantités d'autres lingots abritant toutes sortes de débris humains ou animaux. Plusieurs barres en plastique contenaient même des rangées de dents méticuleusement alignées dans l'ordre de leur implantation naturelle. Mawbray hocha la tête en connaisseur. C'était bien fait. Très bien fait. Il inspecta encore la pièce mais ne trouva que des bidons de solvant, des flacons de colorants et tout un bric-à-brac d'outils mal entretenus. Mais il avait le sentiment très net que l'endroit recelait d'autres secrets.

Il passa la porte donnant sur le reste de la maison et se trouva dans un vestibule sombre, décoré d'un tapis râpé et encombré d'un vieux divan. Derrière une autre porte lui faisant face, il découvrit un cabinet de toilette exigu équipé d'un bac à douche. C'est en refermant qu'il aperçut les deux volumes blanchâtres déposés par terre dans le couloir. Il s'approcha pour les examiner de plus près. Deux lourds casiers en plastique aux couvercles hermétiquement scellés par des attaches métalliques à levier. C'est sûrement ce qu'il est venu apporter ce soir, se dit Marcus.

Il se pencha sur l'une des caisses, fit sauter une à une les attaches et déposa le couvercle sur le sol. Dans l'obscurité, il eut un certain mal à discerner le contenu. Le récipient était pratiquement plein à ras bords d'un matériau gluant et humide. Avec une soudaine intuition, il avança la main et extirpa un morceau de substance molle et collante aux doigts.

De la viande.

Il traîna le lourd casier jusqu'à la pièce des aquariums pour en avoir le cœur net. À l'instant même où celui-ci fut éclairé par la lueur des néons, Mawbray n'eut plus le moindre doute. Il préleva un nouveau paquet sanguinolent et distingua clairement la texture si particulière de l'épiderme enrobant le quartier de chair.

Cette découverte sembla le plonger dans une profonde réflexion. Qui avait-il entre les mains ? À qui avait appartenu ce débris informe ? S'agissait-il d'Amy ? C'était peu probable.

Sa mort remontait à dix jours et la chair qu'il tenait attestait une mort beaucoup plus récente. Il décida de poursuivre ses investigations et trouva, plus au fond dans le casier, au milieu d'autres déchets, une main. De toute évidence une main de femme. Mais la vraie découverte, il la fit dans le deuxième caisson. Il y avait plusieurs grands os, soigneusement nettoyés de leurs chairs, et surtout une tête encore en parfait état, avec ses cheveux et ses dents. Une tête avant traitement, se dit Marcus.

Il l'observa attentivement après l'avoir posée sur la paillasse. Une femme d'un certain âge, soixante-cinq, soixante-dix ans, avec des touffes de cheveux teints encore gonflés par leur dernière mise en plis. Et deux petits bijoux en or qui pendaient toujours aux lobes des oreilles.

Alors Mawbray émit une espèce de petit ricanement sec et effaré. Il venait de reconnaître Elaine Cranfill. La propre mère de Travers n'était plus que cet amoncellement de restes humains !

Marcus rit une nouvelle fois, un rire nerveux qu'il ne se connaissait pas, une sorte de jubilation sinistre et consternée. Il était au cœur d'une folie sur laquelle il n'avait pas de prise, au centre d'un univers parallèle extraordinairement nuisible, qui s'était développé dans le corps à peu près sain de son monde à lui, une sorte d'embryon mortel qu'il fallait écraser du talon.

Il poursuivit son exploration en montant à l'étage. Il y avait encore des choses à dénicher là-dedans. Les os. Que faisait-il des os ? Les bestioles des aquariums pouvaient bouffer ce qu'il y avait autour, mais c'était tout.

Il entra dans une pièce jonchée d'immondices, qui avait une allure de squat abandonné. À côté du fauteuil défoncé trônant au milieu, il découvrit la coupure du *Chronicle* et la ramassa. C'est bien cela, se dit-il. Tout est parti de là. Cette réaction en chaîne qui avait déclenché tous ces meurtres et l'avait conduit jusqu'ici...

Sur une marge, au milieu de gribouillis, il y avait plusieurs noms et numéros de téléphone, dont les siens. D'une manière ou d'une autre, pensa-t-il, il était écrit que Wade Travers et moi devions nous rencontrer. Alors, le plus tôt sera le mieux.

Il passa dans l'autre pièce de l'étage qui avait été une cuisine. Le désordre et l'épandage d'ordures y étaient pires encore, accompagnés de remugles âcres de pourriture et de corruption. Seule chose en état de marche et d'aspect entretenu dans ce chaos repoussant, une immense armoire de congélation contre le mur du fond. Les témoins lumineux de fonctionnement scintillaient dans la pénombre. Marcus se dirigea vers l'énorme meuble pour en examiner l'intérieur.

Wade laissa la fourgonnette descendre silencieusement la rue, le moteur coupé. Il s'arrangea pour l'arrêter une centaine de mètres avant sa boutique. Plus loin, sur la gauche, la voiture qui avait attiré son attention était toujours là. À l'intérieur, la silhouette de son occupant avait disparu. Mais Wade voulait être sûr. Il hésita quelques secondes puis se décida.

Il contourna la fourgonnette et ouvrit le compartiment isotherme. Sur une bâche en plastique couvrant le plancher se trouvait un lourd instrument de boucherie. Un couperet de plus de deux kilos, ce que les gens du métier appelaient une « feuille », la lame et le manche coulés d'un seul bloc de métal aux reflets satinés.

Il dissimula l'objet sous un pan de son blouson et marcha jusqu'à la voiture stationnée un peu plus bas. S'en approchant avec précaution, il constata qu'elle était bel et bien vide. Peut-être s'était-il complètement trompé ? Peut-être aurait-il mieux fait de rentrer directement chez lui plutôt que de venir fouiner, poussé par il ne savait quelle intuition ? Pourtant, il ne put s'empêcher de lever son regard vers la boutique. Il y avait trop de choses, là-bas dedans, pour risquer qu'elles fussent découvertes par quelqu'un de l'extérieur, un étranger qui ne comprendrait rien à ce qu'il y faisait. Il s'engouffra dans l'obscurité de l'impasse et observa la silhouette épaisse du bâtiment, à la recherche d'un éventuel indice. Il aperçut presque tout de suite le truc qui clochait.

Un infime rai de lumière dessinant le contour de la porte qui donnait sur la courette. Cela signifiait qu'elle était ouverte. Quelqu'un l'avait ouverte. Quelqu'un devait être à l'intérieur ! Et l'angoisse qu'il éprouvait depuis le début de la soirée se mua en une excitation intense qu'il connaissait bien. Il glissa le couperet sous le portail et enjamba sans un bruit le mur grillagé. Une fois dans la courette, il récupéra le pesant outil et s'avança lentement vers la porte fracturée. Il se sentait parfaitement à l'aise. Il était chez lui, dans son domaine. Si quelqu'un était à l'intérieur, il le considérait déjà comme un problème résolu.

Les deux battants du congélateur étaient grands ouverts et l'éclairage interne de l'appareil projetait dans la cuisine une lueur blafarde.

Mawbray ne savait par où commencer. Les rayonnages étaient pleins à craquer de sachets en plastique méticuleusement conditionnés et couverts d'une mince couche de givre. Au hasard, il arracha l'un d'eux à une pile. D'un geste brusque, il déchira l'emballage et trouva un bloc rougeâtre solide comme de la pierre.

De la viande.

Il ouvrit un autre paquet. De la viande. Encore de la viande. Et puis son attention fut attirée par une espèce de long sac plat et sombre. Il le sortit et à sa grande surprise découvrit à l'intérieur un de ces splendides spécimens de piranhas. Il allait le déballer lorsqu'il y eut un craquement sonore dans la maison.

Marcus tressaillit et se retourna brusquement, tous sens en éveil. Mais il n'y avait que le silence de la nuit traversé par le ronronnement lancinant du congélateur qui venait de se remettre en route. Il écouta encore un peu puis revint à sa découverte.

Il arracha la pellicule de plastique et tint dans ses mains le cadavre d'un *piraya* d'au moins cinquante centimètres. Un *piraya* magnifique, n'eût été le fait qu'une large portion du ventre était manquante. À cet endroit précis, les chairs avaient été arrachées selon une découpe nette et franche qui laissait encore voir les traces de mâchoires prédatrices. Intrigué, Marcus observa le cadavre congelé sous toutes ses faces.

— Parfois, il se dévorent entre eux, expliqua soudain une voix.

Marcus sursauta au point de heurter la porte du congélateur. De stupeur, il laissa tomber à ses pieds le piranha solidifié.

À quelques pas de lui se dessinait, à contre-jour devant les vitres, l'ombre massive de celui qui venait de parler.

— On n'a pas toujours le temps de les séparer avant, reprit l'ombre immobile.

C'était une voix fluette, presque timide, avec une légère intonation féminine.

— Vous êtes un des types sur le journal, hein ?

Mawbray était pétrifié. Il avait prévu de maîtriser la situation, et puis tout venait de basculer. Il avait prévu de tuer un homme, et puis cet homme était là, devant lui, et il était incapable de faire un geste.

L'ombre fit un pas vers lui et Marcus vit apparaître dans la lueur du congélateur l'étrange visage lunaire aux petits yeux renfoncés.

— Vous n'auriez pas dû venir ici, dit encore la voix, comme à regret. Je ne vous ai rien fait. Et je n'aime pas tuer les gens.

L'homme sortit de son blouson l'espèce d'énorme hache à main si bizarrement profilée. En une fraction de seconde, avec un effort considérable, Marcus parvint à se ressaisir. Il glissa la main dans la poche de sa veste pour attraper le petit automatique.

Mais son geste déclencha une réaction d'une incroyable vivacité chez le grand type qui se rua sur lui d'un bond, la lourde lame levée à bout de bras, en poussant un cri aigu de femme hystérique.

Il y eut un premier coup de feu lorsque Mawbray s'effondra sous l'attaque foudroyante. Et la balle alla se perdre quelque part dans la demi-obscurité de la pièce, tandis que le couperet s'abattait avec une force démesurée contre un battant du congélateur. La lame perfora les deux épaisseurs de tôle, le matériau isolant, et se retrouva profondément enfoncée.

Avec un grognement de dément, le grand type réussit à l'arracher d'un mouvement sec et il dirigea à toute volée un nouveau coup sur Marcus. Celui-ci eut le réflexe de rouler sur lui-même, mais une douleur fulgurante et atroce lui broya la base du cou, la clavicule et l'omoplate. Il hurla. Le type relevait déjà la lame, ruisselante de sang. Son sang à lui, Marcus Mawbray. Alors, sentant que dans quelques secondes son bras serait totalement paralysé, inutilisable, il se mit à tirer balle après balle avec une fureur démentielle en direction de l'ombre puissante qui le dominait de toute sa stature.

L'énorme couperet s'abattit encore, en travers de sa poitrine cette fois, tranchant les côtes et sectionnant toute l'épaisseur d'un poumon, s'enfonçant jusqu'au manche.

Le choc fut tellement atroce et insupportable que Mawbray ne trouva même pas la force de pousser un cri. Toute l'énergie qui lui restait était concentrée sur le geste simple et infinitésimal de son index appuyant sans cesse sur la gâchette. Mais déjà le chargeur était vide.

Il y eut quelques secondes de rémission.

Quelque part dans l'ombre, le type faisait un drôle de bruit, lui aussi. Mawbray réussit à passer sa main gauche, valide, en haut de son épaule. Il la retira couverte de sang et l'observa comme si elle ne lui appartenait pas. Puis il prit conscience de la brûlure insupportable qui lui déchirait la poitrine à chaque respiration, comme si du plomb fondu coulait dans ses poumons.

Il explora d'un geste rapide cette deuxième blessure mais il souffrait tellement qu'il renonça à vouloir en mesurer toute la gravité.

Il était allongé, incapable de mouvoir autre chose que ce bras gauche. Son corps lui semblait paralysé et il sentait sous son dos ses vêtements baigner dans une mare de liquide de plus en plus large et visqueuse. Cela lui suffisait pour savoir qu'il serait mort dans quelques minutes.

Alors il attendit. Au bout d'un moment, il distingua la lourde silhouette du type qui parvenait à se mouvoir dans l'ombre et qui alla en titubant se pencher au-dessus de l'évier crasseux. Mais il préféra fermer les yeux.

Car le froid le gagnait maintenant, et le moment approchait.

Ses dernières pensées furent pour Susan. Susan enfant, si petite, si jolie. Susan plus grande... Susan... Il esquissa un dernier sourire. Après tout, l'instant de sa propre mort aurait dû venir depuis longtemps déjà. Le destin ne faisait que rectifier la fastidieuse aberration qui l'avait amené à vivre jusqu'à ce jour.

41

Holzer et Folkerson furent accueillis avec la plus grande amabilité dans les quartiers généraux de la police de Francfort. Ils s'étonnèrent même d'être attendus par autant de personnes. Dans la pièce où on les fit entrer, il y avait en effet, en compagnie de Werner Hollmann, trois hommes et deux femmes. Hollmann fit les présentations et Folkerson constata qu'il se trouvait devant une bonne partie de l'état-major de la police de la ville. Lorsque tous eurent pris place autour d'une grande table, ce fut Hans Brühm, le sous-directeur général de la police, qui prit la parole.

— Voici tout ce que nous avons sur ces affaires, monsieur Folkerson, dit-il en montrant les trois piles de dossiers posés devant lui. Dès que nous avons été informés de votre intérêt pour cette série de meurtres, je dois dire que la nouvelle s'est répandue comme une traînée de poudre dans nos services. Ce n'est jamais de gaieté de cœur que l'on classe des dossiers restés sans solution, et c'est malheureusement ce qui s'est passé pour ceux-ci. Dois-je comprendre que vous êtes sur une piste ?

— À vrai dire, je n'ai appris l'existence de ces meurtres qu'hier après-midi, dit le lieutenant. Pour l'instant, je ne peux pas m'avancer, mais il est plausible en effet qu'il y ait un lien avec l'affaire qui m'occupe.

— Pouvons-nous avoir des précisions sur la nature exacte de ces affaires, monsieur Folkerson ?

Folkerson n'avait pas pour habitude de s'épancher outre mesure sur son travail, mais il était évident qu'il avait tout à gagner en abattant ses cartes. Il résuma donc à grands traits les affaires Kimble et Burns face à un auditoire attentif. Lorsqu'il eut terminé son exposé, il y eut quelques échanges de regards autour de lui et le sous-directeur reprit la parole :

— C'est très intéressant. Vous allez comprendre pourquoi. Je laisse la parole à mon collègue, le capitaine Vollbrecht. Il a fait partie de l'équipe qui a travaillé sur ces meurtres à l'époque.

L'homme en question, âgé d'une quarantaine d'années, ouvrit un premier dossier et commença l'un de ces déballages d'horreurs qui apparemment ne connaissent pas de frontières. Il étala une série de photos sur la table, tournées vers les deux Américains, et les commenta :

— La première victime. Izul Cobanoglu. Une Allemande d'origine turque, de la seconde génération. Vingt et un ans. Elle était connue pour tapiner du côté de la gare depuis une année environ. Elle a été assassinée chez elle, dans un immeuble de la banlieue est de Francfort, le 21 juin 1981. C'était un dimanche. Un témoin a déclaré avoir vu un militaire américain dans le quartier en milieu d'après-midi. Mais il n'a pas été possible d'établir avec certitude une relation avec le meurtre. La prostitution est assez répandue dans ces banlieues et il n'est pas rare d'y rencontrer des militaires, qu'ils soient allemands ou américains.

— Quelles sont les circonstances du meurtre ?

— Elle a été tuée avec un couteau à pain trouvé chez elle. Selon notre reconstitution, elle a été maintenue à plat ventre sur son lit et le meurtrier lui a tranché la tête depuis la nuque vers la gorge. En fait, il a scié les vertèbres avec une force et une violence considérables. Cette manière de donner la mort est très inhabituelle. Nous n'avons aucune référence dans nos archives. À de très rares exceptions près, toutes les décapitations criminelles répertoriées vont de la gorge aux vertèbres et non l'inverse.

Le capitaine accompagna son explication d'un geste de la main imitant une lame sur son propre cou.

— En tout cas, poursuivit-il, si on comprend mal la nature et les raisons d'une telle façon d'opérer, on discerne mieux les motivations de l'acte dans son ensemble. Regardez ici.

Un autre photo montrait le cadavre lors de son examen à la morgue. Il était étendu sur le dos et les jambes largement écartées exhibaient à l'endroit du périnée une large zone béante et sanguinolente d'où le sexe était tout simplement absent.

— Après la décapitation, il y a eu mutilation sexuelle. Comme vous pouvez le voir, toute la partie externe des organes a été tranchée. Ce qui a été prélevé a été retrouvé dans un tiroir de commode, au milieu d'un fouillis de sous-vêtements. Les chairs et le sang étaient mélangés de sperme et il semble que le meurtrier se soit masturbé avec...

Un silence embarrassé suivit ces paroles et Folkerson se sentit mal à l'aise lorsqu'il croisa le regard direct de l'une des femmes présentes.

— Pour information, précisa le capitaine, il y avait également du sperme dans la bouche de la tête coupée qui avait été abandonnée sur le lit. Il est d'ailleurs pratiquement certain que le rapport sexuel avec la tête, si on peut parler de rapport, a eu lieu après la décapitation. Des questions ?

Folkerson finit de prendre quelques notes avant de répondre :

— Non, je vous remercie.

— Très bien. Victime numéro deux, Else Wieckert. Vingt-deux ans. Environ un mois plus tard, le 30 août. Une prostituée aussi. Elle a été également assassinée chez elle, mais pas forcément par le même tueur. Voici les photos.

Il disposa les clichés sur la table comme un colporteur ses articles devant les badauds.

— Comme vous le voyez, elle a été terriblement battue, mais il n'y a pas de traces de viol. Ni sperme, ni déchirements au niveau du vagin ou de l'anus. Par contre, il y a ceci, et c'est assez invraisemblable.

Il montra une photo en gros plan d'un visage aux traits affaissés par la mort. La bouche de ce qui avait été une jeune femme blonde était maintenue grande ouverte par les mains gantées de caoutchouc d'un assistant légiste. Ce n'était plus qu'une sorte d'orifice ravagé aux lèvres éclatées, aux gencives tuméfiées et dégoulinantes de sang. Pour une raison qui ne sautait pas aux yeux de prime abord, la bouche semblait déformée, dilatée, dans un rictus de cauchemar insupportablement élargi. Et puis Folkerson comprit subitement :

— Il n'y a pas de dents, c'est cela ?

Le capitaine Vollbrecht fit un signe négatif de la tête.

— Toutes celles de devant ont été brisées avec une incroyable sauvagerie à l'aide d'un fer à repasser. Il faut dire qu'Else Wieckert était connue pour être une spécialiste de la fellation. Il pourrait s'agir d'une sorte de punition ou de vengeance... Elle est morte de la suite de ses blessures. Un examen du crâne a révélé un enfoncement du pariétal ayant provoqué des lésions fatales au niveau du cerveau.

Le capitaine laissa le temps à Folkerson de gribouiller sur son calepin.

— Troisième et dernière victime, dit-il enfin en ouvrant l'ultime dossier. Chen Phung Quoc, huit semaines plus tard, le 10 octobre. Là, on retrouve des similitudes avec le premier meurtre. Elle a été assassinée dans une chambre de passe du quartier de la gare. Attachée au lit avec des cordons de tringle à rideaux, elle a été pratiquement saignée à blanc, les poignets cisaillés avec la partie tranchante d'un cendrier cassé en deux. L'abdomen a été ouvert de la même manière, les viscères déplacés et tous les organes génitaux sectionnés et déposés sur le lit. Cette fois-ci, nous n'avons découvert aucune trace de sperme. Pour finir, la gorge a été grossièrement tranchée, mais il n'y a pas eu de décapitation. Pour la simple raison, apparemment, que le meurtrier n'avait pas d'instrument adéquat à portée de la main.

— Pourriez-vous me donner des précisions sur cette dernière victime ? demanda Folkerson.

— Bien sûr. Il s'agissait d'une fille de réfugiés cambodgiens vivant en Allemagne depuis 1978. Vingt-deux ans, comme la petite Wieckert. Aucun désir d'intégration. Elle avait commencé sa carrière de prostituée à Phnom Penh à l'âge de douze ans. Elle a poursuivi ici, d'autant que c'était d'un rapport sans commune mesure.

— Est-ce que les deux autres victimes étaient connues pour exercer certaines spécialités comme Else Wieckert ?

— En ce qui concerne la petite Cobanoglu, nous n'avons pas d'indication. Mais la Cambodgienne avait une certaine réputation dans la profession. Elle pratiquait en habits de petite fille, de communiante ou en uniforme d'internat. Ce jour-là, elle était en jupe plissée bleu marine. Elle avait une jolie clientèle, à ce qu'on sait...

Après cette déclaration, le silence se fit à nouveau durant une bonne minute.

— Qu'en pensez-vous, lieutenant, intervint finalement le sous-directeur. Y a-t-il des éléments concordant avec votre enquête ?

Folkerson réfléchit encore quelques secondes puis il résuma ses conclusions :

— Il y a quelques points communs, en effet. L'âge, d'abord. Dix-sept ans pour la plus jeune, vingt-six ans pour la plus âgée. Mais l'âge en lui-même n'est pas le plus important. Ce qui relie les victimes entre elles, ce serait plutôt leur aspect général. Des filles de petite taille, d'une physionomie presque infantile ou du moins qui semble les rattacher à l'adolescence. Kitty Kimble et votre Cambodgienne jouaient même sur cette ambivalence de façon tout à fait délibérée. Le meurtrier pourrait avoir un goût marqué pour les jeunes ou même très jeunes filles. Il y a aussi une relation surprenante entre Amy Burns et la victime cambodgienne. Toutes deux asiatiques, toutes deux ont subi une fureur mutilatoire à peu près identique. Il est même plausible que le meurtre d'Amy Burns soit une répétition de celui de cette Chen Phum...

— Chen Phung Quoc, précisa Vollbrecht.

— C'est cela. Il y aussi beaucoup d'éléments à rapprocher dans le mode opératoire du meurtrier. Les décapitations, les mutilations, les rapports aux vêtements des victimes sur lesquels il y a une fixation évidente, le fait que toutes les victimes, sauf une, étaient des prostituées...

— Il n'y a pas eu de mutilation sexuelle sur Else Wieckert, observa le sous-directeur.

— Non, mais il y a eu quelque chose d'encore plus significatif qui est peut-être le point de croisement entre mon enquête, ces meurtres-ci et les meurtres de Tampa, en Floride. Je veux parler des dents. Ou elles sont absentes, ou elles ont été enlevées, ou elles ont été brisées...

— Vous pensez au mobile psychologique du tueur ?

— *Des* tueurs, rectifia Folkerson. Nous avons Kovell avec certitude pour Tampa, il est peut-être aussi l'auteur de l'un ou de la totalité de vos meurtres, mais il n'est pas le meurtrier de Kimble et de Burns. Ils sont deux, et je suis de plus en plus certain qu'ils se connaissaient ici.

— Vous avez des noms ? fit Hans Brühm.

— Un bonne douzaine au total. Mais je pense qu'on va rapidement réduire ce nombre.

Il se tourna vers Holzer.

— On peut vérifier d'une manière ou d'une autre les sorties de la base aux dates de ces trois meurtres ?

— Je suppose. Il va falloir replonger dans les archives, c'est tout.

— Alors, on s'y met le plus vite possible, dit Folkerson.

Holzer se leva.

— Je peux téléphoner ?

On lui indiqua un appareil dans un coin de la salle et il appela la sécurité militaire de la base. Il parlementa un moment puis revint à la table.

— Ils nous préparent les documents, mais ils paraît que le big chef commence à s'inquiéter de vous voir trifouiller dans toute la paperasserie de Rhein-Main. Il vous a requis à déjeuner pour discuter avec vous.

— Bien.

— Je vois que vous êtes impatient de poursuivre votre enquête, lieutenant, dit le sous-directeur. Nous ne voulons pas vous retarder. Désirez-vous que nos services vous préparent un extrait de ces dossiers ?

— Je vous en serais reconnaissant.

— Cela ne prendra que quelques minutes.

Tout le monde se leva et la pièce commença à se vider. Hans Brühm s'approcha de Folkerson.

— Vous touchez au but, n'est-ce pas ?

— J'ai l'impression, oui.

— Puis-je avoir l'assurance que nous serons informés de l'issue de votre enquête ?

— Je l'espère. Cela concernera le FBI et le Département d'État. Si j'aboutis, comme je le pense, il y aura sûrement quelques implications diplomatiques...

— J'en suis conscient.

Folkerson ressentit un étrange malaise. Il était tout simplement en train d'admettre devant cet Allemand que c'était un citoyen des États-Unis, de l'Amérique des libertés, de l'Amérique toute-puissante, du pays qui se posait en exemple sur la planète entière, qui avait perpétré ces horreurs ici, en terre étrangère et en temps de paix.

— Je suis désolé, dit-il. Merci de votre aide. Je crois qu'elle a été déterminante.

Moins d'une demi-heure plus tard, Holzer et Folkerson étaient de retour à la base et tout alla très vite. Ils se jetèrent sur les registres des sorties et constatèrent tout de suite que Kovell n'avait été en permission qu'à une seule des dates des meurtres. Les 30 et 31 août, lors de l'assassinat d'Else Wieckert. Ensuite, comme la veille, ils établirent une grille pour tous les autres noms et se mirent à cocher les dates en regard.

Cela prit près d'une heure, mais à la fin il était clair que seul un nom apparaissait dans chacune des cases « permission » correspondant aux trois dates. Un seul nom. Un nom qui avait suivi Kovell depuis son arrivée le 1er juin 1981, qui l'avait probablement accompagné dans sa virée des 30 et 31 août, et qui était peut-être à l'origine des trois meurtres de Francfort.

D'un geste lent, Folkerson entoura le nom en question d'un trait de stylo.

— Il me faudrait le dossier complet de son séjour ici, dit-il.

— Je crois que ce n'est plus de mon ressort, lieutenant, répondit Holzer à regret. Ça prend des proportions qui me dépassent.

— Je comprends. Merci pour tout, en tout cas.

À treize heures pile, il se retrouva à table en tête à tête avec le colonel Walter C. Fletcher, commandant en chef de la base. Il lui fit part dans le détail de ses démarches et de ses conclusions.

— Vous êtes certain de ce que vous avancez ? lui demanda le colonel, lorsqu'il eut terminé.

— Ce n'est pas moi qui avance tout cela, colonel. Ce sont vos registres, toutes les traces écrites que j'ai retrouvées chez vous...

Walter C. Fletcher n'appréciait pas du tout qu'on vienne déterrer chez lui des tueurs en série qui s'étaient adonnés à leur passe-temps favori sous les drapeaux, plus de dix ans auparavant.

— Je vais vous donner copie du dossier que vous me demandez, lieutenant. Mais, en retour, je souhaiterais un peu de compréhension de votre part. Je quitte Rhein-Main à la fin de l'année. D'ici là, de grâce, pas de vagues. Qu'on le veuille ou non, la présence des forces américaines en Allemagne est toujours un sujet délicat. Si on doit y ajouter ce genre de publicité, ça va être franchement intenable.

— S'il ne tenait qu'à moi, il n'y aurait pas de vagues, colonel. Jamais. Mais il se trouve que ce type, s'il s'agit bien de lui, est en train de massacrer des gens chez nous en Californie. Alors, je vais essayer de mettre la main sur lui au plus vite. Et malheureusement, je le crains, ça fera des histoires.

Le colonel soupira.

— J'espère que vous vous trompez...

— Moi, j'espère que non. Mes deux cadavres décapités me suffisent. Je ne veux pas lui laisser le temps de m'en offrir un troisième.

Le dossier lui fut remis tard dans l'après-midi à son hôtel. Il travailla dessus un moment puis appela Ganton vers sept heures. Il lui résuma le déroulement de son enquête.

— J'ai un nom, conclut-il. Vous prenez note ? Travers. Richard Wade Travers. Je vous envoie ce que j'ai par fax. Renseignez-vous là-dessus comme vous pouvez. Je rentre demain.

Ils parlèrent encore de choses et d'autres à propos des

affaires en cours puis Folkerson descendit à l'accueil pour transmettre le dossier par le télécopieur de l'hôtel. Enfin, il appela sa femme. Il lui annonça le tour positif qu'avait pris son voyage et lui confirma son retour pour le lendemain. Il fut convenu qu'elle l'attendrait à l'aéroport.

Cette nuit-là, Folkerson se réveilla plusieurs fois. Une succession de décollages de gros porteurs C-141 troublèrent la quiétude de la base de leur vacarme assourdissant. Depuis le 2 juillet, l'opération « Provide Promise » à destination de Sarajevo avait commencé et presque chaque nuit était le théâtre d'une mission au départ de Rhein-Main. De toute façon, avions ou pas, le sommeil fuyait Folkerson. Il se sentait à la fois trop proche et trop éloigné du meurtrier. Vers quatre heures du matin, il alluma la lampe de chevet et pour la énième fois regarda la fiche signalétique de Travers. En haut à droite, il y avait un portrait d'identité que la mauvaise qualité de la photocopie rendait tout juste lisible. Un visage rond et blafard percé de petits yeux noirs sous des cheveux clairs en brosse. Une image fantomatique aux contours et aux signes distinctifs encore brouillés qui sortait lentement de nulle part.

42

— Shirl, pour la dernière fois, est-ce que tu viens avec moi, oui ou non ?

Janet Belson se tenait dans l'entrée, son sac en bandoulière, prête à sortir. La réponse lui parvint du fond de l'appartement :

— Non, je t'ai dit. Je reste ici.

Janet soupira. Depuis plusieurs jours, la tension montait entre elle et sa fille. Toutes deux semblaient avoir le plus grand mal à échanger ne serait-ce que les propos les plus anodins.

— Fais un effort, Shirl, insista sa mère. Tu ne vas pas encore rester tout l'après-midi enfermée...

— Puisque je ne peux voir personne, je suis aussi bien dans ma chambre, rétorqua la fillette.

Le visage de Janet se crispa.

— Très bien, c'est comme tu veux. Si tu préfères t'embêter entre quatre murs, c'est ton problème. Moi, je m'en vais. Mais c'est bien clair entre nous, Shirl, lança-t-elle en ouvrant la porte. Tu restes à la maison. Je ne veux pas que tu traînes dans le parc toute seule ou avec ce type. Tu m'entends ?

Il n'y eut pas de réponse et Janet leva les yeux au ciel. Cette gamine allait la rendre folle.

— Viens fermer derrière moi, ajouta-t-elle d'un ton cassant.

— D'accord, je fermerai, chantonna la voix de Shirl avec l'air de s'en moquer éperdument.

Janet soupira une nouvelle fois, excédée, et s'en alla en claquant la porte.

Shirl était allongée sur son lit dans l'appartement silencieux. De l'extérieur lui parvenait le ronron étouffé de la tondeuse à gazon que Hibbins poussait quelque part du côté du court. Le court de tennis ! songea-t-elle. Elle en avait marre... Sa mère lui avait interdit d'y retourner sans être accompagnée d'elle-même ou de son père. Alors, depuis, elle passait son temps à bouder à la maison. Elle avait bien téléphoné à Bridget, là-bas à Berkeley, mais la mère de sa copine lui avait appris qu'elle était partie pour trois semaines dans un camp d'été dans les montagnes de l'Oregon. Tout le monde semblait avoir quelque chose à faire, sauf elle. Elle en avait marre, vraiment marre !

Et Wade ? Pourquoi sa mère lui interdisait-elle comme ça de le revoir ? Depuis qu'elle avait fait sa connaissance, elle avait souvent pensé à lui. C'était un drôle de type qu'elle trouvait plutôt sympathique. Elle l'avait vu à de nombreuses reprises par la fenêtre de sa chambre aller et venir à ses occupations et, sous son air austère et vaguement renfrogné, elle savait qu'il était capable de rire, de jouer, avec beaucoup d'ardeur et de gentillesse. En fait, sans l'analyser aussi clairement, elle sentait en lui une espèce de connivence juvénile qui lui plaisait énormément. C'était la seule personne avec qui s'entendre dans la résidence et c'était injuste de l'empêcher de la voir.

D'ailleurs, c'était étrange, depuis deux jours elle ne l'avait pas vu. Pourtant, elle savait qu'il était là. Elle l'entendait par moments déambuler dans son appartement. Mais il ne sortait pas. Il lui était même venu à l'esprit qu'il pouvait être malade. Elle l'avait entendu tousser bizarrement à plusieurs reprises, même au milieu de la nuit. Peut-être avait-il besoin qu'on lui rende visite ? Qu'on s'occupe de lui ? Au même instant, comme pour confirmer ses craintes, une quinte sourde et caverneuse monta de l'appartement du dessous. Il est vraiment malade, se dit-elle. Elle avait déjà pris sa décision. Bien sûr, il y avait l'interdiction de maman. Et les interdictions de maman, ce n'était pas de la rigolade. Mais enfin, elle s'embêtait trop, et puis ce monsieur qui avait été si gentil pouvait avoir besoin d'elle... Sans compter tous ces poissons, se rappela-t-elle subitement avec une certaine excitation. Il lui avait dit qu'il y avait plein de poissons exotiques chez lui...

Elle se leva, ôta son short et son tee-shirt pour passer une robe, lissa ses cheveux d'un coup de brosse et quitta l'appartement. Enfin, elle avait trouvé quelque chose à faire.

Wade se tenait devant le lavabo, torse nu, et s'examinait dans la glace de la salle de bains. Sur sa poitrine adipeuse et presque entièrement glabre, il y avait deux taches sombres auréolées d'un hématome verdâtre. Avec une grimace, il passa une compresse d'alcool sur les plaies et les regarda attentivement. Une en haut de l'épaule gauche, qui ne saignait plus, et une autre quelque part à la base du poumon droit qui avait de plus en plus mauvaise allure. Il observait leur évolution depuis bientôt trois jours et elles n'étaient pas bien jolies à voir. Pourtant, celle de l'épaule ne l'inquiétait pas vraiment. Hormis le fait qu'il avait le plus grand mal à bouger le bras gauche, il n'en souffrait pas beaucoup. Par contre, à chaque fois qu'il regardait celle à hauteur du poumon, une bouffée d'angoisse le cisaillait. Un écoulement jaunâtre s'obstinait à en sortir et la surface de l'hématome semblait s'étendre en même temps que la douleur. Il avait la sensation très nette que depuis ces dernières heures il pourrissait de l'intérieur.

Il ferma les yeux et réprima une toux sèche. Il était mal en point. Très mal en point. Pourtant, il avait encore beaucoup à faire. Il n'était pas resté inactif, à la boutique, cette nuit-là, avant de rentrer ici. Il avait installé les gros aquariums dans la fourgonnette et il n'avait plus qu'à y transférer les poissons, ce qui ne serait pas une mince affaire, vu son état. Car après ce chahut infernal, là-haut, à l'étage, devant le congélateur, il avait pris sa décision. Quand on arrivait au bout du parcours, il fallait savoir l'admettre. Il lui avait suffi de consulter les dernières pages de *L'Amateur de poissons tropicaux* où se trouvait la rubrique « Éphéméride » pour savoir comment il allait s'organiser. Mais maintenant qu'il y pensait, il se demandait s'il y arriverait. Il était épuisé et il souffrait.

À cet instant précis, il entendit frapper à sa porte. Une lueur d'affolement parcourut son regard. Qui était-ce ? Personne ne venait ici. Personne *ne devait* jamais venir ici... Pourtant, le toc-toc hésitant et timide reprit. En toute hâte, il chercha de quoi se vêtir parmi les fripes traînant un peu partout dans la salle de bains et il se rendit à la porte.

— Qui est-ce ?

C'était peut-être la première fois qu'il parlait depuis deux jours et il fut surpris de constater combien sa voix était faible et cassée.

— C'est moi. Shirley.

Il lui fallut une fraction de seconde pour comprendre qu'il s'agissait de la gamine du dessus. Que venait-elle faire ici ? Qu'avaient-ils tous à vouloir se jeter chez lui ? Il ouvrit.

— Bonjour !

Elle était là, devant lui, exultante et bronzée dans sa petite robe d'été à bretelles. Une splendeur qui le fit grimacer comme un dormeur venant de s'éveiller en pleine lumière.

— Il n'y a pas de sonnette, dit-elle. Alors j'ai frappé. Je ne vous dérange pas ?

— Non... non..., Entrez.

Elle fit quelques pas dans l'appartement et il referma derrière elle. Lorsqu'il se retourna, il s'aperçut qu'elle le dévisageait avec insistance.

— Vous êtes sûr que je ne vous dérange pas ?

Elle venait de se rendre compte de son extrême pâleur et de ses traits tirés. Elle avait vu juste. Il devait être malade.

— Je venais simplement pour vous dire bonjour et voir vos poissons. Je peux passer une autre fois, si vous voulez.

Wade protesta énergiquement de la tête.

— Vous ne me dérangez pas du tout, dit-il de sa petite voix. Les poissons sont dans le salon.

Mais, tandis qu'il lui désignait la pièce, il fut pris d'une brusque quinte de toux et ressentit un terrible élancement à la poitrine. Quelque chose de liquide s'était mis à couler et tachait son maillot de corps douteux.

— Excusez-moi, dit-il.

Tournant les talons, il alla s'enfermer dans le cabinet de toilette.

Restée seule, Shirley regarda autour d'elle. C'était le même appartement que celui de ses parents et pourtant il était complètement différent. Il n'y avait pour ainsi dire pas de mobilier, sinon le strict nécessaire. Il y régnait un désordre épouvantable qui aurait fait tomber sa mère en syncope. Et il y flottait une mauvaise odeur fade et tenace de renfermé, de linge sale et de nourriture pour poissons.

Elle s'avança jusqu'aux aquariums et contempla un moment les gros animaux placides. Dans la salle de bains résonnaient les éructations de Wade qui s'était remis à tousser.

Appuyé sur le lavabo, Wade parvint à comprimer sa toux à force de volonté et à retrouver son calme. Il ne fallait pas s'affoler.

Il retroussa son maillot et entreprit de panser ses blessures. Il devait tenir et aller au bout de ses projets. De l'autre côté de la porte, la gamine s'inquiétait :

— Wade ? Vous allez bien ?

Il réfléchit un bref instant, illuminé par une idée. C'était peut-être ça, sa chance.

— Oui. Ne vous en faites pas.

— Vous voulez que j'appelle un médecin ?

— Non, non, ce n'est pas la peine. Ça va aller mieux.

Oui, c'était ça. Avec elle, il avait peut-être une chance. Il rabaissa son maillot de corps et sortit de la salle de bains.

— Est-ce que je peux vous aider, Wade ? Je vois bien que vous êtes malade.

Il s'efforça de lui sourire.

— Ça va passer. Mais je veux bien vous demander un service.

Elle leva un regard interrogateur sur lui, tout heureuse de pouvoir se rendre utile.

— Oui ?

— J'ai d'autres poissons, dans ma boutique, en ville. Il faut que je les charge dans ma fourgonnette. Est-ce que ça vous plairait de venir m'aider ?

— Dans votre boutique ? C'est loin ?

— Du côté du port.

Enfin une façon passionnante d'occuper l'après-midi. Mais il y avait intérêt à ce qu'elle soit de retour avant sa mère, sinon ça risquait de barder sacrément pour elle.

— On sera rentrés avant six heures ? demanda-t-elle.

— Sans problème. Il n'y en a pas pour longtemps.

— Alors, c'est d'accord !

— Merci, lui dit Wade. Allons-y.

Sans perdre de temps, il s'en fut récupérer ses clés et son portefeuille dans le salon. L'instant d'après, tous deux sortaient et la porte se refermait sur l'appartement vide.

Plus tard dans l'après-midi, Janet Belson appela sa fille dès qu'elle entra chez elle :

— Shirl ?

Elle déposa ses achats et son sac sur le sofa.

— Shirl ? répéta-t-elle.

Elle se rendit dans la chambre de sa fille et fut stupéfaite de la trouver vide.

— Shirl ? appela-t-elle encore une fois avec une nuance d'étonnement dans la voix.

Toujours pas de réponse.

Elle refit le tour de l'appartement et dut se rendre à l'évidence : sa fille n'était pas là. Après une seconde de réflexion, elle se précipita sur la terrasse et jeta un regard dans le parc. Une brise agréable agitait les grands arbres dans la chaleur de cette fin de journée et l'endroit était désert. Elle tendit l'oreille mais n'entendit aucun bruit du côté du court. Une réelle inquiétude se peignit peu à peu sur son visage. Où est-elle, nom d'un chien ? Où a-t-elle bien pu passer ?

Elle retraversa l'appartement, incapable de maîtriser sa colère et son anxiété, et ressortit en claquant la porte. Ah ! elle allait l'entendre dès qu'elle reviendrait ! La petite chipie ! Elle allait voir !

Elle arpenta toute la résidence sans succès et interrogea Hibbins qui n'avait rien vu. Son angoisse augmentant à chaque minute, elle eut subitement l'idée de se rendre dans le parking. Elle était déterminée à remuer ciel et terre.

Mais l'endroit était également désert, occupé seulement par deux voitures, dont la Mercedes que le dingue du dessous conduisait l'autre soir. C'est en pensant à lui qu'elle remarqua l'absence de la fourgonnette. Qu'est-ce qu'elle a fait, mais qu'est-ce qu'elle a fait ? rumina-t-elle en remontant à l'appartement.

Là, elle s'assit quelques secondes dans l'espoir de reprendre ses esprits. Mais rien n'y fit. Elle alla fouiller à côté du téléphone et retrouva le numéro du cinquième commissariat. Quelque chose lui disait qu'il fallait appeler la police. Elle allait décrocher lorsqu'elle se ravisa. Elle se montait la tête. C'était idiot. Shirl allait rentrer. Il devait y avoir une bonne explication à tout ça. Il suffisait d'attendre.

Elle se rendit dans la cuisine pour boire un verre d'eau, mais ses nerfs étaient à vif. Elle s'aperçut qu'elle tremblait. Shirl ! Où est-elle, mon Dieu, où est-elle ?

Elle trouva la force de patienter près d'une heure. Quand elle regarda sa montre, il était presque sept heures et demie. Il fallait absolument qu'elle fasse quelque chose, sinon elle allait craquer. Ken ne rentrerait que tard dans la soirée et elle ne voulait pas attendre son arrivée pour agir.

À huit heures enfin, au risque de se ridiculiser, elle composa le numéro de la police.

— Cinquième commissariat, j'écoute ? répondit une voix de femme.

— Le sergent Bertini, fit Janet avec aplomb. Passez-moi le sergent Bertini.

— Tout de suite.

43

Dès qu'il eut traversé le labyrinthe vitré de la police des frontières, Folkerson aperçut Joyce parmi la petite foule qui attendait les passagers en provenance de Francfort. Elle lui fit signe.

— Frank !

L'instant d'après, il l'embrassait et, pris d'un soudain élan d'affection, il la serra contre lui. Joyce était là, toujours là depuis toutes ces années, malgré son boulot impossible, malgré la routine un peu lassante de près de vingt-cinq ans de mariage, malgré les quelques faux pas de leur parcours en commun finalement pas trop cahoteux. Surprise et touchée par son geste, Joyce laissa durer ce petit moment de grâce conjugale avant de parler.

— Bien voyagé ?

— Je suis vanné !

Elle le regarda avec une mimique désabusée.

— Je crains que tu ne sois pas au bout de tes peines...

— Comment ça ?

— Je suis venue avec Ganton. Il tenait absolument à te voir dès ton arrivée.

Folkerson leva la tête et aperçut en effet l'inspecteur qui attendait quelques mètres plus loin la fin des effusions. Puis il regarda à nouveau sa femme d'un air résigné.

— Bon... Eh bien, au travail !...

Et il l'entraîna à travers la foule.

Joyce prit le volant et Ganton s'installa à l'arrière.

— Navré de vous bousculer, lieutenant, s'excusa l'inspecteur, mais je voulais vous tenir informé au plus vite.

— Ça y est ? Vous l'avez identifié ?

Ganton parut gêné.

— Non. Enfin... oui et non, se rattrapa-t-il.

— Que voulez-vous dire ?

Ganton se jeta à l'eau.

— Richard Wade Travers n'existe pas dans les fichiers auxquels nous avons accès. Absent de l'état civil...

— Normal. Il n'est pas né en Californie. C'est sur son dossier militaire.

— Je sais. Mais il aurait pu s'y marier, par exemple. Absent aussi des fichiers fiscaux. Pas de traces d'impôts payés par lui, pas de traces de véhicules dont il serait ou aurait été le propriétaire, pas de traces non plus dans les fichiers de sécurité sociale et pas de traces enfin dans les abonnés du téléphone. Ça m'a pris toute la matinée pour m'apercevoir que sur le plan administratif ce type n'existait pas en Californie.

— Pas de casier judiciaire chez nous ?

— J'y arrive. A priori, non. Quand on interroge le fichier central, la réponse est : « Pas de dossier répertorié à ce nom. »

— Mais ?

— Mais quand on pose la question à nos fichiers internes de main courante et des affaires ouvertes, on obtient ça.

Il sortit une feuille de papier listing et la tendit à Folkerson. Celui-ci se pencha vers le pare-brise pour bénéficier de la clarté des réverbères de l'autoroute, car il faisait maintenant presque nuit sur la baie.

— Deuxième commissariat, quartier nord, lut-il à voix haute. Samedi 12 juillet 1986, 18 h 11. Arrestation. Travers, Richard Wade. Tentative de viol. Dimanche 13 juillet 1986, 8 h 30. Transféré à la maison d'arrêt de Fort Point sur instruction du bureau du procureur. Agent de saisie : Roberts, Charles Edwyn.

Rien de plus.

— Et avec ça, il n'y a pas de casier au service central ? Il a dû être jugé, pourtant...

— Il a été jugé, lieutenant. Ça, je le sais aussi. Mais c'est tout.

— Comment ça, c'est tout ? Il a été condamné, oui ou non ?

— Impossible de le savoir. Dossier scellé.

— Dossier scellé, avec une tentative de viol ? s'exclama-t-il.

Ganton fit un signe affirmatif.

— Et devinez depuis quand ?

Mais Folkerson n'était pas disposé à jouer aux devinettes.

— Depuis vendredi dernier, répondit Ganton à sa propre question.

Il laissa sa révélation faire son petit effet avant de poursuivre :

— J'ai fait mes recherches au tribunal, cet après-midi. C'est le juge Brechlin qui a suivi l'affaire. J'ai réussi à l'avoir tout à l'heure. Mais, comme je m'y attendais, il n'a pas voulu faire de commentaire. Il en a profité pour me rappeler que si je voulais avoir accès aux pièces du dossier, il y avait une procédure prévue pour ça. Je n'ai rien pu en tirer.

Folkerson connaissait cette fameuse procédure. Saisir le tribunal d'une requête en bonne et due forme et attendre qu'une commission veuille bien se réunir pour donner son avis. Sur demande de la police, la réponse était généralement favorable, mais le délai était au moins de trois semaines. Tout cela était censé protéger une décision de justice et le citoyen qui en bénéficiait. Depuis longtemps, Folkerson avait renoncé à savoir où se trouvait la limite subtile entre la bureaucratie et la démocratie, car il était arrivé à la conclusion qu'il n'y en avait pas.

— Vous avez fait la demande ?

— Elle est sur votre bureau, pour signature.

— Et Saint Paul, sa ville natale ? Vous les avez contactés ? Qu'on essaie au moins d'apprendre quelque chose sur ses parents...

— C'est fait, lieutenant. C'est fait. Là aussi, des gens qui adorent la paperasserie. Ils exigeaient une demande écrite de nos services. Je leur ai envoyé une télécopie vers seize heures. Pas encore eu de réponse. Mais je pense qu'on devrait avoir du nouveau demain matin.

Joyce avait quitté l'autoroute et traversé une bonne partie

de la ville. Elle arriva devant leur domicile et gara la voiture sur le terre-plein face au garage.

— En conclusion, résuma Folkerson, vous ne savez toujours pas où on peut mettre la main sur ce type ?

— Non, pas pour l'instant. Mais les gens qui ont classé l'affaire doivent bien le savoir. Si seulement Brechlin avait voulu se montrer un peu plus coopératif. On a moyen de faire pression, à votre avis ?

— Avec Brechlin, ça ne me dit rien d'essayer... Mais on verra ça demain, si vous voulez.

— Entendu.

Ils se séparèrent et Ganton alla récupérer sa voiture. Tandis qu'il disparaissait au coin de la rue, Joyce demanda à son mari.

— Pour quelle raison peut-on sceller un tel dossier, Frank ?

— Un accord avec le tribunal. Ça arrive dans certains cas. J'ai une petite idée là-dessus...

— Qu'est-ce que c'est ?

— La mère Baggott. Elle dirige un centre de traitement des délinquants sexuels. Elle m'a déjà fait le coup avec un type qui violait sa demi-sœur depuis qu'elle avait huit ans. Elle a réussi à faire échanger sa peine contre un traitement chez elle.

— Et alors ?

— Alors le type a violé une autre fille durant sa période obligatoire de psychothérapie. En ce moment, il est en cabane pour dix ans. Et à mon avis, c'est mieux comme ça.

Dès qu'ils furent dans la maison, il fouilla dans son carnet d'adresses. Sous le nom de Baggott, il trouva deux numéros. L'un à son travail, l'autre à son domicile. Il consulta sa montre. Vingt-trois heures. Ça valait la peine.

Il composa le numéro et on décrocha presque aussitôt.

— Constance ? C'est Frank Folkerson. Je ne vous dérange pas ?

— Pas du tout. Je travaillais.

— Je m'en doutais un peu, c'est pourquoi je me suis permis de vous appeler. Dites-moi, je voudrais vous poser une question...

— Oui ?

Il hésita et prit un ton grave :

— Je vous préviens, je sais que vous n'êtes pas forcée de me répondre, mais c'est important et j'apprécierais vraiment si vous le faisiez.

— Je vous écoute.

— Connaissez-vous un certain Travers ? Richard, Wade Travers...

Il y eut un long silence au bout du fil et Folkerson sut qu'il avait touché dans le mille.

— Constance ? s'inquiéta-t-il.

Encore un vide de quelques secondes, puis Constance Baggott se décida à parler :

— Que cherchez-vous à savoir sur ce Travers, Frank ?

La voix était distante, froide, mais Folkerson savait que c'était sa façon habituelle de communiquer.

— Son adresse, dit-il.

À nouveau, il y eut un bref silence.

— Wade Travers est un de mes patients, lieutenant. Je ne suis pas censée parler de mes malades en dehors d'une enquête ou d'une expertise.

— Je sais. Mais c'est d'une enquête qu'il s'agit.

— Laquelle ? Je suis au courant ?

— Vous avez entendu parler de l'affaire Kimble, la tête reconstituée par le Dr Mawbray ? Et du meurtre de la fille qui a travaillé avec nous ?

— Oui. J'ai appris que vous vous occupiez de ça. Quel rapport avec Wade Travers ?

Folkerson resta pris de court une fraction de seconde. Le Dr Baggott avait un aplomb qui aurait pu désarçonner n'importe qui.

— Constance, vous n'avez pas l'air de comprendre. Il y a de fortes chances que Travers soit le type que nous cherchons.

— Impossible.

Le mot avait claqué, sec et sans attendre.

— Pourquoi donc ?

— Je m'occupe de Travers depuis six ans. Je sais exactement à qui j'ai affaire. Ce n'est pas votre homme. Rappelez-moi les dates des crimes dont vous parlez.

— Pour le premier, nous n'avons pas de jour précis. Probablement début juin. Mais pour celui d'Amy Burns, notre meilleure estimation est le vendredi 10 juillet au soir. Il y a treize jours.

— Le 10, dites-vous ?

Il sembla à Folkerson qu'elle consultait son agenda.

— Ça ne colle pas, Frank. Le 13, c'est-à-dire le lundi suivant, nous avons eu une longue séance avec Travers au centre. Je peux vous assurer qu'il n'avait absolument pas le comportement de quelqu'un qui aurait été l'auteur de ce meurtre.

— Peut-être, concéda Folkerson pour ne pas la buter. Mais j'ai d'autres éléments. Si vous connaissez le dossier de Travers, vous savez qu'il a fait son service militaire en Allemagne en 1981, n'est-ce pas ?

— Oui, il me semble.

— Je rentre à l'instant de Francfort, Constance. J'ai travaillé deux jours avec la police fédérale allemande et il est très possible, je dirais même très probable, vous m'entendez, que Travers ait été l'auteur de deux, sinon trois meurtres là-bas...

Constance Baggott n'était pas du genre à se laisser émouvoir par les effets d'annonce.

— Je ne sais pas de quoi vous me parlez, Frank. Ces faits ne font pas partie du dossier et je n'ai pas à les connaître. Mon client a payé sa dette envers la société et il a été déclaré libre la semaine dernière par la commission des peines de substitution. Et je n'entends pas participer à tout ce qui pourrait troubler ou remettre en cause sa thérapie. Les sujets qui passent par ce genre de cure conservent une certaine fragilité et il est de mon devoir de les protéger.

— Une certaine fragilité ? l'interrompit Folkerson, ahuri.

— Je vois que nous n'avons pas la même perception des choses, enchaîna le Dr Baggott. Si vous voulez des informations concernant Wade Travers, tout ce que je peux vous suggérer, c'est de vous adresser au juge Brechlin.

À ces mots, Folkerson décida d'abandonner toute diplomatie. Il était fatigué, et avec des gens comme Constance Baggott la diplomatie ne servait à rien.

— C'est déjà fait, tonna-t-il subitement. La requête part demain. Je vais être clair, Constance. Ce type est en vadrouille et je considère que c'est une grave menace pour la société. Non seulement je le considère comme une menace, mais les faits le prouvent et je vais le prouver aussi. Je vous demande son adresse pour me faire gagner trois semaines. Sinon, d'ici là, il risque de faire de sacrés dégâts. Et dans ce cas, je serais contraint de faire savoir que vous avez volontairement entravé le cours de mon enquête. Alors, voulez-vous, oui ou non, me donner ce renseignement ?

Cette fois-ci, Constance Baggott resta silencieuse près d'une minute. Folkerson comprit que c'était le minimum de temps dont elle avait besoin pour admettre qu'il était en train de la coincer.

— Bien, lieutenant, dit-elle finalement. Je réprouve votre façon de procéder, mais je vais vous donner satisfaction. J'espère que ce n'est pas vous qui allez faire des dégâts sur mon client. Il habite chez sa mère.

— Sa mère ?

— Oui. Une Mme Cranfill. À Dale City. Je n'ai pas l'adresse exacte ici.

— Pourquoi s'appelle-t-elle Cranfill et lui Travers ?

— Elle a repris son nom de jeune fille après son divorce avec le père de Wade Travers.

— Je vois.

En fait, pour l'instant, il se fichait complètement de l'explication. Il cherchait déjà dans les pages de l'annuaire.

— Je vous serais reconnaissante de me tenir informée de l'avancement de cette enquête, lieutenant, lui dit-elle d'un ton plus conciliant. J'ai une lourde responsabilité envers mes malades.

Mais Folkerson écoutait à peine ce qu'elle lui disait. Il venait de trouver.

— J'ai une Elaine Cranfill, Westlawn Avenue, à Dale City. Est-ce que c'est ça ?

— Oui, je crois.

— Très bien. Excusez-moi si je vous ai un peu brusquée, Constance, mais je suis crevé et plutôt sur les nerfs. Je vous remercie, en tout cas.

— De rien.

Il raccrocha sans plus de cérémonie et, la main toujours sur le combiné, réfléchit à un plan d'action. En réalité, il n'avait guère le choix. Il devait aller voir sur place le plus vite possible.

Il se rua dans sa chambre pour récupérer son arme de service et les clés de sa voiture.

— Qu'est-ce que tu fais ? lui lança Joyce, stupéfaite.

— Je crois que je sais où il est, répondit-il en toute hâte. Il faut que j'y aille.

— Tout seul ?

— J'ai mon téléphone de voiture. En cas de problème, j'appelle la cavalerie. C'est promis.

Il l'embrassa sur le front, passa par la cuisine pour avaler un verre d'eau et sortit en trombe.

44

Quelque deux cents kilomètres plus au nord, à la sortie de Redding, Fred Lance venait tout juste de prendre son poste de nuit dans la petite station service qui bordait l'autoroute 99. Il n'était pas minuit cinq lorsqu'il vit poindre son premier client. Une grosse fourgonnette blanche isotherme qui s'arrêta à l'une des pompes. Il sortit de sa cabine vitrée et s'approcha.

— Le plein ?

Le conducteur lui fit un signe affirmatif. Fred Lance se mit à remplir le réservoir tout en examinant le grand type qui se tenait maintenant debout à quelques mètres.

— Vous allez loin ? lança-t-il pour faire la conversation.

— Oui, répondit le type d'une voix faible, à peine perceptible.

— Salem, Portland ?

Le type lui fit face avec le regard de quelqu'un qui n'avait pas envie de discuter et Fred détourna les yeux. Il venait de s'apercevoir que le gars n'était pas bien. Son visage d'une extrême pâleur était baigné de sueur et ses longs cheveux en désordre collaient sur ses tempes. Qu'est-ce que c'est que ce zèbre ? se demanda-t-il.

Le zèbre en question lui adressa soudain la parole :

— Vous avez des toilettes ?

Fred Lance indiqua une porte à gauche du bâtiment.

— Toilettes, douche, prise pour rasoir, il y a tout ce qu'il faut.

Sans un mot, le type étrange se rendit aussitôt dans l'endroit indiqué. Fred Lance replaça le tuyau sur la pompe et attendit près de la voiture en l'examinant d'un œil professionnel. Elle n'était pas en trop mauvais état. Mais si le type allait à Portland, il avait encore bien six cents bornes à faire et les pneus n'étaient pas terribles. Un livreur de viande ou quelque chose comme ça, songea-t-il.

Il s'avança pour jeter un coup d'œil sur la passagère qu'il avait à peine entrevue. Il fut surpris de constater qu'il s'agissait d'une gamine. Elle dormait, affalée contre la portière, d'un sommeil lourd. Sa pommette gauche était légèrement tuméfiée et elle avait pour tout vêtement une robe rose qui ne devait pas lui tenir bien chaud. Qu'est-ce qu'un type pareil faisait avec cette gosse ?

Le type réapparut et les regards des deux hommes se croisèrent.

— Cinquante-cinq dollars, dit le pompiste.

Le grand bonhomme s'était rafraîchi la figure. Il paya sans un mot et remonta dans la fourgonnette. Fred Lance la suivit des yeux tandis qu'elle reprenait l'autoroute. Il enregistra mentalement le numéro de la plaque. Il y avait quelque chose qui clochait avec ce gus, et il se dit qu'il ne serait pas étonné que ce soit un type à problèmes. Fred se défendait d'être du genre mouchard, mais ça faisait trente ans qu'il était dans le métier. Et il savait reconnaître un type suspect quand il en voyait un. D'ailleurs, une idée lui traversa l'esprit.

Il se rendit dans les toilettes et y chercha un quelconque indice à l'appui de ses réflexions. Apparemment, il n'y avait rien de spécial. La serviette humide avait été replacée sur l'anneau et le lavabo était propre. Fred ouvrit ensuite la petite poubelle. Au milieu des menus détritus, il repéra immédiatement la compresse carrée tachée de sang et d'un liquide jaunâtre.

Il esquissa un mince sourire de satisfaction. Pas de doute, il pouvait toujours compter sur son flair. Si la patrouille de Redding passait cette nuit, il leur en toucherait un mot.

Les phares de la fourgonnette trouaient la nuit. Wade souffrait. Il ne savait pas combien de temps il pourrait tenir. Il ne savait pas non plus si ce qu'il faisait était d'une quelconque utilité. Ce qu'il savait, c'est que jusqu'ici il n'avait pas trop mal suivi son idée. Mais, encore une fois, les choses avaient pris une tournure détestable.

Arrivé dans la boutique, il avait versé une bonne dose de Quinaldine dans les aquariums de ses *piraya* afin qu'ils soient suffisamment drogués pour supporter le voyage. Lorsque les poissons avaient perdu de leur vivacité, avec l'aide de Shirley il les avait transvasés dans la camionnette. Elle s'était acquittée de sa tâche avec beaucoup de bonne humeur et il avait pris un plaisir immense à la voir virevolter autour de lui. Et puis tout s'était gâté. Il avait éprouvé une douleur terrible au poumon et toussé sans pouvoir s'arrêter avant de s'effondrer dans le couloir, à moitié conscient. Il se souvenait de Shirl, effarée, penchée sur lui. « Le téléphone ? demandait-elle. Où est le téléphone ? » Et puis il l'avait vue chercher autour d'elle et trouver les escaliers. Il ne fallait pas qu'elle monte, non, il ne fallait pas. Il avait essayé de l'appeler, de la retenir, mais il était trop faible. Tout cela allait tourner au désastre. Et l'instant d'après, il avait entendu le cri perçant qui venait de l'étage. Il ne fallait pas non plus qu'elle crie, bon sang ! Rassemblant ses forces, il avait réussi à grimper les escaliers à son tour. Elle s'était heurtée à lui, hurlante, cherchant à redescendre, à s'enfuir, à lui échapper. Il avait essayé de la bâillonner de la main, mais elle l'avait mordu. Alors il l'avait frappée, frappée, et elle était devenue une chose molle dans ses bras.

Il l'avait ramenée au rez-de-chaussée et allongée sur le vieux canapé. Et là, il l'avait regardée, contemplée, et il n'avait pas pu s'empêcher. Il avait retroussé ses vêtements. Il l'avait touchée de ses mains, cette espèce de petite peluche chaude et inerte qu'elle était devenue, affalée n'importe comment et respirant imperceptiblement. Et puis il ne savait plus. Il ne savait plus trop ce qu'il avait fait ou pas. Ce qui était sûr, c'est qu'il avait réussi à éviter le pire. Il s'était abstenu d'aller chercher en elle, d'aller fouiller en elle, comme il avait fait avec les autres. Elle était vivante.

Il jeta un regard au corps endormi à côté de lui. À elle aussi, il avait décidé d'administrer de la Quinaldine. Il n'y avait pas d'autre solution. Elle ne pouvait pas rester là. Il fallait l'emmener et il voulait qu'elle reste tranquille. Sinon il risquait de se passer des choses qu'il ne contrôlerait pas. Et il devait partir au plus vite s'il voulait arriver le lendemain matin.

Et maintenant, il se trouvait là, avec elle, avec son chargement, au milieu de la nuit, au milieu de nulle part, cheminant parmi les ombres grises des montagnes sous un ciel aux étoiles blanchies par la pleine lune. Vers une heure du matin, il franchit la frontière de l'État.

La même clarté lunaire régnait dans le ciel dégagé de Dale City lorsque Folkerson déboucha sur Westlawn Avenue. Il avança au ralenti jusqu'au 2072 et découvrit à sa grande stupéfaction qu'une voiture de police était garée juste devant. Il se rangea à sa suite et descendit. Au volant de la voiture arrêtée, un policier le toisait avec intérêt, apparemment tout aussi étonné que lui. Folkerson se pencha à la portière et présenta son insigne.

— Lieutenant Frank Folkerson. Du commissariat central.

— Sergent Bertini, fit l'autre. Cinquième commissariat.

Ils s'examinèrent encore une seconde en silence.

— Je peux vous demander ce que vous faites là ? s'enquit Folkerson d'un ton neutre.

— Ce qui occupe quatre-vingts pour cent du métier de policier, lieutenant. Je perds mon temps. Mais rassurez-vous, j'allais repartir.

— Vous perdez votre temps exactement devant le 2072 Westlawn Avenue, c'est ça ? Vous pouvez m'expliquer ?

— Volontiers. J'essaie de rassurer une citoyenne hystérique dont la gamine a apparemment fugué. La maman est persuadée que son voisin du dessous est en cause dans cette histoire. Mais le voisin en question n'est pas chez lui. Comme j'ai appris qu'il vivait dans l'appartement de sa mère, j'ai fait un saut ici à tout hasard. C'est chez elle. Et je peux vous dire qu'il n'y a personne non plus.

Folkerson eut la sensation d'être parcouru d'une succession de secousses électriques.

— Quel est le nom de ce voisin ? demanda-t-il en maîtrisant son émotion.

— Un certain Travers. Wade Travers.

Folkerson ferma les yeux. Les choses s'accéléraient trop brutalement et il essayait de contenir l'excitation qui montait en lui avec les décharges d'adrénaline.

— Et vous savez où il habite ?

— Bien sûr. J'en viens...

À la tête que faisait Folkerson, le sergent comprit qu'il y avait derrière tout ça quelque chose de grave.

— Il y a un problème, lieutenant ? demanda-t-il, légèrement ahuri.

En guise de réponse, Folkerson se rua vers sa voiture.

— Conduisez-moi là-bas tout de suite, sergent ! Je vous suis.

Il n'avait pas fini ces mots qu'il claquait déjà la portière et démarrait. Comme l'autre le regardait toujours stupidement, il donna deux coups de klaxon rageurs.

— Allez ! Foncez, bon sang ! cria-t-il par la portière.

Le sergent Bertini démarra en faisant crisser les pneus. Puisqu'il fallait foncer, il allait foncer. Et par-dessus le marché, il allait mettre la sirène. Pour bien faire savoir aux heureux contribuables endormis que leur bonne police s'activait, même la nuit.

À peine arrivés au Lafayette Mansion, ils se précipitèrent au premier étage après s'être fait ouvrir par Mme Belson. Folkerson tambourina sur la porte sans sonnette mais personne ne répondit.

— Il y a un gardien ? demanda-t-il à Bertini.

— Oui. Dans l'autre bâtiment.

Ils repartirent en courant réveiller Hibbins, sous le regard de Janet Belson en robe de chambre qui était descendue pour voir les policiers. Hibbins n'avait pas les clés des appartements.

— Tant pis, dit Folkerson. Vous avez des outils ?

— Oui, bien sûr, répondit le gardien à moitié endormi.

— Alors, trouvez-moi une barre, un levier, n'importe quoi pour faire sauter la porte.

Armé d'un pied-de-biche, Folkerson dut s'acharner sur le panneau et peser de toute sa force avec l'aide d'Hibbins et Bertini pour que la porte cède enfin dans un craquement sinistre. Avant d'entrer, il sortit son automatique et s'immobilisa un instant.

Sur le palier, Janet Belson avait été rejointe par son mari et avait mis la main sur sa bouche, terrifiée par ce qui se passait. Elle se rendait compte qu'il y avait quelque chose de très grave, qui dépassait en gravité tout ce qu'elle avait imaginé, et que sa fille faisait partie de ce quelque chose. Elle aurait voulu savoir, mais elle ne trouvait même pas de voix pour poser des questions.

— Allumez ! ordonna Folkerson à Bertini. C'est vide.

Les deux policiers entreprirent de visiter les pièces. Folkerson resta interdit devant les aquariums. C'était à la fois splendide et totalement incongru. Les poissons étaient trop gros, il y avait trop de bassins. Ils passèrent dans les chambres et ne trouvèrent rien d'intéressant. Folkerson pénétra dans la cuisine et se dirigea vers le grand congélateur vertical dès qu'il l'aperçut.

Il ne s'inquiéta pas immédiatement de ce qu'il découvrit. Il avait sous les yeux une multitude de sachets en plastique. Des réserves de nourriture, apparemment. Un type prévoyant. Il sortit un paquet et regarda à l'intérieur. C'était de la viande. Il fit tomber le bloc congelé dans l'évier et couler de l'eau dessus. Alors, peu à peu, tandis que le givre disparaissait et que la chair s'amollissait, son visage changea de couleur. Ce qui reprenait forme au fond de la cuvette en aluminium, c'était une espèce de muscle oblong avec de la peau dessus. De la peau.

Saisi d'un pressentiment, il retourna dans le salon et se planta devant les aquariums. Il les observa un instant et, lorsqu'il aperçut un de ces paquets de chair sur le tapis roulant de l'un des bassins, tout se mit en place d'un seul coup dans son cerveau. Il resta immobile de longues, longues secondes, atterré par l'étendue de ses déductions. Finalement, il abaissa la tête, comme sous l'effet d'une insupportable révélation.

— Marcus..., dit-il dans un souffle. Marcus...

Marcus savait. Il avait su depuis le début. Il en était pratiquement sûr. Les poissons... les aquariums... il avait trouvé tout de suite, avant tout le monde... Mais pourquoi n'a-t-il rien dit ? se demanda-t-il. Pourquoi ?

Au même moment, Bertini l'appela de la salle de bains :

— Lieutenant ! Venez voir !

Il s'arracha à ses réflexions et rejoignit le sergent.

— Regardez.

Bertini montrait le fond de la baignoire où une rigole de liquide rouge et noir avait coagulé.

Folkerson hocha la tête.

— Descendez à la voiture et appelez le légiste de garde, se contenta-t-il de dire. Demandez aussi de faire monter les types du labo s'ils sont disponibles. Et restez avec eux. Moi, j'ai un coup de fil à passer.

Tandis que Bertini s'élançait dans l'escalier, Folkerson composa un numéro de téléphone avec le portable posé sur une chaise dans l'entrée. Au bout de trois sonneries, ce fut la voix enregistrée de Marcus qui lui répondit. Il trouva cela étrange. Pourquoi Marcus aurait-il branché son répondeur pour la nuit ?

Il raccrocha, inquiet, sous le regard terrorisé de Janet Belson.

— Que se passe-t-il, lieutenant ? trouva-t-elle enfin la force de demander.

Elle tremblait des pieds à la tête et ses yeux étaient embués de larmes.

— Je ne sais pas encore, répondit-il d'une voix qui s'efforçait d'être rassurante. Quand avez-vous constaté la disparition de votre fille ?

— Vers dix-huit heures trente, hoqueta Janet Belson, au bord de l'effondrement.

Folkerson hocha gravement la tête pour montrer sa compréhension.

— Nous allons faire tout ce que nous pouvons, madame.

Je vous le promets. Gardez votre calme. Le sergent Bertini va remonter et des hommes à moi vont arriver.

Janet Belson leva subitement une main sur ses yeux, laissant enfin échapper ses larmes.

— Je vous remercie, dit-elle. Je vous remercie...

Folkerson passa devant le couple et se dirigea vers l'escalier. Il entendait encore Janet Belson tandis qu'il dévalait les premières marches.

— Sauvez-la, je vous en supplie... Sauvez ma fille..., murmurait-elle inlassablement.

Il déboula à l'extérieur de l'immeuble et se jeta dans sa voiture.

— Je pars vérifier quelque chose, lança-t-il à Bertini. Je reste en contact avec mon téléphone.

Il fit une marche arrière précipitée, un demi-tour, et quitta la résidence à toute allure.

45

À cette heure de la nuit, les rues étaient pratiquement vides de toute circulation et Folkerson arriva chez Mawbray en quelques minutes. La maison était là, obscure, étendant son ombre sur la pelouse, et Folkerson fut saisi d'une soudaine appréhension. Le sentiment diffus qu'il arrivait trop tard.

Il se rendit à la porte d'entrée et appuya plusieurs fois sur le carillon, sans succès. Pas un seul instant il n'imagina que Marcus ne répondait pas parce qu'il dormait profondément.

Il fit le tour de la maison. Sur la façade arrière, il parvint à faire coulisser le panneau de la fenêtre à guillotine de la cuisine et s'introduisit dans la petite pièce en marchant dans la cuvette de l'évier. Il alluma dès qu'il prit pied sur le sol. Il ne voulait pas passer pour un cambrioleur. Il prit même la peine de se signaler :

— Marcus ? Tu es là ? C'est moi, Frank...

Il traversa les pièces une à une pour constater, comme il l'avait pressenti, que la maison était déserte. C'est en revenant dans le couloir qu'il aperçut le répondeur à côté du téléphone, avec le témoin d'appel allumé. Il rembobina la cassette et appuya sur la touche d'écoute. Aussitôt monta du haut-parleur la voix métallique et chantante d'une secrétaire rompue à sa tâche :

« Cabinet Silverman, Schuessler et Leavitt. Ceci est un message pour M. Mawbray. Pourriez-vous, s'il vous plaît, rappeler dès que possible maître Leavitt ? Nous sommes le lundi 20 juillet, il est onze heures. Je vous remercie... »

Un bip. Un autre message :

« Marcus ? C'est Paul Leavitt. Mardi 21, midi. Merci de me

rappeler. Il y a du nouveau pour Meadows. Il faudrait qu'on en parle. À bientôt... »

Encore un bip. Un bruit de fond, puis la voix hésitante et cafouilleuse de quelqu'un qui n'aime pas s'adresser à une machine :

« Docteur Mawbray ?... Bonjour... C'est Daniel Lewisy, ici. Excusez-moi pour le retard... Je ne sais pas si vous vous souvenez, mais vous m'aviez demandé il y a une quinzaine de jours des informations... Sur les foires animalières... Je veux dire les foires spécialisées dans les poissons... Alors, ça y est, j'ai quelques fiches... Si vous vouliez bien me rappeler à Stanford, à l'université... Merci... »

C'était le dernier message. Folkerson réécouta la bande en prenant des notes dans son calepin. L'auteur du dernier appel avait omis de laisser son numéro. Folkerson souligna « université de Stanford ». Puis il referma son carnet et essaya de réfléchir. Où était Marcus, depuis au moins lundi matin, ce qui faisait trois jours ? Qu'est-ce que c'était que cette histoire de foires de poissons ? Qu'avait-il fait, bon sang ? Où était-il passé ? Il lui faudrait téléphoner à Leavitt et à ce Lewisy... Avant de partir, il refit par acquit de conscience un tour dans le bureau.

Au milieu du fatras couvrant le vieux meuble trônant devant la bibliothèque, il découvrit tout de suite le listing informatique de la Chambre de commerce. Il vit les adresses barrées les unes après les autres, sauf la cinquième qui était entourée.

Aquarius. 114, 23e Rue. Objet : Vente d'animaux d'aquarium et de matériel spécialisé. Créé le 7 janvier 1987. Gérant : Cranfill, Elaine, 2072 Westlawn Avenue, Dale City. Rayé du registre de commerce le 20 mai 1990. Motif : cessation d'activité.

Le listing était daté du 15 juillet. Tout juste une semaine, songea Folkerson. Ainsi, depuis huit jours, Marcus avait terminé son enquête... Une enquête solitaire et parfaite qui l'avait probablement mené droit au meurtrier. Et ensuite ? Ensuite ?

Il regarda à nouveau la feuille froissée. C'était du côté du port... À cette heure-ci, il y serait en moins de dix minutes. Pourtant, il savait qu'il était certainement trop tard. Il avait la désagréable impression de faire office de voiture-balai et de franchir la ligne d'arrivée en queue de peloton.

Il éteignit sans plus attendre toutes les lumières et quitta la maison comme il y était entré. Avec un peu de chance, un tout petit peu de chance, il lui restait peut-être un rôle utile à jouer dans cette affaire.

Lorsqu'il arriva en vue de la boutique à la devanture délabrée, il ralentit et vint se garer à l'entrée de l'impasse. Au moment où il sortait de sa voiture, il entendit une cavalcade et vit sortir de la pénombre deux gamins portant un gros aquarium et courant aussi vite que le permettait leur fardeau.

— Hé ! cria Folkerson en s'élançant vers eux. Police ! Arrêtez !

Surpris, les deux adolescents lâchèrent le lourd caisson de verre qui se brisa sur le bord du trottoir et détalèrent à toutes jambes sans demander leur reste.

— Arrêtez ! cria encore Folkerson.

Mais déjà les deux jeunes gens disparaissaient dans une ruelle adjacente. L'automatique à la main, Folkerson s'immobilisa et contempla les deux poissons de taille moyenne qui frétillaient sur le sol sombre et poussiéreux de l'impasse. Il se dirigea ensuite vers la masse noire du bâtiment d'où les deux pilleurs avaient surgi. Au fond d'une courette, il distingua les contours de la porte par où ils avaient dû s'échapper. Avec précaution, il entra par le portail entrouvert et s'approcha, l'arme au poing. Juste à l'instant où il remarquait que la porte avait été fracturée, une ombre embusquée s'élança et tenta de s'enfuir en le bousculant. Mais Folkerson se jeta en travers de sa trajectoire.

— Police ! cria-t-il en plaquant l'individu. Bouge pas ou ça pourrait mal finir !

C'est en refermant son bras sur le cou du fuyard qu'il s'aperçut que celui-ci n'était qu'un enfant.

— C'est pas moi, j'y suis pour rien ! se mit à glapir le gamin, tandis que Folkerson l'entraînait jusqu'à sa voiture en lui appliquant son arme sous le menton.

— C'est pas toi quoi ? demanda-t-il entre ses dents.

— C'est pas nous. La porte était déjà ouverte. On y est pour rien, je vous jure !

À la sinistre lueur de la rue, Folkerson découvrit qu'il tenait contre lui un hispano d'une quinzaine d'années, complètement terrorisé.

— Ton nom ? fit-il.

— Peredo.

— Peredo comment ?

— Michael.

Ils arrivèrent à la voiture.

— O.K., Michael. Fais pas l'andouille, je suis pas d'humeur.

Folkerson sortit une paire de menottes de sa boîte à gants et fit asseoir le gamin sur le siège du conducteur. Il lui passa une menotte à un poignet et accrocha l'autre au volant. Après quoi, il appela le commissariat central.

— Envoyez-moi immédiatement une patrouille au 114, 23e Rue. J'ai une arrestation. Un certain Peredo Michael, mineur. Je vous attends.

Il reposa le micro et se tourna vers le gamin.

— Tu bouges pas d'ici et tu fais pas le mariole, t'entends ? Mes collègues vont arriver. Moi, je vais faire un tour dans la bicoque.

Il abandonna le jeune Michael et retourna vers la maison.

Lorsqu'il pénétra dans la salle des aquariums, il fut à peine surpris de ce qui s'offrait à lui, car l'appartement de Travers lui en avait donné un avant-goût. Pourtant, il fut intrigué par les deux grands bassins remplis d'une grande quantité d'eau mais vides de pensionnaires. Sans s'attarder sur ses découvertes, il poursuivit son exploration en faisant la lumière dans chacune des pièces où il entrait.

Après avoir fait le tour du rez-de-chaussée, il grimpa à l'étage. Il fut stupéfait par le désordre et par la puanteur fade et lourde qui régnait dans cette partie de la maison. Une odeur qu'il connaissait bien et qui n'était autre chose que l'odeur de la mort. Il fouilla la pièce des yeux à la recherche d'une charogne de chat ou de rat, ce qui n'aurait pas été impensable, vu l'endroit. Mais il savait déjà qu'il s'agissait d'une charogne humaine.

Il passa dans la cuisine, tourna l'interrupteur. La lourde silhouette de Mawbray était collée au sol dans une immense flaque de sang séché, la poitrine complètement défoncée et la base du cou sectionnée. Le cadavre était déjà la proie d'un tourbillon de grosses mouches.

Pourquoi a-t-il fait cela ? se demandait Folkerson en contemplant la triste dépouille. Qu'est-ce qui lui a pris de faire cavalier seul comme ça ?

Il cherchait encore une explication lorsque son attention fut attirée par la lueur d'un gyrophare dans la rue. Il poussa un long soupir et redescendit de l'étage.

Folkerson expliqua aux deux policiers qui venaient d'arriver de quoi il retournait. Puis il rappela le commissariat central :

— Le légiste et les gars du labo sont toujours avec Bertini ?... Alors, faites-leur savoir qu'il y a aussi du boulot ici. Envoyez-moi également Harry, le nouveau de la balistique, s'il est libre. Il y a eu des coups de feu et il y a des douilles par terre. Essayez de réveiller Ganton. Je crois qu'il ne sera pas fâché d'être invité aux réjouissances... Faites tout ça discrètement, si c'est possible. Je ne voudrais pas avoir la presse tout de suite sur le dos...

Quand il eut fini, il se tourna vers Michael.

— Tu as vu ce qu'il y a par terre au premier étage ?

Michael baissa les yeux et hocha la tête.

— C'est toi et tes copains qui avez fait ça ?

— Non ! Je vous jure ! protesta le gamin. On voulait juste braquer des trucs. Je vous ai dit que c'était pas nous qu'avait forcé la porte. Elle était comme ça. Nous, on est rentrés, c'est tout... Le type qu'est là-haut il faisait que demander des renseignements et tourner autour de la boutique. C'est ses oignons. Je sais pas qui c'est qui lui a fait ça, je vous jure !

Et Folkerson obtint un compte rendu détaillé des allées et venues de Mawbray et de ses relations avec l'adolescent.

Au fur et à mesure que la nuit avançait, la rue se remplissait de voitures de police. Une première inspection des lieux permit de découvrir les barres de résine avec leur contenu anatomique. Mais ce fut Ganton qui repéra la cuve en furetant dans le bric-à-brac de la cour. Il vint chercher Folkerson pour lui montrer sa trouvaille.

Muni d'une lampe torche, il conduisit le lieutenant jusqu'à une dalle circulaire en ciment dans un angle de la courette.

— Qu'est-ce que c'est ?

Ganton attrapa une poignée et retira la plaque.

— Une fosse septique.

Il dirigea le faisceau lumineux sur l'orifice découvert et Folkerson se pencha. À mi-cuve, dans la lumière blanche de la lampe, il distingua une sorte de magma boursouflé et jaunâtre où subsistaient quelques formes à peine suggérées. Une bouffée fétide et piquante lui monta aux narines et il se jeta brusquement en arrière.

— Qu'est-ce que c'est que cette saloperie, bon sang ?

Ganton, à l'aide d'une tige métallique trouvée par terre, touilla la pâte immonde et retourna un des bloc jaunâtres qui surnageaient en surface.

— Regardez.

Le lieutenant se pencha une nouvelle fois et vit alors de quoi il s'agissait. Une masse spongieuse et rendue presque molle par l'acide, mais qui évoquait encore assez bien un crâne humain.

— Il a rempli une demi-cuve d'acide et il a dû plonger là-dedans tous les résidus dont il ne savait pas comment se débarrasser, dit Ganton. Ce crâne a dû être immergé il y a peu de temps. Il est en assez bon état. Je ne sais pas ce qu'on pourra retrouver d'autre plus au fond, mais je ne voudrais pas être à la place des types qui vont travailler là-dessus...

L'aube illuminait déjà le ciel lorsque Folkerson se décida à rentrer. Il n'avait pas dormi depuis son départ de Francfort, près de trente heures auparavant.

Lorsqu'il arriva chez lui, Joyce était déjà levée et avait préparé du café. Mais quand elle vit sa mine harassée, elle se contenta de l'embrasser sans lui poser la moindre question.

— Réveille-moi à huit heures, s'il te plaît. Je vais avoir du pain sur la planche.

Et il alla s'effondrer sur son lit.

— Je voudrais parler à M. Daniel Lewisy... Oui, je suppose... Merci.

Folkerson attendit d'être en ligne. Il était neuf heures, il avait pris son petit déjeuner et s'était rasé de frais.

— Daniel Lewisy, dit une voix. C'est à quel sujet ?

Folkerson se présenta et le jeune maître-assistant lui raconta son entrevue avec Mawbray.

— Il recherchait qui pouvait avoir chez lui des *Serrasalmus piraya* d'une taille inhabituelle ici. Plus de cinquante centimètres, d'après lui...

— Et pourquoi des poissons de cette taille ?

— Apparemment, il avait fait examiner un fragment de dent. Un spécialiste de Monterey, le Dr Miller, lui avait assuré que l'animal auquel se rapportait l'échantillon pouvait mesurer jusqu'à soixante centimètres...

Cette révélation laissa Folkerson songeur. Il n'avait pas vu de poissons de cette dimension dans la boutique de la 23e Rue.

— Et ces foires dont vous parliez ? reprit Folkerson.

— Il voulait aussi savoir où il aurait pu se les procurer. J'ai fait établir une liste. Voulez-vous que je vous la lise ?

Le maître-assistant commença alors une litanie de dates et de villes sur plusieurs années. Mais très vite, Folkerson n'écouta plus les paroles de Lewisy que comme un bruit de fond indistinct et sans importance. Une idée cherchait à germer dans sa tête et il tâchait de se concentrer pour lui laisser toute la place qu'elle demandait.

— Philadelphie, mai 1990... San Diego, juillet 1990...

Et brusquement, l'idée fit surface, avec l'éclat de ces révélations subites capables de transformer toute une vie.

— Monsieur Lewisy, excusez-moi..., l'interrompit-il soudain.

— Oui ?

— Y aurait-il une de ces foires qui se déroulerait en ce moment même ou très prochainement ?

— En ce moment ? Vous voulez dire ces jours-ci ? Je... je ne sais pas... Attendez...

Il l'entendit poser le récepteur et s'agiter dans son bureau. Cela prit un certain temps, puis la voix se fit à nouveau entendre au bout du fil :

— Lieutenant Folkerson ?

— Je suis là...

— Il y a quelque chose en effet. Ça se passe à Seattle à partir d'aujourd'hui, apparemment. Jusqu'à samedi. « Vingt-huitième marché du poisson exotique. Jeudi 23 et vendredi 25 juillet, professionnels seulement. Samedi 26, ouvert au public », lut-il.

Folkerson ne put réprimer un sourire de satisfaction.

— Vous avez une adresse, un contact ?

Lewisy lui donna les informations qui figuraient sur l'annonce et Folkerson les nota.

— Merci beaucoup, dit-il. Je crois que j'ai ce qu'il me faut. Excusez-moi, mais je dois m'occuper de cela en priorité. Pouvez-vous prendre contact avec l'inspecteur Ganton, à mon service ? Vous verrez avec lui pour qu'il recueille l'ensemble de votre témoignage.

Il lui donna les coordonnées directes de son bureau et raccrocha. Puis il téléphona à l'aéroport où on l'informa qu'un avion partait environ toutes les quarante minutes à destination de Seattle. Il réserva une place dans un Alaska Airlines qui décollait à dix heures.

Enfin, il appela Ganton et lui résuma la situation.

— Je pars à Seattle voir ce que je peux faire. Avertissez Brace ou Hobson à Quantico, que la police fédérale soit au courant. Je vous appellerai dès mon arrivée. Qu'est-ce que vos recherches ont donné pour la petite Belson ?

— Rien pour l'instant. Du moins aucun indice à son appartement ou à la boutique qui laisse penser qu'elle ait subi le sort des autres victimes.

— Bien. On a peut-être une chance.

— Vous croyez qu'elle est avec lui ?

— Il y a de fortes chances.

Avant de partir, il décida de laisser son arme à la maison. Il fallait faire vite, et il ne voulait pas risquer d'être retardé par des histoires à l'aéroport, que ce soit à l'embarquement ou à l'arrivée avec ses collègues de l'État de Washington.

46

L'avion atterrit à Seattle vers midi moins le quart et, à peine débarqué, Folkerson se rua vers les cabines téléphoniques. Il tomba sur Ganton qui n'avait pas quitté le bureau.

— J'ai l'impression que vous avez vu juste, lieutenant, lui dit l'inspecteur. On a retrouvé la fourgonnette de Travers au nom de Cranfill dans le fichier des immatriculations. On a questionné les polices locales bordant l'U.S. 99 et on vient d'avoir une réponse de Redding. Il a été repéré à une station-service cette nuit vers minuit. Une gamine à bord. D'après le signalement du pompiste, il doit s'agir de la petite Belson. Et autre chose. Toujours d'après le pompiste, le gars serait blessé. Il a jeté une compresse tachée de sang dans une poubelle de la station...

— Blessé ?

— Oui. Ça collerait avec les premières observations de la balistique. Charly n'a retrouvé que quatre balles pour les six douilles qu'il y avait autour de Mawbray.

— Le type se baladerait avec deux balles dans le coffre ?

— Ça m'en a tout l'air.

— S'il était à Redding à minuit, il ne peut pas être ici depuis très longtemps. Il lui restait quand même bien mille bornes à faire. Est-ce que vous avez eu les gars de la foire-expo ?

— Le commissaire général m'a dit qu'il n'avait pas de stand réservé au nom de Travers. Mais d'après lui, cela ne signifie rien. Il paraît que le marché draine pas mal d'exposants amateurs qui font leurs affaires plus ou moins en marge de l'exposition...

— Bon. Je vais aller voir sur place... Comment ça se passe avec le FBI ?

— Les fédéraux de Seattle ont été informés, mais ils refusent d'affecter du personnel là-dessus tant qu'ils n'auront pas la certitude que Travers a bien pris pied dans l'État de Washington.

— Et comment comptent-ils s'en assurer ?

— Ils ont activé les polices d'État qui sont maintenant censées rechercher la fourgonnette...

Folkerson soupira. C'était toujours comme ça et ça ne changerait pas tant qu'il y aurait seize mille polices locales indépendantes aux États-Unis que rien n'enchantait moins que de collaborer avec les effectifs restreints et quelque peu méprisants de la police fédérale...

Il convint avec Ganton qu'il le rappellerait d'ici une heure et lui demanda de ne pas quitter le bureau. Puis il se rendit aux comptoirs des loueurs de voitures et choisit celui dont la file était la plus courte.

Cinq ou six kilomètres après Tacoma, Wade avait aperçu un large panneau publicitaire annonçant : « Bienvenue au Kent Motel, chambres, bungalows indépendants. » C'était l'endroit idéal. À la fois proche de Seattle qui n'était plus qu'à une vingtaine de kilomètres, et en dehors de l'agitation de la grande ville.

Il avait bifurqué à l'embranchement indiqué et s'était garé à proximité de la bâtisse d'accueil. Il était dans un état d'épuisement total. En plus, depuis qu'il faisait jour, il avait l'impression que son teint avait viré au jaune. Il s'en était rendu compte en se regardant dans le rétroviseur. Il souffrait toujours, mais le poumon ne lui faisait plus mal de la même manière. Cette partie de lui-même s'était engourdie de l'intérieur et ne se réveillait plus que par à-coups en une série d'élancements qui ne duraient guère et retournaient vite à leur inquiétante somnolence.

— Un bungalow, avait-il demandé. Le plus au calme possible. J'aurai besoin de dormir dans la journée.

— Je vais vous donner le 18, avait répondu la préposée, non sans lui jeter un coup d'œil appuyé. C'est le plus à l'écart de la route. Vous y serez bien. Combien de temps comptez-vous rester ?

— Jusqu'à demain matin.

— Alors, cela fera cent quinze dollars, extra non compris. Les tarifs sont affichés dans la chambre.

C'était d'un standing élevé et en conséquence très cher, mais il savait qu'il y serait tranquille. Il s'était inscrit sur le registre au nom de Richards, William, et avait réglé en espèces.

— Le restaurant et le bar sont à côté, dans le bâtiment du motel, avait ajouté la jeune femme. J'espère que vous ferez un excellent séjour.

— Merci.

Il était retourné à la fourgonnette et s'était dirigé dans le dédale de bungalows jusqu'au numéro 18. Là, les choses s'étaient un peu compliquées, car il lui avait fallu débarquer la fillette. Depuis plusieurs heures, il l'avait enfermée dans le compartiment arrière avec les aquariums. Elle lui avait fait trop de difficultés. Au milieu de la nuit, du côté de Roseburg, elle était sortie de sa torpeur et s'était mise à crier et à le frapper stupidement de ses petits poings. Il avait dû s'arrêter sur une aire déserte, l'entraver avec une sangle et la jeter dans la chambre isotherme.

Il avait garé la fourgonnette en marche arrière à deux pas de la porte du bungalow et avait ouvert avec précaution celle du compartiment isotherme. Dans la pénombre, les yeux de la petite brillaient et s'étaient tournés vers lui.

— Nous allons nous reposer, avait-il murmuré. Je vais te sortir de là et je veux la paix. Sinon, je vais encore me fâcher.

Avec une curieuse délicatesse dans les gestes, il avait défait ses liens, l'avait aidée à se relever et l'avait introduite rapidement dans le petit bâtiment. Dans sa robe froissée couverte de poussière, elle l'avait regardé, à la fois terrorisée et heureuse d'être libérée. Pourtant, il ne lui avait laissé que le temps de se soulager dans les toilettes et l'avait ligotée à nouveau. Et bâillonnée, de surcroît.

— Je dois aller faire quelque chose, avait-il expliqué. Et puis je vais revenir. Mais je veux être sûr que tu ne me causeras pas d'ennuis d'ici là. Je te détacherai à mon retour.

Il l'avait abandonnée, gisant à plat ventre, poignets et chevilles liés aux tubulures des sanitaires, dans la salle de bains. Une joue contre le revêtement plastifié du sol, elle pleurait silencieusement, sans discontinuer.

Avant de quitter le motel, il avait récupéré dans la fourgonnette le lourd tranchoir de boucherie dont il avait à peine essuyé la lame depuis l'intrusion du vieux type dans sa boutique. Il avait déposé le couperet sur l'étagère d'un placard puis il était sorti en laissant sur la porte le petit panneau amovible « Ne pas déranger ».

Il était parti pour Seattle, où il avait passé plus d'une heure à essayer de régler ses affaires, non sans mal. Et maintenant, il était de retour, dans ce taxi, et à nouveau son ventre le tourmentait comme si une bête furieuse habitait à l'intérieur. Quand il avait vu son visage défait, le chauffeur asiatique lui avait proposé des aspirines et il avait accepté. Mais cela ne semblait avoir pour seul effet que le faire suer un peu plus.

— Voilà le Kent Motel, dit le chauffeur en ralentissant. Vous êtes sûr que vous n'avez besoin de rien ?

— Non, non, ça ira. Laissez-moi à l'entrée.

Il régla les trente-cinq dollars de la course et monta péniblement la petite allée qui menait au bungalow 18. L'horizon dansait devant lui et il avait la curieuse impression de marcher sur le pont d'un bateau ballotté par une mer agitée

La foire-exposition se tenait sur les anciens docks réhabilités, non loin de l'Omnidome. Folkerson trouva l'emplacement sans peine. Il se gara sur l'un des parkings à ciel ouvert et se dirigea vers l'immense hall abritant les exposants.

Arrivé à l'accueil, il demanda à se faire conduire auprès du commissaire général de l'exposition. Il le trouva occupé avec une équipe de télévision et attendit qu'il voulût bien lui accorder un instant.

Dès que l'homme fut libre, il se présenta et tenta de lui

expliquer ce qu'il recherchait. Malheureusement, le type était tout à sa transe médiatique et ne lui apporta aucune information supplémentaire. Il se contenta de lui suggérer de faire un saut au stand de l'Association nationale des éleveurs de poissons d'Amérique centrale et du Sud.

Le lieutenant partit donc à la recherche du stand indiqué, se frayant un passage au milieu d'une foule compacte et de murs d'aquariums remplis des bestioles les plus inimaginables. Il découvrit ce qu'il cherchait au fond d'une contre-allée et héla un type en costume arborant un badge indiquant « Délégué en chef ». Dans l'insupportable brouhaha de l'endroit, il recommença son boniment.

— Quelle espèce de poissons, dites-vous ? hurla l'homme.

— Des pirayas, cria Folkerson. *Serrasalmus piraya*...

À ces mots, le type examina Folkerson curieusement.

— Des pirayas ? répéta-t-il.

Il attira Folkerson par la manche dans un coin plus tranquille du stand.

— Vous êtes un ami du type qui est venu ce matin ?

— Quel type ?

— Le gars qui nous a laissé une collection de pirayas vivants absolument incroyable... Comme je n'en ai jamais vu !

— Comment s'appelle-t-il ?

— Je ne sais plus... Richards, ou Williams... Vous le connaissez ?

— Peut-être, mais pas sous ce nom-là, si c'est l'homme auquel je pense. Je suis de la police de Californie.

— De la police ? Ce sont des animaux volés ?

— Non, non. C'est plus compliqué. Où sont les poissons ?

— Là, dehors, dans le camion, répliqua le délégué avec un geste. Vous voulez les voir ?

Ils sortirent par une porte latérale et débouchèrent sur le parking des exposants.

— Venez, c'est par ici. Nous les avons laissés dans la fourgonnette. Nous les placerons sur le stand dans l'après-midi.

Ils déambulèrent entre des rangées de véhicules et subitement Folkerson se trouva devant une fourgonnette isotherme. Son cœur se mit à palpiter. Il compara le numéro de la plaque avec celui que lui avait donné Ganton. Il venait de mettre dans le mille.

— Je vous ouvre ? demanda le délégué.

Folkerson acquiesça d'un signe de tête. L'instant d'après, dans la pénombre de la fourgonnette, il découvrit les masses noires des énormes animaux pratiquement condamnés à l'immobilité par l'exiguïté des bacs. Il s'approcha pour contempler les petits yeux et les mâchoires bizarrement prognathes, à l'architecture si puissante. Ainsi c'était ces bêtes, ou du moins certaines d'entre elles, qui s'étaient nourries de Kitty Kimble, d'Amy Burns et de qui sait encore... Il se tourna vers le délégué.

— Pourquoi vous a-t-il laissé ces animaux ?

— Oh ! sa proposition était très simple. Il nous a demandé de les exposer pour la vente moyennant un intéressement pour l'Association. À mon avis, nous n'aurons aucune peine à trouver des acquéreurs. Ce sont des spécimens étonnants. Plusieurs collègues les ont vus et la nouvelle est déjà en train de se répandre...

— À quelle heure est-il passé ?

— Vers dix heures et demie, je pense.

Il consulta sa montre.

— Il est reparti il y a une heure à peine.

— Vous avez un contact, une adresse ?

— Un numéro de téléphone, si vous voulez. Venez, j'ai noté ça au stand.

Les deux hommes retournèrent dans le hall d'exposition. Aussitôt, le lieutenant appela depuis le téléphone du stand. Une agréable voix de femme se fit entendre à l'autre bout du fil :

— Kent Motel, bonjour !

— Bonjour. Je voudrais savoir si vous avez chez vous un certain Richards, s'il vous plaît...

— C'est pour quoi ?

— Pour la foire-exposition de Seattle. Nous l'attendons.

— Il est arrivé aujourd'hui ?

— Oui, ce matin, je pense.

La préposée consulta son registre.

— Bungalow 18, dit-elle. Je vous le passe ?

— Non, ce n'est pas nécessaire. C'était juste une vérification. Il est accompagné ?

— Pas que je sache. Nous n'avons enregistré qu'une personne.

— Vous êtes situés où, exactement ?

— À la sortie de Tacoma, direction Seattle.

— Très bien, je vous remercie...

Il raccrocha et fixa longuement le délégué en chef sans le voir. La petite Belson... qu'avait-il fait de la petite Belson si elle n'était pas avec lui ? Mais elle pouvait tout aussi bien être au motel...

Il décrocha une nouvelle fois et appela Ganton. Celui-ci répondit presque aussitôt.

— Ganton ? Ça y est, dit-il dans un souffle. Je l'ai. Prenez note, s'il vous plaît. Kent Motel, à la sortie de Tacoma, bungalow 18. Il se fait appeler Richards. D'après les gens du motel, il est seul, mais je pense que la petite Belson y est aussi. Prenez contact avec le FBI de Seattle d'ici une heure et passez-leur ces informations. Entre-temps, je serai arrivé sur place et avec un peu de chance cette affaire sera bouclée...

— Faites attention, lieutenant. Vous auriez peut-être intérêt à attendre les collègues du coin...

— Je veux qu'on y aille mollo, Ganton. À supposer qu'elle soit là-bas, je tiens à récupérer cette gamine vivante. Si les fédéraux se pointent avec leurs chaussures à clous et leur artillerie, on ne peut pas savoir quelle sera la réaction du dingue. .

— Comme vous voulez, fit Ganton sans enthousiasme. C'est vous qui voyez. Je les appelle dans une heure, top chrono. Mais faites vraiment attention. Ce n'est peut-être pas une si bonne idée que ça.

— Ne vous inquiétez pas pour mes idées et faites ce que je vous dis. D'accord ?

— C'est d'accord, c'est d'accord, grommela Ganton.

Folkerson raccrocha et se retourna vers le délégué du stand qui l'observait les yeux ronds, essayant de comprendre les raisons de toute cette agitation.

— En tant que lieutenant de la police d'État de Californie, je vous demande de ne pas débarquer les poissons de la camionnette. Le FBI passera ici dans l'après-midi et je tiens à vous informer que le véhicule et son contenu sont des pièces à conviction. Ne remettez les clés à personne, sinon à la police ou aux agents fédéraux. Vous m'avez compris ?

— Oui... oui... bien sûr, balbutia l'homme. Mais je ne comprends pas...

— Ça ne fait rien, coupa Folkerson. Merci de votre aide.

Et il s'élança à contre-courant dans les allées bourrées de monde vers la sortie principale.

47

Il poussa la porte du bungalow, entra et referma derrière lui en prenant soin de laisser pendre le panneau « Ne pas déranger ». Une fois dans la pièce, il appuya sa lourde carcasse malade contre l'une des cloisons afin de reprendre son souffle. Mais il respirait avec de plus en plus de difficulté. Chaque mouvement lui coûtait un terrible effort et il souffrait beaucoup maintenant, d'une douleur étendue et persistante qui ne lâchait plus prise. Son regard se porta sur le grand lit qui semblait l'inviter et il alla s'effondrer dessus, à plat dos, de tout son long.

Il resta dans cette position un laps de temps qu'il ne put mesurer avec exactitude car ses yeux s'étaient lentement fermés à son insu. Lorsque soudain ils se rouvrirent et qu'il aperçut le hideux plafonnier en verre dépoli qui pendait au-dessus du lit, il sortit de sa torpeur dans une sorte de panique. Mobilisant toutes ses forces, il parvint à s'asseoir d'un seul élan, le visage effaré, convaincu de s'être arraché à l'insidieuse aspiration de la mort.

Il était là, il était vivant, mais le monde voulait se refermer sur lui. Comme toujours, le monde le menaçait de son agitation, de tous ces gens dont il sentait les yeux posés sur lui dès qu'il était dehors... Mais il était dedans, en ce moment, bien à l'abri, il n'avait rien à craindre. Pourtant, le sentiment d'une menace confuse continuait de le tarauder et il se rappela soudain. Comment avait-il pu oublier ? Il était dedans, *mais il n'était pas seul...* Il s'arracha au lit et tituba jusqu'à la salle de bains. Et ce qu'il vit là le cloua sur place.

La pièce était vide. La sangle qu'il avait utilisée pour attacher la gamine à la tuyauterie traînait par terre comme une mue de serpent abandonnée. Affolé, il se jeta dans la kitchenette et vit tout de suite la vitre brisée. Mais quelque chose clochait. Non seulement on n'avait pas pu ouvrir la fenêtre, mais de toute évidence personne n'était passé au travers du panneau. Son visage se rasséréna aussitôt. On avait *essayé* de s'échapper. Mais on n'avait pas réussi. On était encore dans la maison... C'est alors qu'il remarqua sur le sol d'infimes gouttelettes de sang. Des taches qui menaient jusqu'à la penderie dans le petit couloir... Il s'avança et ouvrit lentement l'un des battants.

Elle était là, tassée au fond de l'espace minuscule comme une grande poupée chiffonnée, les poignets et les chevilles toujours entravés, la bouche toujours scellée par le ruban adhésif, et son visage blême levait sur lui des yeux implorants et terrorisés. Un filet de sang coulait le long de sa mâchoire et sur son cou, inondant le haut de sa robe. Sur un côté, ses cheveux étaient poissés du liquide rouge. Elle avait dû briser la vitre d'un coup de tête et se couper le cuir chevelu.

Il lui sourit. Il s'abaissa pour la saisir, mais elle se recroquevilla plus encore et geignit comme un animal.

— Pourquoi fuir ? lui dit-il doucement en passant la main sur son front comme une caresse. Nous sommes amis. Tu veux toujours être mon amie, n'est-ce pas ?

Les yeux de la petite le regardaient, éperdus, désespérés.

— Alors, viens.

Surmontant sa douleur et son épuisement, il parvint à la soulever et à la traîner dans la grande pièce afin de l'étendre sur le lit. Et là, il la contempla avec quelque chose dans le regard qui semblait être de la tendresse.

— Ça m'ennuie, lui dit-il toujours de sa voix douce. Je t'aime bien. Tu n'es pas souillée, comme toutes les autres. Tu ne devrais pas être attachée comme ça. Mais tu m'y as forcé, tu comprends ? Tu cries... Tu veux t'échapper... À quoi ça sert ?

Il s'assit à côté d'elle et examina délicatement la blessure qu'elle avait à la tête.

— Il faudrait nettoyer ça...

Il la dévisagea longuement, comme s'il soupesait une décision lourde de conséquences.

— Écoute, dit-il. Je veux bien te détacher. Tu n'as rien à craindre. Je veux bien être ton ami. Mais tu dois me promettre de rester tranquille...

Il essayait de lire une réponse dans son regard.

— Tu dois comprendre, reprit-il. Je suis fatigué. Je n'en peux plus. Je voudrais un peu de paix. Je voudrais pouvoir compter sur toi...

La fillette le fixait toujours de ses yeux affolés. Il commença à lui détacher les chevilles, puis les poignets. Il approcha ensuite sa main du petit visage tuméfié et arracha le plus doucement qu'il put le ruban adhésif. La gamine fit une grimace puis dégourdit ses jambes et se frotta les poignets. Elle le regardait maintenant par en dessous, sans un mot, avec une extrême méfiance.

— Tu as compris ? murmura-t-il. Je te demande juste de rester là, tranquille, avec moi... Tu devrais être heureuse de rester avec un ami...

Et, à l'appui de ces paroles, il lui adressa un long sourire de réconciliation.

— Je vais chercher un gant de toilette et un peu d'eau..., ajouta-t-il.

Et il quitta le lit.

Si Shirley avait été plus âgée, elle aurait sans doute perçu l'étrange sincérité des paroles et compris que son salut tenait à ce subit délire affectif, pourtant si monstrueux et angoissant. Elle aurait compris qu'elle pouvait utiliser à la manière d'un équilibriste ce fil instable et ténu qui la maintenait au-dessus d'un danger mortel. Mais elle n'avait que douze ans et son cerveau était paralysé par une peur panique. Alors, dès que Wade disparut, elle se rua sur la porte du bungalow et tenta de s'enfuir.

Depuis la salle de bains, Wade entendit le remue-ménage et se précipita dans la chambre de toute la vitesse que lui permettait sa pitoyable condition.

Elle était en train de s'escrimer sur la poignée dont elle ne comprenait pas le système de blocage intérieur. Elle sentit les mains de Wade s'abattre sur ses épaules et elle hurla lorsqu'elle fut projetée sur le lit.

Il la frappa au visage.

— Garce !

Il lui enfouit la tête sous un oreiller pour étouffer ses cris.

— Garce ! Sale petite garce ! piaillait-il. Tu es comme toutes les autres !

Il récupéra la longue sangle qui gisait à terre et l'attacha à nouveau, en l'écrasant de tout son poids pour immobiliser ses gesticulations désordonnées.

— Mais on ne m'échappe pas, soufflait-il de rage. Personne ne m'échappe ! Tu ne t'en doutais pas, hein ? Tu te croyais maligne... Tu croyais me posséder, toi aussi, comme toutes ces chiennes ! Tu vas voir...

Et, tandis qu'il passait la sangle sous le cadre du lit pour en nouer l'extrémité à l'autre bras, il sentit le long fourmillement qu'il connaissait si bien se propager soudainement dans les avant-bras, courir dans ses mains et jusque sous ses ongles. Quelque chose était en train de venir, quelque chose allait se passer. Comme les autres fois... Il la pressait de tout son corps et l'intense frémissement convulsif se préparait en lui.

Une vague de chaleur monta de son ventre et envahit sa poitrine, au point de surpasser la fièvre qui le dévorait et de masquer la douleur qui accompagnait chacun de ses gestes. Sous lui, la petite avait cessé de ruer.

Il ôta l'oreiller qui lui couvrait le visage et lui enfourna dans la bouche une partie du dessus-de-lit pour la réduire au silence. Puis il se leva. Il avait une vision claire de ce qu'il allait faire. Cela se trouvait à côté, dans la salle de bains. Il s'y rendit, tandis que la gamine recommençait à geindre et à se tortiller.

Près du lavabo, sur le présentoir des produits à supplément, il y avait des flacons de shampooing, des lotions, des sels et même des préservatifs, mais surtout il y avait un nécessaire pour se raser, un rasoir avec un paquet de lames jetables... Huit dollars, disait l'étiquette. Il prit la boîte en plastique, l'ouvrit et retourna dans la chambre.

Il décortiqua une lame de son enveloppe en papier, fixant de son regard vide de chirurgien dément les yeux agrandis de terreur de la gamine. Puis il monta sur le lit et vint s'asseoir à califourchon sur ses jambes.

Folkerson aperçut l'entrée du luxueux motel à sa gauche, de l'autre côté de l'autoroute. Mais, pour y accéder en venant de Seattle, il lui fallut remonter jusqu'à la sortie de Tacoma et revenir sur ses pas.

Il n'était pas encore certain de la manière dont il allait s'y prendre, bien qu'il eût mûri un plan. Cela dépendait de l'homme, s'il était armé ou non. Quelque chose l'incitait cependant à penser que le type ne possédait pas d'arme à feu. Autrement, il n'aurait pas eu besoin de massacrer Marcus comme il l'avait fait à coups de hache ou de quelque autre outil de ce genre. Mais ce n'était jamais qu'une supposition.

Il arriva devant le motel et gara son véhicule sur le parking d'entrée, face aux bungalows. Il repéra sans peine le numéro 18, au fond du terrain, et décida de s'y rendre à pied. Il s'élança à grandes enjambées et, au détour d'une allée cimentée, il découvrit le petit bâtiment sur sa droite.

Les stores vénitiens étaient fermés de l'intérieur et aucune voiture n'était garée devant. Tout paraissait parfaitement calme et paisible. Est-il seulement revenu ? se demanda Folkerson, pris d'un doute. Il hésita un bref instant puis se décida à marcher jusqu'à la porte pour en avoir le cœur net.

Sur le lit, Wade avait entrepris une sorte de dépeçage systématique et méticuleux du peu de vêtements que portait la fillette. Il avait lacéré la robe par le milieu et réduit sa culotte en lambeaux. Sous lui, Shirley exhibait son corps frêle et blanc à peine nubile, enserré dans l'étau de ses jambes. Elle émettait sans discontinuer un criaillement rauque presque inaudible tout en roulant les yeux en tous sens dans une épouvante absolue. Elle s'arrêta cependant, subjuguée, lorsque l'homme enfila comme un masque sur son crâne son sous-vêtement ravagé. L'instant d'après, il se pencha sur elle et soudain elle se raidit de toutes ses forces sous la douleur qui la saisit. Quelque chose comme une brûlure insupportable descendait lentement le long de son ventre. Quand elle vit le sillon sanglant, elle comprit. Wade finissait d'inciser près de cinquante centimètres de peau et arrêtait sa lame, descendue jusqu'au bas-ventre. Déjà le sang fusait et de chaque côté de la plaie de fines rigoles se mirent à zébrer les flancs de Shirley qui secouait la tête dans une frénésie de terreur et essayait d'échapper à l'étreinte du fou qui la découpait vivante.

Il y eut un bruit dans la pièce, que la fillette n'entendit pas et que Wade ne reconnut pas tout de suite. Car il était plongé dans une sorte d'hébétude extatique devant l'extraordinaire processus de la révélation des organes cachés qui était encore une fois en train de s'opérer sous ses yeux.

Le bruit se fit à nouveau entendre et son cerveau engourdi consentit enfin à en prendre connaissance. Mais il fallut du temps. Il fallut que le bruit se renouvelle une troisième fois. Alors Wade comprit. Il comprit que quelqu'un frappait à la porte. L'extérieur abhorré se manifestait et venait jusqu'à lui, plein de mauvaises intentions, comme toujours. Il était tétanisé. Et pourtant, il devait bouger. Il devait absolument faire quelque chose. Réagir. Mais il restait là, pétrifié sur le lit, tandis que le petit corps chaud et barbouillé de rouge se tordait sous lui de façon ininterrompue comme un lombric sectionné net par un coup de bêche.

Il s'écoula quelques secondes encore, et puis les quatre-vingt-dix kilos de Wade, recrus de fatigue et de haine, se soulevèrent enfin.

Ôtant son masque ridicule, il alla jusqu'au placard récupérer son bien, pour régler ses comptes avec l'extérieur une dernière fois. Il entrouvrit la porte et jeta un œil au-dehors.

Sur le seuil se tenait un type carré, en costume et cravate, coupe en brosse, d'une cinquantaine d'années, que bien entendu il ne connaissait pas.

Folkerson vit apparaître un masque étrange, blafard et jauni, verni de sueur, dont les yeux noirs brillaient d'une fièvre et d'une exaltation pathologiques. *Il est en crise.* Ce fut la seule pensée qui lui vint.

— Bonjour, dit-il d'une voix ferme et posée. Je suis le responsable de la sécurité du motel. Vous êtes bien monsieur Richards ?

La tête se contenta de répondre par un imperceptible mouvement.

— On m'a signalé que vous pouviez être accompagné, alors que vous êtes inscrit sous votre seul nom. Je souhaiterais visiter votre bungalow.

L'homme sembla avoir de la peine à comprendre ce qu'on lui disait. Pourtant, la réponse fusa :

— Je suis seul. Il n'y a rien à visiter.

— Cela ne prendra qu'une minute, insista Folkerson en s'avançant et en insérant un pied dans l'ouverture.

Au moment où il sentit la résistance de la porte derrière laquelle l'homme s'appuyait, il entendit un son étranglé. Un profond cri de gorge, à la fois strident et éraillé, aussi assourdi que s'il provenait du fond d'une cave.

D'un violent coup d'épaule, Folkerson réussit à pousser la porte et à faire irruption dans la pièce. En une fraction de seconde, il vit Shirley sur le lit, ensanglantée, vivante, hululant de toute la force de ses poumons dans la couverture qui obstruait sa bouche.

Dans le même instant, il se tourna vers Travers et vit l'énorme lame s'abattre sur lui. À peine eut-il le temps d'esquisser un mouvement qu'il ressentit une douleur effroyable au bras et perdit l'équilibre, entraînant avec lui Travers sur le sol. Une douleur intolérable, juste au-dessous de l'épaule, et déjà le grand type fou s'agenouillait et relevait à deux mains l'arme terrifiante. Folkerson eut le réflexe de se jeter de côté et, quand la lourde lame tomba pour la deuxième fois, elle ne rencontra que le sol, mais avec une telle violence que l'acier émit un long tintement métallique, comme s'il mugissait de dépit pour avoir raté son but.

Folkerson profita aussitôt de ce bref avantage. Il bondit sur Wade avant qu'il ne pût reprendre une position offensive et le frappa au visage de toute la puissance de son bras valide. Wade encaissa avec un curieux grognement d'étonnement et de douleur et s'affala lourdement.

Il avait trop mal. Partout. Une tache d'un mauvais rouge

foncé s'élargissait sur son maillot. Sa blessure ! Elle saignait ! Elle s'était rouverte... Il était trop fatigué. Il aurait voulu dormir. Il se passait trop de choses. Mais, lorsqu'il sentit que l'homme essayait de lui arracher le couperet qu'il tenait toujours, il poussa un hurlement et trouva la force de refaire front comme un possédé.

Surpris, Folkerson lâcha prise et vit avec terreur l'énorme type se relever et fondre sur lui, tenant à deux mains son espèce de hache. Il eut juste le temps de saisir les bras de l'homme pour stopper son élan et tous deux roulèrent à nouveau à terre. Prenant le dessus, Travers pesa alors de tout son poids sur la lame et Folkerson sentit le tranchant venir se poser sur ses côtes...

Quelque chose craqua dans sa cage thoracique et il hurla, tandis que l'autre appuyait avec de brusques mouvements qui cisaillaient ses vêtements. Dans un sursaut d'énergie, il s'arcbouta, concentra toute sa volonté et mobilisa jusqu'au moindre muscle disponible pour repousser, millimètre par millimètre, la mort qui l'écrasait. Et ça marchait ! Ça marchait ! Le fou faiblissait de seconde en seconde...

Il poussa, poussa encore, et puis Travers céda d'un coup et se laissa projeter sur le sol, heurtant violemment de la tête le pied du lit.

Le calme revint subitement dans la pièce. Travers, étendu, respirait à peine, inerte, les yeux fixés sur le plafond. Folkerson reprenait son souffle lentement, sans précipitation, en s'efforçant de maîtriser sa douleur au bras et à la poitrine. Au bout de quelques secondes, il parvint à se mettre à quatre pattes et il s'approcha du lit.

Shirley Belson était toujours là, liée, dégoulinante de sang.

À genoux, Folkerson se pencha sur elle dans l'intention de délier ses poignets. Mais les nœuds étaient terriblement serrés.

La surface blanchâtre du plafond était devenue rouge et cela ne laissait d'étonner Wade. Pour quelle raison ? Était-ce parce qu'il était si fatigué qu'il lui en coûtait de respirer et que sa poitrine se soulevait à peine ? Était-ce parce qu'il était plongé dans un cauchemar de douleur et d'effroi ? Non, c'était autre chose. Son cerveau lui apprit subitement que c'était un voile, un voile sur ses yeux, un voile de mort qui allait le couvrir et l'emporter. Mais cela lui importait peu. Depuis toujours il avait exécré le monde. Partir maintenant lui était indifférent. Il avait très bien fait les choses. Il avait réglé un vieux compte avec *mère*. C'était très bien. Il avait remis ses plus beaux poissons en de bonnes mains, et c'était très bien aussi. La petite qui était sur le lit ne lui avait pas offert la révélation qu'il attendait, mais, là encore, c'était peut-être tout aussi bien. Ainsi, sur le départ, son monde se révélait remarquablement net et ordonné. Et il était presque heureux.

Presque seulement. Car il y avait cet envoyé du dehors, ce messager du monde maudit des autres, qui était venu répandre la violence dans son ordre à lui. Cet étranger dont il ne connaissait pas même le nom, qui était toujours là, bien vivant, et qu'il surveillait du coin de l'œil, en train de s'évertuer à détacher les liens de la petite. Il était sur elle, contre elle, il allait la sauver, il allait l'emmener...

Une bouffée de haine le ranima. Il sentit dans sa main droite le contact froid du manche du couperet. Il essaya de serrer ses doigts autour. Avec un indescriptible sentiment de joie, il s'aperçut qu'il pouvait tenir fermement l'instrument. Et l'étranger était là, juste derrière lui, qui lui tournait le dos...

Doucement, imperceptiblement, avec une lenteur de reptile à l'affût, Wade se déplaça de manière à trouver une posture d'assaut qui lui donnerait toutes ses chances. Alors, en appui sur ses genoux, il se redressa, se redressa encore, leva le bras, haut, encore plus haut...

Shirley était dans un état de choc presque total. Elle aurait été incapable de penser, encore moins de prononcer une parole. Elle avait même du mal à comprendre ce qui se passait et n'était pas tout à fait sûre du bien que lui voulait l'homme qui lui avait déjà libéré une main. La seule chose tangible qui l'unissait à lui, c'était le sang. Celui qui continuait à couler de l'invraisemblable tranchée qui lui partageait le ventre, et celui qui imbibait la manche déchirée de la veste de l'homme et qui coulait jusqu'au bout des doigts gourds de sa main gauche. Elle avait à peine conscience de ce qu'elle voyait, mais subitement elle distingua quelque chose de nouveau dans son champ de vision. Une ombre qui se dessinait derrière l'homme occupé à la détacher, une ombre grandissante... Soudain elle vit l'ombre surgir, brandissant la terrible hache, et elle sut que l'homme qui la détachait allait mourir.

Au moment où elle hurla, Folkerson se retourna et aperçut à son tour Travers. Son seul réflexe fut celui du condamné à mort voyant s'abattre l'ombre du sabre du bourreau. Il crispa tous les muscles de son dos pour recevoir le coup qui allait lui trancher la nuque.

Au même instant, Shirl vit danser des silhouettes dans la porte grande ouverte et plusieurs coups de feu claquèrent dans le bungalow. Et, presque inexplicablement, Travers, stoppé net dans son élan, s'effondra d'une masse, sans un souffle, sans un cri, les yeux fixes. Il était mort.

L'homme qui avait tiré s'approcha de Folkerson gisant à plat ventre sur le lit, le corps en travers de la petite Belson qu'il avait instinctivement tenté de protéger. Il lui posa la main sur l'épaule.

— FBI, lui dit-il. C'est fini.

Folkerson tourna la tête et fixa le type qui venait de lui parler. Il lui fallut quelques secondes pour comprendre que Ganton n'avait pas pu se résoudre à attendre une heure avant d'appeler les fédéraux.

À cette pensée, il ébaucha un pâle sourire.

— Merci..., souffla-t-il en regardant autour de lui. Merci...

Il y avait du sang partout dans la pièce.

Wade

48

Dans la salle de presse du commissariat central, la foule des journalistes commençait à s'impatienter. Le bureau du maire avait insisté pour que la conférence ait lieu dès ce vendredi après-midi, de manière que les éditions spéciales relatent en bonne place les prouesses et l'efficacité de la police. Il y eut soudain un brouhaha et l'on vit apparaître le chef du département de la police criminelle, accompagné de Folkerson et de plusieurs autres personnages.

Folkerson était loin d'être en excellente forme, mais il avait tenu à être présent. Il arrivait tout juste de l'aéroport où l'avait amené un petit appareil du FBI. Vingt-quatre heures plus tôt, les chirurgiens de l'hôpital général de Seattle avaient passé deux bonnes heures à réduire la fracture compliquée de son bras gauche et ils n'avaient rien trouvé de mieux que de lui bricoler un invraisemblable assemblage externe de broches qui lui perçaient l'os et les chairs de part en part. De plus, une attelle en plastique, moulée pour la circonstance, maintenait son bras replié en position haute et il n'avait qu'une crainte : être bousculé par un journaliste trop excité.

On s'écarta pour faire place aux arrivants et la délégation alla s'asseoir à une table au fond de la pièce. Aux côtés du chef de la police et de Folkerson s'installèrent Ganton, ainsi que Stuart Brace, qui était arrivé en fin de matinée directement de Virginie. Le supérieur de Folkerson fit un geste pour demander le calme et commença sans attendre un exposé des faits, le nez plongé dans le pré-rapport établi au plus vite ces dernières heures.

Dès qu'il en eut fini, une première salve de questions roula sur les aspects les plus sensationnels de l'affaire.

— Où se trouve la petite Belson ?

— Elle est actuellement au centre hospitalier de Seattle.

— Quel est son état de santé ?

— À ce que nous savons, son état n'inspire aucune inquiétude. Elle a reçu hier les soins chirurgicaux appropriés et, selon les médecins, elle se remettra très vite. Mais elle est très choquée. Ses parents sont avec elle.

— A-t-elle subi des violences sexuelles ?

— Selon son témoignage, non.

— Combien de meurtres Richard Travers a-t-il à son actif ?

— Cela est encore très imprécis. Selon les restes découverts dans sa boutique, ils sont certainement nombreux et nous ne savons pas encore sur quelle durée ils s'étendent.

Ganton jeta un coup d'œil au chef de la police qui lui accorda la parole :

— Le FBI a, je crois, des éléments de réponse à ce sujet. Nous leur avons transmis hier la liste établie par l'université de Stanford concernant les foires animalières spécialisées dans les poissons que Richard Travers aurait pu fréquenter. Stuart Brace, du département des sciences comportementales du FBI à Quantico, va vous en dire plus.

Et il se tourna vers son voisin pour l'inviter à parler.

— C'est assez simple, commença ce dernier. À partir de la liste de ces foires-expositions, nous avons tenté un rapprochement avec les disparitions de personnes et les meurtres avec mutilations observés dans les mêmes villes aux mêmes dates. Une première interrogation de notre base de données fait ressortir quatre relations cohérentes depuis 1986. Je précise que cela ne signifie pas obligatoirement que Richard Travers soit impliqué, mais que c'est tout à fait plausible. Il faudra faire un long travail de recoupement pour être certain de son rôle dans ces affaires. Par ailleurs, nous continuons nos recherches pour les dates antérieures à 1986.

— Que sait-on de sa participation aux crimes commis à Francfort en 1981 ?

Folkerson prit la parole pour la première fois afin de répondre à cette question :

— Le FBI est chargé d'apporter toutes les précisions sur cette période de sa vie. Il apparaît très probable que Richard Travers ait été impliqué dans chacune des affaires. Son camarade de chambrée, Lyman Kovell, reste un témoin capital. Il a été mis sous surveillance spéciale à la prison de Starke, en Floride, et le FBI s'y rendra dès la semaine prochaine pour l'interroger.

Brace opina.

— Quel est l'historique précis du meurtrier ? lança une voix. A-t-on reconstitué son profil psychologique ?

Folkerson interrogea du regard le chef de la police qui lui donna son assentiment d'un hochement de tête.

— Nous avons pu établir une biographie dès que nous avons pris connaissance de son dossier militaire, dit-il en prenant la note que Ganton lui tendait. Richard Wade Travers est né en 1960, à Saint Paul, dans le Minnesota. De Richard Easton Travers et Elaine Adelaide Travers, née Cranfill. Travers père était alors âgé de quarante-trois ans et dirigeait une entreprise de travaux publics. Sa mère, Elaine Cranfill, âgée de trente-six ans, s'était remariée sur le tard après une première union désastreuse et sans enfant. Elle était issue d'une famille aisée de Los Angeles et travaillait à Saint Paul dans une société immobilière dont ses parents étaient parmi les plus gros actionnaires. Son mariage avec Travers semble avoir eu pour but à la fois une certaine forme d'établissement social et la naissance de l'enfant. Mais les choses ont mal tourné dès sa grossesse. Nous savons par témoignages et dossier médical que celle-ci s'est mal passée, mais surtout que dès cette époque, c'est-à-dire moins d'un an après son mariage avec Elaine Cranfill, Travers père désertait le foyer et reprenait en parallèle sa vie de garçon. Sur quoi, l'enfant est né avec une complication provoquant une anoxie prolongée. Il a pu être sauvé, mais il en a gardé des séquelles qui sont apparues dès son plus jeune âge. Il a développé des troubles du comportement très tôt ainsi qu'une hyper-réactivité aux frustrations. Et tout cela s'est trouvé amplifié par sa situation familiale qui s'est détériorée très vite. Sa mère a obtenu le divorce dans l'année qui a suivi sa naissance et a refusé la charge de l'enfant. Elle a même entamé pour la seconde fois de sa vie une action en justice pour retrouver son nom de famille. Et pour revenir à l'enfant Travers, comme son père se montrait dans l'incapacité d'en assumer la charge, il a commencé à être confié à différentes familles de remplacement...

— Y a-t-il des parents ou des témoins vivants susceptibles d'être interviewés ? l'interrompit un journaliste.

— Oui. Travers père a aujourd'hui soixante-quinze ans et vit dans une maison de retraite à Saint Paul. L'inspecteur Ganton ici présent a été en contact avec lui hier après-midi et c'est de lui que nous tenons la plupart de nos informations. Il y a aussi une Mme Cranfill mère, âgée de quatre-vingt-onze ans, qui vit dans un centre gériatrique pour personnes aisées à Glendale. Mais c'est une femme très diminuée, à ce que nous savons. Nous ne lui avons pas parlé.

Les gens de la presse s'empressèrent tous de prendre note dans l'espoir d'obtenir un témoignage de première main du père du meurtrier.

— Pour revenir à Wade Travers, continua Folkerson, tout ce que l'on sait de son enfance, c'est qu'elle a été difficile. On y retrouve bon nombre des éléments communs aux criminels violents. Instabilité chronique, carence éducative, absence d'attaches affectives et morales, infériorisation systématique... Il a très vite manifesté des comportements violents de vengeance et de haine à l'égard de ses parents qui l'avaient délaissé. Autant pour son père que pour sa mère, encore que Travers père semble avoir fait l'effort de le voir de temps à autre. Mais surtout vis-à-vis de sa mère. Elaine Cranfill était retournée en Californie où elle s'était installée en femme oisive et relativement aisée grâce à la fortune de ses parents. Dans ses différentes familles d'accueil et tout au long de sa croissance, Wade Travers a donc développé des tendances sadiques qui se sont portées sur des objets, puis sur des animaux, et, à son adolescence, sur des enfants de son âge ou plus jeunes. Il a fait très tôt l'objet d'une attention particulière des services sociaux et a été suivi par de nombreux psychologues pour enfants. Nous avons des extraits d'archives là-dessus. Nous savons par exemple qu'il a mouillé son lit jusqu'à un âge très avancé...

— A-t-il commis des actes violents répréhensibles lorsqu'il était mineur ? demanda la correspondante du *Los Angeles Times.*

— Il y a en effet deux épisodes qui apparaissent aujourd'hui sous un nouveau jour. Un gamin de neuf ans qui s'est noyé en sa présence, mais sans témoins, quand il avait treize ans. Et puis un autre incident grave, deux ans plus tard, dans une autre famille d'accueil. Une des fillettes de la maison a été transformée en torche vivante tandis qu'ils jouaient ensemble dans un appentis. Toujours sans témoins... Dans les deux cas, les enquêtes ont conclu à l'accident. Mais il est déjà prévu de réexaminer ces dossiers...

Un autre bras se leva aussitôt.

— On a dit que les dents de certaines de ses victimes de sexe féminin avaient été soit enlevées, soit brisées... Quelle explication apportez-vous à cela ?

On entrait dans la spécialité de Stuart Brace et celui-ci se rapprocha de la table.

— Votre question soulève le problème primordial de la sexualité perverse que Wade Travers a développée vraisemblablement très tôt, expliqua-t-il. En fait, il faut garder à l'esprit que les individus du type Travers sont le produit d'une lente organisation morbide de leur personnalité. Travers faisait certainement partie de ces délirants paranoïdes nourrissant des obsessions en total décalage avec le réel. Nous avons de bonnes indications pour dire que son obsession majeure était la phobie des rapports sexuels matures, une sorte de terreur des femmes adultes qui étaient pour lui l'image qu'il se faisait de sa mère, celle d'une femme puissante qui l'avait accablé de sa force punitive en l'abandonnant. Il a donc reporté sa sexualité sur les très jeunes femmes, les jeunes filles, ou simplement sur des *apparences* de jeunes filles. Mais même cette ruse, si vous voulez, ne devait pas suffire pour qu'il puisse accomplir un acte sexuel complet. Vivantes, les femmes l'inhibaient. Mortes, elle étaient encore trop intimidantes dans leur totalité. Alors il les mutilait, prélevait leurs organes sexuels et enfin seulement accomplissait un rapport jusqu'à l'éjaculation... C'est un mécanisme dénaturé très complexe qui devait se dérouler peu ou prou suivant ce schéma. Quant aux dents arrachées ou brisées, c'est encore un acte exprimant la terreur de la sexualité féminine par la phobie de la castration. Il semble même qu'avec Lyman Kovell il ait fait un émule qui a retenu la leçon...

La correspondante du *Los Angeles Times* reprit la parole :

— Pour quelles raisons Travers se livrait-il à la décapitation de ses victimes ?

Stuart Brace eut un geste évasif.

— Ici non plus, dit-il, il n'y a pas d'explications certaines. Il n'y a que des conjectures. Ce qui est sûr, c'est qu'il a assouvi une pulsion nécrophile au moins une fois, sur l'une des victimes de Francfort. Peut-être en a-t-il été de même avec les autres corps. En tout état de cause, le fantasme de la décapitation semble remonter très loin dans l'historique de Wade Travers. Nous savons qu'il se livrait à la décapitation de chats et de chiens alors qu'il n'avait pas dix ans. Dans l'un de ses dossiers psychologiques remontant à son adolescence, il a relaté très complaisamment une expérience qui l'aurait beaucoup affecté alors qu'il n'avait que huit ans. Il dit avoir été témoin du tour « magique » de la guillotine dans un grand magasin. Une sorte d'animation commerciale où un magicien « décapitait » une jeune fille de seize ans qui s'offrait comme volontaire... À partir de cela, il déclare avoir développé une vie fantasmatique débordante mêlant la mort à un érotisme précoce. Et on sait que lorsque les concepts de sexe et de violence sont liés dans l'imaginaire, il est pratiquement impossible de les séparer. Wade Travers a, semble-t-il, fondé très tôt tout son fonctionnement psychique sur cette association. Il est possible qu'une part de fétichisme ait joué également, mais ce n'est pas évident. Il conservait toutes sortes de pièces anatomiques, humaines ou animales, plutôt sur le mode ludique, si l'on peut dire... Une sorte de passe-temps d'adolescent. Il ne s'agit pas vraiment d'un alignement de trophées, ni de la création d'une collection au sens propre avec tout l'aspect systématique et obsessionnel que cela aurait comporté.

— Justement, comment se fait-il qu'il se soit débarrassé des têtes de deux de ses victimes alors qu'il aurait très bien pu les conserver dans sa boutique ou les faire disparaître avec le reste des ossements dans la fosse qu'il avait aménagée ? demanda un journaliste au fond de la salle.

— À mon avis, répondit Brace, la meilleure explication, c'est qu'il voulait qu'on les trouve... Nous avons fait fausse route au début en pensant qu'avec la tête de Catherine Kimble il cherchait à se débarrasser d'un indice compromettant. En fait, je pense maintenant que c'était tout à fait calculé de sa part. Dans un premier temps, les criminels sadiques jouissent de leurs crimes dans l'intimité, pour eux seuls. Mais une part d'eux-mêmes exige de plus en plus une forte reconnaissance de leur acte par la société. D'une certaine manière dans l'idée de « normaliser » ce qu'ils font. L'abandon de la tête de Catherine Kimble est typiquement un de ces actes à la fois clandestins et délibérés. Il avait pour but la prise en compte de l'existence sociale de l'assassin. Avec cette part d'aléatoire qui atténuait le côté prémédité du geste. Car après tout, on aurait pu ne pas la retrouver...

— En quelque sorte, un cadeau ? résuma le journaliste qui avait posé la question.

— Disons une démarche ambiguë qui voulait être à la fois un cadeau et passer inaperçue... Il s'agissait plutôt d'une bouteille à la mer qui pouvait très bien n'aboutir sur aucun rivage... Quant à la tête d'Amy Burns, il s'agit là clairement d'une provocation. Wade Travers avait appris d'une façon ou d'une autre que les parents de Mlle Burns habitaient à Stockton, et c'est là qu'il est allé déposer la tête. Son premier « cadeau » avait été trouvé et cela lui a donné de l'assurance pour le second...

— Est-il établi qu'il y ait un rapport entre l'activité criminelle de Wade Travers et son aquariophilie ? jeta une voix au milieu de la salle.

— A priori, nous ne pensons pas. Il s'agit d'un transfert

affectif assez primitif, de type infantile. Un hobby qui le structurait dans sa vie quotidienne, avec, en arrière-plan, certainement une forme d'identification avec ses poissons prédateurs...

Après cette dernière réponse, il y eu un léger flottement dans l'assistance. Une voix reprit néanmoins :

— Comment se fait-il que Richard Travers ait été totalement transparent aux fichiers que vous avez consultés ?

— Tout simplement parce qu'il avait décidé de disparaître du monde, dit Folkerson. Après son service militaire, sa mère, Mme Cranfill, avait repris plus ou moins contact avec lui dans l'espoir de l'aider enfin à se lancer dans la vie. Bien sûr, c'était déjà trop tard. Mais elle s'est prêtée à son jeu en lui servant de boîte aux lettres, en acceptant que revienne à elle tout ce qui le concernait. En peu de temps, Wade Travers s'est ainsi volatilisé tout en menant une vie à la mesure du monde qu'il était en train de se créer...

C'est alors que Stephanie Booth intervint. Contrairement à tous ses collègues qui avaient posé leurs questions sagement assis, elle se leva et s'adressa directement au chef de la police :

— Toutes ces explications sont très satisfaisantes, mais il y a plusieurs points qui semblent mettre en cause l'efficacité de la police et de la commission des remises de peine. Si vous le permettez, je voudrais poser des questions à ces sujets...

Le chef de la police l'arrêta aussitôt d'un geste de la main.

— Madame Booth, dit-il, nous nous connaissons bien... Aussi, avant de polémiquer sur quoi que ce soit — car je sens venir une polémique... —, je voudrais préciser certaines choses moi-même. En premier lieu, nous avons un excellent motif de satisfaction par le fait que nous sommes parvenus à régler cette affaire en sept semaines, résultat qui confirme l'utilité et la qualité de la collaboration des polices territoriales, comme la nôtre, et de la police fédérale.

Il adressa un signe de tête reconnaissant à Stuart Brace.

— Le programme de lutte contre la criminalité violente élaboré par le FBI prouve encore une fois son efficacité dans des affaires comme celle-ci qui sont pratiquement insolubles avec les seules données locales. Ensuite, il est vrai que nous avons aussi des motifs de mécontentement. Tout d'abord, les pertes de vies humaines au cours de l'enquête. C'est un des soucis principaux de notre police d'éviter que les investigations n'entraînent des effets induits tragiques au cours de leur progression. Les morts qui sont survenues sont dues autant au hasard qu'au grippage imprévisible de certains rouages apparemment bien huilés. C'est ce qu'il est convenu d'appeler « un malheureux concours de circonstances ». Et nous ne pouvons que le déplorer.

— Êtes-vous en train de parler du comportement du Dr Mawbray ? lança Stephanie Booth.

— Entre autres...

— Comment expliquez-vous qu'il ait mené une enquête personnelle avec toutes les menaces que cela faisait peser sur lui et sur les autres ?

— En l'état actuel de l'enquête, nous mettons cela sur le compte de ces facteurs humains qui échappent totalement à notre contrôle. Marcus Mawbray était un homme connu et respecté et ses motivations restent floues. Nous pensons éclaircir ce point très prochainement.

— Et comment se fait-il qu'il soit arrivé plus vite que vos services à localiser le meurtrier de Catherine Kimble ? continua la journaliste.

De toute évidence, il en coûtait au chef de la police de répondre à cette question.

— Il semble qu'il ait disposé d'un indice médico-légal que nous n'avions pas...

— Vous voulez dire qu'il aurait dissimulé un indice à vos services ?

— C'est peut-être le cas. Il n'est pas certain que ce soit délibéré. Il est préférable d'attendre le rapport final de l'enquête pour se prononcer là-dessus.

Il n'aimait pas la tournure que prenait la discussion. Après tout, ses services n'avaient pas fait un si mauvais boulot que cela. Et pourtant, il allait faire les frais de ce déballage, une fois de plus.

— Il y a autre chose qui semble toucher la police de très

près et qui demande peut-être des explications..., reprit l'envoyée du *Chronicle.*

— Je vous écoute.

— Des habitants du quartier de la 23e Rue semblent témoigner qu'une patrouille aurait mal jugé d'un trouble de la voie publique impliquant Wade Travers et qui aurait pu éviter la mort de Greg Maitland...

Le chef de la police soupira

— Nous sommes informés de ce fait. Cette patrouille a agi selon les consignes qui consistent à éviter le « tout-répressif » dans les quartiers difficiles. J'admets qu'une autre réaction aurait peut-être conduit à l'arrestation de Richard Travers pratiquement par hasard. Il faut croire que le hasard n'était pas avec nous dans cette affaire.

— Vous parlez de hasard, mais ne s'agit-il pas de faute professionnelle ?

Et voilà. On y était.

— C'est une éventualité qui n'est pas écartée. Une enquête interne est ouverte. S'il y a eu faute, il y aura des sanctions.

Mais Stephanie Booth n'était pas du genre à se laisser convaincre par la langue de bois et elle ne lâcha pas le policier du regard.

— Une autre question, dit-elle. Est-il exact que Wade Travers était un individu polygonosomique du type Klinefelter, c'est-à-dire avec un chromosome X en trop ?

Le chef de la police regarda fixement la jeune femme. Elle va tout mettre à plat, se dit-il. Les petits secrets se sont déjà mis à fuir de partout...

— C'est exact, reconnut-il.

— Est-il exact qu'il était en traitement depuis plusieurs années sous la direction du Dr Constance Baggott qui expérimentait sur lui et sur d'autres psychopathes violents un traitement spécial ?

— Il était en effet en traitement, mais je n'ai pas de précisions à ce sujet...

— Eh bien, je peux vous en donner, si vous voulez. Il recevait une hormonothérapie à base d'une nouvelle formule d'antiandrogène ayant pour but non seulement l'inhibition des agissements déviants et des fantasmes érotiques, mais aussi la mise en place d'une sexualité totalement artificielle et contrôlée chimiquement. Un traitement hormonal à base d'œstrogènes dont on sait la nocivité des effets secondaires, notamment dans la féminisation du sujet. Alors, ma question est la suivante : le centre du Dr Baggott n'a-t-il pas une responsabilité dans cette épouvantable affaire par la simple raison que le traitement a pu maintenir Wade Travers dans un état « féminisé » de constante frustration ? Est-on certain que Wade Travers n'a pas été incité par ce traitement à recourir à une surenchère dans le sadisme pour arriver à obtenir les satisfactions sexuelles que bloquait son traitement ? Est-on certain également qu'il n'a pas manipulé le Dr Baggott en simulant les résultats qu'elle attendait, dans le but d'être totalement blanchi à l'issue de sa peine de substitution ? Et enfin, est-on certain que les résultats attendus n'ont pas été délibérément interprétés de manière favorable afin d'accréditer l'efficacité du traitement ?

Un silence pesant s'abattit sur la salle. Tous les regards se tournaient maintenant vers le chef de la police dans l'attente d'une réaction.

— Navré, dit finalement celui-ci, comme à regret. Je ne suis pas en mesure de répondre à vos questions. Cela concerne un avis autorisé des médecins.

— Alors, où est le Dr Baggott ? s'enflamma à nouveau Stephanie Booth. Pourquoi n'est-elle pas dans cette salle ?

— Elle n'est pas dans cette salle parce qu'elle n'a pas eu à connaître cette affaire qui a été strictement réglée pas nos services ! répliqua le chef de la police d'un ton irrité. J'aimerais rappeler que ce n'est pas à la médecine que l'on doit la conclusion de cette affaire, mais à la police. Si vous avez des réclamations à faire aux magistrats ou aux médecins, adressez-vous à eux...

— J'ai déjà parlé avec le juge Brechlin, lança Stephanie Booth. Vous voulez connaître sa réponse ? Il m'a dit que la commission avait strictement suivi les recommandations du Dr Baggott !

Un murmure s'éleva dans l'assistance. Le flottement

s'amplifia et Folkerson se dit qu'il était temps de remettre de l'ordre dans la discussion.

— Écoutez, madame Booth, dit-il. Puisque vous êtes debout, je vais me lever moi aussi et en profiter pour vous montrer quelque chose.

Il déplia maladroitement de sa main valide un morceau de papier journal et l'exposa à l'assistance.

— Je ne sais pas si tout le monde voit bien, dit-il, mais il s'agit d'une coupure de presse. Un article du *Chronicle,* signé Stephanie Booth. Les plus proches d'entre vous peuvent voir que ce papier est couvert d'écriture. Voulez-vous savoir de quoi il s'agit ?

Sans attendre de réponse, il retourna le papier et commença à lire :

— Frank Folkerson. Souligné, avec mon numéro de téléphone dans la marge. Marcus Mawbray, souligné également. Avec son adresse et son téléphone. Amy Burns, lut-il d'une voix plus forte. Amy Burns, avec à côté le nom de Gerald C. Burns, son père, son adresse et son numéro de téléphone. Il se trouve qu'Amy Burns vivait dans un appartement au nom de son père. C'est là que le tueur l'a trouvée. C'est là qu'il l'a découpée vivante... Et voulez-vous savoir où j'ai découvert cet article ?

Les gens présents dans la salle s'entre-regardèrent.

— Je l'ai découvert dans la boutique de Travers, copieusement annoté de sa main, à quelques mètres du cadavre de Marcus Mawbray ! s'écria-t-il. La police a peut-être manqué le coche en n'intervenant pas dans l'altercation entre Maitland et Travers. La justice a peut-être fait un faux pas en scellant le dossier d'un criminel violent potentiel. Mais il faut quand même savoir que cet article a vraisemblablement causé la mort d'Amy Burns, et par ricochet celle de Mawbray. Alors, si l'on observe des dysfonctionnements chez nous, si on en observe dans la justice, je voudrais que l'on prenne note qu'il en existe aussi ailleurs... Notamment dans la presse...

— Vous n'avez pas le droit d'accuser la presse, lieutenant ! s'insurgea Stephanie Booth.

— Je n'accuse personne, rétorqua Folkerson. Mais comme

vous l'avez noté, cette affaire va certainement avoir des prolongements. Car elle aura révélé qu'il y a des choses qui ne vont pas bien, non seulement dans la tête de certains individus dérangés, mais aussi dans la tête de bien des gens qui sont censés être utiles à la société. Et dans l'enquête à venir, croyez bien que je ferai tout pour que le *Chronicle* soit entendu comme le seront la police et la justice !

Cette fois-ci, le silence s'installa durablement. Stephanie Booth hésita à reprendre la parole et se dirigea finalement vers la sortie. Un à un, les journalistes présents commencèrent à l'imiter.

— Je vous remercie de vos questions, fit le chef de la police, et je vous rappelle que nos services restent à votre disposition.

Après quoi, les orateurs se levèrent à leur tour.

Alors que Folkerson descendait de l'estrade accompagné de Ganton et de Brace, il vit venir à lui un homme élégant d'une cinquantaine d'années.

— Lieutenant Folkerson ? Je m'appelle Paul Leavitt. Je suis l'avocat de Marcus Mawbray.

— Enchanté de faire votre connaissance. Marcus m'a parlé de vous.

Paul Leavitt attarda son regard sur le bizarre assemblage raboutant le bras de Folkerson.

— Sale affaire..., dit-il finalement.

Folkerson hocha la tête.

— Je sentais que Marcus me cachait quelque chose, dit-il. Je ne sais pas pourquoi. Pourtant, je n'arrive pas à imaginer ce qui l'a poussé à agir de la sorte...

— C'est justement pour cela que je suis venu, dit Leavitt. Je ne sais pas s'il vous avait mis au courant pour Meadows, l'assassin de sa fille. Mais ce type était programmé pour sortir de prison dans peu de temps...

— Oui. Il m'en a touché un mot un soir chez lui.

— Il avait été très affecté par cette nouvelle... Et je me demande si ce n'est pas ce qui a motivé son action. On peut essayer de se mettre à sa place. Il vivait mal sa retraite, il vivait mal sa solitude, et puis surtout il vivait mal depuis plus de dix ans le meurtre de sa fille... Alors, pourquoi ne pas régler ses comptes à sa manière avec un type comme Travers ?

Les deux hommes restèrent silencieux un moment.

— C'est possible, dit finalement Folkerson. Pourquoi pas ?

Mais s'il admettait cette possibilité, cela voulait dire également qu'il était obligé de prendre conscience de l'absolue solitude et de la souffrance intérieure dans lesquelles Marcus avait dû vivre ces derniers temps. Et c'était une pensée qui lui laissait un arrière-goût amer. Car cela signifiait d'une certaine façon que ses amis n'avaient pas été là, que lui, Frank, avait été absent au pire moment de la vie du vieux docteur... Il soupira.

— Oui, en effet, ça me paraît possible, dit-il une nouvelle fois, comme pour lui-même.

— Le plus curieux, reprit l'avocat, c'est que parfois les choses conservent leur part d'ironie...

— C'est-à-dire ?

— Eh bien, j'ai essayé de le joindre à plusieurs reprises au début de la semaine, mais il était probablement déjà mort. Je voulais lui annoncer que Meadows n'allait sûrement pas sortir de sitôt... Sa fille aînée vient d'atteindre sa majorité et en a profité pour porter plainte contre lui. Il semble qu'il l'ait contrainte à jouer dans des vidéos pornographiques pour circuits de pédophiles alors qu'elle était gamine... Il nie, mais les choses se gâtent pour lui. Avec l'aide d'une association féministe, elle a réussi à recueillir des témoignages et surtout à retrouver des cassettes. À mon avis, il est parti pour rester au frais encore un bon bout de temps... Si Marcus avait été informé de tout ça, peut-être aurait-il agi différemment...

— Peut-être..., dit Folkerson. On ne peut pas savoir.

— Voilà, c'est tout, conclut Leavitt en tendant la main au lieutenant pour prendre congé. Si vous avez besoin de moi, n'hésitez pas à m'appeler.

L'avocat disparut et Folkerson se retrouva seul dans l'immense salle. Il resta quelques secondes abîmé dans ses réflexions et fut brusquement ramené à la réalité par son bras qui recommençait à le faire souffrir. L'effet de l'analgésique qu'il avait pris en début d'après-midi devait être en train de se dissiper. Il traversa à son tour la salle, passa dans le grand hall désert et aperçut soudain Joyce, assise sur l'une des banquettes réservées au public. Il s'approcha d'elle en écarquillant les yeux.

— Peux-tu me dire de quoi il s'agit ? lui demanda-t-il, tout interdit.

Joyce Folkerson disparaissait sous un énorme bouquet de fleurs.

— On vient de me les remettre à l'instant, expliqua-t-elle. Il y a une carte.

Elle tendit la petite enveloppe à son mari.

— « De la part de Ken, Janet et Shirl Belson. Au lieutenant Folkerson et à sa famille, avec notre reconnaissance infinie », lut-il.

Folkerson leva les yeux vers sa femme.

— La fin d'une affaire, dit-il avec un pâle sourire.

— Je me trompe peut-être, répliqua Joyce, mais c'est la première fois de toute ta carrière que tu reçois une gerbe pour états de service...

— Je te signale quand même qu'il a fallu que je sois à moins une d'être amputé du bras ! plaisanta-t-il.

Joyce sourit à son tour, se hissa sur la pointe des pieds et déposa délicatement un baiser sur sa joue.

— Allez, viens ! lui murmura-t-elle. Huit semaines de vacances forcées, je veux en profiter tout de suite !

L'un contre l'autre, ils descendirent le parvis de l'immense bâtiment.

49

Cinq mois plus tard, à l'approche de Noël, Folkerson avait retrouvé son bureau depuis un bon moment déjà et s'était replongé dans la routine. Il venait de recevoir une note de sa hiérarchie lui annonçant qu'il serait cité en fin d'année pour son action et sa bravoure, lorsque le téléphone sonna sur son bureau.

— Folkerson ? C'est Stuart Brace, à Quantico. Vous allez bien ?

Folkerson ronchonna les banalités d'usage. Il sentait que c'était un de ces coups de fil capables de gâcher au moins une journée, sinon des semaines.

— Je vous appelle pour l'affaire Becky Alexander, lui dit Brace. Vous voyez ?

— Bien sûr...

Six semaines plus tôt, il avait été appelé sur les lieux d'un crime assez horrible. Une jeune femme avait été trouvée morte, égorgée et mutilée avec un extraordinaire acharnement à l'aide d'un fil d'acier tranchant, les seins sectionnés comme des blocs de beurre et déposés délicatement l'un à côté de l'autre sur le lit. La jeune femme avait été assassinée chez elle. Il n'y avait à ce jour aucun suspect.

— Il a recommencé, lâcha Brace.

— Où ça ?

— À Los Angeles. Une jeune étudiante. Découpée de la même manière, les seins posés sur l'oreiller.

— Qu'est-ce que je viens faire là-dedans, si ça se passe à Los Angeles ?

— On a l'impression que c'est quelqu'un de chez vous. On

a trouvé dans le studio de la petite un ticket du Pacific Plaza pour une séance datée de la semaine dernière... Et ses copines nous assurent qu'elle n'a pas quitté L.A. depuis des mois...

Folkerson poussa un soupir.

— Alors, vous venez nous donner un petit coup de main, c'est ça ?

— On ne peut rien vous cacher. Je serai chez vous lundi.

— Pas de problème Vous me trouverez à mon bureau ou quelque part dans la maison. D'ici là, passez un bon week-end...

— Attendez ! Je ne vous ai pas raconté le meilleur... Le type qui a fait ça nous a laissé un message écrit au rouge à lèvres sur la glace de la salle de bains. Je vous le lis ?

— Hmm-hmm, acquiesça Folkerson.

Brace lut le texte lentement, en détachant chaque mot :

— « Par pitié, arrêtez-moi avant que je tue quelqu'un d'autre. Je ne peux pas m'en empêcher. »

Il y eut un long, long silence.

— Très bien, lâcha enfin Folkerson. Ça a le mérite d'être clair. Au moins on sait à quoi on a affaire...

— C'est exactement ce que je me suis dit... Allez, on verra tout ça lundi. Bon week-end à vous aussi !

Et tous deux raccrochèrent en même temps.

MATT ALEXANDER
Requiem pour les artistes

RICHARD BACHMAN
La Peau sur les os
Chantier
Rage

CLIVE BARKER
Le jeu de la Damnation

GILES BLUNT
Le Témoin privilégié

GERALD A. BROWNE
19 Purchase Street
Stone 588
Adieu Sibérie

ROBERT BUCHARD
Parole d'homme
Meurtres à Missoula

JOHN CAMP
Trajectoire de fou

JEAN-FRANÇOIS COATMEUR
Yesterday
Narcose
La Danse des masques
Des feux sous la cendre

CAROLINE B. COONEY
Une femme traquée

HUBERT CORBIN
Week-end sauvage

PHILIPPE COUSIN
Le Pacte Prétorius

JAMES CRUMLEY
La Danse de l'ours

JACK CURTIS
Le Parlement des corbeaux

ROBERT DALEY
La nuit tombe sur Manhattan

GARY DEVON
Désirs inavouables

WILLIAM DICKINSON
Des diamants pour Mrs Clarke
Mrs Clarke et les enfants du diable
De l'autre côté de la nuit

MARJORIE DORNER
Plan fixe

FRÉDÉRIC H. FAJARDIE
Le Loup d'écume

CHRISTIAN GERNIGON
La Queue du Scorpion
(Grand Prix de
littérature policière 1985)
Le Sommeil de l'ours

JAMES W. HALL
En plein jour
Bleu Floride
Marée Floride

JEAN-CLAUDE HÉBERLÉ
La Deuxième Vie de Ray Sullivan

CARL HIAASEN
Cousu main
Miami Park

JACK HIGGINS
Confessionnal

MARY HIGGINS CLARK
La Nuit du renard
(Grand Prix de
littérature policière 1980)
La Clinique du Docteur H
Un cri dans la nuit
La Maison du Guet
Le Démon du passé
Ne pleure pas, ma belle
Dors ma jolie
Le Fantôme de Lady Margaret
Recherche jeune femme
aimant danser
Nous n'irons plus au bois
Un jour tu verras...
Souviens-toi
Ce que vivent les roses
Douce nuit

GWEN HUNTER
La malédiction des bayous

TOM KAKONIS
Chicane au Michigan

STEPHEN KING
Cujo
Charlie

DEAN R. KOONTZ
Chasse à mort
Les Étrangers
La Cache du diable

FROMENTAL/LANDON
Le Système de l'homme-mort

PATRICIA J. MACDONALD
Un étranger dans la maison
Petite sœur
Sans retour
La Double Mort de Linda

PHILIP M. MARGOLIN
La rose noire

DAVID MARTIN
Un si beau mensonge

LAURENCE ORIOL (NOËLLE LORIOT)
Le tueur est parmi nous
Le Domaine du Prince
L'inculpé
Prière d'insérer

ALAIN PARIS
Impact
Opération Gomorrhe

RICHARD NORTH PATTERSON
Projection privée
Degré de culpabilité

THOMAS PERRY
Une fille de rêve

STEPHEN PETERS
Central Park

NICHOLAS PROFFITT
L'Exécuteur du Mékong

PETER ROBINSON
Qui sème la violence...

FRANCIS RYCK
Le Nuage et la Foudre
Le Piège

JOYCE ANNE SCHNEIDER
Baignade interdite

BROOKS STANWOOD
Jogging

WHITLEY STRIEBER
Billy
Feu d'enfer

La composition de cet ouvrage
a été réalisée par l'Imprimerie BUSSIÈRE,
l'impression et le brochage ont été effectués
sur presse CAMERON *dans les ateliers*
de Bussière Camedan Imprimeries
à Saint-Amand-Montrond (Cher)
pour le compte des Éditions Albin Michel.

Achevé d'imprimer en janvier 1996.
N° d'édition : 15361. N° d'impression : 4/64.
Dépôt légal : janvier 1996.